唱响青春

孙传芳　著

成都时代出版社
CHENGDU TIMES PRESS

图书在版编目（CIP）数据

唱响青春 / 孙传芳著 . -- 成都 : 成都时代出版社，
2023.3

ISBN 978-7-5464-2980-9

Ⅰ . ①唱… Ⅱ . ①孙… Ⅲ . ①长篇小说 – 中国 – 当代
Ⅳ . ① I247.5

中国版本图书馆 CIP 数据核字（2022）第 002648 号

唱响青春
CHANGXIANG QINGCHUN

孙传芳 著

出 品 人	达 海	
责任编辑	兰晓銎銎	
责任校对	蒲 迪	
责任印制	陈淑雨	

出版发行　成都时代出版社
电　　话　（028）86742352（编辑部）
　　　　　（028）86763285（市场营销部）
印　　刷　成都市兴雅致印务有限责任公司
规　　格　170mm×240mm
印　　张　16
字　　数　325千
版　　次　2023年3月第1版
印　　次　2023年3月第1次印刷
书　　号　ISBN 978-7-5464-2980-9
定　　价　78.00元

序

　　当兵五十周年纪念日这天，战友们相邀聚在一起，畅谈当年军旅生活时的那些人和事，仿佛又回到了年轻时代，使我久久不能平静。一种使命和责任感，一种创作的冲动，让我创作了这部《唱响青春》的长篇小说，以此献给党的100周年华诞，献给20世纪60年代从军的战友们。

　　我写这部小说时，由于动笔时间太晚，70岁才开始写作，历时5年多，几易其稿，仍很不满意，很想写得再好些。但因患了脑梗留下后遗症，我坐下超过两小时便腿脚浮肿，写了后面又忘了前面，实在是力不从心。《后传》也没能如愿完成。心有余，力不足，这种尴尬和无奈，只有自己懂。20世纪60年代，我在工作上有幸获得文艺评论家思忖同志的指导和帮助，倘若那时我就将《唱响青春》创作出来，也不至于像现在这么艰难和留下遗憾了。真是少壮不努力，老大徒伤悲！唉……晚了。

　　写上述这些，无外乎是想倾诉我写这篇小说的一些感言，不知朋友们能否感悟到：人生道路中的机会总有十之一二，抓住或可获得成功，否则机会稍纵即逝，只会让人悔恨终身。

孙传芳

2019年8月

一首青春的赞歌

——长篇小说《唱响青春》读后感

肖江华

　　每个人都会有青春时代，但并不是每个人的青春都能迸发出耀眼的光芒；每个人都有人生的回忆，但并不是每个人的回忆都能撼动人们的心田。作者孙传芳的长篇小说《唱响青春》却做到了。

　　《唱响青春》以一批20世纪60年代初期中学生毕业后，毅然从军的成长经历为基础，塑造了一批以艾大海、肖剑、侯金为代表的戍守海防的青年战士的英雄形象，讴歌了把青春奉献给党和人民的崇高情怀。同时，他们经受住了人生的多次磨难和考验，逐渐成熟，成为军队中思想过硬、政治坚定、业务精湛的优秀人民战士。

　　小说聚焦于东南沿海同心岛守卫战士的生活与工作，作者本人曾经也是海岛战士，所以对海岛的生活非常熟悉。礁石、海浪、渔船、渔民、军民联防……一个个元素，一个个场景，汇成一串串事件。在作者生动的描写下，读者也仿佛置身在小说之中，随着作者的叙述，与小说中的人物一同高兴，一同愤怒，一同紧张，一同舒心，一同观看日出日落，一同巡视海岛的山山水水。

　　作者笔下的人物个个都是那么生动，他们形象迥异，性格鲜明，言谈举止各有不同，令人记忆深刻。阅毕此书，这些人物仿佛都变成了与读者相识的同事，或可亲可敬的朋友。

　　小说在情节策划方面也颇有技巧。小说的故事场景涉及较广，人物众多，达数十个，时间跨度较长，但是纲目有序，叙述井然。全书情节安排紧凑，场景逐步拓展，故事渐次深入，整个小说犹如精彩的连续剧，一气呵成。

　　最难能可贵的是作者孙传芳本人是在七十岁高龄才动笔写作这部长篇作品的。当时作者已经因脑梗留下了后遗症，坐下写作超过两个小时便会腿脚浮肿，加上作者不会用电脑打字，其写作难度可想而知。作者硬是克服了种种困难，一点一滴地回忆与创作，为我们呈现出这样一部精彩著作。

可以毫不夸张地说，孙传芳先生的《唱响青春》这部呕心沥血之作，也正是作者晚年再一次唱响的青春赞歌。

2021年3月7日

（肖江华，经济学硕士，湖南文理学院经济与管理学院客座教授，曾任常德市政协常委，九三学社常德市委副主委。）

真正的青春是一种坚强的意志

邱伏兰

五十年前，本书作者孙传芳从前线守岛部队退伍回到家乡常德市，他与我当时同在一个单位搭档兼任团委正副书记。在他的领导下，我们单位的共青团工作开展得生机勃勃，屡获殊荣。我记得，他讲起话来嗓门很大，几百人的大会，他不用麦克风，声音也能洪亮如钟。后来因工作调动，我离开常德，多年后重逢，我们都已年过古稀。

2020年正当春暖花开的季节，我收到了传芳的长篇小说《唱响青春》。我不敢相信自己的眼睛，忙打电话给他："这是你写的吗？"我得到的答复令我吃惊。十一年前他突发脑梗，虽然抢回了一条命，但留下了后遗症。这本书竟是他横、竖、点、撇、捺，一个字一句话，伏案写作而成的。因身子不适，每坐两个小时，他必须停下来休息，等腿脚不浮肿了再继续写作。就这样，他早起晚睡，日夜不停，寒来暑往，历时五载，作品才得以完成。

我怀着崇拜的心情，读完了这部作品的初稿。这是一段厚重的人生，前言是小说作者的青春梦想，目录是小说主人公前行的脚印，情节是小说主人公精彩的故事。该书构思严谨简洁，八个篇章一目了然。每个章节故事情节生动悬念，吊足了我的胃口。小说中的人物各有所长让我佩服；相貌个性鲜明，言行举止的描写凸显了人物形象。我想，如果作者没有真实厚重的生活基础，是写不出这样有血有肉、如诗如画、扣人心弦的文字的。

这是一首关于青春的赞歌。小说中农村兵的憨厚，学生兵的机灵，蓄着长发的上海兵"阿拉"拥有音乐梦想，人到哪里画板就背到哪里的"北京画家"，侯金的恶作剧，总让我如临其境，不时拍案叫绝。那流汗、流泪、流血的军事训练，那卫国守岛的家国情怀，那朝夕相处、情同手足、危险之时舍身相救的战友情深，总让我禁不住潸然泪下——好一首青春的赞歌！

这是一首命运的交响曲。青春是生命的美好季节，代表阳光与朝气。面对"青春"，人们有着不同的选择。

那昔日强劲的青春音符，跳动的青春音节，流淌的青春旋律，已经铭刻在传芳的心里，流淌在传芳的血液里，植根在传芳的骨子里。当久病苍老的身躯刚刚恢复了生机，五十周年战友相聚，追忆青春深处的清泉再一次喷涌而出。传芳先生决定不负战友的期望，要把逝去的青春交响曲再次奏响。这是一次艰难的跋涉，这是一次困难与意志力的较量，这是一次唱响青春的大考！传芳先生又一次交出了满分！

我期待该书出版！更希望有识珠慧眼将这部小说改编成电影或电视连续剧，让更多的读者一饱眼福！

2021年3月13日于长沙兰香斋

（邱伏兰，高级会计师；爱好写作，把平时所见所闻所思所想用笔记录下来。2014年至2020年先后写出了《我的会计人生》《人生拾忆》《七彩夕阳》《不负韶华献锦囊》《庚子年札记》五本书。）

目录

第一章　投笔从戎

一、备战高考

1962年夏。

在湖南省芷兰市，第一中学高三甲班的教室里，毕业班的学生们正紧张地抓紧复习，迎接高考。离高考的时间越来越近，面对决定人生命运的第一次大考，他们不得不抓紧这最后的一个多月时间努力冲刺，12年的寒窗苦读正是为了金榜题名。一寸光阴一寸金，不抓紧不行呀，从清晨至深夜，除了模拟考试，他们还要抓紧背理论、查资料、阅范文、做练习，时间是以分秒计算的，没有一个人敢懈怠。

语文老师杨绍廷是个年近花甲从教30多年的教书匠，修长的身材，几绺黑白相间的头发从左至右遮掩着已经脱发的头顶，鼻梁上夹着一副老花眼镜，说话总爱带着八股腔，"之乎者也矣焉哉"不离口，学生们都称他"老夫子"。

杨老师走上高三甲班教室讲台，扫视了一下学生们，干咳了一声，摇头晃脑地念起："书中自有黄金屋，书中自有颜如玉。吾年轻时每当念起这脍炙人口的人生格言就憧憬着美好未来，不亦乐乎。万般皆下品，唯有读书高；吃得苦中苦，方为人上人，然也。"老夫子的话是为了激励学生们刻苦努力学习，待他日功成名就。话毕，他便转身在黑板上写了"悬梁刺股"四个大字。

"今天的模拟考试作文题就是《悬梁刺股》，800字以内，限时40分钟，现在计时开始。"他转过身看了一下怀表，对课堂里的学生们说，语毕，便坐在讲台上监考起来。

高三甲班的学生本来有50名，毕业考试一过，还没等毕业文凭发下来，人就已走了五分之二，只剩下30名同学。全班50名同学，年龄参差不齐，大的二十五六，小的仅18岁。大的学生中有结婚生子后复读求学的，为的是一张高中毕业文凭，好找工作；有的是从农村山区来的，由生产队大队从牙缝里挤出钱来供其读书，高中毕业后便催其回乡，担任生产队的会计或文书或队长之类的工作，也算队里有个文化人了；有的盲人吃汤圆——心中有数，知道高考无望，便趁早找关系托门路进工厂当工人去了，免得名落孙山丢人。故50人只剩30位同学在教室里在抓紧时间复习，迎接高考。

墙上的挂钟，滴答滴答一分一秒地过去，高三甲班班长、校共青团书记、学生会主席艾大海只用了30分钟便交卷走出了教室。

杨绍廷老夫子接过卷子一瞧，只见字迹清秀工整，文笔流畅、寓意深刻，这篇论述文堪称典范，心中暗自叫道，美哉也，如此才华焉能不高中乎。

"你感觉怎么样？"班主任李梦君踱步到艾大海座位旁问。

30岁刚出头的李梦君是班级的数学老师，在她的心目中，艾大海是她引以为荣的最得意的门生，从高一到高三她在这个班任教3年，艾大海的各科成绩年年第一，考大学应该是十拿九稳。

"还行吧。"艾大海伸了个懒腰，站起来回答道。

"鲁家宝人呢？"李老师又问道。

"他呀，昨天生产队来人催他回去了，他是乡亲们凑钱供他读书的，生产队等着他回去当会计，毕业证他等不了，要我帮他寄回去就行了。"艾大海解释道。

"哦，那吴先碧呢？"

"他26了，结婚生子后再来复读的，是家里的顶梁柱，不回去不行啰。"

"还有刘跃武他们几个怎么也不见人了？"

"刘跃武、吴引娣、莫德容、施耐强、高用武……"艾大海一连报出了十几个同学的名字，接着说，"他们有的大队缺文书，催他们回去，有的回去当生产队队长了，有的家庭困难供不起读书了，有的怕考不起大学先进工厂当工人去了，有的家里找关系进了单位，各种原因都有。"艾大海回答了老师的问话。

"我知道了，你抓紧复习，不打扰你了。"李老师又转身踱步到夏冬梅的座位旁。

"夏冬梅，你准备得咋样？"他对夏冬梅也寄予了很大的期望，她在班上成绩比较突出，考上大学应该没有问题。

夏冬梅，18岁，比艾大海大两个多月。她齐耳短发，额前蓄着刘海，柳叶眉，丹凤眼，樱桃小嘴，"S"形的曲线勾勒出她亭亭玉立、楚楚动人的身材，一眼望去给人一种端庄文静、举止高雅的美感，温柔中仿佛藏着一团火，散发出年轻少女含苞欲放的青春魅力。

"还好吧！"夏冬梅站起身回答。

下课铃声响了，这时艾大海招呼几个男同学道："走，打球去，换换脑子。"篮球场上，十个同学分成两组打全场，艾大海脱去外衣，穿了件背心和运动短裤，显露出突出的胸肌，发达的四肢。打篮球他虽不怎么在行，但他矫健的身影来回穿梭奔跑，好像换了个人似的，把刚才在教室里冥思苦想的烦恼一股脑儿抛到了九霄云外，一旁观战的女同学不断地呐喊助威。夏冬梅死死盯着艾大海，看得他心里总有一种冲撞的感觉，心中不禁泛起一阵阵涟漪。

艾大海，1.75米的个儿，平头方脸，两道剑眉，一对炯炯有神的双眸，高鼻大嘴，浑身好像有使唤不完的劲儿，一副朝气蓬勃、生龙活虎的模样，显得分外潇洒。在女同学眼中，他是标准的美男子，帅呆了。

打完篮球，艾大海他们跑到浴室冲了个冷水澡，急忙赶回教室，又抓紧复习起来。

突然有人把书往桌子上一拍，打破寂静，大声说："搞什么高考，害死个人，仅凭一场考试就决定人的一生，太不合理了！""是太不合理了。""这和旧社会的科举制度有什么两样，活整人。"

"可惜我没法找个好出路，不然，何必这么辛苦。"

"你有本事到教育部反映去，来个德智体全面考核，再结合平时成绩，直接把你推荐上大学得了。"

你一言，我一语，争论了一会儿，教室归于平静，大家还是老老实实地抓紧复习吧。

芷兰市不大，总人口不过30万人，坐落在洞庭湖畔，别看这座城市小，过去还是州府所在地，现在是个战略经济重地、交通要道，是通往湘西、贵州、四川的必经之地。

艾大海和夏冬梅的家就在这座城市的近郊，两人是同一个村的，家离学校不远，只有五六里路，两人都没有在校寄宿，走读上学。放学后，一般情况下，两人会相约在离校门不远的地方等候相伴回家，今天却两人都不见了。

放学后，艾大海和同班的女同学李平波约会去了。放学前，李平波偷偷塞给他一封信，约他在公园里相会，信中字里行间表示她从高一就喜欢上他了，苦苦暗恋了他3年。高考过后就各奔东西，今后见面的机会可能都很少，李平波想在分开前向他表明心意，把关系确定下来。

约会的地点在学校斜对面的滨湖公园曲径通幽的偏僻小亭里，李平波早已在亭子里焦急地等待。她特意打扮了一番，把在校时的两条短辫散开，往后收拢用橡筋扎成马尾，描眉抹粉，涂了口红，上身穿了件紧身衬衣，下身穿了条超短裙，靓丽的青春少女。

"班长，你来了！"李平波见艾大海应邀赴约，喜不自禁，脸上映出红霞，心里像揣了只兔子似的怦怦跳。

"一个班的老同学相邀，哪能失约。"艾大海见了李平波，感觉本来挺漂亮的姑娘，这么一打扮反而使人感到不自在。

"我的信你看了有何感想？"李平波急切地想知道答案。

"李平波同学，谢谢你能大胆地敞开心扉倾诉对我的爱慕之心，我感到不胜荣幸……"

"高中三年我一直把你当作崇拜的偶像。"李平波不等艾大海把话说完就抢着说。

"李平波同学，现在正是备战高考的紧张时刻，我们应该把精力放在学习上，不要分散到谈情说爱上。"

"只有你今天答应了我，我才能集中精力去奋战高考。"李平波急于逼艾大海表态。

"李平波同学，你是个漂亮聪明的好姑娘，我相信今后你一定能找到比我好的男子。"

"难道你不喜欢我？是不是嫌我配不上你？"李平波想知道原因。

"不是。我们是同班同学和好朋友，但很对不起，我心中已经有心上人了，不可能还装得下其他人。今天的事，我一定会保守秘密的。"艾大海婉言谢绝了李平波的爱意。

望着艾大海在夜色中消失的身影，李平波眼含泪水抽泣起来，一个人呆呆地站了很久很久，心中反复不断地问为什么。

夏冬梅在放学前也收到了同年级另一班同学郝显贵给她的信，约她在咖啡馆见面。虽不是一个班的，但在校三年彼此很熟了，她不好拒绝这位同学，只得赴约。

郝显贵20岁，身高1.60米，胖墩墩的身材，理了个飞机头，穿了套中山服，皮鞋擦得锃亮，一副公子哥的派头。见夏冬梅应邀赴约前来，他显得十分热情，装出彬彬有礼的样儿起身将椅子往后一拖，示意夏冬梅坐下，自己在夏冬梅对面坐下后，举手用手指打了个响亮示意侍者可以端来咖啡了。

"你请尝尝，这家的咖啡是巴西进口的，味道不错。"郝显贵献殷勤地说。

"谢谢，我喝不惯那苦味儿。"夏冬梅端坐在椅子上看也不看。

"要不来点别的？你喜欢喝什么，尽管点。"

"不用了，有什么事你快说。"夏冬梅见天黑下来了，心神不定地着急说。

"我也不绕弯子了，直说了吧，我爱你。"郝显贵真够直率的。

"'爱'这个字是神圣的，有分量的，是要相互尊重、包容、你情我愿。我们虽然认识，但我对你一点不了解，我也不爱你。"

夏冬梅觉得郝显贵亵渎了爱的含义，不配说爱。

"我们要考大学了，万一考不上，我家人有法子帮我找工作，你的工作我包了。"郝显贵想以此打动她。

"谢谢你的关心，工作要凭个人的本事正大光明地去争取，搞歪门邪道我不稀罕。"夏冬梅反对说。

"我父母都有不错的工作，家里的条件优越，有很多女孩追我，想攀上我这根高枝，我都不屑一顾，唯独看上了你。因为，你高雅、庄重、非常漂亮，你身上有一种让人渴望的美。"郝显贵企图以物质引诱达到目的。

"谢谢你的夸奖，我今天之所以赴约是出于对同学的尊重，坦白告诉你，我心中已经有人了。你的条件好，又有那么多女孩追你，祝你幸福，也请你自重。"夏冬梅起身就走，因为她根本瞧不起靠父母的条件来吸引女孩子的人，心中不禁感到恶心。

郝显贵追到咖啡馆大门外，看见夏冬梅急匆匆地远去，追了一程，看追不上了，气喘吁吁地指着夏冬梅远去的方向气急败坏地大声骂道："你真是给脸不要脸的女妖怪。"

晚上九点回到家中的夏冬梅心中总有些忐忑不安，她想把今晚的约会尽快告诉艾大海。他又干什么去了呢？这个问题一直困扰她，她干脆拿了本书借故有道数学题不会做跑到艾大海家，她知道，这个问题不搞清楚今晚她会失眠的。

到艾大海家问完数学题后，她就直截了当地问："你放学后为什么不等我？"

艾大海愣了愣，很淡然地说："约会去了。"

"哪个约你？"

艾大海忙从口袋里拿出李平波的信递给夏冬梅："你自己看，可不许吃醋。"

"去你的，我才不看！"

艾大海把晚上跟李平波约会的情况一五一十地讲给了夏冬梅听，接着说："一个班的同学约了总不能不去，扫人家面子，过不了多久就各奔东西了，不好不去呀。"

夏冬梅听后，半开玩笑地说："最近你接的情书、纸条不少吧，邀你去约会的姑娘肯定很多，我真为你感到高兴，毕竟你那么有魅力。"

"看，刚才还说不吃醋，我看是你家醋罐子打翻了。你放心，我只是应付罢了。"

"你家的醋罐子才打翻了。"夏冬梅一脸绯红，说着举手要打艾大海。

"别闹了，我心中只有你，谁也抢不走。你今晚又去哪里了？"艾大海关心地问。

于是夏冬梅把晚上和郝显贵约会的全过程汇报给了艾大海听，说完后两人都扑哧一声笑了起来。

"给，这是郝显贵给我的信。"夏冬梅从口袋里拿出信要交给艾大海。

"算了，我也不看你的，你也不看我的，都当作个人的隐私收藏吧，留下一段美好的回忆岂不更好。"

高考前，在毕业生中，递纸条、写情书的事太多了，在荷尔蒙的作用下，这些情窦初开的少男少女们互相表白也算是给乏味、高压的备考生活一点愉悦。

二、带头参军

市征兵办开始征兵了。

往年都是冬季征兵，今年刚迈入夏季就开始征兵了。过去从来没有在应届高中毕业生中征兵，今年却开了历史先河，凡年满18岁的适龄男青年都要积极响应国家的号召，踊跃报名参军。为此，市武装部部长还亲自到学校做了征兵动员。

艾大海坐在教室里，望着同学们埋头苦读的身影，看着教室外似火的骄阳，听着树上的知了不停地叫唤着，他感到闷热烦躁，心神不宁，无心看书。他因为高考和当兵的事正举棋不定，思想上正进行着激烈的斗争。烦透了！

上大学是他多年的梦想，一直追求的目标。眼看要高考了，为了这一天，12年的寒窗苦读他付出的实在太多太多，承受的压力实在太大太大。

艾大海家里很穷，上有80多岁的爷爷、年近半百的父母，下有一个读初中、一个读小学的妹妹和一个6岁的弟弟。为了供艾大海和两个妹妹读书，爷爷起早贪黑干着祖传做绳索的手艺，累得腰弯了，背驼了，脸上还布满了深深的皱纹，两只手干枯粗糙得像树皮。母亲50岁不到，头发全花白了，里里外外一个人操持着家。为了这个家，为了儿女，她日夜不停地忙碌着。晚上她到离家20多公里的泉水桥收购渔民从湖里打上来的鱼，清早天不亮就挑着一百多斤重的鱼赶早市，母亲没有文化，但她心算极好，只要鱼一挂在称上，多重多少钱顺口就能报出而且分毫不差，卖完鱼还要匆忙赶回生产队出工。父亲是个少言寡语老实巴交的农民，整天忙着到生产队出工，等到年终结算一个工作日只有5分钱。家里往往吃了上顿没有下顿，日子过得十分艰辛。

艾大海小学时，冬天只穿一件很薄、露出棉花的破棉袄，扣子全掉了，用一根稻草绳往腰里一扎，里面没有内衣，穿的是空心棉袄，外面罩一件衫子就这么过冬。穷人家的孩子懂事早，条件越差，环境越艰苦越能激发一个人的斗志，越能磨炼一个人的意志。他懂得生活的不易，打小在心里埋下了要改变这种贫穷状况的种子，越发刻苦努力读书，为了读书，为了减轻家里负担，他想办法筹学费。

上初中时，暑假里他光着脚在炎炎烈日下拖板车，搞搬运。他舅舅是搬运社的搬运工。有一次艾大海把别人的板车误以为是他舅舅的，便把板车拖走了。在相距十多里的落路口仓库装满货后，他在前面拖，大妹妹在后面推，拖到半路上被板车车主寻见了，硬说他偷了板车。他向车主解释说他舅舅是和他们一起出工的，他把这板车当成舅舅的车了，向车主赔礼道歉说了好多好话，坚持把货拖到指定地点交给了货主。车主气不过，要把他们交到派出所。艾大海让妹妹先回去，有事他一个人顶着。等到派出所把事情核实清楚已到了晚上十点，他才被放出来。回家的路上碰到去接他的父亲，见到父亲他半句话也没说，只是眼泪不停地往下掉。累了一天的他，肚子早就咕咕叫了，可他哪有心思吃饭，只是觉得憋屈，货主也认为他是偷车，借机没有给搬运费，自己还被关了大半天。他没有吃饭便蒙头睡了，泪水把枕头打湿了一大块。

寒假里，他赤脚下到结了冰的荷塘里挖藕，把挖的藕磨成藕粑粑拿到街上去卖，一天只赚得几毛钱，一个寒假坚持下来才凑齐一个学期的学费，可手脚都长满了冻疮。

高一的暑假里，他和另外两个同学凑钱买了些干鱼，打算挑到冷水江去卖个好价钱。他们坐轮船到长沙，为了省钱，只好坐闷罐火车到娄底，却没赶上从娄底到涟源的汽车，他们只好轮流挑着80多斤干鱼，步行90多里到涟源。由于在烈日下负重赶路，艾大海中暑病倒了。因为天太热，鱼干长蛆了，只好就地贱卖。卖完鱼后三个学生在溪边洗澡，数钱。有个到溪边挑水的人见三个未成年的孩子有这么多钱，报告给派出所，误把他们当小偷抓了。幸好三个人都带了学生证，说明情况后交税务所处理。卖鱼的四百多元钱交了税钱后才了事。这是他们三个第一次做长途贩运生意，可是这一次对三个学生打击很大，他们按凑的本钱比例将钱分了。艾大海一算，除了路上的车船费，赚的钱还不够交一个学期的学费，又从涟源批发了生姜回家和大妹一起到街上把生姜卖了。这个暑假他赚了八块钱，用一块钱买了一支钢笔，剩下的七块钱交了一个学期的学费和在校的餐费。为了读书，家里从牙缝里省钱，他想尽办法筹钱，想到为了求学所付出的艰辛，现在叫他放弃考大学，他当然不甘心。可家里的负担太重了，还有能力供他读大学吗？难呀，实在是太难了！

艾大海生在旧社会长在红旗下，读小学时他就当上了少年先锋队大队长。董存瑞手托炸药包高喊"为了新中国前进！"拉响炸药包，黄继光在抗美援朝的战斗中用身体堵住敌人碉堡的机枪眼，这些英雄的形象深深地烙在他的脑海里。读初中时，他加入了中国共产主义青年团，看了《岳飞传》和《杨家将》，岳母在岳飞背上刺下"精忠报国"四个大字，杨家将满门忠烈为国效忠这些历史人物一个个鲜活地刻在心中，激励他成长。读高中时，他当了校共青团书记和学生会主席，他利用业余时间阅读了大量中外名著，把苏联小说《钢铁是怎样炼成的》反复阅读了好几遍，也把奥斯特洛夫斯基说的"不因碌碌无为而羞愧，不因虚度年华而悔恨"当作自己的座右铭，时时鞭策自己，他决心以这些英雄人物为榜样，干出一番轰轰烈烈的事业来，不枉此生。

此时的新中国成立才13年，旧的思想观念和传统习惯还根深蒂固，在老百姓心中还流传着"好男不当兵，好铁不打钉"的说法。在学校的教育中，为了激发学生们的学习热情，灌输给学生的是"万般皆下品，唯有读书高"，学生们写作文谈理想的文章绝大多数讲的都是将来当科学家、文学家等，学习的目的就是为了出人头地，求得功名利禄。关于当兵，对于临近高考的学生们来说想都别想，不仅他们自己不能想，望子成龙的家长们也是极力反对的。战争是残酷的，战争是要死人的。所以市征兵办虽然到学校动员了几次，但应征报名的人却没有几个。

市武装部政委冯继才与校长朱其来是老熟人了，解放芷兰市时，冯继才是刘邓大军属下的侦察连连长，朱其来是中共地下党员。他曾为冯继才提供了重要的军事情报，为解放这座城市减少了不必要的伤亡。冯继才留下当了武装部政委，朱其来仍然当校长，并兼任校党支部书记。市一中是芷兰市的重点中学，名气很大，培养出来的学生桃李满天下。

"朱校长，你们市一中考入高等学府的人名列全市之首，而且各项工作都走在前面，而今对征兵工作却无动于衷。这是怎么了？"冯政委到一中来不解地问。

"冯政委啊，不瞒您说，适龄男青年中以应届高中毕业生居多，3个毕业班共150名学生，毕业考试后已回去了70名，剩下80名除女学生和独生子外，符合条件的男青年只有50名了。这50名学生都是出类拔萃的佼佼者，绝大部分考入大学都是十拿九稳的，谁愿意放弃考大学的机会报名参军呀。"朱校长解释说。

"国家需要人啊，否则不会去年冬征刚过，今年夏季又开始征兵了，况且还允许在高中生中征兵。往年都是部队派人来征兵，这一次都是由地方军事机关一手操办，接送兵的任务都交给我们了，说明战备任务紧，部队抽不出人来呀。"冯政委讲明了当前紧迫的形势。

"我们是搞教育的，也是想为国家多培养些人才，国家培养一个大学生要花费多大的人力财力，不易呀。"朱校长言语中透着为难。

"教育需要一个和平安定的环境，一旦打起仗来，恐怕连一张完整的书桌也放不下。"冯政委一语双关。

"是这么个理，可总得让学生自愿嘛。"朱校长意思是说总不能用以前抓壮丁那一套。

"这就要靠我们认清形势，大力宣传，动员符合条件的适龄青年踊跃报名参军。"冯政委说。

"我们一中的共青团书记、学生会主席、应届高中毕业生艾大海同学，在青年中威信高、号召力强，他若能带头，响应的人肯定多。"朱校长被逼无奈只好这样讲。

"那就以共青团、学生会名义，召开一个现场报名会，请艾大海带头岂不更好。"冯政委听了高兴地说。

"艾大海是应届高中毕业生中，品学兼优，上大学是绝对没有问题的。他是学校的骄傲，我们打算保送他上大学，也是学校唯一一个名额，要他放弃上大学不仅他不甘心，我这关也通不过。"朱校长不想埋没了艾大海的才华。

"这样吧，你们可以保送他上大学，只是报名参军由他出面组织，带头报名。若他政审和体检合格了，我们共同在档案中说明情况，由部队和他个人决定是上大学还是留在部队。"冯政委想出了一个折中的办法。

"只好这样了。"

这一天，学校把所有适龄青年都召集起来，由共青团组织出面，再一次进行动员。艾大海是会议主持人，很自然成了全场焦点。会议开了好一会儿也没有人报名应征，会议冷了场，形成了僵局。

突然有个人站起来，大声说："艾书记，你咋不报名？你报名，我就报名。"说话的高二年级学生名叫侯金。

"对，艾书记报名，我也报名。"有人附和道。

"他报名，我也报名。"跟着有几个人附和说。

"好，今天说定了，我报名你们也要报名啊！"艾大海起身回应了七嘴八舌，当即向征兵办报了名。

紧接着，一个又一个青年来报了名，很快就超额完成了学校的征兵指标。

榜样的力量是无穷的。

冯继才政委看了，露出了开心的笑。

朱其来校长见了，露出了苦涩的笑。

艾大海在会上当即报名参军，不是一时的冲动，也不是侯金他们用激将法左右得了的，而是经过反复的激烈斗争后做出的决定。

放学后，夏冬梅在老地方等候艾大海，两人一前一后相伴回家。走着走着，夏冬梅突然停止了脚步，望着艾大海问："你真的决定去当兵？"

报名会一散，艾大海带头报名当兵的事传开了，夏冬梅自然也知道了。

"嗯！"

"你不后悔？"

"不后悔。"

"我俩不是讲好了一起考大学，等大学毕业了就……"

夏冬梅的话中虽没说出"结婚"两字，但艾大海心里明白，"对不起，对不起，我不能守约了。"

"为什么？"

"原因你知道。"

"我怎么知道，你报名之前问都没有问我一声，还说我知道，我怎么知道？"夏冬梅生气地说，"这么大的事，事前不征求我的意见，连个招呼都不打，你把我当什么人了？"

艾大海见夏冬梅生气了，连忙说了几声"对不起"，耐心解释道："当时会场上的形势，就看我的态度，身为团支部书记，我不带头谁带头？我本来想先同你商量好了再报名，没想到突然召开了这个会，况且朱校长要我以共青团组织名义出现，我又是会议主持人，你说我咋办？"

艾大海和夏冬梅的家相距不到两公里路，艾大海家住在村东头，夏冬梅的家住在村西头。

两人是儿时的玩伴，从小学到高中两人都同校，只有初中时不同班。上学两人相邀一起去，放学两人相约一同回家。夏冬梅虽比艾大海大两个月，但艾大海总把她当妹妹，泥泞路滑他扶她，过河他背她，刮风下雨两人同撑一把雨伞，他宁肯自己淋雨，雨伞也总偏向她那边。

晚上做作业，不是你到我家就是我到你家一起做，真可谓两小无猜，青梅竹马。到了高中，随着年龄的增大，两个人表面上拉开了一些距离，可内心越走越近，相互暗恋着，一天不见面心里就憋得慌，只是那层纸没捅破罢了。两家的关系也很融洽，哪家有什么事都要过来帮忙，遇到什么难事，一起商量解决，如同一家。对这两个小的，两家大人虽没订什么娃娃亲，艾家也把夏家的这个独生女看成自家的长儿媳，夏家也把艾家的这个长子看成准女婿了，只待他们大学毕业就嫁娶办喜事，这些都是心照不宣的事。

艾大海见夏冬梅余气未消，接着又解释说："你不是不知道我家是什么状况，我上大学家里还有能力供我读书吗？我去当兵，一为国家分忧，二减轻了家里负担，一举两得，岂不美哉！"

夏冬梅知道艾大海说的是实情，可心里总有些不甘，像他这样才华出众的人放弃上大学实在太可惜了。她仍不死心地问："是否再慎重考虑一下，看有没有办法解决上大学的困难？"

"上大学还是当兵，我慎重考虑了，权衡利弊后才决定当兵的。我们是长在红旗下的新一代热血青年，平常口头总说时刻听从党召唤，现在国家急需我们去保卫，我们就应该挺身而出，国家的利益事大，个人的命运和前途与国家的利益是联系在一起的，没有国家的强大，何谈个人的前途？再说个人的前途也不是只有上大学一条路，条条大路通罗马。冬梅，自征兵开始后，岳飞精忠报国，杨家将满门忠烈，董存瑞、黄继光、保尔·柯察金这些英雄人物总在我脑海里出现，现在机会来了，仿佛这些英烈们在呼唤我，为国献忠，建功立业干出一番丰功伟绩来，此时不把握，更待何时？"

夏冬梅听艾大海这么一说，他考虑的首先是国家，他怀有要当英雄的抱负，那自己还有什么理由反对呢？但还是担心地说："打仗是要死人的，你不怕？"

"人固有一死，或重于泰山或轻于鸿毛，倘若我为国捐躯了，死得其所。"

"大海，我支持你。"夏冬梅眼泪夺眶而出。

三、被逼结婚

当兵的决心下了，这两天大海忙着体检没有去学校，他回到家里，主持召开了家庭会议，将当兵的事禀告爷爷、父母，并告知弟弟和妹妹。

当兵的决定一说出来，好似惊天霹雳一下子把爷爷母亲吓蒙了，只是妹妹们拍手叫好，"哥哥，你好棒啊！"

"去去去，小孩子家懂什么，带弟弟出去玩去。"妹妹们遭到母亲的斥责后带弟弟出去了。

一向家里的事从不做主、少言寡语的父亲问道："为什么突然想起要去当兵？"

艾大海把为什么当兵的理由向大人们一一做了汇报。

父亲听后觉得在理，又说了一句："要去就做出个人样来。"

"好！"父亲这一关过了，艾大海心里暗喜。父亲是有他的盘算的，这么多年来，家里的负担太沉重了，压得他喘不过气来，儿子去当兵了，不增加负担反而能减轻他的压力，好事啊！

爷爷用昏花的双眼望着充满希望的长孙，好像一记重拳狠狠地将他击倒在地爬不起来似的说不出话来，只摇头叹息地说了一句"儿孙自有儿孙福"后，步履蹒跚地走开了。

母亲泪流满面地哭诉道："我不答应，我不答应，砸锅卖铁也要供你上大学。"

家庭会议不欢而散，没有结果。

爷爷对这个长孙疼爱有加，打小学起，这个长孙年年都是三好学生，每个学期都有奖状拿回家，家里虽穷，但孩子争气，他这个已入土半截的人仍起早贪黑不停地干，为的就是供他读书，将来能出人头地，光宗耀祖。爷爷把一切希望都寄托在这个长孙身上，长孙暑假里和同学去贩鱼，就是他把棺材本拿出来凑的钱。长孙眼看要考大学了，那可是全国统考，是考状元呀，而今长孙要去当兵，断送自个儿的锦绣前程，他只有无奈和叹息。

大海和爷爷平时祖孙关系极好，他对爷爷非常敬重孝顺。他怕爷爷伤心，便跑到爷爷跟前跪下，流着泪安慰爷爷说："孙儿不孝，不能在爷爷膝下承欢尽孝，自古忠孝难两全，孙儿决不会让您失望的，一定会做出人样来给爷爷争光的。人生出路不是只有读书一条路，我到部队也能干出一番事业来，请您老放宽心。"爷爷摸着孙儿的头老泪纵横地说："你长大了，你自个儿事自个儿做主，爷爷老了，不中用了，看不到四世同堂了。"

母亲是家里的主心骨，艾大海对母亲又敬又爱，从不违背母亲的意志做事，母亲不答应，当兵的事就会泡汤，怎么办？

今天上午，有一个拉着二胡、用一根小竹竿探路的中年盲人总在艾大海家门前转悠，艾大海的母亲为儿子要去当兵的事正着烦，二胡阵阵琴声扰得她更加心神不安，一边纳鞋底一边想心事的她干脆放下手中针线活把盲人叫进屋，要替儿子算算命。

"请问大婶要给谁算命？"盲人坐下后喝了口茶问道。

"我儿子。"

"说说您儿子的生辰八字。"盲人说。

"1944年正月初二半夜子时。"母亲脱口而出。

"哎呀，大婶，恭喜恭喜，大富大贵的命。"盲人捏了捏指头，口中嘟噜一会儿，故作惊讶道。

"哪门子富贵？"母亲问。

“只要出门历练，他将来必成大器，是将才哟。”盲人好像胸有成竹。

“有凶险吗？”母亲不放心地又问。

“有凶无险，不过出远门时最好能冲冲喜。”盲人回道。

“咋个冲法？”母亲急切讨教。

“成亲呀，我先向大婶讨杯喜酒喝，恭喜呀。”盲人拱拱手贺道。

“好！说办就办！”母亲一天多来的焦虑与担心被盲人化解了，脸上终于露出了笑容。

其实，这场算命的戏是艾大海针对母亲信“命”的弱点导演出来的，只是成亲冲喜这一出是盲人自做主张，为了讨好算命者的心理瞎编出来的。

算命后，母亲将成亲冲喜这事给家人转达了，正迎合了爷爷盼四世同堂的心理，爷爷和母亲结成了联盟，非要大海结了婚才同意他去当兵。这么早就结婚，艾大海一点思想准备都没有。

当天晚上，艾大海火急火燎地把夏冬梅相邀到村河边的柳树林里商讨如何应对这些突如其来的变故，一轮明月挂在天空，河水波光粼粼，微风习习，柳叶的婆娑声，青蛙的“呱呱”声，知了的鸣叫声，一对恋人肩靠肩怦怦的心跳声，在这宁静的夜晚仿佛奏出一首美妙的夜鸣曲。

“怎么办？”他征求她的意见。

“什么怎么办？”夏冬梅害羞地明知故问。

“结婚的事呀，刚才不是告诉你了吗，装糊涂！”艾大海急了，接着说，“行或不行，听你的，表个态。”

“现在就结婚是不是早了点？”

“不结婚就当不成兵，唉！”艾大海叹了口气，母命难违呀！

“你平时不是鬼点子多吗？怎么这时就没主意了？”

“要不我们来个真戏假做。”

“怎么个真戏假做？”

“结婚只不过是个形式，我们走走过场，不洞房。”艾大海是个负责的男人，他不想坏了她的女儿身，但万一他为国捐躯了，这么年轻就让她守寡，自己岂不成了罪人。

“不，决不，结婚了就向世人宣告我已为人妻，没人信我们没洞房，我知道你想保住我的清白，但我结婚了就不是姑娘了，生是你的人，死也是你的人。反正这辈子非你不嫁，结婚就结婚，迟早都是你的人。”夏冬梅暗恋的欲火已燃烧了多年，今天终于喷发出来，再也没有什么可掩饰的了，为了自己心爱的人，有什么不能献出的呢！

“梅！”他平生第一次这么称呼他暗恋的女人，兴奋、感激、情不自禁地一把将她搂在怀里，紧紧抱着，吻着。

"海！"当他把她抱进怀里的那一刻，她浑身像触了电似的，也不由自主地伸出双臂紧紧拥抱着自己心爱的人，任凭他吻着，感到从没有过的畅快，仿佛这世界一切都停止了，宁静得出奇，只听到两人"怦怦"的心跳声，全身的血液沸腾着……

"长腿，三妹在家吗？"早上起来，艾大海就告诉了父母，夏冬梅同意结婚，吃了早饭，大海的爹妈就急忙到夏家提亲来了。

"听声音我就知道是你谢大嗓门来了。这么早就来串门，有什么好事？"夏冬梅的母亲王三妹早晨起来就听女儿说要与艾大海结婚的事。知道艾家今天会来提亲，迎出门故意开玩笑这样问。

"无事不登三宝殿，喜事啊，亲家母，亲家公。"艾大海的母亲因高门大嗓，被村里平辈们给她起了个绰号"谢大嗓门"。她领着自个儿的男人，一边进门，一边改了称谓说。

"什么喜事啊？"王三妹见谢大嗓门称呼变了，明知故问。

"我今天是特意到贵府提亲的，不知道你二老是否同意这门儿女亲事？"谢大嗓门一改平时大大咧咧的口吻，上门提亲是求人的事，必须显得格外的真诚和尊重。

"有什么同意不同意，新社会了，婚姻不再是父母包办，讲自由恋爱，一大早，你家小子就把我家丫头邀出去到大队开证明到再去民政局领结婚证去了。"从王三妹的话中听得出高兴与乐意。

"那彩礼的事，您二老有什么要求？"谢大嗓门试探问。

"什么彩礼不彩礼的，我们就这么个独生女，又不是卖女儿，凭我们两家这么多年的交情，我们也开不了这个口。"出乎艾家的意料之外，夏家不打算要彩礼。

"我代表艾家先谢谢了。"谢大嗓门十分感谢，接着说："您二老请放心，我艾家一定用八抬大轿，请一队吹鼓手，热热闹闹风风光光地把您闺女迎进门。"

"你先不忙谢，只许你们艾家热热闹闹，把我们闺女抬走，撂下我们两个老的在家里守冷清，我们才不干呢！"王三妹说。

"那我们多雇两抬轿子，把您二老一同抬来。"谢大嗓门风趣地说。

"呸呸呸，你想把我们二老一同娶进你艾家呀，想得美。"王三妹笑着说。

"你有什么高招？"谢大嗓门不解地问。

"我们也不办什么女儿宴了，你娶媳妇我们嫁女，两场喜事合起来在你艾家一起办，我同长腿商量好了，艾家同意不？"王三妹问。

"那感情好，好主意啊！我们举双手赞成。"谢大嗓门听后高兴极了。

"你家的情况，我们知根知底，办喜事要花钱，我们家自养的鸡鸭，结婚的头天把它杀了，弄得干净利索给你家送去。白菜、萝卜、辣椒小菜之类两家菜园子有的是，小菜不用买，能省则省。"王三妹盘算着说道。

"我们家养了两头猪，大的一百五六十斤了，用来办婚宴，小的养到年底我们两家也够吃。做一道扣肉、一道肉丸子、一道排骨烧萝卜、一道肉丝炒辣椒，光肉就可以做四道菜，加上鸡鸭、鸡杂、鸭杂炒辣椒，一共就有八个荤菜。"谢大嗓门计划着。

"你鱼贩子出身，买点便宜鱼小事一桩。"王三妹补充道。

"买牛肉要花点钱，我想还弄个红烧牛肉，掺点萝卜在里面也算一个主菜了。"谢大嗓门补充道。

"算来有十道荤菜做主菜，十全十美，加上小菜有十多样菜了，够了，够了。"王三妹接着又说，"还要请个好厨子，味道做好点，好吃别浪费，吃得满意就行。"

两个女人你一言我一语，就把喜宴的菜订下来了。

"艾闷子，喝的酒呢？"夏冬梅的父亲人称"夏长腿"开口问。

"酒，酒……"艾闷子一连讲了几个酒字也没有说出个所以然来。

"别理他了，一锥子也锥不出个屁来。在大队的酒厂买三四十斤谷酒就行了。"谢大嗓门瞪了丈夫一眼，接着代他回答了。

"要得，要得。我们两家都是女人当家，里里外外都是女人说了算。"夏长腿发出感叹。

"你是躲懒，撂挑子，凡事不做主，就知道往女人身上推。"王三妹抢白了男人一句。

"一个模子刻出来的，一个样，一个样。"谢大嗓门附和道。

"我们可不敢夺权。"艾闷子小声闷出一句话。

"这个权我们宁可不要，操心操肺的，有本事来拿去，我乐得清闲。"谢大嗓门埋怨道，"谁叫你不争气"这句话她埋在心里没说出口。

"是呀，我们也巴不得交权。"王三妹跟着附和道。

"娘子在上，小生不敢。"夏长腿风趣地说。

一句话，逗得大家都笑了。

"谢大嗓门，我把丑话说到前头，我们闺女嫁过去后，倘若被你这个高门大嗓的恶婆婆虐待，看我怎么收拾你。"王三妹换了个话题。

"天地良心，我哪敢呀！这么多年，我把你家丫头待得比我自个儿的女儿还亲，你我两家相隔这么近，若有半点差池，一阵风就会传到你王精婆耳朵里，你还不把我们生吃了。"谢大嗓门感到冤枉申辩道。

"这倒是事实，要不是看你这么多年，一张喳哇嘴，一副豆腐心，待我丫头好，我们也不会把闺女嫁到你家去。"王三妹平心而论。

"你呀，你个王精婆，这么多年你对我们儿子好得不得了，真是丈母娘看女婿，越看越欢喜。放心吧，不管什么事，我都向着你丫头，替你夏家着想，你嫁个女儿，得了个儿子，你赚大了。"

"女大不中留，女生外相，我们丫头还未嫁进你家就处处替你艾家着想，两家合起来办喜事，就是我们丫头出的主意，你娶了个好儿媳，你才赚大了。"

"你赚了！"

"你赚了！"

"都赚了，都赚了。"艾闷子见两个好强的女人争论不休，赶忙调和道。

"真是三个刁子（鱼）一满港，三个女人一满场，你看两个女人斗起嘴就不得了了。"夏长腿打趣地说。

艾闷子、夏长腿的话逗得四个人都开怀大笑起来。

六月八日，是艾夏两家共同商定结婚的日子，意思不言而喻，六六大顺，"八"谐音"发"，表示开枝散叶，大吉大利。

艾家十多年没有办喜事，为了这一天，艾家老少全家总动员，忙得不亦乐乎，艾大海的母亲更是喜上眉梢，越忙越起劲，把新房布置得张灯结彩，忙杀猪、备酒宴，到处贴满喜字，好一派喜气洋洋的景象。

结婚这天，艾家早早派出喜轿，一路吹吹打打，爆竹声声，好不热闹，特意围绕村子转了一大圈，将新娘迎进了门。

艾大海的父母，随着迎亲的花轿到了夏家，等到花轿离开夏家后，夫妻俩将夏家二老请到他们家共同举办婚礼。

"二拜高堂！"当司仪喊出二拜高堂后，一对新人双双跪下，向端坐在婚礼首席的四位老人行大礼，新娘改口叫爸妈，向公婆敬茶，婆婆急忙扶起儿媳妇，笑盈盈地掏出早已准备好的红包，塞到儿媳手上，笑得合不拢嘴，新郎也改口叫爸妈，向岳父岳母敬完茶。茶后，丈母娘也赶忙将女婿扶起，同样给女婿送了红包，这场婚礼，既保留了些传统习俗，又有新事新办之感，博得前来贺喜的人一声声喝彩。

婚礼仪式完后，两位母亲都进了厨房帮忙操持婚宴去了，迎来送往招呼客人的事就交给了两位父亲。

乌哩那哪，乌哩那哪，吹鼓手的唢呐一吹响，表示贺喜的客人来了。

亲朋好友们来了，邻里乡亲们来了，市征兵办、公社武装部、大队干部也都贺喜来了。艾家屋里屋外挤满了人，忙得两个负责迎来送往的男人，应接不暇，证明两家平时人缘关系之好，特别是上面干部的到来，为两家增添了不少面子，使得邻里乡亲们好不羡慕。

大妹妹艾春草和二妹妹艾柳荷在院子门口摆了张桌子，忙着记录前来贺喜人们的份子钱。虽然只有五角、一块，父母交代一定要记好，日后都要还给人家的。

邻村的周奶奶满头银发拄着拐棍，迈着三寸小金莲来了，她走到交份子钱的桌前，解开右边开口的大衣襟扣子，从肚脐下摸出一个小纸包，用干枯颤抖的手费了好大的劲才将包裹得很严实的纸包一层一层打开，将一分、两分、五分的纸币凑了三角钱要交给艾春草。

"周奶奶，您来了，是瞧得起我艾家，人到人情到，您的钱收好，我艾家不能收。"艾春草见了心酸地说。

"春草丫头，这点钱我老婆子都不好意思拿出手，我是看在你死去的奶奶，我俩姊妹一场，今儿收孙媳妇，来凑个热闹！"周奶奶觉得很不好意思才拿出这点钱。

"周奶奶，您坐，待会儿就要开席了，我先给您倒茶去！"春草起身要扶老奶奶坐下。

"春草丫头，酒席我就不吃了，您周大爷还一身浮肿地躺在家，就这几天的事儿了，他走之前就想尝块扣肉，要不闭不上眼。"周奶奶如实说。

"好，我给您拿去。"春草转身走向厨房。

"丫头，我带了稻草纸用这个包一块就够了。"周奶奶拿出稻草纸说。

"不用，稻草纸浸油，我叫娘用干荷叶给您包好。"

艾春草将事情对娘一说，谢大嗓门急忙用干荷叶包了四块扣肉送到周奶奶手中。

"周大娘，大爷的病还不见好？"谢大嗓门关心地问。

"好不了了，就这几天的事儿了，走了好，免得遭罪。"

"老天不长眼呀！"谢大嗓门怨天道。

"那三年吃不饱，饿死的人不少，得浮肿病的人多了去，他能撑到这一天，活到85岁也算享福了，临走前就想吃块扣肉。"周奶奶摇头叹道。

艾大海知道后，扶着周奶奶出院门，心里暗自立志，要为改变中国贫穷的面貌做出自己的贡献。

酒席开始后，艾大海揭开夏冬梅的红盖头和妻子一同向前来贺喜的人们一桌一桌地敬酒致谢。

"海伢子，你娶了个天仙一样的美女，好福气呵。"

"新郎英俊，仪表堂堂，新娘如花似玉，男才女貌，天生一对呀！"

"同喜，同喜。"

"谢谢，谢谢。"

艾夏两家父亲，连连拱手答谢。

夏冬梅端着茶盆，给每个吃酒席的人都献上红茶叶蛋，艾春草紧随其后收蛋钱，这是当地风俗，表示早生贵子，蛋是夏冬梅从娘家捎来的，连茶盆和盛蛋的碗也是娘家陪嫁来的。收的蛋钱是女儿的私房钱，属夏冬梅所有，收的蛋钱越多，表明女儿身价越高，看到貌美的新娘子，人家心甘情愿多给。

酒宴中午开了20桌，晚上又开了20桌，总算把吃酒的人都送走了。

艾春草把收的份子钱连同账本交到夏家父母和亲爹亲娘手上。

经过清点，艾家收了份子钱300元，夏家收了份子钱200元。夏冬梅收了红蛋钱150元。

通过盘点算账，为了这次结婚，酒宴总共花费了200元。收支两抵艾家还余下了100元。办了喜事不但没亏，还有盈余，艾闷子喜得不行。

"亲家，这余下的100元当抵鸡鸭钱了，都给你们。"谢大嗓门说。

"看，刚成为亲家，又说两家话了，我办女儿宴不花钱，合起来办沾光了，剩下的钱你们留着，将队里欠的超支款还了。"王三妹说。

"就这么办，别啰唆了，男方收的份子钱我们收了，好日后还人家。"夏长腿决定了。

"我收的蛋钱，50元给爷爷，当孝敬他老人家，余下的100元，两个妹妹今年的学费我包了，剩下的我上大学用。"夏冬梅表态说。

"好儿媳，那是你的私房钱，你自个儿留着。"谢大嗓门对儿媳妇的话十分欣慰，有她这句话就足够了，哪能要她的那点私房钱。

"亲家二老别废话了，梅丫头说得在理，你们就成全她好了。"

真是一家人啊，艾闷子夫妇感激得不知道说什么好了。

人逢喜事精神爽，热热闹闹地总算把婚事办完了。艾大海的母亲累了几天也不觉得疲劳，一大早起了身，见儿媳妇正洗一块绒布，泼出来的水是红色的，乐得她心里像开了花似的，急忙躲进房，一个人偷偷地笑个不停。

结婚后的第三天，按习惯女儿回门回娘家，吃完早饭后，艾大海陪着妻子到了夏家。母亲见女儿回门来了，赶忙将女儿拉进房窃窃私语起来。

"我们给你准备的那块绒布用上没有？"母亲问女儿。

"用上啦！"女儿羞答答地低下头小声说。

"见红没？"母亲又问。

"见红了，哎呀，妈，您别问了，读书时上生理卫生课我们学过，我懂。"母亲越问，女儿越感到不好意思，不过她感谢母亲想得周到。事先帮她准备了一块绒布，才没有弄脏新床单，否则第二天早晨起床后就要洗床单，岂不羞死人。

"你婆婆看见没有？"母亲再问。

"我洗绒布泼水时，好像看见了，别问了。大海身体好得很，他没问题。"女儿说完羞得跑了出去。

"这个谢大嗓门，精得很。"母亲一边嘟噜着一边想，为什么结婚三天要回门，就是怕女儿不懂、女婿不行。娘要将经验传授给女儿，一代一代口口相传，怎么现在读书也学这个，搞不明白，不明白。

四、宣誓入党

艾大海结婚后，在等待入伍通知的日子里，心里一直想着几件未了的事，要抓紧办了。

首先想到的是爷爷，他请了木匠把爷爷的棺材打好了，叮嘱父亲等棺材干透了刷好漆，虽不能在爷爷在世时尽孝，也代表了孙儿在爷爷驾鹤西去时送终的一片心意。

白天他在自家和岳父母家自留地将两家的菜园子拾掇好，该挖的挖，该平整的平整，浇水施肥播种补苗忙得浑身湿淋。

晚上忙着向亲朋好友辞行告别。

自从那天晚上和同班同学李平波见面后，李平波第二天就没来学校复习了，他心中明白是他伤了李平波的心，感到很对不起她，决定到李平波家去拜访她。

李平波自见面后，一病不起，茶不思，饭不想，躺在床上整天以泪洗面，她得了相思病。

"你来干什么，就是你害了我女儿，她哪点配不上你，你这个没良心的负心汉，走开、走开……"李平波的母亲将登门拜访的艾大海挡在门外，脸色难看极了。

"阿姨，求求您让我见李平波一面。"艾大海恳求道。

李平波听说艾大海来看她了，以为艾大海回心转意了，高兴地一骨碌从床上爬起来，将艾大海迎进了门。

"你看，我女儿，为了你，人都瘦了一大圈，不吃不喝，一天到晚只知道哭。"李平波母亲埋怨道。

"妈，你还啰唆啥，大海不是来了吗？"李平波瞪了母亲一眼。

"哼！"李平波母亲余气未消转身走了。

"李平波同学，我今天特意来看看你，你几天没回校复习了，高考在即，我很担心你呀。"艾大海说明来意。

"我哪还有心事复习考大学。"李平波两眼紧盯着艾大海，淡淡地说。

"李平波同学，我来的目的，一是劝你回校复习迎接高考，你学习成绩优秀，千万不要因为失恋了就放弃考大学，二是来向你辞行，我报名参军了。"艾大海进一步说明来意。

"参军了，你这么优秀，不考大学了？"李平波吃惊地问。

"国家需要人哪。"

"太可惜了！"

"个人的前途应该服从国家的利益，为国分忧不可惜。"艾大海接着又说，"我结婚了。"

"结婚了？和谁？"李平波更惊了，急忙问。

"夏冬梅。"艾大海说出只为了让李平波死心。

"你俩青梅竹马，她比我漂亮，成绩又好，我竞争不过她。"李平波服输说道。

"李平波同学，我们同窗三年还是好同学，好朋友，我希望你振作起来，争取考上大学，也算替我考了。"艾大海诚心地说。

"好，我答应你，我明天就回校复习，我不相信，考大学我又会输给夏冬梅。"艾大海结婚，反而激发了她考大学的勇气。

"李平波同学，我会永远记住我们的同窗友情。"艾大海见来的目的达到，欣慰地告辞。

杨绍廷老夫子听说艾大海带头报名参军的事后，竭力反对，立即找到朱其来校长。

"朱校长，艾大海可是学校最拔尖的人啊，可不能埋没人才。"夫子一脸怒气说道。

"国家需要人哪，咱可不能阻挡年轻人的报国心呵！"朱校长劝道。

"当兵少他一个未尝不可，国家损失一个栋梁之材损失大唉！"杨老夫子据理道。

"夫子，坐下坐下，消消气，我正要同你商量呢。"朱校长将保送推荐艾大海上大学的事说完后，接着说："教育厅厅长和潇湘大学校长这两个人都是你的得意门生，是否能请您出面给他们说，作为特殊情况处理，关照一下，保留艾大海的学籍。艾大海到部队后由他个人和部队决定，去读书还是在部队，在档案中，我校和武装部都会说明这一点。"朱校长讲了两全其美之策。

"如此甚好，吾当竭尽全力支持也！"杨老夫子点头应道。

语文老师杨绍廷是个爱才如命的人，见艾大海到家来向他辞行，十分高兴。

"感谢老师对我的教育之恩，使我不仅学得了知识，而且懂得了立身处世的道理。"艾大海向老夫子深深鞠躬表示感谢。

"吾从教三十余载，弟子满天下，孺子堪称出类拔萃尔，尔投笔从戎，不悔哉？"

"先生不是经常告诫尔等，天下兴亡，匹夫有责乎！"艾大海意志坚定地说。

"尔去报国，大善也，无可厚非，然若接到重返课堂之通知，望尔切勿错失唉。"夫子坚信教育兴国乃上上大策。

"谨遵教诲。"

"报告。"艾大海叩开朱校长办公室的门。

"是艾大海同学呀，来，请坐。"朱其来校长握住艾大海的手热情迎接。

"校长，我是来向您辞行的。我的中学时代是在一中度过的，在校六年，我感谢母校对我的培养，我一辈子也不会忘记这所摇篮对于我的栽培。"艾大海深情地说。

"你不来我也会派人找你来的。艾大海同学，你过去曾多次向党组织提出申请，根据你品学兼优的表现，再加上党支部这几年对你的考察，决定在你入伍前介绍你加入中国共产党，这是入党志愿书，你如实填好，我愿当你的入党介绍人，并请了历史教师柯志远一同当你的入党介绍人。"朱其来拿出志愿书郑重说。

"谢谢校长，加入中国共产党是我多年的愿望。我一定如实填好志愿书。"艾大海接过志愿书激动得眼泪都掉下来了。

艾大海当即在校长办公室填好了入党志愿书，朱其来接过艾大海的入党志愿书审查一遍后点了点头，动笔在介绍人一栏中写了介绍语，说："另一个介绍人柯志远老师，是我交给他还是你自己去找他？"

"入党是非常严肃神圣的大事，我亲自去请他当我的入党介绍人。"艾大海真诚地说。

"好，你自己去更好。"朱其来称赞说。

艾大海拿着入党志愿书找到柯志远老师，柯老师欣然应允。当即在介绍栏中写了推荐语并签了名。

柯志远老师将入党志愿书交给艾大海时严肃地说："艾大海同学，中国共产党党员，不是一个空洞头衔，而要事事做出表率，时刻想到劳苦大众，为党为国牺牲个人的一切，决不能做一点给党抹黑的事！"

"柯老师，请您放心，我会将我的一切献给党，决不做对党不起的事，否则我对不起母校，也无颜见朱书记和您两位介绍人。"艾大海保证说。

艾大海入党的申请很快审批下来了。

这一天，校长兼党支部书记朱其来在办公室墙上悬挂着中国共产党党旗，并主持了艾大海的入党宣誓仪式。

艾大海庄重地站在中国共产党党旗下，举着右手，由柯志远老师领读，他一字一句跟着复诵宣誓。

"我志愿加入中国共产党，拥护党的章程，遵守党的纪律，保守党的秘密，履行党的职责，永不叛党。为共产主义事业奋斗终生，宣誓人，艾大海。"

"艾大海同志，祝贺你已经成为中国共产党的一名预备党员，预备期一年，希望你在这一年中经受得起党组织对你的考验，能按期转正。"朱其来握着艾大海的手，既祝贺又期待地说。

"谢谢书记，谢谢柯老师！"艾大海含着激动的泪水接着说，"请党放心，我即将入伍，一定在保家卫国的战场上争取立功，决不给母校丢脸。"艾大海信誓旦旦地说。

在党旗下宣誓，多么神圣，艾大海的凤愿实现了，他已经是一名中国共产党的预备党员，兴奋激动的心情无以言表。他将这一喜讯告诉了妻子，告诉了家人，妻子为他高兴，全家人为他祝贺，想到自己是一名中国共产党党员，他感到肩上的担子更重，责任更大了，他彻夜难眠。

五、送郎当兵歌

艾大海穿着崭新的军装站在大门前的台阶上，向前来祝贺的人们行了一个军礼，他英姿飒爽，精神抖擞，让人好生羡慕。

"春草，哥要走了，你是长女，一定要努力学习带好弟妹，多帮父母分担些家务事。"艾大海待祝贺的人们散去后，叮嘱大妹说。

"爷爷，您年岁大了，孙儿不能在膝下尽孝，您一定要保重身体啊。"艾大海既愧疚又深情地对爷爷说。

"爸妈们，你们四位都是年近半百的人了，也要注意身体呀，不要为我担心，我不会给你们丢脸的。"艾大海对父母、岳父母保证说。

"要干出个人样来。"父亲艾闷子还是那句话。

"好男儿志在四方，你放心走，两家的事我们会商量着办的。"岳父夏长腿安慰说。

"菩萨保佑，我儿会平安的。"母亲谢大嗓门双手合十流着泪说道。

"亲家母，海伢子福大命大，吉人自有天相，我昨儿也到庙里烧香叩头敬菩萨，求了个上上签，说海伢子天庭饱满，地阔方圆，前途无量。这是高兴的事啊，莫哭，莫哭。"丈母娘王三妹也宽心地对亲家母说。

王三妹的一番话说得大家都乐了。

六月十五日，艾大海结婚刚好一星期，就是踏上征程的日子，他委婉地谢绝了亲人的送别，他最怕看到母亲哭诉难舍的样子，他怕看到妻子依依不舍、痛哭流泪的模样。带着亲人的嘱咐，艾大海满怀豪情地只身到新兵连集合去了。

芷兰地区一个新兵营，芷兰市一个新兵连，送兵的都是军分区市县武装部首长，新兵营的连干部，排长都是由各工厂抽调的工厂厂长和公社武装部长担任。艾大海担任了城市新兵连的临时班长。

艾大海登上了出发的卡车，车子一发动，他便指挥同车的新兵们唱起了《中国人民解放军军歌》："向前！向前！向前！我们的队伍向太阳，脚踏着祖国的大地，背负着民族的希望……"歌声嘹亮、雄壮，一路向前。

夏冬梅挤在送行的人群中，望着丈夫远去，她含着热泪爬上山坡，唱起了她连夜自创的《送郎当兵歌》：

送郎去当兵

依依惜别难舍分

郎为国分忧满豪情

妻怎能儿女情长缠温情

盼只盼立功的喜报捎回家

盼只盼夫妻的鸿雁早飞临

郎放心，妻安心

牵肠挂肚情深深

送郎踏征程

妻泪湿满巾

郎为国尽忠献青春

妻恪守孝道尽本分

盼只盼祖国统一传佳音

盼只盼振兴中华早飞腾

国家强，人民富

天下享太平

第二章　五个学生兵

一、上了螃蟹岛

运兵的列车风驰电掣般往东开，到达闽州站，新兵们下车在火车站广场等待分配到各部队时，首先看见的是一道道防敌机偷袭的探照灯的白光，一下子让新兵们的神经紧绷起来。芷兰市新兵连的百名新兵坐在背包上，在火车站广场等待分配时，送兵的市武装部政委兼新兵连指导员冯继才和接兵部队的领导商议后，走到新兵连前征询新兵们的意见，问他们是否愿意留在军区警卫团。

"不愿意，我们要到最前线的作战部队。"艾大海从人群中站起来答道。

"我们要求到最前线去。"有人跟着应和。

"对，到前线去。"绝大多数新兵表示赞同。

过了一会儿，冯继才又回来，告知已协商好，可以满足大家的要求，但也要服从组织安排。

新兵们连夜又登上卡车，再换登陆艇，就这样通过汽车、火车、卡车、登陆艇经过五天的跋涉，艾大海、侯金共60名新入伍的战士直接上了海岛。

上岛后的第二天，60名身着绿色军装、腰扎帆布皮带的新兵被带到海岛的最高处列队后，一个大尉军衔的中年军官走到队列前自我介绍说："我叫耿大彪，是守岛部队的副营长，也是你们新兵集训连的临时连长，本来新兵到部队后，要先到团里集训一段，才会分配到海岛上来的，但因当前部队战备任务紧，抽不出人手来，就由我们直接负责新兵的部队各自集训了。今天是我们守岛部队组织新兵集训的第一天，首先进行授枪、授衔仪式，请营政委张文彬同志授衔、授枪。大家欢迎。"

一阵掌声后，从旁边走出一个看起来文质彬彬、三十多岁的中校军官，他向大家敬了个十分标准的军礼，神情十分庄重地说："新战友们，大家好，一路辛苦了，欢迎大家来到守岛部队。我手里的八一军徽、列兵军衔今天分别授予每一个新战士，今天你们已经正式成为中国人民解放军的一员，祝贺大家。中国人民解放军是中国人民的子弟兵，是中华人民共和国的坚强柱石，担负着保家卫国的神圣历史使命，是一支具有优良革命传统、攻无不克、战无不胜的英雄部队。作为这支队伍的一分子，你应该感到十分骄傲和自豪。我希望每一位解放军，都要珍惜它、爱护它，不要玷污了这个光荣的称号。军徽和列兵军衔授予大家后，都将它钉在帽子和领口上，由各班班长来领取。"

六个班长迈着正步出列，整齐地站在张文彬政委前，敬了军礼，代表全体新战士领取了军徽军衔。

接着，张文彬政委拿了一支五六式半自动步枪，双手紧握着说："这杆枪今天授予每个新入伍的同志，表示从今天起大家已是一名解放军战士。枪是每个战士手中的武器，是用来对付敌人的。我希望每个战士要像爱护自己生命一样爱护它，紧握手中钢枪，勇敢地去战斗。现在开始授枪。"

紧跟着，耿大彪副营长叫到一个新战士的名字，战士就出列，张文彬将一杆杆崭新的五六式半自动步枪授予了每一个新战士，授枪仪式既庄重又严肃。

授徽、授衔、授枪仪式后，耿大彪副营长说："请政委讲话。"

张文彬政委一改刚才严肃的面孔，和蔼可亲地说："新战友们，你们来到的部队是六七三三部队四营驻守的海岛部队。你们看，我们驻守的这个海岛像什么呀？"

新战士环顾海岛看了一圈，突然有个战士举手答道："报告，像只螃蟹。"

张政委接着说："对，这个战友答得对，我们守卫的这个海岛名如其形，就叫螃蟹岛。我们站的这个地方就是螃蟹的背壳，这个壳的两边各有四条山脉从高至低延伸到海边，就像是螃蟹的八条腿。请大家再仔细看看前面那两条比较大有些弯曲的山脉，就像螃蟹前面的两条大腿。弯曲得像钳子一样的海边，右边驻守着我们的一个120加农炮兵连，左边驻守着我们的机炮连。两个钳子内就是全岛最大的港口，有五百多米长的沙滩，是敌人选择的唯一登陆点，我们加农炮连和机炮连就守卫着这个港口。这个港口名曰大澳，是全岛唯一的公社——大澳公社的所在地，住着全岛500多户居民共3000余人，其中百分之九十五都是渔民，百分之七十的渔民都住在大澳镇内。我们有一支不穿军装的海上武工队也住在大澳镇内，其他几个渔村都散落在螃蟹岛东西各三条大腿之间的澳口里。东西澳口中，我们各有一个步兵连驻守，螃蟹壳上，靠西侧是我们营部驻地，有一个直属排，在壳上我们有一个高炮连驻守。我们这个岛海拔高度210米，最高处有一个由我们代管，隶属于海军基地的雷达观通站，全岛东西宽三千多米，南北长四千多米，全岛面积约12平方千米。"

张政委把螃蟹岛的地形，驻军、岛民的情况介绍完后，接着问："新战友们，岛上为什么没有高大树木？为什么我们部队的营房和岛上居民的住房都是石头砌成的？"

"报告，因为台风。"

"你叫什么名字？"张政委见两次回答问题的都是同一个新战士，于是问道。

"我叫艾大海。"

"对，大海战友回答正确。"张政委点点头说，"那是因为台风的袭扰，从内陆来的战友没有经历过，威力可大了，台风所及之处能把参天大树连根拔起，把一般的建筑夷为平地。台风常袭，树木很难存活，所以岛上石头多，植被少，有土壤的地方只能种些伏地爬的地瓜类植物。我们驻军的给养都是从大陆运来的，遇到天气不好，十天半个月船来不了，这是常事。我们的信件，报纸也是运输船捎来的，大家要有个思想准备，个把月看不到家里的来信不足为怪，一来可能好几封一起来。岛上没有城市的喧哗，没有车水马龙，交通不便，通信不畅，四周是茫茫大海，环境艰苦，气候恶劣，生活单调，大家要有吃苦的思想准备。大家也许会问这么座孤岛，为什么要一个副团级的加强营来守？"

张文彬政委停顿了一会儿，接着说："大家看，我们螃蟹岛南面是祖马岛，离我们不过二十海里，天晴时，肉眼可以看到祖马岛上的汽车跑；东面是引西岛，现在可以看到它的轮廓，所用长焦距的望远镜可以看到美国军舰在那里游弋。我们岛处在对敌斗争的最前线。我岛北面是我军驻守的鹰浮岛，西面是大陆，距大陆30海里。那个像葫芦口一样的海口，里面是我们的海军基地。我们岛就像它的门户守卫着海军基地，倘若我们这座岛一旦失守，海军基地的我方舰艇将会被封死在军港内，因此我们的战略地理位置十分重要。过去，对敌斗争策略是打算放弃沿海采取诱敌深入，放敌人进来后再打，所以岛上只有一个连驻守。现在我们改变了对敌斗争策略，御敌于沿海之外，所以增派了一个营的兵力加强驻守海。我也是这时才从军区政治部宣传处下来担任这个营的政委的，比各位战友早到一个多月。如何才能守好海岛呢？当务之急就是要抢修工事，筑暗堡、打坑道。敌人若要夺下这座海岛，可能要派飞机狂轰滥炸，舰炮攻击，只要我们躲进了坑道，保存了有生力量，等攻击结束后，我们再从坑道出来，利用筑构的坚固工事消灭登岛敌人，才能守住海岛，将来犯之敌消灭于海上，滩头前，决不让敌人登上海岛。你们作为刚入伍的新战士，一定要练好军事技术，有了过硬的军事技能，才能更好地消灭来犯之敌。大家有没有信心？"

"有。"

"有决心没有？"

"有。"

新战士们听后一个个摩拳擦掌，回答响亮。

这时，正好守岛部队的营长刘金德来了，这个刘营长五大三粗，从披衣的领口看是个少校军官，脸上最突出的特点是眼角上有一道明显的刀疤，左上眼皮外翻着。

"下面请刘营长讲话！"耿大彪见营长来了，马上请他讲话。

刘营长大大咧咧地走到队列前，豪爽地开了口："来了这么多新士兵，好哇，给咱们添了这么多兄弟，欢迎欢迎。"他双手一抱拳拱手又说，"伙计们，我叫刘金德，人称'刘大麻子'，是负责守这个岛的营长。今儿你们上岛，咱们都是生死患难的弟兄，端了这个当兵吃饭的碗，就不要怕死。打仗只要不怕死，你就走运，子弹专找那些软包、倒霉蛋出气。这是我从战场上学到的经验，我要求我手下的兵个个都如狼似虎、凶悍勇猛，人人都是不怕死的好汉，只要有了这个胆，面对任何敌人，咱们都不怕。"

艾大海入伍当兵后，来到前线，来到守岛部队，第一次聆听部队首长讲话。从张政委的讲话中，了解了这座岛的基本概况，所处地理位置的重要性。东、南两个敌岛近在咫尺，还有敌人虎视眈眈，在家门口巡弋，西有我海军军港，祖国大陆靠守岛部队保卫，艾大海感到肩上的责任重大。张政委的讲话不仅要求在战略上藐视敌人，战术上重视敌人，而且不惧怕岛上的环境艰苦、生活单调，告诫新战友们做好吃苦的思想准备，同时告诫大家要练好过硬的军事技能，做好随时打仗的思想准备。艾大海从中感受到部队首长的亲切关怀，领悟到作为一名解放军战士，要继承和发扬革命的优良传统，切不可玷污了解放军形象。而刘营长的讲话，话糙理不糙，也鼓励他们新兵要有不怕死的胆气，但艾大海听后总觉得让人不舒服。从这个刘麻子营长的形象看，便觉得他这人粗犷；从他的言谈举止中，隐约可见一丝匪气。艾大海将张政委和刘营长一对比，感到两人有天壤之别。张政委一身正气，代表着共产党的形象。

二、九头鸟抖威

张文彬政委查阅了六十名新兵档案，发现其中有四人是从城市来的高中毕业生，还有一个高二学生。为了便于管理，将这五个人安排在新兵集训连的一排一班，由新兵中唯一的中共党员艾大海担任临时副班长。

守岛部队营领导进行了分工，由政委张文彬和副营长耿大彪负责新兵集训，分别担任集训连的临时指导员和连长。六十名新兵分成了两个排六个班，正副排长、班长都是由从各连抽调的骨干来担任，训练的内容主要是队列、射击、投弹、刺杀四项基础训练。

射击训练的第一天上午，由副营长耿大彪讲解当时配备给步兵连的五六式半自动步枪、冲锋枪、轻机枪三种轻武器的分解与组合，并做了示范。射击主要讲打枪、眼睛、准星、目标三点成一线，根据目标的远近如何定表尺，调整好呼吸才能打得准。射击是一门学问，有射击原理，但耿大彪讲不出个子丑寅卯来。他当兵时连枪都没摸过，都是从老兵那里言传身教学来的。在战争中学，实战多了，自己就会了，啥学问不学问的，咱的枪打得也准，一点也不差。

三种轻武器的分解与组合，五个学生表现都不错，尤其是艾大海、肖剑、侯金三人的速度最快，用布蒙着眼睛也能分解组合好，艾大海、肖剑的速度和班、排长不相上下，这使得张政委、耿大彪副营长眼睛一亮，不得不对他俩刮目相看。

下午进行射击训练，新兵一排的战士每人手持半自动步枪在排长的口令下卧倒练习射击。

"目标正前方一百米、表尺三"，当排长口令下达时，正好耿副营长走过来检查，见所有新战士都按口令装上了表尺三，唯独肖剑和艾大海两人没行动，就问："你们俩为啥不行动？"

艾大海站起身回答："报告，我的枪装的是常用表尺，常用表尺就是表尺三。"意思说明他已按命令执行，不用装表尺。

肖剑也站起身说："我的枪表尺也是装在常用表尺上，不用再装，如果按口令再重新装表尺，至少耽误两秒钟射杀敌人的时间。"

"不按口令执行，还有理，乱弹琴。"耿副营长火了，大声斥责道。

"我们有理，没有错。"肖剑大声顶了一句。

部队从来就是令行禁止的，从当兵时起，耿副营长就养成了军人服从命令的天职，从不敢顶撞上级一句。两个新兵竟敢当面顶撞上级，这还了得？于是命令道："站到一边去，好好反省反省。"

艾大海、肖剑两人站到一边去了。

肖剑一米八的个儿，长得虎头虎脑，膀大腰圆，一副虎虎生威样儿。他祖籍山东，看他身板儿确实是山东大汉，却是喝长江水长大的湖北兵，天上的九头鸟，地下的湖北佬，新兵们相互介绍，便给他取了个"九头鸟"的绰号。

"秀才遇到兵，有理说不清。"肖剑站到一边不服气地小声嘀咕了一声。

没想到这一句嘀咕被耿大彪副营长听到了，他刚转身离开又返身回来说："不服气是不？有本事咱比比？"耿大彪心想，不露两手挫挫你们的锐气，还不知道天高地厚。

"比就比，谁怕谁。"肖剑也想趁此机会抖抖威风，满不在乎地回道。

"你呢，不是懂得多吗？敢不敢比比？"耿大彪问艾大海。

"耿副营长要我比，我服从命令。"艾大海见耿副营长把矛头又指向他只好这样回答。

于是，一百米处插上三个半身靶标，耿大彪、艾大海、肖剑每人五发子弹，要进行实战射击比武了。

新兵们都停止了训练，围过来看热闹，张文彬政委闻讯后，生怕出什么事急忙跑过来，但看阵势想阻止也来不及了。

耿大彪居中，艾大海、肖剑站两边，三个人同时压弹上膛，几乎同时出枪，不到十秒钟就完成了射击。取回三个靶标查验：艾大海五十环，耿大彪、肖剑四十九环，靶标一验完，场上一片欢腾。立姿速射，看得新兵们目瞪口呆，班排长们个个伸出大拇指夸道："好枪法，好枪法！"

耿大彪参加了淮海、渡江战役，一路南下，打到东南沿海，又从枪林弹雨中摸爬滚打出来，也曾带过一批又一批新兵，没想到今天有两个新兵蛋竟然当众顶撞他，还说秀才遇到兵，有理说不清，这不是在说他不讲道理吗？于是动了火，耍起了副营长的威风，话赶话说出了有本事敢和他比比的话来，原来只想在气势上唬住他们，却没料到动起真格来。两个新兵不但没被镇住，反而有胆量敢和他射击比武一决高低。结果出乎意料，新兵们的成绩与他不相上下。对这一结果他不仅不生气，反而拍着两个新兵的肩膀称赞道："有种，好样的。"然后对在场的新兵们说："你们要好好向他们俩学习。"他历来最佩服有本事的人。

物以类聚，人以群分，吃罢晚饭，新兵一排一班的五个学生兵聚在一起，谈论起下午射击比武的事情来。

"我今天特意冲了两杯咖啡犒劳你们，你今天为我们高中学生兵长脸了，让人不敢小瞧咱们了。"说话的是新兵姚向英，他说话是上海口音，边说边将两杯咖啡递到艾大海和肖剑面前。

艾大海瞄了一眼姚向英，细挑的个儿，说话娘娘腔缺乏男子汉气质，典型的公子哥模样。艾大海接过咖啡道："谢谢，我喝不惯那苦味儿。"顺手将咖啡给了高中学生兵曾爱发。

"你老土呀，略带苦味才好喝。"姚向英对咖啡颇有研究。

肖剑接过咖啡毫不客气地一饮而尽，曾爱发接过咖啡尝了尝，对肖剑说："难怪大家叫你'九头鸟'，今天你够胆抖威风，敢顶撞副营长，显了本事，还和副营长打了个平手，佩服，佩服。"

"九头鸟，说说看，你的枪咋打得那么好？"侯金插上话问。

"是呀，给我们介绍介绍。"姚向英附和道。

"有理走遍天下，常用表尺就是表尺三，这是普通常识。他副营长想官大压人我不服，有什么顶不得，想拿射击比武吓唬我，哼！我才不怕呢！"人高马大的九头鸟显出一副得意又轻蔑的神态。

"你就那么自信？"侯金反问道。

"我是玩枪舞棒长大的。"肖剑清了清嗓子接着说，"我父亲是淮海战役负伤后转业到汉武体校当校长的，我从小就和体校的教练、学员们生活在一起，我的学习成绩一般，但我酷爱体育，特别偏爱射击、击剑。立、跪、卧三种姿势射击在教练指导下，经过多年的苦练能做到百发百中，教练夸我将来是一名出色的射击运动员。我在家排行老二，上有哥下有妹。我父亲见我不是读书的料，高中快毕业了正巧赶上要征兵，他认为当兵很适合我，想通过战争的磨炼让我成长，就送我到部队当兵了，就这么简单。"

啊！原来是经过体校培养的射击运动员，难怪他有这个胆敢同副营长射击比武。

"艾副班长，你也给咱介绍一下你的枪是怎么打得那么好的？"曾爱发好奇地问。

"是呀，艾副班，你也说说。"姚向英恳求道。

"大海，你给大家讲讲嘛。"侯金也附和道。

"好，既然大家都要我讲，我就讲几句。今儿下午我本来不想闹到那一步的，我是被迫上场的。射击是一门学问，从理论上，我们在初中物理课堂上学过万有引力、抛物线、弹道轨迹，在座的高中生都了解。为了掌握这方面的知识，我从图书馆借阅了《射击学原理》来钻研。从实践上讲，那时我还在读初中，班上有个同学的父亲是体委的，家里有一支小口径步枪。他家住在城里，麻雀少，我家就在城市近郊农村，离城很近。他每个星期天都邀请我去打麻雀，开始还只能打二三只，打的次数多了，枪自然越打越准，一天能打几十只，麻雀交学校食堂处理，食堂的师傅将麻雀去毛做菜。后来，高中三年每年开学前，我都会参加市武装部组织的军训，进行了几次实弹射击后，枪自然打得好，没什么奥妙，就是理论和实践结合。"艾大海很平淡地讲了他的体会。大家听后点头称赞，深受启发。

肖剑和艾大海副班长的讲话，被门外的耿大彪副营长听到了，张文彬找他谈了下午射击比武的事，两人交换了意见，现在他特意来找肖剑和艾大海谈话的。

耿大彪、艾大海、肖剑三人走到营房外的石头上坐下。

"下午，我的态度很不好，动不动就凶人，特别对你们刚入伍的新兵发火更是不应该。对不起，我向你俩道歉。你俩没按口令行动，但实际已经做了，这个我也知道，我为了维护个人权威不讲理，是我没水平，我向你们检讨。"耿大彪首先承认了错误，做了自我批评。

"耿副营长，您别这样说，下午我也有错，我不应该当众顶撞您，更不应该逞个人英雄主义好表现自己，请批评我吧！"艾大海听了耿副营长的讲话很受感动也自我检讨。

"官大就压人我不服，我没错，是你逼我比武的，我也没有错。"肖剑显出了山东大汉敢做敢当的倔性子。

听了两个新兵截然不同的表态，一个思想境地高，一个得理不饶人，耿大彪心里咯噔一下，感到学生兵真是不好带。于是转换话题问肖剑："你父亲是打淮海时负伤的？"

"是，赵庄阻击战负伤的，现在是个独臂。"肖剑回应道。

"他叫什么名字？"

"肖振武。"

"什么职务？"

"连长。"

"你不是山东胶县人吗？"

"是，父亲负伤后转业到汉武，全家就迁到湖北来了。"

"那你有他的照片吗？"

"有。"肖剑从上衣口袋里拿出他参军时和父亲的合影递给耿大彪，接着问，"怎么，您认识我父亲？"

"认——识。"耿大彪接过照片一看，泪水在眼中打转。

何止认识，肖振武就是他日里想、夜里盼，寻找多年的老连长啊！

"当年，我就是他的通信员呀，赵庄阻击战时，一枚炮弹落下来，他扑在我身上，一条左臂被炸飞了，他是为了救我才负的伤。他负伤后被送到后方医院，我随部队南下，从那时起就失去了联系，没想到我的救命恩人老连长今天把儿子送到我手下，真是太巧了。"耿大彪激动地在心里默默说着，但为了不暴露和肖振武的特殊关系而影响肖剑的成长，他强忍住激动的心，告诉两人仅仅认识肖老连长而已。这个九头鸟璞玉还得在部队里经过琢磨才能成器，他决定尽快和老连长取得联系。

通过这次谈话，对耿大彪触动很大，他感到这些城市来的学生兵与过去所带的农村兵有很大不同，他们不仅有文化知识，还有头脑主见，不像他当兵时只会盲从。张政委说得对，我们部队的人员构成正在发生变化，过去百分之九十以上的新兵都是农村来的，今后从城市来的有文化知识的新兵会越来越多，他们将会成为部队的中坚力量。带兵的方式方法不能按照过去的老一套，得加强学习，努力跟上形势的变化啊。

三、假女人的长发

上海某夜总会的歌厅里，一群打扮得花枝招展的美妞儿正演唱着《夜上海》。领唱的是个披着卷曲的金发、穿着高跟鞋、性感迷人的女性，她那娓娓动听的歌声柔情似水，风姿绰约的表演，博得观众们一阵阵掌声，叫好的喝彩声不断，使得领唱者不敢谢幕，不得一首又一首地唱下去，一连唱了十来首，领唱者才彬彬有礼地向观众致歉，走向后台。

领唱的美人下台后，由于上台前喝的啤酒太多，尿急了，还没来得及卸妆，就匆匆跑向男厕所，吓得男厕所的男士们急忙退了出去。可仔细一看，才知道他是个男扮女装的男人，不禁都惊奇地感叹："他太有女人味了，简直就是个女人！"

这个男扮女装的人，不是别人，就是姚向英，他是今晚应夜总会老板邀请，临时上台串串角儿的。

姚向英在家排行老二，上有哥下有妹。父亲是某军区歌舞团团长，母亲是上海某音乐学院的声乐老师。家庭条件优越，母亲对这个小儿子十分溺爱，从小娇生惯养。在上海这个花花世界的大都市里，他经常出入歌厅、泡酒吧，俨然一副花花公子哥儿的样。高中毕业了，文理科成绩都不及格，唯独音乐成绩突出。在父亲潜移默化的影响下，从小就跟着母亲学钢琴、拉小提琴、学唱歌谱曲，一心想当个音乐家。父亲因工作繁忙，对子女的教育关注很少，见小儿子十八岁了，长成这副模样感到分外担心，左思右想，只有把他送到部队经受磨砺，才能改变公子哥的形象，一下决心，便替儿子报名参了军。

姚向英和城市来的学生兵一同分到一个班里参加新兵集训，唯独他格外显眼。单瘦的细个儿穿了件中号军服，好似晾晒在衣服架上显得空荡荡的。眉清目秀的脸上一个小酒窝，恰似贴在墙上一幅美女画。侯金便形象地给他取了个绰号"假女人"。

自此直呼姚向英名字的人极少，"假女人"却传开了。

姚向英入伍后，随身带着一个大帆布拉链提袋，袋里装了一把小提琴、牛奶、咖啡、巧克力，还有梳子、镜子、香皂、香水梳洗打扮之类的东西。他每天早上起床后要喝一杯牛奶，晚上要喝一杯咖啡，对父亲硬逼着到部队经受磨炼吃苦的初衷一点思想准备也没有。

天空刚刚呈现鱼肚色，随着起床号声响起，新战士们一骨碌从床上跳起来，急忙赶往操场，"一、二、三、四"的喊声和有节奏的跑步声，开启了新一天的训练。

起床号声响起时，姚向英还在睡梦中，号声虽惊醒了他的美梦，但他伸了个懒腰，翻了个身又睡了过去。

"姚向英，敌机轰炸了，你还在睡？"班长怒气冲冲地一把将他拽起，大声吼道。

当姚向英跟着班长跑到操场时，早操已进行了一半，正在进行队列训练。

班长没有叫他参加队列训练，而是领着他向山上跑去，以示将早操跑步训练补上。班长在前，他跟着，跑着跑着，两人渐渐拉开了距离。姚向英累得上气不接下气，班长仍一个劲儿地催着："跟上，跟上。"他想坐下来歇会儿，却被班长拽着跑，等跑到山顶，实在跑不动了，一屁股坐下来直喘粗气，这时早餐的号声响了，班长也不管他，径直跑下山去。

班长叫钟志祥，是个超期服役的老战士，要不是紧急备战，他早已退伍回广东农村老家了。他是个从步兵连抽调来新兵集训担任班长的老兵油子，与学生兵好像总隔着一层，融不到一块儿，总觉得有点文化并没有什么了不起。班上共有九个新兵，钟志祥实际上只是四个农村兵的班长，五个学生兵是跟着副班长艾大海的。四个农村兵对艾大海也很亲近，其中有一个是钟班长的老乡，碍于面子更不好得罪他。名义上他是班长，实际上艾大海才是真正的班长。主要原因是钟班长这个人除了对学生兵存有偏见外，还心胸太狭隘，爱搞小动作，暗地里整人。艾大海、肖剑敢于和副营长射击比武、敢于顶撞副营长，枪法又那么好，他不得不服气，但对姚向英这个处处显露出小资情调的新兵有些看不上，又是牛奶又是咖啡，还有巧克力，有空拉小提琴，特别是他说话嗲声嗲气没一点男子气概，哪像个当兵的。还有曾爱发，没事总拿个画板到处画，画的什么又看不懂的，这两人凑在一起，让钟志祥更看不顺眼，暗下决心，非得让他们这臭毛病改正不可。

姚向英从山上回到营房时，早餐时间已过，艾大海将他的早餐带了回来，并将他的内务整理好。等到他忙完洗漱，一个馒头刚送到嘴边，集合的哨声又响起，只好拿着馒头边吃边往操场跑去。

天空万里无云，初夏的太阳毒辣，大地被烘烤得热气腾腾，气温已上升到39摄氏度。操场边上，唯一给海岛增添了气色的是一丛茂密的夹竹桃，此时嫣红的花朵也被晒得低下了头。在这样的天气下搞队列训练，特别是军人要求着装整齐，连风纪扣也不能松开，可不是轻松的了。

队列训练一开始，就是围绕操场跑30圈，每圈200米，几千米跑下来，一个个都汗流满面，背上的衣服都湿透了，休息了一会儿后，又开始练原地前、后、左、右转，然后练齐步、正步走。

练正步时，钟班长总因为姚向英、曾爱发两人的正步不合规范、腿不直、腰不挺、脚抬得不够高，让他俩单独练习。钟班长喊了"1"后，借故检查腿、腰、脚，不喊"2"，让他俩金鸡独立地站着，又检查前摆手是否离胸15厘米，后摆手甩得直不直，幅度合不合要求，如此反复折腾，一个正步练了一个小时。到上午11点，太阳的炙烤，体力的消耗，出汗过多的虚脱，加之又没吃早饭，姚向英中暑晕倒了，不省人事。

艾大海急忙将姚向英背起，放到夹竹桃的阴凉处，将一瓶水倒入他口中，又将万金油擦涂到两边的太阳穴上，解开风纪扣，摘下军帽。艾大海又将自己的上衣脱下，给他扇风，过了好一会儿姚向英才苏醒过来。

钟班长在一旁站着，见姚向英苏醒过来，竟冒出两个字："娇气。"听到从钟班长嘴里吐出"娇气"两个字，艾大海怒火中烧，站起来对钟班长说："班长，因为你是老兵，又是新兵的临时班长，所以我对你很敬重，很多事不和你计较，但从你担任我们班的班长起，你对我们学生兵就有偏见，处处找刺儿，借故为难学生兵，这难道是一个老兵、一个班长的所为吗？"

"我怎么整学生兵了？"钟班长不服气地反驳说。

"今天姚向英中暑晕倒，就是你造成的。"艾大海举例说。

"我是按规范要求做的。"钟班长理直气壮，毫不示弱。

"好，你不承认是不，那我俩按你训练姚向英、曾爱发他俩的方式重做一次，排长带有手表，请他做个见证，我喊口令，半小时为限，你敢不敢？"

"有什么不敢？"钟班长被逼得下不了台，只得硬着头皮答应下来。

艾大海和钟班长站在太阳下，开始比耐力比意志了。

艾大海按刚才钟班长教正步的做法下达了口令"1"，两人同时迈出了右腿，都是金鸡独立地站着，艾大海斜视他一眼，见钟班长单腿站着了，也不管他动作合不合规范。

10分钟过去了，艾大海没有喊"2"，两人仍原地单腿立着，钟班长下巴上一滴滴的汗水开始往下掉。15分钟了，钟班长感到眼冒金星，左腿颤抖，前摆手渐渐下垂，后摆手一点一点向前收了，热浪一浪高过一浪，全身大汗淋漓。他实在坚持不下了，右腿往前着地，感到无地自容，不得不下操，东倒西歪地往营房走去。

艾大海却纹丝不动，动作仍按要求做得十分规范，像个雕塑，好在他读初中时，大热天都赤脚拉过板车，两腿练得有劲，又练出了耐热的身体素质，钟班长这个老兵油子，哪里是他的对手。

钟班长输了，跑开了。新兵们没有理睬钟班长，而是一窝蜂地顶着热浪跑向艾大海，将他抬起，抛向空中，肖剑、侯金、曾爱发嘴里还大声说："出了这口气了。"

姚向英支撑着虚弱的身体站起来，脸上露出了微笑。

第二天下午，送给养的船到了，运的主要是施工用的水泥和生活用的大米，新兵一排一班的任务是将两吨大米和两吨水泥从西澳码头搬运到螃蟹岛上的营部仓库，钟班长又将任务分解，由他带四个农村兵，艾大海带四个学生兵各负责一半，谁先完成谁就可以休息。

艾大海对四位战友只说了一句："战友们，我们要团结，要争气，千万不要让人看我们学生兵的笑话。"说完就麻利地脱下衣裤帽子，只穿了个短裤，带上毛巾、水壶，扛起一百五十斤重的一包大米向山上走去。肖剑、侯金也学着艾大海的样子扛起大米跟了上来，姚向英、曾爱发试着搬一百五十斤一袋的大米，结果搬都搬不动，只好扛水泥。一百斤一袋的水泥扛到他们肩上，走平路倒还勉强，但要上山却很难。

西澳码头到营部仓库距离一千多米，高度一百八十米。

水泥还只扛到半山腰，姚向英一个趔趄不小心摔倒了，水泥袋子弄破了，搞得满脸满身都是水泥，累得全身是汗，口干舌燥，带在身上的一壶水也早已喝干了，躺在山腰的石头上直喘粗气，望着撒落在路边的水泥干瞪眼。曾爱发也和姚向英一样，不仅水泥袋破了，手也弄破了皮，躺在姚向英旁边喘着粗气。艾大海、肖剑递给他俩各一壶水，他俩接过水就咕噜咕噜直往嘴里倒，艾大海叮嘱："慢慢喝，别呛着。"侯金让他俩把长裤脱下，将两条长裤的裤脚扎紧，他们将地上的水泥装进裤筒后扎紧裤腰，然后将装满水泥的裤子分别放在姚向英与曾爱发的肩上，望着他俩向山上爬去。

艾大海三人又继续向码头奔去。码头上只剩下两袋大米了，艾大海从厨房借来一条面粉袋子，将两袋大米分装成三袋，每人一袋，送上山去。

海岛的天气说变就变，刚才还太阳似火，突然间暴风雨就来了，艾大海叫大家用雨衣护住大米，大声对大家说："让暴风雨来得更猛烈些吧！"鼓舞大家坚持到最后，五个学生兵在暴风雨中站立，像群塑雕像般迎着风雨向山上走去。

晚上点名时，排长表扬了包括艾大海在内的五个学生兵，说他们团结协作，相互鼓励，出色地完成了任务，对姚向英、曾爱发能坚持到最后的精神给予了肯定。同时对钟班长所带的分队给予了批评，他们没有扛上来的两袋水泥，受了雨水的浸泡报废了。

五个学生兵心里头美啊！但这次姚向英却累垮了，晚饭也没吃，瘫软在床上，一动也不想动，全身酸痛滚烫，体温三十九度，发起烧来。

艾大海从厨房端来姜汤水，让姚向英喝下，又从卫生员那儿要来退烧药，给姚向英服下，一晚上用冷水毛巾贴在他的额头上帮他降温，照顾他到天亮，肖剑、侯金要替代他，他体贴他俩下午太辛苦了而拒绝，坚持自己独自照顾。

年轻人病来得快，去得也快。第二天姚向英就想吃东西了，艾大海端来稀饭、馒头，姚向英吃完后精神好多了。

学生兵中，除侯金外，其他三人对艾大海当副班长心中多多少少都有些不服气，都是同来的新兵，凭什么他一来就当了副班长，认为他爱出风头，靠讨好张政委才当上副班长的。但通过和艾大海半个多月的接触，从射击比武，到和钟班长比正步，从事事带头以身作则，到关心爱护同志，艾大海渐渐征服了他们的心，姚向英打心底里不得不敬佩。

四、北京画家的画板

曾文浩教授从学院开完会回到家里的画室，嘴里叼着烟斗在画室里来回踱步，思忖了一会儿，他拿起画笔，一口气画了一幅"光荣参军"的宣传画。

"文浩，在家吗？"刘院长边问边进了屋。

"他呀，一回来就躲进了画室。你是又来蹭饭吃？"曾文浩教授的妻子陈娟一边把刘院长迎进门，一边调侃说。

"有什么好吃的，尽管拿出来就是。"刘院长边说边进了画室。他是曾教授家的常客，两人是老挚友，不用客套。

"你行动得蛮快嘛。"刘院长一眼瞅见桌上的画赞扬道。

曾文浩教授把刘院长请到客厅坐下，见院长还拿着画在看，于是说："我听了形势报告后，触发了灵感，一气呵成了这幅画，仿佛又回到了我们的年轻时代。"

刘院长、曾教授夫妇年轻时都是这个美术学院的留校青年教师。当年刘院长组织几个爱国进步青年一同去了延安，曾教授由于妻子陈娟正怀孕，而没有同行，成了他终生最大的遗憾。赴延安去的热血青年后来都成了延安鲁迅艺术学校的骨干，创作了不少成名的革命歌曲和反映革命战争题材的名画。

"可惜我们都老了，不能像当年那样。"曾教授有些惋惜地感叹道。

"怎么就说老了，40多岁正当年呀！"刘院长希望老友配合当前形势，创作出更多的作品来。

这时，大儿子曾爱发放学回家了，向刘伯伯问了声好就往自己的卧室里走。

"发崽，来，坐会儿。"刘院长叫住曾爱发。

曾爱发坐在父亲身边看见沙发上放的画说："哦，参军呀，我们学校今天恰好也开了动员会，号召适龄青年积极报名参军。"

"你多大了？"刘院长问。

"他今年18岁，高中毕业了。"曾教授替儿子答道。

"你高中毕业了，有什么打算？"刘院长问曾爱发。

"我想考你们学院，将来当个画家、摄影家。"曾爱发不假思索地回答。

"他呀，可能受父母遗传基因影响，文理科成绩平平，就是酷爱画画、摄影。"曾教授进一步解释说。

"好呀，子承父业，我支持。不过，他现在还年轻，没有接触社会，更没有生活的积累，哪来创作的灵感。要想成为一名画家、摄影家，就必须要深入生活。"刘院长的一番话点醒了曾爱发，不是考入美术学院就能成名家的。

一语惊醒了梦中人，曾教授一拍大腿道："现在是个好机会，当兵去，一是为国家分忧；二是通过部队的磨炼，对他今后从事绘画、摄影大有好处。"

"这个想法很好，我赞成，但不知陈娟舍不舍得。"刘院长把话题转向曾爱发的母亲。

"我有什么舍得舍不得，当年就是因为怀了这个儿子，使我们夫妻俩都没能去延安，成了终身遗憾，今天有这个机会，若没有把握住，耽误了儿子的前途，岂不又留下遗憾。"坐在一旁的陈娟表了态。

曾教授夫妇、刘院长三人又问曾爱发本人："你怎么想的？"

"当兵就当兵，我听大家的。"曾爱发回答得干脆。

曾爱发就这样报名应召入伍了。

曾爱发，身高一米七、平头、马脸，下巴蓄着一撮毛茸茸的胡须，昭示着对当画家的向往，他无论到哪里，什么都可以不带，唯独画板、画笔、纸等绘画工具和一部用来摄影的照相机必须随身而行。只要有空就要拿出画板，画上几笔，遇到好景，拿出相机拍上两张，生怕景物跑了似的。因一口地道的北京腔，战友们都称他"北京画家"。

吃晚饭后是战士们的自由活动时间，新战士总要到营房外的石头上坐下来请"北京画家"帮他画个全身像。

"画好了。"曾爱发从画板上拿下刚画好的画，递给新战士说："你看看，满意吗？"

画的是新战士的全身像，背景有夕阳的余晖，大海的波涛，飒爽的英姿，特别是军帽下一双眼睛很出神，下面还注明：何武同志在螃蟹岛上。

新战士们都围过来抢着看画像，"像，真像！"大家都齐声称赞。

"北京画家，明天该轮到我了，你可别偏心呀。"一个新战士拿着画像，太羡慕了，很不舍地还给何武。

曾爱发只是点点头，他性格内向，少言寡语，不善与人交往。

一连几天，新战士们吃了晚饭，轮着帮曾爱发架好画板，专程等他给自己画像，为了画像，有的特意整理好军容，拿着枪，摆出不同姿势，有的还借来望远镜挂在胸前，把画像当成一件非常神圣的大事。大家对曾爱发格外殷勤、敬重，生怕曾画师没有把他想画的意思表达出来。拿到画像的战士都急忙将画像寄回家去。

上岛已20天了，好不容易盼来个星期天放假休息一天。艾大海5个学生兵相邀一起去大澳，曾爱发特意带上画板、照相机。顺着螃蟹岛左前大腿山脉往下，走到半路上，曾爱发定住了，从上往下俯瞰大澳港，渔镇、渔船、港口、沙滩、海浪这景致实在太美了，他急忙拿出相机，从各个不同角度迅速拍下几张照片后，又架好画板开始写生。

"画家，走哇，这景跑不了，虽然今天是第一次来，但以后有的是时间，够你画的。"艾大海催促道。

曾爱发匆匆画了个素描，依依不舍地收起画板跟着一起下山去了。

大澳镇内，与其说是街道，不如说是几条宽不过5米的小巷，巷内只有一家县供销社属下的日用杂品商店，一家渔具商店和一个县邮电局属下的邮政所，该巷长不过百米，谈不上繁华，倒还挺热闹。

姚向英、曾爱发各自从邮政所取回了从上海、北京寄来的包裹，姚向英的包裹大都是牛奶、咖啡、巧克力等，吃的居多，曾爱发的包裹里是母亲给他寄的几卷相机胶卷。

午饭他们就在公社的小餐馆吃的，每人一碗鱼片米线，姚向英给每人一块巧克力招待大家。吃过午饭，他们在大澳的沙滩上捡了些贝壳，五颜六色的贝壳一个比一个好看，挑得他们眼花缭乱，个个爱不释手。艾大海捡到一个大海螺放到嘴边一吹，海螺立刻发出浑厚的响声来，他高兴得跳了起来，侯金则捉到一个小海龟带回营房养了起来。

侯金养的小海龟，曾爱发看后觉得很有趣，用漫画的形式画下来，画后也没把它当一回事，顺手给扔了。侯金将它捡起还在上面写了"王八羔子"四个字，他将漫画偷偷贴在钟班长背后，钟班长背着"王八羔子"的漫画背了一个下午，见了的人都只在背后偷偷地乐，谁也不将它摘下来。快到吃晚饭时，排长发现后，才将它扯下来。

吃了晚饭，等画像的新战士早已架好画架，曾爱发正全神专注地替新战士画着像。突然钟班长怒气冲冲地从背后跑过来，将画板从支架上拿下来，摔在地上，画板一下子摔成了两半，恶狠狠地吼道："我叫你画！"

曾爱发看到自己心爱的画板被摔成两半，好一会儿回不过神来，围观看画画的新战士们也被这突如其来的事搞蒙了。曾爱发气得跑回营房，拿了杆练刺杀用的木枪又跑了回来，两手抓着木枪高高举起枪托，大声冲钟班长吼道："你赔我的画板来，否则我今天和你拼了。"

曾爱发这个性格内向，历来少言寡语，从不和人争执的人今天却一反常态，大有老虎不发威，你当我是病猫之架势。

艾大海闻讯后，急忙跑过来一把夺下木枪，大声说："画家，你冷静点。"

曾爱发试图夺回木枪说："艾副班长，今天的事你别管，他钟志祥欺人太甚了。队列训练他故意整我，我忍了；内务整理他指使人故意搞破坏，害得我次次挨批评，我也忍了；我看他是我们新兵的班长，敬重他，不与他计较，只当是对我们学生兵的严格要求。可今天，他不分青红皂白，无缘无故摔我的画板，这口气我忍不了。"

张政委和耿副营长听说有新兵拿枪要对他们的班长动武后，急忙赶了过来，一看拿的是练刺杀用的木枪，才松了口气，急忙询问怎么回事。

侯金主动站出来说："这事怪我，中午曾爱发同志给我养的小海龟画了张漫画，我从地上捡起他丢了的漫画，又在上面写了'王八羔子'四个字，偷偷贴在班长背后，只想和班长开个玩笑，逗个乐，没想到他会把气撒到曾爱发头上。"

张政委听后，狠狠地批评了侯金，也批评了钟班长遇事不冷静，并责令钟班长赔偿曾爱发的画板。

钟班长自知理亏，不得不答应赔画板。但新兵们心中的气好像没有出完，怪艾大海不该阻止曾爱发，事后小声嘀咕钟班长就是欠揍，应该好好教训他一下才行。

艾大海劝大家得饶人处且饶人，不要再添乱了，这事才平息过去。

五、侯金的恶作剧

侯金，今年19岁，家住芷兰县黄土店乡，家离学校80多里，是在校寄宿生。家有兄弟两人，他是老二，读书迟，原因是不长个儿，8岁时才1米多一点，过了16岁才好些，到读高二时才1.55米。农村的孩子从小经受锻炼，他长得还挺结实，暑假回家参加双抢，一两百斤重的谷子挑起来也不费劲，平时剃个光头，同学中有人叫他"灯泡"，一双小眼睛滴溜溜转，很机灵，爱耍些小聪明，搞些恶作剧，扮个滑稽相，也有人叫他"猴精"，也有人戏称他"矮子矮"。

侯金的母亲，过年的时候到她哥哥家去拜年，正巧碰上舅妈的妹妹也来给姐姐拜年。吃饭的时候，舅舅、舅舅的姨妹夫和侯金他爹三个男人喝酒，酒过三巡后，因为喝的是自家酿的米酒，用杯子喝不过瘾，又改成用大碗。一大碗一大碗地喝，开始没什么感觉，可这酒的后劲大，渐渐地都有了醉意。趁着酒劲，舅舅指着妹妹和姨妹子两个大肚子说："不如你两家结为亲戚，来个亲上加亲，要得要不得？"

"要得，要得。"哥哥发了话，妹妹、妹夫自然应允。

"好事，好事。"姨妹子夫妻二人也很赞同。

当即就点上香烛，滴血为盟，永不反悔。

这个年一家人在一起过得都非常欢喜。

两个大肚子分娩后，妹妹产下个男婴，就是今天的侯金，姨妹子产下个女婴，按盟约两家就结成了娃娃亲。

谁曾想到，男婴侯金不见长。女婴一个劲儿往上长，长到十六七岁竟然就有一米九了，又高又胖，外貌自然不算漂亮。可惜当年没发现这个苗子，不然选进国家女篮，说不定能成为女篮的中锋主将，虽然身胖，但好在身高臂长，站在篮下，只要球传到她手上，两手一伸，就可以轻松将球送入篮筐。侯金之所以跑到离家远的城里读书，就是为了躲避这娃娃亲，他讨厌父母订的这娃娃亲，也最怕见到这个未过门的媳妇，寒暑假回家，儿时的玩伴们总爱拿这事取乐。

征兵开始后，侯金接到父亲的通知，说下学期不能再让他读书了，要他这学期读了先回去成亲。侯金的母亲在生他时难产去世，家里就剩下父亲和他的三个儿子，可想没有女人的家会是什么样子，父亲只想早点把未过门的儿媳妇娶回家。虽然这个未过门的儿媳妇人高马大，但据说操持家务是把好手，早点娶回家，结束这又当爹又当妈的难熬日子，况且亲家那边来人催了好多次了。亲家家里有两个千金，小女儿17岁了，长得如花似玉，也已经定亲，男方聘礼都下了，但按习俗，大女儿不出阁，二女儿不能嫁，亲家为这事很是着急。

侯金在学校读书的成绩属中下等，他自己心中有数，就是再读一年，混到高中毕业，考大学极有可能榜上无名。家里已下了最后通牒，断绝经济，不再供他读书，回去只能遵父命完婚，这是他一百个不愿意的，打死他也不和胖女人结婚，怎么办？机会来了，去当兵。

侯金和艾大海是同乡，又是校友，两人一起参军，一同来到螃蟹岛。对艾大海，他总感到愧疚，要不是他在动员大会上鼓励艾大海带头参军，艾大海肯定已经在读大学了，是他断送了艾大海的美好前途，害得他跟自己一起来吃苦受罪。他经常责备自己，时时感到不安。他对艾大海，不但敬重，而且言听计从。艾大海和耿副营长射击比武，不仅为学生兵脸上争了光。出了气，他作为老乡、校友也沾了光。他逢人便说艾大海在学校里不但是共青团的支部书记，威性很高，而且学习成绩非常好，为国奉献放弃读大学的机会来当兵。他把艾大海处处以身作则、吃苦耐劳、关心同志、事事带头做出表率的事到处宣扬，为艾大海在新兵中树立了良好的形象。

侯金虽是从城市报名参军的学生兵，但也是农民的后代，对钟班长对学生兵存有偏见，借故找碴儿整学生兵的所作所为也十分不满。钟班长找新兵老乡破坏姚向英和曾爱发的内务整理，就是被他发现的。姚向英和曾爱发的内务整理是他帮着一起整理的，一转眼就弄坏了，他就注意观察，发现了其中蹊跷，并告诉了曾爱发。为此事，他暗自为他们鸣不平，决定要报复钟班长。

钟班长有个习惯，每到下半夜都要到营房旁边的尿桶里撒尿。这天吃晚饭时，侯金到厨房里偷偷摸了几把绿豆装进裤袋里。等到钟班长撒尿前，侯金假装起夜，将绿豆撒到尿桶前。钟班长往回走时，一脚踩在绿豆上，往后一滑，直接倒在尿桶边上，半桶尿都倒在他身上，人也摔得不轻，过了好一会儿才爬起来，疼得直哼哼。

等到钟班长洗完身上的尿臊气，咬着牙忍着疼回到床上躺下后，侯金又悄悄起来回到尿桶边，将事先准备好的扫帚、撮箕将绿豆扫干净，再埋在离尿桶几米远、事先挖好的坑里并填平，回来接着睡觉。第二天天亮后，钟班长叫艾大海带全班出早操，说自己半夜起来时摔了一跤，摔伤了腰，疼得不行，还让艾大海帮他请了病假。待全班出早操后，钟班长忍着疼起来，叉着腰到尿桶边看个究竟，没有发现什么，心想，可真奇了怪了，怎么无缘无故就摔倒了呢？

侯金撒绿豆害得钟班长摔伤了腰的事，对谁都没说，钟班长的腰两天后渐好，这事就这么过去了。侯金还故意跑到钟班长旁边，假装关心地说："哎，你真倒霉，怎么不小心点呢？"

六、刺杀训练场上的较量

"杀，杀、杀……"

刺杀训练场上的喊杀声震天动地，新战士们一个个手握木枪，顶着烈日，三个班排成三路纵队，在排长的口令下，按照刺杀动作的要求，喊一声"杀"，前进一步，练得热火朝天。

战士们正练得汗流浃背时，食堂送来了及时雨——放在深井里降温后的绿豆汤。

"解渴，真解渴。"想不到在岛上还能喝到冰绿豆沙，战士们发出感叹。

"这比吃冰激凌还舒坦！"姚向英在上海吃冰激凌是家常便饭，没想到这绿豆汤会比冰激凌强百倍，他在家把吃冰激凌当作一种消遣，哪有正需解渴的体会。

"谢谢食堂的战友们，你们辛苦了。"艾大海代表新战士们表示谢意。

喝了绿豆汤后，各班分开练对刺。

钟班长头戴护盔，身穿护甲，选择的第一个对刺对象是侯金。当侯金戴好头盔、穿好护甲，还没有做好马步迎接对刺的准备时，钟班长大吼一声"杀"，随即将枪头直向侯金正胸前刺来，侯金躲闪不及，应声仰面倒下。

"起来，再来！"钟班长命令道。

侯金倒地的那一刻，猜想钟班长定是因为乌龟的漫画这件事趁机拿他出气。他一个侧身从地上爬起来握好枪，两眼紧盯着钟班长，心里盘算着：好汉不吃眼前亏。于是他不和钟班长硬碰硬正面交锋，而是凭借他人矮、灵活，和钟班长玩起了猫捉老鼠的游戏，东躲西藏，趁其不备，冷不防吼了一声"杀"，给钟班长一枪。钟班长一连吃了侯金几枪，看占不到便宜，只好收枪换下一位。轮到姚向英上场了，姚向英自知不是钟班长的对手，他拿起木枪时，手就有些发抖，还没对阵就畏惧胆怯了。侯金将头盔、护甲脱下，帮姚向英一边戴头盔穿护甲时，一边给姚向英鼓气说："别怕，你把他当个纸老虎，大胆地尽力刺。"

姚向英鼓足了勇气，手握木枪摆好架势，两眼透过头盔死死盯着钟班长，见他要刺过来，立马后退，左边刺杀，向右闪开，右边刺来，向左躲开，按照侯金教的方法经过几个回合，硬是没让钟班长刺到。

几个回合下来，姚向英勇气倍增，胆更大，更显灵活。钟班长从来没把姚向英放在眼里，几个回合都没刺到姚向英，急得他突然往前跨一大步，大吼一声"杀"向姚向英直面扑来。姚向英左右躲闪已来不及了，急忙将身子往下一蹲，枪托着地，木枪直立，刚巧木枪的枪头顶到钟班长的护甲腹部上，使钟班长失去了平衡。姚向英借力将木枪往右一斜，钟班长便朝右边重重地倒了下去。

"好样的，姚向英。"随着钟班长的倒地，全班新战士一拥而上，将姚向英抬起，抛向空中，以此庆贺他赢了。

姚向英做梦也没想到，他竟然能战胜强悍的对手，脱下头盔、护甲后，伸手将钟班长拉起来大气地说了句："不好意思，得罪得罪。"

"和对手过招，不但要凭勇敢，还要凭智慧。"钟班长脱下头盔、护甲后，露出了苦笑，说了句既中听又在理的话，借机下了台。

休息15分钟后，对刺训练又开始了。这一次是钟班长和肖剑练对刺。

肖剑身高1.8米，剃着平头，从小和体校击剑队的哥儿们一起长大，胸肌和肩肌十分发达，长得非常魁梧，浑身散发着青春的活力，好像有使不完的劲。

两个高手过招，肖剑和钟班长各自穿戴好护具后，摆好架势，双方都透过头盔紧紧地窥视着对方，谁也不敢轻易出招。

钟班长当了四年兵，从来没有遇到如此强大的对手，这次他不敢轻视了。肖剑的攻势越来越大，步步紧逼，钟班长凭借多年的经验尽量避开，以此来消耗对方的体力。经过十多个回合的拉锯对峙后，钟班长虚晃一枪，瞅准空档，一声大吼"杀"直向肖剑刺来。肖剑顺势将钟班长的枪一拨，乘势往前一步，回敬了一声"杀"直向钟班长刺来。杀声喊起，枪尖的橡皮头直直地向钟班长正胸护甲上刺来，力量之大，钟班长趔趄往后退了两步，站立不稳，倒在地上。

"起来，再来！"肖剑呵道。

钟班长恼羞成怒，从地上爬起来，手握木枪，不按规定朝护具刺，而是一枪刺向肖剑右大腿，疼得肖剑蹲下身去。

肖剑忍着剧痛，站起身，握着枪，右手将木枪往下一压，左手往上一抬，用枪托朝钟班长的头盔砸去。动作符合规范但力量之大，砸得钟班长的头被震得翁翁作响，眼冒金星，又倒在地上，好在有头盔护着，使钟班长只受了轻微的脑震荡。

闻讯赶来的耿副营长，了解事情的经过后，将肖剑的长裤脱下，发现肖剑的大腿被刺得紫了一块，而钟班长的脑部虽受了震，但并无大碍，他狠狠地瞪了钟班长一眼，骂了一句："活该。"

艾大海和侯金将肖剑扶回营房，又叫来卫生员，替肖剑处理剑伤。

钟班长不按刺杀训练要求，故意伤害新战士的恶劣行为在新兵中传开了，遭到了新兵们愤怒声讨："无耻，卑鄙。"

侯金对钟班长趁他没准备好就突然发起攻击，使他栽倒心中就憋着气，又见他把肖剑伤到如此严重，更是憎恨，这哪里是一个班长的所为，吃饭的时候，他溜进厨房偷偷拿了几个辣椒，制成了辣椒水。

钟班长有个绰号叫"三袋烟"，就是早中晚三顿饭后都要用竹筒制成的水烟筒抽一袋烟。侯金将制成的辣椒水，偷偷地放进了水烟筒里。

晚饭过后，钟班长拿出水烟筒装上烟丝点上火，嘴放进烟筒里，大口地吸第一口时，辣椒水呛得他咳嗽不止，眼泪直流喘不过气来，把水烟筒甩到一边，边咳边骂道："谁这么缺德，往我烟筒里放了辣椒水？"

新战士们见了钟班长的狼狈样，一个个都乐得大笑起来，嘴里不说，心里都在想这就是报应。

七、艾大海舍身救战友

今天是新兵集训的最后一天，完成实弹投掷手榴弹后，明天就要将新兵们分配下去了。

"老耿，你对新兵分配有啥想法？"张政委手里拿着十多份艾大海分配到哪里，他们就愿意跟随到哪里的申请，递给耿副营长，征求他的意见。

"我当兵十多年，带过一批一批新兵，像这样愿意跟随他们一同入伍的新战士，还是第一次。"耿副营长看了申请后发出感叹。

"是呀，一班的九个新兵，八个人个个都写了申请，愿意和艾大海分到同一个班上，二班三班也有几个，可见艾大海在他们心中的威望之高啊！"张政委发出同样的感叹。

"我通过这一个月的观察，艾大海的确表现不错，他不仅事事带头做出表率，还善于团结帮助战友，化解矛盾，不愧是个好苗子。"

"可下面对一班的五个学生兵褒贬不一，早就传闻学生兵不好带，不愿接受学生兵。"耿副营长说出分配学生兵可能很棘手。

"下面连队竟然不想要，我还舍不得将五个学生兵分配下去。"张政委说。

"您是怎么考虑的？"耿副营长听张政委口气好像早有盘算，试探问道。

"我想将一班的九个新兵都留在营直属排，组成一个班，艾大海当班长，肖剑当副班长。其中五个学生兵各有特长，关键是他们有文化，有头脑，由艾大海带领，经过部队的一番磨炼必将大有作为。"张政委把自己想法说出，征求耿副营长的意见，"你看行吗？"

"艾大海刚到部队一个月就当班长，是不是太快了些，下面的老兵们会有抵触情绪啊！"耿副营长听到让他的救命恩人老连长的儿子肖剑当副班长自然心中高兴，但不能忽视老兵们可能会有的抵触情绪。

"你这论资排辈的思想有点落后了，我们就是要不拘一格选拔人才，何况艾大海放弃读大学，又是新兵中唯一的党员，威信高、政治觉悟高，到部队后这一个月的表现也证明他能胜任。"张政委道出他的理由。"行，我赞成。"耿副营长表示了支持。

"新兵分配的事情您拿出个方案来，今晚开个新兵分配会议，把各连的连长指导员都叫来讨论决定。"张政委对耿副营长交代说。

"行。"耿副营长爽快地答应下来，起身要走。

"老耿，今天实弹投掷请你还要再检查一下，千万别出什么纰漏。"张政委叫住耿副营长叮嘱道。

　　手榴弹的投掷场设在西澳的一个山坡上，挖了两条相距不到两米的平行战壕，前面的一条实弹投掷战壕，后面的一条是预备投弹人员隐蔽和观察人员的战壕。投弹没有要求远近，只要投出去便可，主要练新兵实弹投掷的勇气、胆量。

　　今天投掷的顺序，由新兵二排六班开始，投弹的新兵由各班长进行指挥，班长发出口令"预备"就表示先拉下导火绳，"投"就是往战壕外投出去，听到爆炸声便顺利结束，每人一颗手榴弹。

　　投掷进行得非常有序，59名新兵不到3个小时都顺利完成了，还剩最后一名战士姚向英投弹。钟班长见他有些紧张，便帮他把手榴弹盖扭开，将导火绳套在右手投弹的小指上发出口令："预备，投。"

　　"预备"的口令刚出口，姚向英的手就发抖，"投"字一出，钟班长便蹲到战壕里，姚向英却没有把手榴弹投到战壕外而是投到了战壕的边沿上，望着冒烟的手榴弹傻愣愣地站着。

　　在后面战壕里，注意观察的艾大海见状，两手一撑，从战壕内跃起，说时迟，那时快，一个箭步冲向投弹的战壕飞起一脚，将手榴弹踢了出去，然后侧身一翻将姚向英抱住倒在战壕内。

　　"轰！"

　　随着爆炸声响起，张政委、耿副营长、班排长们都赶了过来，只看见艾大海抱着姚向英扑倒压在钟班长身上，耿副营长、肖剑迅速跳下战壕，将艾大海、姚向英拉了起来。

　　"伤到没有？"耿副营长忙问。

　　"还好。"艾大海脸上露出了痛苦的表情，原来他侧身翻倒时，用力过猛，闪了腰。

　　好险啊，耿副营长看到了刚才的那一幕，惊出了一身冷汗。

　　真是英雄壮举啊，张政委看到刚才的那一幕，心里发出了赞叹。

　　肖剑、侯金分别扶着艾大海左右手回营房去了，张政委急忙叫来了卫生员，帮艾大海检查伤情。艾大海咬着牙，忍着剧痛宽慰大家说："不要紧的，休息一下就好了。"

　　艾大海舍身救战友的英雄壮举在新兵中传开了……晚上，新兵分配会议正在进行，耿副营长公布了新兵分配方案后，大家围绕着艾大海一个刚当兵一个月就提拔当班长的事展开了讨论。

　　"听说新兵集训的第一天就发生了艾大海顶撞耿副营长和他射击比武的事，咋回事呀？"步兵一连的连长问。

"这事责任在我，是我逼他比武的。"耿副营长见张政委对他望了一眼，示意让他自己说，他便将比武的来龙去脉一五一十向在座的人和盘托出，最后还补充说："比武之后，我主动向他们承认我的错误，向他俩道歉，但两人却自我批评，认为自己不该当面顶撞领导，逞个人英雄主义。之后，我要他俩当射击教练，他们从理论到实践讲得非常好，新兵们都勤奋练习，进步也很快，本来计划十天的射击训练，不到一个星期就完成了，实弹射击的成绩都在良好以上。"

"我现在向大家介绍一下这一个月的新兵集训，发生在新兵一班的几件事。"张政委见耿副营长把射击比武的事说完，接着把队列训练时钟志祥整学生们，艾大海和钟志祥比正步，钟志祥摔曾爱发画板，艾大海如何息事宁人化解矛盾，还有扛大米、水泥事件，钟志祥本想整学生兵却输给了学生兵，艾大海如何采取急救措施，救中暑晕倒的战友，整夜照顾发烧的战友等事一一说给大家听，接着语气十分坚定地说："我且不说，艾大海在学校是共青团团支部书记，中共党员学习成绩优秀，还放弃读大学的机会来参军，就凭他这一个月的表现，特别是今天舍身救战友的壮举，当班长，你们说他够不够格？"

"请大家看看，新兵们从五湖四海汇集到一起，相处一个月，就有十多个战士写申请，表示艾大海到哪都愿意跟随分配到哪。过去谁见过这种情况，这说明什么？"

"岂止够格，单凭今天救战友一事，还应立功。"文春山副教导员这一个月主要抓抢修工程一事，很少过问新兵训练，第一次听耿副营长和张政委的介绍后立马表了态。

参加会议的连长，指导员们纷纷拿起申请书观看，边看边窃窃私语。

"我到下面听到的都是学生兵组织纪律差，骄傲自大，不服管理，小资情调严重，不好带的坏话，今天听政委介绍后，都事事有因，咋回事呀？"二连指导员，不解地问。

"一连长，你们指定让钟志祥当新兵班长，可结果不怎么样啊，他不仅没起到一个班长的作用，还给老战士们脸上抹了黑，在新兵中造成了很不好的影响。"张政委非常遗憾地说。

"这样的人，根本就不配带兵，简直就是个老油条，今晚你就把他带回去。"刘营长越听越气愤。

"我们看他是超期服役的老战士，入伍几年，团都没入，本想给他一次机会让他当新兵班长，表现好的话，回去提个副班长后再退伍，谁想到会是这样。"一连指导员感到心中窝火，叹了口气说。

"还提什么副班长，不仅不能提，还要给他处分。"刘营长严肃地说。

"摔画板这事已经给了他警告处分了，他应该也知道事情的严重性了。"张政委马上打了圆场，缓和了会议气氛。

最后，会议一致通过了耿副营长的新兵分配方案。

一连连长、指导员连夜把钟志祥带回了连队，这个钟志祥，把一连的脸都丢光了，害得他们在营里抬不起头来。

第三章 历练

一、考验

为期一月的新兵集训结束了。

耿大彪副营长把新兵分配的名单一公布，一排一班的新兵们一个个高兴地跳了起来。51名新兵都分配到各连去了，唯独这个班的9名新兵原封不动地留在了营直属排，要不是艾大海因救战友扭伤了腰，8个新兵非得把这个新任班长抛向空中以此表达他们的高兴劲儿，而今却只能相互握手以示庆贺。

下到连队去的新兵们对一班的新兵投来羡慕的眼光，殊不知在新兵分配的会议上，尽管政委张文彬和副营长耿大彪解释了发生在学生兵身上的一些事情，但在各连的连长和指导员的心中早就留下了不好管理的印象。讲起来一套一套的艾大海，敢和领导对着干的"湖北九头鸟"，娇生娇气的上海"假女人"，挂着相机的"北京画家"，精灵刁钻的"猴精"，个个都是难弄的刺头，听起来就叫人头痛。

"城市来的学生兵有文化知识，咱农民出身，水平有限，带不了他们。"

"打枪不就是三点一线吗？什么地球引力、导弹轨迹、音速风向，射击学原理一大套，我自愧不如，这几个主儿侍候不了，政委您还是把他们留在营里发挥更大的作用吧。"

"我们是作战连队，拉琴唱歌，画画照相用不着，政委是军区宣传处下来的，您留在身边正好派上用场。"

连长和指导员们都婉言谢绝了接收学生兵。张文彬政委听了大家的发言，轻轻叩击了两下桌面制止大家的议论，说："今天召开这个新兵分配会议，本来想借机向大家推荐人才，在座的各连长、指导员不但不领情，反而冷嘲热讽。好，既然都不愿接收学生兵，我就将这个班原封不动留在营直属排，专门成立一个宣传文体班，往后你们若后悔想要，我也不会给。"

就这样，新兵一排一班9个人原封不动留在营直属排。

这9名新战士，艾大海居前，肖剑排尾，成一路横队站好。站在他们前面的是一个矮个子少尉军官，自我介绍说："我姓武，文武的武，在家排老三，名三郎，是营直属排的排长，比大家多吃几年干饭，年长六七岁，叫我排长，或三郎都可以，往后大家同在一个锅里吃饭，当我兄弟叫我大哥也行。"武排长个儿虽矮，但人却长得很壮实，站在队列前，矮墩墩的像个铁塔，其貌不扬，说话像拉家常似的很随和，一接触，使人感到很亲切。

"我个子矮，没法子，大概和这位战友差不多。你叫什么来的，哦，侯金，'猴精'，那一定很精了。"武排长边说边走到侯金面前想和他比比，结果比侯金还矮一点，这一举动逗得大家扑哧地笑了。

"我请求大家以后别揭我的短，别动不动就叫我矮子，怪让我伤心的。侯金你说是不是？"大家听武排长这么一说，笑声戛然止住了。

"我们营直属排，有一个警卫班、一个电话通讯观察班、一个炊事班，再加上你们这个新组建的宣传文体班，共四个班。你们这个班可是个特殊班呀，绝大多数都是有文化知识的，我对有文化知识的人最佩服，你们都是我的老师，我今后一定要好好向你们学习。我是个孤儿，父母去世得早，没条件读书，当然啦，我个人也不努力。现在好了，有你们这些老师在身边，我一定下决心好好学习，请收下我这个学生好不好？"武排长说完真诚地敬了个军礼。

一班的战士看到眼前的这个武排长既谦虚又随和，一点官架子也没有，和相处了一个月的钟班长形成了鲜明的对此，对他顿生好感。艾大海心想：这个武排长能当上营直属排的排长，一定有他的过人之处，今后要好好向他学习。

新兵集训占用的是直属排的营房。一班不用挪窝，新兵分配结束后，艾大海主持召开了第一次班务会。

"同志们，我听说在座的每一个人都写了申请，要求和我分在一个班，感谢大家的厚爱。刚入伍就当班长，实在是诚惶诚恐，但我一定不辜负大家的信任、领导的安排，我会努力把我们这个班带好。我们九个人如同一家的九个兄弟，今后，大家要团结一致，互相帮助，关心爱护，特别是我有什么不对的地方，一定要及时向我提出批评。这个班除侯金外，我比你们都大一些，以后可以叫我大海，或者大哥。今天我要特别强调的是我们五个从城市来的学生兵，一定要在部队这个大熔炉里自觉地接受熔炼、锻造，这可能是一次痛苦的脱胎换骨。我发誓，从我做起，从一点一滴做起，做出表率，用自己的实际行动，去改变大家对学生兵的偏见，使自己成为一名合格的军人。"艾大海发表了就职演说，虽没有隆重热烈的场面，但其态度是严肃的，言语是真诚的。

班务会上，每个人都表态支持艾大海的工作，副班长肖剑也都表明决心要好好干。

"从明天开始，我们要投入抢修工事中——打坑道。这是劳动强度大，既辛苦又危险的工作，大家要有吃苦的思想准备，同时也要做好安全防护工作。散会后，我、肖剑、侯金各带两个人，分别把警卫班、电话通讯观察班、炊事班的战友请回他们原来的营房，我们新兵集训占用了别人的地盘，让他们住了一个月的坑道。今后我们班一定要尊重、团结兄弟班的战友，多向他们学习。三个组到各班去的时候一定要代表全体新兵对他们表示感谢，接他们回营房，并帮助他们整理好内务卫生。"艾大海在散会前做了安排。

第二天早晨，艾大海领着全班战士，在武排长陪同下，头戴安全帽、肩扛钢钎、大锤、带上打坑道用的必备工具，迎着初升的太阳来到坑道作业的工地上。

"你们班都是新战士，我先问一下，有谁接触过这活儿？"武排长扫视了一下，没有人回答，接着又说，"打坑道首先就是要打好炮眼，在炮眼里装上炸约起爆，将爆碴运走这样一步步向里面推进，就好比挖山洞一样，因为海岛的山都是质地坚硬的石头，所以要通过打炮眼装炸药来进行爆破。打出来的这些山洞称为坑道，坑道内有多条分道，道道相连便于运动，还有多个耳室，便于人员休息和弹药、食品储备。这样的坑道坚固，敌人狂轰滥炸也不易被震塌，便于保存有生力量，避免流血牺牲。关于坑道的重要性和必要性我就不多说了，现在我先教大家怎么打炮眼。"武排长说后，要艾大海扶住钢钎，他拿大锤，如甩花似的一锤一锤向钢钎头砸去，砸一锤，艾大海将钢钎转动一次。不知道砸了多少锤，没多大一会儿，就打成了一个炮眼，武排长停锤，气不喘，只是额头上微微出了些汗。

"打炮眼，关键是摆好架势，利用腿、腰、手臂的力量，眼睛盯住钢钎头，这样打下去才有力量。其次是扶钢钎的人要扶稳扶正，双手要略用点力往下压，打一锤转动一次钢钎，配合好使锤的人的节奏。"武排长边教边示范，接着说，"打炮眼是个力气活，要吃得苦，只要把姿势摆好，熟能生巧没什么难的，大家都是生手，慢慢来，不要急。来，谁先试试？"

"我来。"艾大海拿起锤说。

"我来。"肖剑扶着钢钎说。

艾大海按照武排长讲的要领，锤在钢钎头上面试了试，把大锤抡起来，向钢钎头不偏不倚地砸去。艾大海一锤一锤地打，渐渐感到体力有些不支，停止了打锤，擦了擦额头上的汗和肖剑交换了位置。肖剑拿起锤打得也很顺利，一连打了三百多锤才歇下。

"不错，不错，艾班长和肖副班长初学，就打得这样好，说明他们领悟能力强、理解快。大家就按照方法去练，我相信你们很快就会打炮眼了。"武排长鼓励大家说。

姚向英和侯金一对，姚向英扶钢钎，侯金抡锤。姚向英扶钢钎时，看到侯金抡的大锤砸下来时，生怕把钢钎扶偏了，结果一锤下来还是砸到他手上，痛得他"哎呀"一声，一屁股坐在地上捂着手喊叫起来。侯金丢下锤，急忙跑到姚向英跟前连说了几声对不起。

武排长见姚向英的手被砸出血，赶忙用纱布给他把手包起来，对围过来的人说："不碍事的，你们初学，这样的事难免会发生。我初学时，手也被砸到过好多次。出现这样的事，主要姚向英怕砸到他，眼睛盯着锤子去了，没把钢钎扶正造成的。来，再试试。"武排长鼓励姚向英再试一次。

姚向英忍着痛，在武排长的鼓励下把钢钎扶正，武排长在他身边说："你只管扶好钢钎，不要看锤子，放心好了，侯金，不要有顾虑，把姿势摆好再来。"

有武排长在身边壮胆，两人的心都放下了。这一次侯金的锤正好砸到钢钎头上，一下、二下……渐渐地，姚向英配合着侯金将钢钎转动着，胆子大起来，侯金抡锤子时也越来越有劲了。

曾爱发拿锤在手中掂了掂，感到有些沉，八磅重的大铁锤可不比拿画笔那么轻松，要抡起来，甩下去，还要加上腿、腰一起配合。曾爱发糊里糊涂地一锤砸下去，没有砸到钢钎头上，却砸到了扶钢钎的人的手上，痛得扶钢钎的战友叫个不停。艾大海跑过来，手把手地教曾爱发摆好姿势，运用好各方面的力量，试着一锤一锤地学，腿、腰、手臂的力量渐渐配合起来后，铁锤也感到不那么沉了。

"不要急，慢慢来，初学嘛，一锤一锤地练熟了就应用自如了。"艾大海鼓励全班说。

抡锤和扶钢钎两人一组，相互轮流交换着，两天下来，全班九个人的手都砸出了血，浑身都感到酸痛，高强度的体力活对学生兵们都是一个大考验。

收工回来吃晚饭，姚向英望着摆在面前的饭菜直掉眼泪，筷子拿在手上直发抖，碗也端不住，饭菜怎么也扒不到嘴里，曾爱发也和他一个样。班长艾大海一见，赶忙拿来两把勺子给他们，结果勺子也拿不住。

"莫哭，男儿有泪不轻弹，来，我喂你吃。"艾班长边劝边喂起饭来。

"我也喂你吃。"副班长肖剑也拿起勺子给曾爱发喂饭。

吃了晚饭，武排长打来水，帮姚向英、曾爱发俩人洗脸、擦身、洗脚，掀开手上的纱布给伤口涂上紫药水后包扎好，铺好床，叫他俩好好休息。

"当兵嘛，就要有吃苦的思想准备。这点苦算啥，今天多流汗，为的是打仗时少流血。体力劳动，对你们学生兵可是一大考验呀，只要坚持挺过去就是胜利。"武排长安慰鼓励说。

艾大海从武排长的一言一行中感受到，之所以武排长在直属排战士心中威信高，大家都尊重这个其貌不扬的矮个子排长，是因为他爱兵，这就是带兵之道，艾大海受益匪浅。

过了半个月，打坑道的进度渐渐加快了，战士们掌握了打炮眼的技巧，装填炸药爆破的方法，防止塌方搞好安全防护的知识。战士们手上的旧伤刚结了痂，又出新伤，手上的血泡好了，又磨出了一层厚厚的茧子。他们个个饭量大增，身体体能增强了，人也长结实了。

这一天爆破后，等烟尘散尽，艾大海带领全班正在低头将爆碴装上斗车时，负责观察坑道顶部的姚向英发现有碎石落下，一块巨大的石头正慢慢地挪动，急忙大喊起来，"班长，你看！"

"不好，快跑。"艾大海顺着姚向英手指的方向一瞧，大声发出命令。

战士们听到命令，立即丢下手中的工具，向巷口飞奔跑去。前脚刚跑出，只听得后面"轰隆"一声，塌方了。好险，战士们返回一看，坑道顶上的巨石已经坍塌下来，把斗车、锹、锄、撮箕全埋在里面，幸好武排长叮嘱一定要派出观察人员，否则后果不堪设想。

武排长对战士从来都是和颜悦色，可有两次他动了肝火，大发雷霆。

一次是侯金为了赶时间，导火索插上雷管时，按规定要用钳子夹紧，他却懒了手脚，没去拿钳子而是将雷管口放到嘴里用牙咬紧。武排长发现后，大声呵斥："你不要命了！万一把它弄响了，把你的嘴都要炸掉。不按规定操作是要出大事的！"他狠狠地批评了侯金一顿。

打坑道，里面点的是电石灯照明。电石只要一沾水就会挥发出气体，气体接触火便会燃烧。

有一次，战士何武晚上为了照明，没有拿手电筒便提着点燃的电石灯去换电石，当时天正下着毛毛细雨。当他正要揭开电石桶去拿电石时被武排长看见，武排长眼疾手快一把夺下电石灯，大声骂道："蠢蛋，你这样做不把你烧死才怪！"

事后，武排长把曾经发生的惨剧讲给战士们听："有一次一个战士也是像今天何武一样去换电石，结果桶里挥发出来的气体一下燃烧起来，将战士烧成了火人。正遇到海上风大浪高，船来不了，抢救不及时，战士因此丢了性命，这样的惨痛教训难道还不能引以为戒吗？"

"同志们，安全第一，我给大家讲过多少次，一定要按规定操作，有的人就是麻痹大意，把警告当耳边风，拿自己的生命开玩笑。我不能这样，我要对我的兵负责呀！"武排长语重心长地对艾大海班上的全体战士说，他的表情极为严肃。

打坑道又苦又累又脏，尤其对学生兵而言，是当兵后遇到的第一大考验，能否闯过这一关，艾大海对此忧心忡忡。作为班长的他，除了事事带头做出表率外，还从武排长身上学会关心照顾每一个战士，将他们视为自己兄弟。艾大海决心带领全班闯过第一个难关，经受考验。

二、价值

打坑道这种又苦又累又繁重的体力劳动，在战时少流血、平时多流汗的思想支撑下，学生兵们咬牙坚持着，忍耐着。可自上岛两个月来，除了刚上岛时的新兵集训，现在整天就是出工收工，到工地和石头打交道，打炮眼装炸药，又苦又累又危险，久而久之，大家思想情绪难免波动起来。

艾大海平时有锻炼，对打坑道这种高强度的体力活虽有些吃力，有点怨言，但依然咬咬牙坚持下来。作为党员班长，他不但自身要做出表率，还要表现出无所畏惧的乐观精神，他更想用自己的实际行动感染大家，为全班做出榜样。

副班长肖剑，凭借身强力壮的身体素质，打坑道这种繁重的体力活自然不在话下，只是日复一日重复着单调乏味的工作，时间一长，难免产生了急躁情绪。

"之前一直说备战，我也巴不得有仗早点打，完事后，我好安心回去读大学。"艾大海也有同样的想法。

"打也好，不打也罢，不是我们决定得了的，到部队来苦点累点，也没啥，我受得了。部队多好，这么多兄弟在一起，相互关照好温暖，我没有奢求，只想在部队好好干，寻找一条好出路行了。"侯金老实说道。

"我胸无大志，还来当兵为啥？不就想为国效力，谁承想来到这茫茫大海孤岛，整天和石头打交道，又苦又累，12年的寒窗苦读白搭了，想当歌唱家的理想破灭了，在这里有何价值，有啥前途可言？唉——真受不了。"姚向英埋怨道。

"上岛后两个月，连个报纸都看不到，十天半月收不到一封信，好像与世隔绝了，一天到晚累得不想起床，想画个画拍个照也没心情，真是累死个人！这样的生活就像被流放到孤岛上，还谈什么理想抱负、个人前途？"曾爱发不满地发泄着。

新兵集训一个月后，紧接着就是打坑道，一个多月下来，艾大海班长感到本班战士刚当兵时的新奇没有了，热情退去，又苦又累的高强度打坑道体力劳动对每一个人都是考验，特别对姚向英和曾爱发这两个上海、北京大城市来的学生兵更是个难过的坎。姚向英之前每天清晨跑到坑道口吊嗓子练发音，现在不练了，晚饭后拉小提琴也不拉了，一收工回来就瘫在床上不动了。曾爱发平时喜欢顺手画个素描，有空支个画架画画，如今看到好景致连拿相机拍照也没心情了，性格内向不善交往的他变得更加沉闷。

"肖副班长，侯金，我们班是一个整体，姚向英、曾爱发他俩的身体素质本来就差，过去又缺少锻炼，劳动这一关不好过。我们要多鼓励他俩，尽量给他俩安排些力所能及的工作，多照顾体贴一些，帮助他们过好这一关，使我们班一个也不要掉队，不要丢了学生兵的脸。"艾大海对副班长肖剑和战士侯金交代说。

姚向英、曾爱发虽然在坑道掘进中负责扶钢钎、观察警戒和后勤工作，战友们都处处关照他们，但大家都辛苦，他俩也感到过意不去，天天如此又哪能心理得？只得硬着头皮逞能，主动替换辛苦的战友，替换的时间虽短，但心中多少能得到点安慰。

连续两天姚向英和曾爱发都没到坑道工地上工，顶替他俩工作的是电话通信班和警卫班的两个老兵，班长艾大海一见奇怪了，纳闷地问："你们两个怎么到我班的工地干事来了？"

"我昨晚值夜班，白天睡不着觉来顶替姚向英的工作，他干这事太辛苦吃不消，我来帮帮他，让他休息一下。"警卫班一个老兵放下大锤擦了擦额头上的汗说道。

"我也是昨晚值了夜班，白天睡不着觉，来顶替曾爱发工作的，以工换工让曾爱发给咱班人画像去了，公平合理嘛！"电话通信班老兵笑着道。

艾大海一听觉得事有蹊跷，姚向英和曾爱发跟电话通信班和警卫班的人不很熟，谁牵线搭桥想到这个点子，想来想去只有侯金才会出这馊主意，便找侯金问："以工换工是不是你安排的？"

"怎么会呀？怎么班里什么事都算到我头上，看我矮些是不？"侯金眨眨眼矢口否认。

"我问了肖副班长他说不晓得，我们班就几个人，不是你是谁？只有你才会想出这个馊主意，如实讲来。"

"咋成馊主意了，我可是一番好心呀，自从你交代要关心照顾他们俩后，我才想到这招的。这招多好，既发挥了姚向英、曾爱发他俩的特长，人尽其用，又满足了两个老兵的心愿。"侯金显得一副得意扬扬的样子。

"说说看咋回事？"艾大海想知道其中的原因。

原来电话通信班的这个老兵看到了曾爱发给何武画像后就一直想请曾爱发帮他画个像寄回家去，几次想开口又找不到机会，了解到这个老兵的心思后，侯金便给他出了这个主意，由老兵顶替曾爱发打坑道的工作，曾爱发给他画像。警卫班的老兵平时喜欢哼个小曲、唱个歌儿，但总是跑调唱不好，闹出了不少笑话，很想找个人教教他，侯金便让姚向英去教他唱歌，老兵来顶替姚向英打坑道的活儿。两个老兵经侯金一撮合欣然应允，达成了以工换工的约定。

"我说你什么好呢？这叫好心办坏事，你关心照顾姚向英、曾爱发的心情可以理解，想了个以工换工的办法，这看起来也合理，但你想过没有，这两个老兵值了夜班不去睡觉，影响战备值班咋办？更重要的是姚向英、曾爱发参加打坑道，虽然又苦又累有些吃不消，但在磨炼的过程中能改造自我，这是任何事也代替不了的。你这不是关心，而是害了他俩，这不是馊主意吗？"艾大海分析道。

"哎呀，我可没你想得这么周到。"侯金一拍脑门，后悔莫及，"电话通讯班还有好几个人都想请曾爱发帮他们画像，警卫班听了姚向英教唱歌后，都想学，现在咋办呀？"

"这件事不能再继续下去了。想画像、学唱歌的，等过了这段时间后利用业余时间再去搞，这事是你牵的线，自然由你去解释妥善处理。记得既不能影响关系又不能伤了姚、曾两人的自尊心。"艾大海再三叮嘱侯金。

侯金以怕影响战备和给学生兵带来怕苦的影响为由，把以工换工的事取消了。姚向英、曾爱发回到工地继续干起了打坑道的活儿。

夜深了，一轮皓月当空，窗外一片银白色，姚向英躺在床上翻来覆去，怎么也睡不着觉，他感到实在难以坚持下去了。这座四面环海的孤岛，没有上海车水马龙、灯红酒绿的繁华，生活极其枯燥乏味，与过去相比，他仿佛一子从天堂跌入地狱。特别是每天与石头打交道又苦又累，劳动强度之大使他难以适应，他开始怨恨父亲将他送到部队来当兵。他决定趁早离开这个鬼地方，便与和他感同身受的曾爱发一起商量，准备换成老百姓的衣服，再雇条渔船离开海岛。但经过这两个多月的相处，他感到班长艾大海待他比亲哥还亲，他感冒发烧艾大海通宵达旦照顾他，练正步中暑了采取急救措施救他，实弹投掷手榴弹舍身救他，打坑道尽量给他安排力所能及的工作，生活上处处关心体贴他，工作上事事照顾他。这一切的一切，他铭刻在心，他感激，明天就要走了，再怎么也应告诉班长艾大海一声，否则太对不起他的恩情了。思来想去，反复斟酌后，他起身叫醒了艾大海，把班长艾大海约到营房外坐下。

"深更半夜的不睡觉，有什么急事？"艾大海揉了揉双眼问。

"大海，我明天就要走了，不告诉你一声，我觉得太对不起你了。"姚向英鼓起勇气说。

"走？去哪儿？"艾大海丈二和尚摸不着头脑。

"我和曾爱发商量好了，打算明天装病，等你们去工地了，我俩换上老百姓衣服到北澳出高价雇条渔船就回家去。"

"曾爱发也同意和你一起走？"艾大海听姚向英一说，当即惊出一身冷汗，睡意全消。

"他开始也有些犹豫，不过后来被我说服动心了，答应一起走，两人有个伴。"姚向英如实答道。

"我很感谢你对我的信任，愿意把这样重大的秘密行动告诉了我，先不用急，你去把曾爱发，顺便也把肖剑、侯金叫来，我们五个学生兵一起商量好不好？"艾大海脑子急速地转动着，为了稳住姚向英，只好用商量的口气。

肖剑、侯金、曾爱发被姚向英一起叫来，五个学生兵坐在一起，肖剑、侯金不知有什么紧急的事把他们半夜叫起来，都静候着。

"好，我们五个学生兵到齐了，我先问曾爱发，你打算和姚向英一起走吗？"艾大海试探地问。

"是，我也想走。"曾爱发整晚也没睡觉，姚向英来叫他，他就知道是因为什么事。

"为什么？"艾大海问。

"你看看我的手，我这是拿画笔的手呀，现在被糟蹋成什么样子了？"曾爱发举着缠满纱布还浸着血迹的双手接着说，"我们十二年寒窗苦读，难道就是为了在这里整天和石头打交道？自来到海岛，我就感觉被流放到了孤岛上，我的人生价值如何体现？我当画家、摄影家的理想怎能实现？"历来少言寡语的曾爱发一连提了几个问题。

"大家也看看我的手，现在变得百孔千疮了，这是谱曲弹钢琴的手呀！"姚向英也伸出缠满纱布有些肿大的双手哭诉道，"现在我就像个劳改犯一样，在这茫茫大海的孤岛接受劳动改造。艰苦的环境，单调的生活，繁重的体力劳动我实在忍受不了了，还谈什么人生价值，理想抱负，唉！真不该来当兵啊！"

"战友们，我们从学校来到部队，是我们人生迈入社会的第一个转折点，这个起点迈得好不好，将决定我们今后一生。姚向英、曾爱发两人已经商量好今天天亮后换上便服离开海岛，这种想法和即将实施的行动，说白了就是开小差当逃兵，一旦实行，后果不堪设想。试想一个逃兵如何在社会上立足？音乐学院、美术学院谁会要一个逃兵？一切将会成泡影，不仅给养育你们的父母脸上抹黑，而且这个污点会让你一生抬不起头来。这种想法是非常错误的，一旦实施，其性质是极其严重的，必须打消和停止。"班长艾大海指出了问题的性质及严重后果。

"你们两人能把自己的想法和准备实施的行动说出来并向班长汇报，说明你们还有组织观念，但你们的想法是错误的，幸亏没有实施，还没有造成不良恶果，否则将背上一辈子的污点，后悔莫及。从城市来的学生兵刚到部队是有些不适应，觉得苦点、累点，但人嘛，总要经受一些痛苦的磨炼才能成为一个有用的人。不经风雨哪能见彩虹？我们年轻，有资本，有信念去坚持住。睡一觉第二天又是新的一天，没有过不去的坎、闯不过的难关。部队多好，这么多战友兄弟在一起，互相帮衬着，领导关心着。你们俩再坚持坚持，一定要挺住啊，现在你们最大的敌人就是自己，只有战胜了自己才能闯过难关，千万不要给自己留下一生的污点呀。"侯金语重心长地劝说着。

"人生的价值是什么，是体现在我们每个人所做的一点一滴上，我们当兵来守海岛是为啥？是为了我们的亲人、全国老百姓能过上平安的日子，这也是人生的价值。敌人近在咫尺，外国军舰正虎视眈眈地在引西岛海游弋，倘若没有我们在这里守卫，一旦有侵略者长驱直入，我们根本无法抵抗。曾经西方列强侵占我国山河、割地赔款的教训还不深刻吗？日本侵略中华长达十四年之久，烧杀抢掳无恶不作，多少家庭流离失所，多少同胞付出了生命的代价才取得抗战胜利。由此可见，当兵守岛责任重大，意义深远，如果国不强民不富，还谈什么个人前途、理想抱负？吃点苦都受不了，一旦战事起，要我们献出生命时，岂不个个都是贪生怕死的懦夫？你们难道愿意当逃兵，丢咱学生兵的脸？"艾大海班长一句句落地有声，一字字铿锵有力。

"好兄弟，一定要坚强，坚持挺住。"

"好战友，人活在世上争的就是一口气。"

"我们班九个人是一个整体，可不能出现一个逃兵呀。"

艾大海、肖剑、侯金三个人你一句，我一句，苦口婆心，动之以情，晓之以理规劝着他们。

"我错了，我不该怕苦怕累想当逃兵。"姚向英对自己的逃跑想法感到羞愧，声泪俱下。

"我知错了，决不当逃兵。"曾爱发也醒悟了。

"知错能改善莫大焉。人的一生会遇到许多难关，希望这一次你们能汲取教训，勇敢面对今后的磨难，战胜自我。"艾大海班长鼓励道。

"咱们是男子汉大丈夫，得顶天立地。"肖剑副班长充满豪情地说。

"好了，今天的事就这么过了，这件事只有我们五个人知道，谁也不准说出去，都烂在心里，以免造成不好的影响，做得到吗？"

"做得到。"

"好，回去睡觉。"艾大海命令道。

姚向英、曾爱发两人此时心情变得轻松了，也从内心感激艾大海。

这一切被查哨的张文彬政委借着月光看得真真切切，听得明明白白，不由得从内心发出赞叹，这五个学生兵都是可塑之材。

三、知识的力量

吃早餐的时候，武三郎排长一手端着碗稀饭，一手拿着馒头边喝边啃走到艾大海身边说："艾班长，今天直属排全体出动，把一台报废了的空压机先运到西澳码头再上船运走。"

"是！"艾大海放下碗，站起身干脆地回答。

艾大海带着全班赶到营部仓库时，警卫班的战士们已把空压机推出坑道口，因为公路尚未修好，机器运下山都是崎岖不平的下坡路，后面要用绳子拽着，两边要扶着，所以需要直属排全体出动。

这台空压机是耿大彪副营长费了好大劲才从团里争取回来的，四个营的副营长都抢着要，最后还是耿大彪机智地提出螃蟹岛与祖马、引西两个敌岛近在咫尺，又肩负门户守卫的重要地理位置等各种理由，团里才决定把空压机给守卫螃蟹岛四营。空压机运上岛的当天，四营官兵像得了宝贝似的欢天喜地，出动了步兵一个连的兵力，前拉后拥两边扶着，费了九牛二虎之力才将这台宝贝运上山。听说这台空压机打炮眼的功效神速，一开机不到三分钟就把两个炮眼打好了，既省力又快，质量又好，不用一锤锤叮叮当当地打了，能把士兵们从繁重的体力劳动中解放出来。正好又赶上打坑道，修公路紧急战备的节骨眼上，各连都抢着要。

开机的这天，营领导和各连连长、指导员都来了，都想目睹空压机的神奇功效尤其是风枪钻孔的威力风采。开空压机的警卫班长唐亮和助手准备好一切工作后，耿副营长下令开机，可一开机装润滑机油的缸罐不到十分钟便胀罐，导致停机了，满怀希望观看的官兵们好似被一桶冰冷的水淋下，从头泼到脚，凉到心里。

接连胀破两个缸罐，唐亮班长急得冒汗，围着空压机转，仔细查找原因可怎么也查不出来。他再也不敢开机了，只得无奈地说："耿副营长，这台空压机质量有问题，运转不了。"大家满怀希望地高兴而来，却只得扫兴而去。

耿大彪副营长听到唐亮的报告后，好似当头挨了一棒，费尽口舌争来的一台空压机，本指望它发挥大作用，却成了一堆废铁，让人好不懊恼。待众人走后，仍不甘心地和唐亮又仔细研究了一番，换了个新缸罐又试了试，结果仍然和前面一样，缸罐又胀破死机，他恼怒地踢了空压机两脚愤愤地走了。

空压机自此被推进了坑道，无人问津，今天就要运走了。

艾大海围着空压机转了一圈，看到空压机上面标明"浦沅通用机器厂制造"的字样，兴奋得不行，一种由衷的亲切感油然而生。

"排长，有了这台空压机打坑道要省多大的力，干吗要运走呀？"艾大海不解地问。

"一个废家伙，运上岛就没有发挥作用，搁在坑道里几个月占地方，留它干啥。"武排长一提起空压机就生气。

"这可是今年才出厂的新机器，要凭指标才能分配名额买得到的呀，怎么会是废家伙？"

"开机没多久缸罐就胀破死机，换了几个新的都一样！"武排长给了空压机一脚，愤愤道："不过就是一堆废铁。"

"还有备用的新缸罐吗？"艾大海问。

"唐班长，你过来。"武排长把警卫班的唐亮班长喊过来问，"艾班长问还有备用的新缸罐没有？"

"只剩一个了，我可不敢用，怕又胀破了。"唐亮班长回答。

"排长，让我试试行吗？"艾大海恳求道。

"你能行？"唐亮班长摇了摇头，很不相信，"你才当兵几天，你能行？"

"船什么时候到？"艾大海问。

"下午。"武排长答。

"让我试试吧，不行再运走也来得及。"艾大海再次恳求道。

"我请示一下耿副营长。"武排长不敢擅自做主，于是又交代说，"唐班长，你先别忙把新缸罐交给艾班长，等我请示回来再说。"

趁着请示的空隙，艾大海安排班里的战士用机油把空压机上的锈迹擦去，清洗一番，海岛的空气湿度大，机器放在坑道里已是锈迹斑斑，全身布满了灰尘，经过清洗后，又露出新的面貌。

直属排的战士们听说艾大海这件事后都议论开来。

"这些从城市来的学生兵，自恃有点文化知识，就是爱出风头。"

"艾大海过去打麻雀练过枪，敢同耿副营长实弹射击比武，这次可不同了，唐班长是接受过专业培训的，他都不行，才入伍的新兵能行？"

"等着看笑话吧，让他出出丑，杀杀这些学生兵的威风也好，哈哈哈……"

大家你一言，我一语，冷嘲热讽地等待看笑话，期盼着学生兵班长艾大海下不了台出洋相。

武排长跑到营部向耿副营长请示，耿副营长不以为意地说："试试就试试，反正是个废家伙，弄坏了也没关系，不耽误运走就行。"

武排长回来告诉艾大海可以试试。

艾大海已把新缸罐换上，把空压机皮管连接在风枪钻机上。

侯金提着一小壶煮沸了的新机油来了。

"侯金，加热了没有？"艾大海关切地问。

"你安排的，我侯金百分之一百执行，温度至少有一百二十度。"

"好。"艾大海接过壶，往缸体内注油，倒满后将罐盖旋紧。一切准备好后，他又仔细检查了一遍，觉得没有问题就开机了。

机器一开，空压机轰隆隆地地响了起来，运转正常，看了眼压力表后他和副班长肖剑各拿一支钻枪，对着地下的岩石钻起来，只听得风枪钻机"突突突"地叫得欢，不到一分钟一个炮眼就打好了，接着两人又各自打了一个炮眼。十五分钟过去了，空压机运转正常，一切顺利。

艾大海关了风枪钻机，大声宣布："空压机质量没有问题，风枪钻机也是好的，一切正常。"

刚才还议论纷纷等着看笑话的战士们，一个个看得目瞪口呆，艾大海埋的战士们都高兴地欢呼着。

唐亮班长压根儿就不相信才入伍又没经过培训的新兵能把这空压机救活，把新缸罐交给艾大海后就走开了，空压机发动后他也没过来看看情况。

武排长亲眼看到打了几个炮眼，高兴地鼓掌连声称道："有本事，有本事。"

"报告耿副营长，机器不用运走了，是好的，是好的。"武排长上气不接下气地跑回去报告说。

"咋回事？"耿大彪副营长急切地问。

"这空压机到艾大海班长手上就活了，听话得很，我也不知咋回事。"武三郎排长道不出个所以然来。

"走，大家一起去看看，看了再回来开会。"张文彬政委听说后，叫上了参加营党委扩大会议的营领导和各连长指导员一起去看。

参加营党委扩大会议的人都来了，他们到空压机现场时，空压机还在不停地运转着。

"报告营长、政委，空压机质量没问题，运行正常，风枪钻机也是好的。"艾大海见首长们都来了，跑上前立正敬礼报告说。

"打几个炮眼给我们看看。"营长刘金德命令道。

"是！"艾大海敬了个军礼，转身和肖剑一起拿起风枪钻机同时开机，对着岩石打起炮眼来。

众人一见风枪钻机"突突突"地向岩石飞快钻去，粉末从炮眼里飞溅而出，不到一分钟，两个炮眼便打好了。"现在是干打，灰尘较大，接上水管，就是湿打，灰尘就没有了。"艾大海关上风枪解释说。

"那接上水管再打两个看看。"耿大彪副营长指示说。

艾大海和肖剑将水管接到风枪上，又连续打了两个炮眼，灰尘果然没有了。这一次大家真正见识了空压机功效威力，风枪钻机快速钻孔的风采。

"这真是个宝贝机器呀！"

"速度又快又好。"

"这要省多少人力呀！"

"可以把人从繁重体力劳动中解放出来。"

连长指导员们七嘴八舌称赞道。

"内行呀！好样的。"耿大彪拉着艾大海的手夸奖并连声说谢。上次开机胀罐死机后，耿大彪自认为拿了个宝贝回来，结果只是捡了个废物，他受了多少气，这一下艾大海不仅给他洗了冤，还挽回了面子。

"唐亮，你说说为啥机器到你手上就死机，到了艾大海手上就能正常运转？"张文彬政委问。

"我也搞不懂，艾班长就是让班上的战士擦了擦锈，抹了抹灰，把机子检查了一下，就开机活了，运转正常缸罐也不胀破了，我实在不明白是怎么回事，我也是这么做的呀。"唐亮班长感到既胆怯又委屈。

"缸罐加机油时，你怎么做的？"艾大海问唐亮班长。

"我加的是新机油呀。"

"冷的还是加热了的？"

"冷的，直接加满了的呀。"

"问题就出在加满机油上。我们平时烧开水、煮饭的时候，水烧开了就会冒热气，壶里的水就会溢出来，煮饭的时候也一样，煮开后会把锅盖顶起来。你加的是冷机油，加满后缸罐盖拧紧了，开机后，机油受热产生的气体无处释放，压力越来越大，最后把缸罐胀破了，润滑主机的机油漏掉了，机器得不到润滑，自然停机了。幸好这台机器主机有自我保护装置，没被烧坏，否则整台机器就报废了。最大的原因就是没有掌握热胀冷缩原理，没有将机油加热，而是直接注满冷机油导致胀破缸罐。"艾大海分析了胀破缸罐的原因。

好好的机器上岛后，正是急需的节骨眼上，却躺在坑道里睡大觉没派上用场，白白浪费了时间，耿大彪一肚子窝火无从发泄，憋屈得冤枉，摇头叹息瞪眼看着唐亮。唉！事情已经过去，埋怨斥责也没用。

警卫班长唐亮人很机灵，人称"机灵鬼"，当时，耿大彪就是看中了他这点，点名要他参加师里的培训，在培训队跟师傅学了两天，唐亮自以为开空压机简单，会开机操作就行了，不等培训结束便跑回岛上。

副营长耿大彪不放心地问他："咋这么快就学会了？"

他还炫耀说："有啥难的，一看就会。"可等到开机那天，一开机便缸罐胀破死机，怎么也查不出原因来，只得无奈说质量问题。听艾大海一说，自己竟是连烧开水的道理都没搞懂，栽了个大跟头，这个脸可丢大了，出尽了洋相，唐亮自知自己无能，感到无地自容，耷拉个头恨不能钻进地缝里去。

"这是台中型柴油机空气压缩机，它的工作原理是由柴油发电机提供电力给风扇，将空气吹入高压泵里，就像给气球打气一样，耐高压的贮存空气被压缩达到一定压力，用皮管将压缩在高压泵里的有强压力的空气，导入风枪驱动连接到风枪装有金刚石钻头的钻杆高速旋转，再坚硬的岩石在高速旋转的金刚石作用下都会被磨成粉末。"

艾大海讲空气压缩机工作原理既通俗易懂，比喻也很形象，几句话就把原理讲得明明白白。对于绝大多数没有文化知识的农村官兵来说，既开了眼界，又长了知识，原来总以为这个宝贝机器很神秘，碰都不敢碰，生怕弄坏了这个铁疙瘩，听他一说顿时明白了许多。

"打枪有射击原理，添机油有热胀冷缩原理，干任何事不仅要知其然，还要知其所以然，成事万物都有它的道理，这就是知识的力量，这也是战斗力呀，往后大家都要努力学习文化科学知识啊。"张文彬政委做了总结。

"谁有功，这台机器就归谁。艾大海有功，就由你们班先用。"营长刘金德发话了。

"是，谢谢营长。"艾大海十分感谢地敬了个军礼。

艾大海班的战士们个个脸上笑眯眯的，推着空压机向作业的坑道走去。

艾大海把死空压机变活，使全营上下看到了文化知识的力量，看到了学生兵的长处，对学生兵的印象有了一点转变。

"班长，你怎么对空压机也懂？"艾大海班的战士们不得不佩服班长为他们争了气，长了脸，都好奇地这样问。

"这台空压机就是我的家乡芷兰市浦沅通用机器制造厂生产的，浦沅厂是三线建设时从上海内迁到我们市的大厂，员工有近万人。这个厂有几十个子弟在我就读的中学读初、高中。我读初三时，我们学校办了个校办工厂，学校派了我和二十几个同学到机器制造厂去学工，学的就是空气压缩机。回学校后，工厂为了答谢学校，也方便他们厂子弟读书，就将我们校办工厂作为编外的附属车间，负责一部分空气压缩机的组装。我每个星期六下午和星期天都会到附属车间去劳动，对空压机的性能、工作原理当然就了解了。没想到今天碰巧遇到了这件事，解决起来自然就容易，也能说出个道理来。"艾大海据实相告，没有半点显摆。

四、熔炼

艾大海率领全班推着空压机，带着配套设备兴高采烈地来到坑道作业的工地上。

"磨刀不误砍柴工，今天上午我先给大家讲这台空气压缩机的结构和操作法。向英和爱发你俩要认真听好了，今后这台空压机就交给你俩操作了。"艾大海对大家说。

于是艾大海拿起工具将空气压缩机的几大件拆下来，——讲解其性能作用和应注意的地方。边拆边讲，还把空压机又重新清洗了一遍，抹上机油、润滑油后又组装好。

"唐亮班长的失误出在注入机油上，没有掌握热胀冷缩的原理，注入的冷机油太满，还没等到空气压缩到高压泵里达到一定的压力，就受热膨胀导致爆缸死机。开机前一定要用热机油将冷机油中的空气排出，机器开后机油有一定损耗，要经常用探针探查还剩多少，少了要及时添入，但不能太满，这上面有一个警示刻度，最多只能加到刻度为止，以防爆缸，切记。"艾大海再三强调。

艾大海讲授了空气压缩机基本知识后，安排姚向英、曾爱发担任空压机机手，由肖剑副班长带领三个人轮流担任风枪钻机手。开始作业了，坑道内干打炮眼灰尘太大，排不出去，艾大海又急忙安排人去挑水，倒入空压机水箱内将水管接上，风枪钻机手的汗水和着泥水湿透一身，也够辛苦的，但比手工打炮眼轻松多了，不到一刻钟的时间，工作面上十六个炮眼便打好了，装填炸药起爆后就等烟尘散尽出爆碴了。

在等待烟尘散去时，艾大海叫来肖剑商量着什么。

"照这样的速度，估摸要不了半个月坑道就能打通也算完成任务了。"艾大海说。

"是呀，早知道有这台机器，我就躺在坑道里睡大觉了，前些日子也不会那么辛苦。"肖剑感叹道。

"我有个想法，应该发挥机器更大的作用，一天24小时不停机，人员分三班倒作业。"

"但我们人手不够呀。"

"这台空压机我们先使用了，以后总要交连队用，不如请求连队派人员来支援，一是可以加快速度，二是顺便帮连队培训了空压机和风枪钻机操作手，一举两得。"

"这个想法好。"

"这里就交给你负责,我去请示汇报。"

"放心去吧,不过,我倒想起个事,你今天把机器修复了,却把警卫班唐班长搞得灰溜溜的,大家在一个排里,我担心今后你和他关系难处了。"

"这点我会考虑的。"

艾大海赶到营部时,营党委扩大会议正好要散会,他来得正是时候。

"报告!"艾大海站在会议室门口大声报告。

"进来,什么事?"耿大彪副营长一看是艾大海,还以为空压机又出了问题,焦急地问。

"报告营长、政委,我有个建议想说,请不忙散会。"艾大海满头大汗。

"有什么建议说说看。"张政委问。

"当前战备情况这么紧,打坑道、修公路任务又繁重,为了发挥空压机的作用,我建议每天二十四时不停机,安排三班倒轮流作业,这样能抢时间加快速度。但我们班分三班作业的话人手不够,请求抽调人员支援。"艾大海说。

"这个建议好,我支持。"耿大彪副营长一听,悬在心里的石头落地,十分高兴,当即表态。

"原来,估计我们坑道作业的任务还要至少两个月才能完成,现在有了机器,又派人支援分班日夜作业,五天就够了,完成任务后,空压机要交到连队使用,支援来的人员我们也可顺便帮助培训空压机和风枪钻机操作,一举两得。"艾大海说出好处。

"我们派一个班支援,他们完成任务后机器可得先交我们使用。"步兵一连李连长抢先表态。

"我们派两个班支援,修公路正缺这宝贝疙瘩啊。"步兵二连洪连长也表示要给予援助。

"要多少人我们给,我们机炮连修工事。打坑道任务重,缺了它不行。"机炮连马连长也不示弱。

连长、指导员们目睹了空气压缩机的神奇功效,都眼馋了,都愿派人支援,目的是得到机器的使用权,又不用派人专门去培训,这样的好事谁不想得到,为此差点争论起来。

"都不要争了,先听听艾大海班长说,每个作业班要多少人?"张文彬政委制止了大家的发言。

"我考虑机器交到连队后,也会实行三班倒轮流作业,每个连至少要培养三名空压机的操作机手,一个作业班要三个人跟班学空压机操作,四个人轮番操作风枪钻机，一个安全防护观察员，一个负责供水的，风枪钻孔打炮眼快，出爆碴人要多，这样才能缩短工作时间，但人太多了施展不开，算起来一个作业班十二个人够了。"艾大海算道。

"如何组织管理？"张文彬政委又问。

"我建议警卫班唐亮班长负责一个作业班，同时担任三名前来学操作空压机学员的师傅。姚向英、曾爱发各负责一个作业班的机手培训，他们俩悟性高，文化基础好，能胜任。我、肖剑、侯金各带一个班。"艾大海回答说。

"你就不要带班了，三个作业班由你统一组织指挥负总责。今天下午五点由步一连派一个班长带十二个人向艾班长报到接班。八小时工作制，步二连接一连的班，机炮连接二连的班，下午就必须安排好。"张文彬政委作出安排。

"要得，就这么定了。"营长刘金德拍板了。

步兵一、二连和机炮连的三个连长指导员听了安排都很高兴。

唐亮一听说艾大海建议仍然要他当师傅教徒弟，更是喜出望外，对艾大海既感激又佩服，再也不嫉恨之前的事了。

艾大海趁吃午饭的时候，召开了全班会议。

"同志们，为了发挥空压机的作用，营首长决定从今天下午五点开始安排三个班轮番作业，一天二十四小时不停机作业。营首长还派了步兵一、二连和机炮连三个班的人员支援，我们班也要分三个班跟随作业。肖剑副班长、曾爱发、张朝阳参加步一连的作业班，侯金、姚向英、徐福友参加步二连的作业班，何武、孙家文、警卫班的唐亮班长加入机炮连的作业班。曾爱发、姚向英、唐亮班长负责到作业班来学习空压机操作的机手培训，前来支援的各作业班都是由各连选派的班长带队。我班参加作业班的人员都要服从各作业班班长的指挥。负责空压机操作的向英、爱发要当好师傅，带好徒弟。肖剑和张朝阳、侯金和徐福友、何武和孙家文你们三个组，要负责风枪钻机手的操作培训。我特别强调，我们融入各作业班后，一定要尊重各连来的战友，万不可以师傅自居，要虚心地向他们学习，要给连队来的同志树立榜样，不要给咱班丢脸抹黑。"艾大海班长再三叮嘱。

"班长，你放心，我们一定会做出成绩，证明我们班的实力。"侯金代表全班表了态。

"好，下午肖剑、曾爱发、张朝阳可以先去休息，五点准时来接班，明天凌晨一点侯金、姚向英、徐福友接班，何武、孙家文明天上午九点接第三班。以后照此交接班。"班长艾大海做出安排。

"唐亮班长，请问一下，空压机的配件还有没有？柴油、机油的储存有多少？"吃过午饭，艾大海问。

"柴油、机油有的是，只是配件没有了。"唐亮班长答道。

"配件哪里能买到？"

"大陆沿海很难买到，我也不晓得哪里能买得到。"

"明天上午九点请您到工地参加机炮连接班开班仪式，负责操作空压机并带好徒弟，不知您接到通知没？"

"武排长已通知我了，谢谢你艾班长。"

"一个排的战友谢啥，对空压机还有什么不明白的，我们再一起研究就是。"艾大海很谦虚地说。

艾大海听说配件难买到，当即写信向母校求援。

下午五点，步兵一连李连长亲自送十二个人来接班了。加农炮连和高炮连两个连长也各带三个人准时赶到。

"咦，宋连长、齐连长你们怎么也带人来了？你们不需要参加支援作业呀。"步兵一连李连长好奇地问。

"支援作业没我们班的名额，我派三个人来学开空压机，不行吗？又不影响你们作业。"加农炮连的宋连长反问道。

"我可做不了主，这事还得问艾班长。"李连长推卸说。

"欢迎、欢迎，机器往后要交到连队去的，只要不影响你们工作，大家一起培训也好。"艾大海爽快地答应了。

"谢谢艾班长，你看艾总指挥都答应了，你肯定也能理解支持。"高炮连齐连长朝李连长扮了个鬼脸笑着说。

"一个作业班连续八小时工作中间要吃一顿饭，补充体力，请连首长们商量看看这顿饭怎么解决。"艾大海提出问题。

"李连长不是小气的人，多几个人的饭不会舍不得吧？"宋连长以开玩笑的方式说着。

"艾班长人都收了，几个人的饭一起送到工地就是。"李连长也通情达理。

"干风枪钻孔是个辛苦活，一身汗一身泥水，两肩用力抗着风枪钻孔，经常浑身酸痛，要有吃苦的思想准备啊。"艾大海事先打预防针。

"我们不怕苦。"带队的向班长代表作业班回答道。

连长们乐呵呵地走了。

向班长带领人进坑道作业，肖剑、张朝阳操作风枪示范教钻孔打炮眼。

曾爱发给九个徒弟讲解了空气压缩机的性能，原理知识以及应注意事项和保养常识。艾大海在一旁听后又做了补充。他感到曾爱发接受能力极强，对空气压缩机的基本知识都掌握了，只是在机器运行过程中遇到意想不到的故障还不知如何排除，慢慢来，在实践中再教，会记得更牢。

艾大海感到自己的责任重大，就一直守在工地上，待在空压机旁一会儿，也跑进坑道内看情况，一刻也不敢松懈。

张文彬政委、耿大彪副营长吃了晚饭后，来工地视察。

"一个作业面打多少炮眼，用时多少？"张政委问向班长。

"一个工作面打四排，每排四个炮眼，共十六个，用时十六分钟，风枪钻孔真快啊！"向班长赞叹道。

"辛苦吗？"

"虽然两肩震得痛，汗水和泥水溅了一身，但比手工打炮眼轻松多了。"向班长对比道。

"打眼，放炮，出碴，一共用时多少？"

"一个小时一排炮。我们干了三个钟头，推进了二米。"

"照这个进度，一个作业班可推进五米，一天三班就有十五米，剩下的七十米不到五天就可完成贯通了。"艾大海估算道。

"原计划呢？"

"原来手工打，上午只放一排炮，下午一排炮，只能掘进一米，足足要辛苦两个多月。"艾大海回答说。

"五天后我们就可推着机器走了，这真是个神奇的宝贝机器"向班长高兴地说。

"注意安全。"张政委叮嘱后出了坑道。

"开饭啰。"步兵一连炊事班的战友送饭来了。

"艾班长，一个作业班十二个人，加上你们班三个，总共十五个人，怎么多了六个人？"耿大彪副营长问。

"120加农炮和高炮连各派了三个学员来学习开空压机的，他们两个连怕把机器交给他们时没有开机手，积极性都很高，我想干脆顺带一起培训了。我还没来得及汇报。"艾大海解释说。

"这两个连都很有远见，很会提前安排。"张政委不但没批评，反而夸赞道。

"还不是看到机器的功效了，早做安排。"耿大彪一语道破。

艾大海一连干了两个班，加上三班倒前一天，他连续二十多个小时没睡觉，眼睛熬红了。班里和连队的战友都劝他回去休息，他仍然不走，不仅没被班里的兄弟们劝退，他甚至直接搬了张行军床，吃睡都在工地上，有问题好及时处理。

姚向英自担任师傅后，对空压机倍加爱护，一有空隙就擦拭机器，忙着加柴油，添机油，水箱缺水了，主动挑水，不摆师傅架子指使徒弟干这干那。开机操作让徒弟轮番学着干，他在一旁耐心指导，手把手教，不厌其烦地讲解，平易近人、循循善诱，同徒弟的关系搞得很融洽，娘娘腔没了，花花公子哥形象改了。出碴时，他看到空气压力够了，便将机器停了，告诉徒弟们，这样做一是省油，二是减少机器磨损，还跑进坑道帮着推斗车。

"向英变了，变得像个战士，与以前怕苦怕累的向英相比像变了个人似的。"艾大海暗自夸道。

"你看好机器教好徒弟就行了。"艾大海关心地说。

"大家都辛苦，我怎么好意思偷懒呀。"姚向英答道。

"咋回事，我只离开一会儿回来，坑道里怎么这么多的灰尘了？"肖剑急急问。

"是我让他俩把水管拔了干打的。"带队的向班长自作聪明地回答。

"停，快把水管接上。"肖剑大声说。

"水打会弄得一身泥一身水的，干打有啥问题？"向班长反问道。

"向班长，你这是好心办坏事啊，坑道内空间小，干打粉尘不易散发出去，又没有带过滤的防护罩，粉尘吸入人体后会得硅肺病。硅肺病很不容易治好，不仅影响健康，削弱战斗力，会害人一辈子呀。"肖剑指出了问题的严重性。

"这么严重？你们有文化的就是懂得多。"向班长惊愕了。

"这样吧，明天把雨衣雨靴带来穿上再进行水打，免得一身湿漉漉的，脚泡在泥浆里很容易溃烂。"肖剑想出解决之法。

"把水管接上，明天照肖师傅说的办。"肖师傅点子就是多，向班长从心里服气。

凌晨四点，接班作业了三个小时，战士们都有些困倦，放炮后，步兵二连带队的白班长催道："都起来出碴了。"

"白班长，再等会儿，我刚才数了一下，十六炮只响了十四炮，还有两炮没响。"负责培训开空压机的姚向英飞快跑上前堵在坑道口拦住进坑道的战士们，他见大家都疲倦了，格外留心数了数炮响。

"轰隆"一声爆炸声突然响起，战士们惊呆了，幸好姚师傅拦了路，避免了一场事故。

好险啊！

"还有一炮没响，我去看看。"风枪操作师傅侯金主动要求说。

"侯师傅，我们这么多人，哪能要你去干这危险的事？"白班长拦住侯金。

"没事，我这人心细，排哑炮有经验。"侯金挣脱白班长的手走进了坑道。

侯金提着电石灯，冒着尚未散尽的烟尘朝爆炸面一看，真还有一炮没炸响。他小心翼翼一点一点地抠出炮眼里的泥土，额头沁出汗珠，手发抖，他心里不断地告诫自己，沉着沉着。他将炮眼里的黄色TNT炸药一筒筒取出，当取出第三筒装有导火索的炸药时，他的心几乎要跳出胸口了，成功将雷管从导火索上拔出后，一屁股瘫坐在爆碴上长长舒了口气，哑炮排除了，他镇了镇神才走出坑道。

等候在坑道外的战士们，一个个的心都提到嗓子眼上，为他担心着，祈祷着，生怕发生意外。

"没事了，导火索没插到位，哑炮了。"侯金一手拿导火索，一手拿着雷管平静地说。

战士们见侯金从坑道里出来，纷纷围了上来，跷起大拇指夸道："好样的。"

警卫班班长唐亮接班后空压机却怎么也发动不起来，急得他围着机器打转也查找不出原因，机炮连接班的战士干等着，几个跟着他的学徒在一旁傻呆呆看着，越发心急火燎，只得叫醒睡在工地行军床上的艾大海。

"艾班长，机器发动不起来，请您去看看。"唐亮实在没辙了，只得向艾大海求助。

艾大海揉了揉布满血丝的眼，不慌不忙走到机器旁，拿起扳手将机器外壳卸下，将柴油机部件用手这里摇了摇，那里摸了摸，又将火花塞拔下一看，随后在工具箱里翻了翻，找出个新的火花塞换上，一开机，机器就发动起来了。

"火花塞磨损了，这不是唐班长的失误。"艾大海向大家解释道。

艾大海处理机器故障，是那样地熟练、快速，令战士们不得不佩服。

"师傅，请喝茶。"唐亮端了一杯茶毕恭毕敬递上，尊敬地喊了艾大海一声师傅。

艾大海趁卸下外壳的机会，向前来学习开空压机的徒弟们，逐一讲解空气压缩的性能、原理、各部件的作用和应注意的事项，给学徒们上了既生动又具体的一课，唐亮听了不得不被折服。

虽然有了空气压缩机，打炮眼的劳动强度减轻了，但风枪钻孔机手一身泥水，两肩酸痛仍干得欢，一个个乐呵呵的，出爆碴、搬大石头手磨出了血，砸伤腿，也没一个人喊苦叫累的，"轻伤不叫苦，重伤不下火线"这种乐观主义精神以及坚忍不拔的意志体现在每一个战士身上。

艾大海班上的士兵们被连队战士们不怕苦和累的乐观主义精神深深感染，连队战士们守卫海岛的决心和意志激励了他们。他们以连队战士为榜样，个个都卯足劲，人人都做出表率，深得连队战士们的好评。特别是学生兵运用有知识的头脑，解决一个又一个难题，既当师傅又当学生，改变了大家对学生兵的偏见，一桩桩感人的事给连队战士们留下深刻印象，在官兵中传为佳话。

张文彬政委和耿大彪听到对艾大海班学生兵的美谈后，甚是欣慰。

"政委，我感到这几个从城市来的学生兵都有变化，像个兵，是个战士了。"耿大彪副营长由衷夸奖道。

"部队是个熔炉，这都是在熔炉里熔炼的结果啊！"张文彬政委用一句话总结道。

五、锤炼

艾大海听机炮连马连长讲，他们支援坑道作业任务完成后，领导请了工兵和海军的专家来传授如何在陆上和海上布雷的知识。听到这一消息，他喜出望外，坑道作业的任务一完成便立即向营里提出申请，要求带领全班到机炮连一同学习并获得了批准。

机炮连驻守在螃蟹岛前右大腿钳形临海的山上，扼守在岛上可供登陆的大澳沙滩前沿，封锁住这个咽喉港口，敌人除在此处登岛再也找不出合适的登陆点了，因此战略位置十分重要。战前在港内沙滩上埋设地雷，港口海面布设水雷，是阻敌登陆的手段之一，十分必要。请专家上岛来传授这方面知识，对守卫海岛的意义不言而喻。

讲授埋设地雷知识的是个工兵连连长，中等身材，二十七八的样子，黝黑的脸上似乎还散发着硝烟味，两眼熠熠生辉，讲桌上摆满了大大小小各种形状的地雷，讲起地雷来如数家珍侃侃而谈。

"战友们，我叫齐国志，是工兵连连长，奉命来讲授埋设地雷方面的知识。这桌上摆的全都是地雷，有很多种类，圆的、方的、大的、小的形状不一，都是我国兵工厂自己研制的。有触发性、绊发性、定时性、磁性等，埋设时根据地形地貌特点，要做到隐蔽、伪装，不易被敌人发现，探测排除……要因时因地因物、因需埋设，总之得根据你们守岛部队特点，视实地情况需要而定，下面我就逐一讲讲这些地雷的特点、性能、安装、拆卸……"

齐连长在上面讲，艾大海在下面边听边记录，并画上各种地雷的图形，他对定时雷、磁性雷尤感兴趣，记录得特别详细。

地雷知识课讲了一上午，下午到大澳沙滩实地埋设地雷。

"我观察了一下这片沙滩，港口和周围环境，要阻击敌登陆艇上岸，沙滩前港湾内，可布设大量的水泥桩、铁丝网，阻敌登陆艇靠近沙滩，万一突破了沙滩两侧可利用暗堡组成密集的交叉火力和沙滩上埋设的大量地雷，有效地抵御登陆之敌，还可以在镇内房屋、巷道内布设些地雷，层层设防，阻敌前进。"齐国志连长向机炮连长建议说。

机炮连马连长听后连连点头。

艾大海听了说："真不愧从战场上下来的，有实战经验啊。"

齐连长示范了在沙滩上埋设地雷的方法后，各班以两人一组，将卸下引信的地雷埋在长达五百米，宽五十米的大澳沙滩，埋设的都是触发性地雷。

第二天，海军舰艇来了个上尉艇长，向机炮连官兵讲解水雷方面的知识和布设法。

海军艇长是都三海军基地中型炮艇的艇长，不到三十岁，从海军舰艇学校毕业就担任了艇长，据说是个有海战经验的人，长得很帅气，神采奕奕，颇有艇长的风范。他带来了两颗教学用的水雷摆在桌上讲道："我叫项辉，是都三基地炮艇的艇长。首先我要感谢螃蟹岛上的驻守官兵，是你们守卫着都三海军基地的门户，使我们能安全地进出基地。今天我奉命来岛讲解水雷布防知识，目的是守卫好我们基地门户螃蟹岛，这也是我义不容辞的责任。"

这位项辉艇长的开场白说得机炮连官兵心里暖暖的，一下子把听课的官兵吸引了。真不愧是海军学校培养的人呀！艾大海心想。

"话说水雷，目前我们使用的水雷都是带磁性的飘浮式和半浮式水雷。所谓水雷当然离不开水，只有在水里才能发挥作用。有人会问，偌大的海面怎么布雷呀？飘浮式水雷要根据潮汐、洋流、敌舰航行的主航道布雷，军舰都是钢铁打造的。为避免触礁，军舰行驶都有航道，在航道上布雷，敌舰经过时，磁性水雷就会被吸附爆炸。水雷的爆炸威力巨大，一般的小型舰艇一旦被吸附爆炸，顷刻间便会炸沉。大型军舰遇到它也会被炸出一个大洞，海水进入船舱后，负伤而逃。所以，舰队编队航行时，前面都有扫雷舰扫除障碍。我观察了螃蟹岛的地形，可供敌登陆选择的港口除大澳外，还有北澳港的一个小沙滩，这两个港口都可用半浮式水雷，所谓半浮式水雷就是不露出水面，而是浮在水中隐蔽的水雷……"

项辉艇长讲述了水雷的结构、安装和拆卸方法、爆炸威力等知识后，又乘坐海上武工队船只实际演示了两种水雷的布设方法，使机炮连官兵又掌握了一种武器知识。

地雷和水雷知识的培训使艾大海与班上的战士们收获颇丰，受益匪浅。不仅掌握了两种武器的知识埋布方法，增强了守岛的决心和信心，趁此机会，他们又向机炮连的战士学习了重机枪、迫击炮、无后坐力炮等重武器使用方法，丰富了军事技能。

得知步兵二连正在开展格斗擒拿、武器泅渡的训练，艾大海又率班加入其中参加训练。

训练场地选择在北澳沙滩，营警卫班的战士个个都是经过培训的格斗擒拿高手，被派下连担任教练，唐亮班长见艾大海班长带着全班主动要求参加训练，对学生兵这种虚心好学的精神表示高度赞扬。

"唐班长，擒拿格斗我们可是门外汉，一窍不通，我们班是来虚心向老师们求教的，可不要保守呀！"艾大海诚恳地说。

"一个排的战友别说见外话，多学点本领是好事，目的都是为了守卫海岛。"经过缸罐事件唐亮班长对艾大海班长有了好感，三班倒坑道作业看到了学生兵的长处，也不再小瞧入伍的新兵了。

警卫班的战士一对一担任起擒拿格斗教练来，同在一个锅里吃饭相处熟了，关系都很融洽，教和学都无拘无束，训练既严格要求平时相处又很和谐友好。

肖剑自认为人高马大，擒拿格斗搏击不在话下，可与唐亮班长搏斗中，唐亮几招便将其制服，动作之敏捷令人惊奇。

"擒拿格斗是一门技术，要讲技巧，仅凭一股蛮力是不能将对方制伏的，要用手腕力量将对方的手反扣背后，用腿扫地，才能击倒擒获。在格斗过程中，要借力反力，用双臂、肘、腿、腰部力量，运用扫、掀、扑、扭、踢、翻等多种方法制伏对方……"唐亮班长边讲解要领技巧，警卫班战士边示范教授擒拿格斗术。

盛夏的阳光如火如荼，在沙滩上练擒拿格斗术，战士们一个个摔得鼻青脸肿，浑身像散了架似的酸痛，无数次地摔在沙滩上，被滚烫的沙子磨出一道血印，全身伤痕累累。格斗到海里，经海水一泡，伤口火辣般辣的痛，个个被炙烤得黝黑锃亮，锤炼出一副钢筋铁骨。

"向英，你受得了不？"班长艾大海关切地问。

"再苦再累我也要挺住，坚持就是胜利。"经过逃跑事件，受到战友们的批评帮助教育后，姚向英咬着牙决心战胜自我。

"爱发，你有什么感受？"艾大海问。

"这是脱胎换骨的自我改过，钢铁是经过熔炉铸造，千锤百炼方成钢啊！"曾爱发读懂了训练的目的，不仅是为了学好格斗擒拿术，更是通过无数次的摔打锤炼个人的坚强意志。

自擒拿格斗训练开始，班长艾大海就担心姚向英、曾爱发能否接受这次锤炼，听到回答，他欣慰地笑了。

武装泗渡训练是和二连官兵一起进行的，首先是在海里练憋气，潜入海水里看谁能坚持的时间长，以此来增大肺活量。由连长统一号令，哨音吹响所有参训官兵同时入水，连长计时观察，1分钟、3分钟、5分钟、10分钟渐渐增加，反复不断练，都能憋气达10分钟之久，有的班、排憋气可达15分钟，少数人憋气可达20多分钟。艾大海班的战士憋气平均达12分钟。

艾大海班上的战士个个都会游泳，但全副武装泅渡可就难了，仅凭会游泳远远不够，还得有强壮的体力和坚强的毅力支撑。

武装泅渡从100米练起，逐渐增大到200米、500米、1000米、5000米、10000米，训练官兵的体力、耐力、毅力。海上武工队派了两条船保驾护泅，以防不测。

午睡刚躺下，突然紧急集合的号声吹响，二连和艾大海班的战士一骨碌从床上跳起，全副武装列队站好。

"同志们，接到营里的通知，鹰浮岛遭到'敌人'袭击，命令我连武装泅渡火速支援，限定三小时抵达，立刻出发。"二连连长神情严峻地下达命令。

鹰浮岛是三营守卫的海岛，在螃蟹岛以北与螃蟹岛成掎角之势，相距十五海里。武装泅渡到鹰浮，这是超出训练以来的极限，也是检验训练成果。时间紧、任务重，洪连长不敢有任何懈怠，命令下达得简短、干脆利索。

步二连官兵和艾大海班上的战士从北澳沙滩下水以排为战斗编队武装泅渡，副营长耿大彪带了海上武工队四条船两侧保护，掀开舱板，升起机关炮，战士们个个都十分紧张，仿佛武装泅渡的官兵战斗随时会打响。

艾大海率领全班跟随在二排之后三排之前，武装游着。

"同志们，保持体力，跟上队伍，相互照应，一个也不能掉队。"艾大海告诉班里的战士。

武装泅渡了十海里，已经到了平时训练的极限，姚向英、曾爱发两人已感到体力不支，落在队列后面。

"班长，向英、爱发掉队了。"副班长肖剑上前来报告。

"解开水壶，把水倒了都给他俩捆上，增加浮力。"艾大海命令班里的战士。

艾大海带了四个水壶，肖剑带了三个水壶，游到姚向英和曾爱发身边。艾大海命令他俩将自己水壶里的水倒了，一起捆在身上。

"班长，我能坚持。"姚向英既感激又吃力地说。

"别啰唆，捆上。"艾大海将水壶捆在姚向英身上。

"副班长，我能行。"曾爱发努力划水往前赶。

"捆上吧，上岸后还要战斗。"肖剑硬是将空水壶一起捆在曾爱发身上。

姚向英有了五个空水壶，曾爱发有四个，他俩借助空水壶的浮力轻松了许多，一个大浪盖来将他俩推向谷底，好在浮力增大又冒出海面，正副班长鼓励道："努力跟上，别掉队。"

抵达鹰浮岛用时2小时50分钟，比计划提前了10分钟，耿大彪副营长宣布武装泅渡演习结束，当场夸奖了步兵二连的武装泅渡训练成果，对艾大海班的战士表现给予了高度肯定。

在乘船返回的路上，姚向英自己也不敢相信他能武装泅渡十五海里，简直是奇迹啊。

"班长，一个人的潜能有多大？我都不敢相信能超出平时的极限。"姚向英思索着问。"人的意志有多坚强，潜能就有多大。"班长艾大海鼓励道。

"侯金，你可要给我正名啊，咱是真爷们，可不是北京少爷呀！"曾爱发理直气壮地说。

"对，往后可不能叫我挂衣架了，当兵后我长了10多斤肉，你看，衣服也不大了，胸肌都有了，多壮实。"姚向英自豪道。

全班战友听后都乐了。

第四章　唱响青春

一、选择

艾大海收到母校寄来的一个木箱，全是空气压缩机的零配件。他便领着姚向英、曾爱发、何武三人带着母校寄来的零配件匆忙赶到步兵一连坑道作业工地。

"艾班长，你终于来了。"一连空压机手如同见到救星似的高兴说道。

"哪里出了问题？"大海着急地问。

"这个零件坏了，开不了机，沿海又买不到。"机手拿着个零件，显出一副无可奈何的样子。

"这是个易损件，不怪你，都是计划配购的，当然不容易买得到。"

何武打开木箱，姚向英从中挑出一个零件问："班长，你看是这个吗？"

艾大海点头说："是。"

空压机手很快将配件换上，空气压缩机又开始正常运转了。

"班长，里面还有一封信呢。"曾爱发从箱内拿出一封信交给艾大海。

艾大海拆开信一看，是朱其来校长的亲笔信，信中写道：

艾大海同志，你好：

辛苦了，接到你的来信很高兴，浦元通用机械制造厂的领导知道他们生产的空气压缩机已在东南沿海前线部队派上大用场都深感荣幸和骄傲，能为保卫祖国海疆出一点力，感到无上荣光，并决定免费寄来该机的一些易损零配件，每一件三个以备急需，若还有什么困难，请来信告知，我们将尽全力解决。望我们在不同岗位上携手为了建设祖国、保卫祖国共同奋斗。

朱其来

1962 年 8 月 22 日

艾大海阅了朱其来校长的来信后，感到一股暖流涌遍全身，身在前线海岛，有全国人民做坚强后盾，浑身充满了力量和决心。阅完信后又将信放回配件箱内，交代零配件跟随空气压缩机走，更换配件时都要看看这封信，不要忘了全国人民的支援和坚强后盾，用心之良苦啊！

换了新零配件，留下配件箱，艾大海、姚向英、曾爱发、何武四人一起返回营部。

"放炮了，放炮了……"负责修公路的步兵二连大声发出警告。

艾大海四人听到警告迅速就地隐蔽起来。

突然，有个老乡从放炮爆炸区内冒了出来，艾大海一见，爬起身飞快地跑向老乡，将其扑倒死死压在老乡身上。

"轰隆轰隆……"爆炸声响了，满天的飞石从天而降。

过了一会儿，解除警戒的哨音吹响了。

姚向英、曾爱发、何武急忙跑上前，不约而同地大声喊着"班长、班长"向艾大海奔去，看见艾大海还压在老乡身上，一个个吓出了一身冷汗。

"班长，伤着没有？"姚向英着急地问。

"没事。"艾大海试图爬起来，可左腿不听使唤。

"哎呀，班长，你腿上流血了。"曾爱发一看艾大海左腿肚上有一块棱形的石头将裤子划破嵌在肉里，他便将艾大海从老乡身上搬开，坐在地上将班长靠在自己身上，急忙喊道，"快拿急救包！"

姚向英急忙拿出一个急救包，将棱形石头拔出，石头还是热的。他和何武一起迅速为班长包扎伤口。

这时，二连连长洪二柱赶来了，一看艾大海受伤了，正在包扎，一个老乡正傻愣愣站在一旁，脸色苍白。

"艾班长，伤得重不重？"洪连长慌忙问。

"幸好没伤到骨头。"艾大海平静地说。

"你怎么回事，没听到放炮的警告呀！"洪连长怒斥着老乡。

老乡却没一点反应，接着来了两个老乡，对受到惊吓的老乡比画着什么。原来，这个老乡听不见，走的又是观察不到的死角，误入爆炸区故而发生了刚才惊险的一幕。

包扎完毕后，姚向英、曾爱发两人扶着艾大海站起来，靠着右腿一跳一跳，总算回了营部。

洪连长见艾大海一跳一跳地走远了，无限感慨："多亏了艾班长呀，避免了一次重大事故！"

洪二柱连长赶到营部，向张文彬政委报告了艾大海班长舍身救老乡的英雄事迹，请求给艾大海记功，同时检讨了他的失职，要求处分。

肖剑、侯金听到艾大海受伤的消息后急得快疯了，赶忙跑到医务室去，班里的战士也都跟着过去。

正在这时，张文彬政委、耿大彪副营长、文春山副教导员都到医务室来看望艾大海的伤情。

处理好伤口，艾大海在班里战友们搀扶下回去休息。午饭时，营炊事班特意为艾大海烧了一大盆红烧肉，送到宣传文体班来。

艾大海感谢了炊事班的战友后招呼全班一起来吃饭。"大家可要悠着点，别撑坏了肚子拉稀呀！"

下午，大澳公社社长林阿水带着公社干部送了锦旗来，感谢艾大海舍生忘死救老乡，要求给艾大海请功。

张文彬政委把耿大彪副营长、文春山副教导员召集一起商量将救老乡的英雄事迹汇报上级，给艾大海荣立三等功的材料申报到团里，团转报到守备师，很快就获得了批准。

第二天，张文彬政委来看艾大海伤口恢复的情况。

"艾班长，你的伤咋样了？"张文彬关心地问。

"谢谢政委关心，只是小腿肚子划破了，不要紧的。"艾大海乐呵呵地说，"我母校寄来了空压机的零配件，换上后，二连坑道作业又正常进行了。"

"你考虑得很周到，告诉你一个好消息，你母校保送你上大学，潇湘大学的录取通知书寄到了营里，营党委看了你的档案，你母校和武装部都说明了你带头报名参军的情况，上大学还是留在部队由你自己和部队决定。现在我代表部队征求你个人的意见。"张文彬政委说。

"政委，我是一名共产党员，是党的人，入党时，我就把一切交给了党，党叫我干啥就干啥，我听党的。"艾大海不假思索地表明态度。

"我现在是代表党组织征求你个人的意见。"

"我已立下报效祖国，怀着满腔情热血，为国尽忠的决心才参军的。"

"你的这份报国的热情和决心我可以理解，但你是上学还是留在部队，营党委很难抉择，还是想征求你个人的意见。"张文彬政委如实相告。

艾大海望着这位30多岁的首长，既像父辈又似兄长，对他充满了尊敬、感激，深思了一会儿说："政委，上大学是我梦寐以求的多年夙愿，老实说，我不愿放弃，但当前战备这么紧，说不定哪一天仗就打起来了，我也想参加战斗，为国立功。我想到学校报到后，请学校先保留我的学籍，回到部队学习。我到部队虽然时间不长，但我热爱部队，它就像一所大学校，等以后有机会，再回学校读书，您看是否可以？"艾大海想了一个两全其美的办法。

　　"你这个想法好。这样吧，我写封信到宣传处，请军区政治部讲清情况。等你腿伤好了后，你个人再到大学去争取看看是否可行。"张文彬想得很周到。

　　"谢谢，我请一个星期假到潇湘大学办好手续就回来。"艾大海十分感激地说。

　　艾大海带着大学录取通知书和军区政治部的情况说明信，到潇湘大学报到来了。

　　潇湘大学船舶工程系主任伍大伟教授看了艾大海的录取通知书和军区政治部的信后，做不了主，便带着艾大海去找校长。

　　一个月前，芷兰市一中的杨绍廷老夫子专程到省城找了省教育厅长和潇湘大学校长，这两个是老夫子的得意门生。老夫子讲了艾大海本已被保送上大学，但因他带头报名参军的情况，希望他们通融，特殊情况特殊处理，予以关照，费了好多口舌，教育厅长和大学校长被老夫子先生爱惜人才的举动所感动，均表示酌情处理，老夫子才肯回芷兰去。

　　潇湘大学校长吴浩天是个四十来岁的中年人，他查验了录取通知书，又看了军区政治部的情况说明信，看着艾大海，一身戎装站在面前，一表人才，顿生好感，难怪老夫子专程为他求情呀。

　　"校长，希望您能够答应，我只想保留学籍一年，在这一年中，我把大学课本带到部队自学，保证不耽误学业，等紧急备战过了，我就回校跟班继续读书。"艾大海真心诚意地说。

　　"杨绍廷老夫子介绍说你家庭困难供不起你上大学，是吗？"校长问。

　　"是。"

　　"你上大学，可以申请助学金，也可以勤工俭学，国家为培养一个大学生想了很多办法，也舍得花钱，这个你完全可以放心。"校长打消他的顾虑说。

　　"谢谢，我来报到时，我们部队政委说，可以保留军籍，作为部队人员选送上大学，享受部队待遇。"艾大海如实汇报道。

　　"你是参军前入的党，在校是团支部书记，为国分忧带头报名参军的？"校长又问。

　　"是。响应祖国的召唤，是我们青年人的责任。"艾大海豪情满怀地回答道。

　　"好吧，作为特殊情况处理，保留你的学籍一年。不过，一年后要通过考试，看你跟不跟得上班上同学的进度，否则，要从大一从头学起。"

　　"是。"艾大海站起身向校长和系主任深深鞠躬表示感谢。

　　船舶工程系主任伍大伟教授是个四十来岁的中年人，既有学者风范，又是个热心肠的人，帮助艾大海办了保留学籍的手续，帮他领了大学一年级的课本后，又带他到所在船舶工程甲班，把他介绍给班主任任时中老师，告诉艾大海有什么事找任老师联系便走了。

任时中老师听了系主任伍大伟教授介绍后，仔细瞅瞅面前这位特殊学生，便将艾大海带进船舶工程甲班教室，介绍给同学们，并说明了艾大海的特殊情况，保留学籍一年，在部队自学一年，一年后考试合格再跟班学习。

艾大海万万没想到在船舶工程甲班的教室碰到了高中同班同学李平波，分开三个月，却在大学教室里相见，老同学相见两人都欣喜若狂，无不感到意外，那份亲切感不言而喻。

李平波和艾大海两人漫步在校园里，她知道她心中的白马王子已是夏冬梅的丈夫了，她不得不与他保持距离，以好同学、好朋友的身份将这份友情保持下去。她装着一副若无其事的样子，首先开了口："真没想到在大学的校园里能见到你。"

"是呀，我们又是同班同学了，真替你高兴，祝贺你考上大学了。"艾大海发自内心地说。

"这要感谢你鼓励我回校复习激发了我，让我决心下苦功考上大学，是你给了我考大学的信心和勇气。"李平波真诚地说。

"你成绩优秀，应该搏一搏。"艾大海笑着说道。"你不是当兵去了吗？怎么又来上大学了？"李平波不解地问。

"哦，我参军后到了最前沿的守岛部队，学校保送我上了大学，大学通知书寄到部队后，部队党委征求我个人意见，我决定到学校报到，来办保留学籍一年的手续，尔后在部队自学，等以后再回学校考试合格后再跟班读书。"艾大海解释说。

"对了，可否请你将这一年里的听课记录，讲义及时寄给我，好让我在部队自学大一的课程，行吗？"艾大海诚恳地说。

"当然可以。大学可不像高中时那样循规蹈矩，上课的时候少，主要靠自学，反正有我在，代你听，代你记，你放心。"李平波发自肺腑地说。

"谢谢你，李平波同学。"艾大海十分感激地说。

二、旗语

"报告！"
"进来！"

艾大海推开房门，立正后敬了个军礼，说道："政委，我回来了。"

张文彬政委一见艾大海回来了，忙指着办公桌对面的椅子说："坐，说说看处理得怎么样？"

"政委，校长看了军区的情况说明后表示理解，同意保留学籍一年，一年中要我带课本在部队自学，一年后考试合格后才能跟班学习，不合格只能从大一学起。"艾大海汇报说。

"顺利吗？"

"顺利。"

"那就好。"张政委说，"你回来正好，有个任务交给你。"

"有什么任务尽管交代，保证完成任务。"艾大海表态说。

"若有敌军来袭，首先要扫除前沿海岛，夺岛必须用海上交通工具，守岛部队登高望远，对夺岛的敌方舰艇看得清，除使用岸炮对敌舰反击阻其登陆外，还得靠海军予以拦截。战时情况千变万化，岛上必须有一支信号通讯兵，用旗语、灯光随时与我们的海军舰只保持联络，搞好陆海配合作战。交给你的任务是训练出一支岛上信号通讯兵。"张政委说。

"我对旗语、灯光不懂呀！"艾大海为难地说。

"我知道，现在派了海军舰艇上的两名信号通讯兵来当教官，营里决定以你们班为主，从各连和武工队四条船各抽两名文化程度较高的士兵组成一个三十人的集训队伍，为期一个月，由你负责。有困难吗？"张政委问。

"有专业教官那就行，没有困难。"

"你们班有四个农村兵，除何武是初中生外，剩下三个都没有上过学，要不要把他们三个排除？"

"我们是一个整体，我一定把他们训练出来。"

"好，教官明天上岛了，你负责组织好，尽快开始集训。"

"是。"

艾大海回到班里，立即召开了全班会议。

"同志们，我们接受了一个新的任务，就是进行旗语、灯光的训练。全营以我们班为主，组织了一个三十人的集训队伍，为期一个月，海军派来了两个教官。现在我宣布几件事：一、我要求每个人都要尊敬教官，虚心向教官学习。二三十人组成一个排，我担任集训排的临时排长和一班班长，肖剑任副排长兼二班班长，曾爱发担任副班长，侯金担任三班班长，姚向英担任副班长，各连和武工队抽调来的人员由肖剑同志根据文化程度，合理分配到各班，每班十人。三、为便于集训，我班人员全部搬进坑道住宿，让出宿舍给集训人员暂住，请肖剑、侯金两人安排好，要求无论住进坑道还是宿舍的人员，一定要军容整齐，内务整洁。四、作息时间，原则上按原时间不变，根据集训要求作临时变动。五、抽调上来的人员，吃住都在营部食堂，要求整队进食堂，进食堂前要列队唱一首歌，由姚向英负责，清楚了吗？"艾大海问。

"清楚了。"

"行动。"

起床号声响了，艾大海带着集训排的战士出早操，在螃蟹岛的背壳上跑了两圈后，艾大海从队列前面出列，由肖剑副排长领着继续跑，他观察了一会儿，下令道："立定，向右转。大家是没吃饭吗？喊口号的声音都有气无力，大家跟着我喊1——2——3——4。"

下面跟着大声喊了起来："1——2——3——4。"

"这才像话嘛，这是体现我们这支队伍的威风，要喊出军威，显出我们的战斗力。好了，各班开始队列训练。"

吃罢早餐，艾大海集合集训排的全体战士参观内务整理，首先看了坑道宣传文体班的内务，虽然条件差，都是地铺，但被子叠得十分方正、整齐，床单铺得一点皱也没有，毛巾挂成一条线，茶缸、鞋子摆成一条线，十分整洁。大家到营房参观时，肖剑带的一个班都是从各连抽调的老兵，虽然睡的是临时增加的床铺，但被子床单、毛巾、茶缸均按内务整理要求摆放得较规范。侯金带的这个班八个人都是武工队来的，被子没叠、床单没扯平、毛巾往铁丝上一搭还在滴水，茶缸、牙刷到处乱放，与肖剑班内务整理形成鲜明对照。武工队八个战士有的赤膊、有的衣服往身上披着，艾大海一见皱着眉头大声斥责起侯金、曾爱发起来。

"你们两个班长怎么当的？看看，东西放得乱七八糟，这哪像军人？肖剑班长，你们班和他们睡在一个寝室里也看得过去？我命令，肖剑班的战士一对一帮助武工队的战士，帮助他们把内务整理好。武工队的同志们听着，你们长年在船上养成了自由散漫的习惯，今天没做好，不怪你们，但现在在集训排里，凡事都要按军人的要求去做，要有军人的素质、军人的作风，就要从这一点一滴做起。中午回队里去把你们平时没机会穿的军装穿上，要有一个军人的形象，现在开始行动，把内务卫生搞好。"

艾大海的一席话，把侯金、曾爱发说得面红耳赤，肖剑作为副排长没有考虑到整体，也怪不好意思，便和曾爱发、侯金、姚向英几个战士一起，一对一教武工队战士如何叠被子，整理内务。

侯金挨了批评后，利用午休时间，做了八块木板，武工队战士每人一块，叠被子时用，能将被子叠得像豆腐块一样，方方正正，有棱有角，省时又美观。

"旗语，就是用汉语拼音的26个字母，每个字母代表手旗的一个部位，单双手上下左右配合，声母与韵母结合，用拼音的方法拼成一个个汉字。灯光则是用长短闪光，按照汉语拼音的方法，拼成汉字，组成句子，这是在短距离海军舰艇间保持联络，下达命令，保持通讯的手段之一。"李教官在台上讲述着旗语灯光是什么，王教官用手旗、手电筒示范。

李教官将手旗、人体示意图钉在黑板上，一个声母代表一个手旗位置。

王教官手拿手旗示范，李教官每讲一个字母，王教官就立刻示范。

李教官将灯光示意图钉在黑板上，从A字母讲起，滴——嗒嗒，一长两短。王教官拿着手电筒按下一长两短灯光示范。李教官将26个字母逐一讲解，王教官拿着手电筒逐一示范。

李教官："灯光就像发电报一样，发电报用的四个阿拉伯数字一组，译电员对照译码本译成汉字，我们用汉语拼音能当场拼成汉字组句。"

王教官说："手旗和灯光看似较难，但只要记住手旗各个部位代表哪个声母，灯光也一样，只要牢记长短灯光的声母如何按汉字拼音的方法拼成字，组成句即可，万事开头难，熟能生巧，一分钟能打出一百多个字母，不是难事。"

李教官讲："千万注意，无论手旗还是灯光一个字母都不能错，一句话少则百来个字母，多则两百多个，其中一个字母错了，对方就理解错了，接收不到正确的命令，会造成重大损失。最关键的是要先学好汉语拼音。我听艾排长介绍，参加集训的人文化程度参差不齐，虽然汉语拼音从小学一年级起就开始学了，但是这么多年有的早就忘得差不多了，加之大家都来自五湖四海，带着不同口音和方言，而汉语拼音都按普通话标准发音才拼得正确。鉴于这种情况，我们同两位排长商量，打算用一个星期的时间，首先从汉语拼音开始教学，打好基础，再学旗语和灯光。"

黑板上两张旗语和灯光的示意图取下换上了汉语拼音的声母、韵母的挂图，教学从声母一个字母一个字母的发音教起，鼻音、卷舌音、上下音调逐一讲解，课堂上传来了小学一年级学拼音的朗朗声音。

为了教好拼音，艾大海借来了十多本新华字典，要各抽调来的战士从连队借来字典，人手一册方便学习。

学拼音的第三天，黑板上教官只写了三句汉语拼音，让集训排战士翻译成汉字，看谁用时少、正确。第一次测试，侯金班争得第一。

学拼音的第五天，教官在黑板上写了三道汉字命令，集训排的战士只写拼音，看谁用时少，一个字母也不能错。第二次考试侯金班仍得榜首，正确率百分之百，全排正确率高达百分之九十八。

"有一道题是命令'海鹰号向西南方向迂回包围敌舰'，这张卷子却写成

'鱼回保卫'，海鹰号接到命令怎么行动？这就要靠我们接到命令时连贯起来思考。"艾大海拿着卷子说。

集训排战士哄堂大笑。

"命令120加农炮'向南对敌舰炮击'，这张卷子却写成了'向男跑机'，接到这样的命令，岂不贻误战机？"

课堂内又一阵大笑。

"同志们，我们是传达命令的，一字之差，失之千里，接到命令的一方，该如何执行！可见我们信号通讯兵的责任重大呀，千万出不得一点点差错，这两张卷子是谁的，自己心中有数，我就不点名了，希望大家都要引以为戒，下苦功努力学习。"艾大海警告全排说。

学汉语拼音的第七天，教官在黑板上写了三道命令，要全排译成汉语拼音，又写了三道拼音译成汉字；六道题全排仅用了五分钟完成，正确率百分之百，按预期出色完成了汉语拼音的学习任务。

上午的旗语课，黑板架到室外，钉上示意图，李教官双手拿着手旗，按声母位置一个动作一个动作示范，全排跟着学，由慢到快，循序渐进。

三天过后，全排基本掌握各声母的位置，第四天开始能用声母和韵母组字组句，手旗挥动。

全排如同耍手旗舞，整齐划一，红黄的手旗相交舞动，美极了，一个星期就能利用手旗通话了。

晚上学灯光，黑板上钉上灯光示意图，王教官按声母顺序，认真教着，战士们用笔记本记着，不一会儿26个字母全部记上了。

"同志们，下面你们以班为单位，两人一组，相互提问进行对答练习，记住26个字母的长短信号，然后用手电筒练习，一要牢记每个字母的长短。"王教官要求。

一天的训练很快结束了。

"同志们，教官在教灯光时，用的是发电报的电键教的，我们用的是手电筒。五节电池的手电筒开着练浪费电池，晚上还影响其他人休息。其实我们每个人身上都带着电键，就是用右手食指按自个儿的肚皮，按长短信号，我要求睡觉前，每人在肚皮上练半个小时，记每个字母长短，又不影响他人，做得到吗？"艾大海在教官走后对全排说。

"做得到。"全排异口同声回答，都觉得这个办法好。

学员们两个星期就学会了汉语拼音、旗语、灯光的通讯联络，能熟练自如了，教官再逐个考核直到都顺利过关，达到了要求。最后30个集训学员，人人都能独立利用手旗、灯光通讯联络了。教官完成了任务要回舰艇，集训排全体战士列队欢送教官，感谢他们辛勤传授旗语灯光的通讯技能。

教官走后，艾大海觉得还应巩固提高，计划利用三天三晚以班为单位，两人一组，一人站在山头，一人到海边进行手旗、灯光的通讯联络，他还自创了只有本岛30人知道的联络方式和通讯暗语，以防泄密。

最后两天，艾大海请营首长检验并出题考核。

30个集训排的战士列队成三路纵队，站好后，艾大海出列，大声说道："请营首长检查并出题考核。"

29个战士舞动手旗，重复"请营首长检查并出题考核"动作整齐划一。

"嘿，看起来蛮好看的。"营长刘金德夸道。

"营长，他们刚才打的是旗语，请营首长检查并出题考核。"

"好，武工队出来两个人，一个在我身边，一个到离我三两百米的地方。我倒真想看看，你们半个多月学到了多少本事。"刘营长怀疑地说。

武工队一个战士，拿着手旗站在300来米处，等待接受命令。

"命令武工队今晚11点派两条船护航货船过祖马海峡，营长刘金德。"刘营长口述命令。

话音刚落，站在营长身边的战士就已经将命令用手旗发出去了。

"报告营长，对方回答：是，立即将命令报告队长。"站在身边的武工队战士报告说。

"好，你让他回来。"

站在300米的武工队战士跑了回来。

"我刚才说的命令你重复一遍。"刘营长对跑回来的武工队战士说。

"报告营长，您刚才的命令是：命令武工队今晚11点派两条船护航货船过祖马海峡，营长刘金德。"回来的武工队战士回答一字不差。

"你怎么回答？"

"我的回答：是，立即将命令报告队长。"

"学得不错，很熟练呀！"刘营长惊叹地说。

"报告营长，其他营首长若有兴趣，欢迎随便挑人现场考核。"艾大海说。

接着，政委、营长、副教导员、副营长都各自随意挑了两个战士像刚才考核武工队两个战士一样，现场考核起来，结果令营首长们都非常满意，无一人出差错。

"艾大海，白天用旗语能看得见，可晚上咋办？"张文彬政委问。

"报告政委，晚上用灯光进行通讯联络，欢迎营首长晚上来现场考核。"

晚上，艾大海将集训排战士一半留在螃蟹岛背壳上，一半分到各连队、武工队驻地，接受营首长考核，并请各连长指导员武工队队长在各自驻地一同考核。

经过一个小时的现场考核，通讯联络畅通，上百道命令，每道命令接收不超过1分钟，无一字差错，参加考核的首长们都十分满意。

"艾大海，通知各连连长、指导员、武工队队长明天出操前赶到营部。"政委张文彬说。

"是。"艾大海命令信号通讯员用灯光发出命令。

第二天清晨，艾大海带领集训排战士出早操了，张政委领着各连连长、指导员、武工队队长检查了集训排的内务整理，无论是坑道内，还是营房宿舍都干干净净，被子叠成豆腐块，床单没一丝皱纹，毛巾挂成一条线，茶缸、鞋子摆成一条线，十分整洁清爽。

"涂队长，这是你们武工队八个战士的八张床，看了你有何感想？"张政委问武工队长。

"嘿嘿，在队里他们的床十分凌乱，想不到才来集训半个月，能整理得这么干净。"涂队长惊叹地说。

"你们武工队总强调特殊性，在船上还说得过去，在驻地，你们什么时候讲究搞内务整理，不都是像猪窝？学着点。"张政委瞪了他一眼。

"是，回去就进行整改。"涂队长被政委说得无地自容。

"全体集合！"艾大海看营长、政委带着各连连长、指导员、武工队长来看他们出操，连忙喊道。

"报告营长，集训排正在进行队列训练，请指示。"艾大海敬了一个军礼，跑步上前立定报告说。

刘营长感到特别欣喜，说道："我今天看到集训排的精神面貌很昂扬，这种精气神是什么？是战斗力，我希望从各连和武工队来的战士，要把这种精气神带回各连和武工队去，发扬光大。昨天上午和晚上看了你们的旗语和灯光通讯联络后，我万万没想到短短20天，你们就掌握了一种通讯联络技能，给岛上增加了一支联络快捷、方便的通讯队伍，回去后希望大家还要多练，千万不要把它丢了，一旦打起仗来，能否守住海岛、陆海配合作战可起大作用了……"

集训排解散了。

"政委，真没想到打造这支通讯队伍原计划最快也要一个月，没想到20天就成了，营里没操一点心，只买了30支手电筒，手旗是海军送的，这个艾大海不错呀！"文春山副教导员说。

"什么叫人才！"张政委颇有感触地说。

"你看他带集训排带得多好，当个排长绰绰有余。"

"不急，还得磨炼磨炼。"

张政委、文副教导员的对话，为艾大海的成长铺了路，也是艾大海用自己的行动争取来的。

三、《海岛报》诞生

光阴似箭，日月如梭，一晃五个月又过去了，敌军到我国东南沿海进行试探的小动作慢慢减少了。

守岛部队的工作回归正常，没有日夜紧急备战的氛围，弦也绷得不是那么紧了，可这份松弛也带来了不少问题。老兵复员退伍、请假探亲、看病的多了起来；整天出操训练学习吃饭睡觉，每天都是这么机械的循环，生活单调乏味，组织纪律涣散。过去再大的事由于备战气氛紧张，大家相互宽容，而今这根弦没有了，不知怎么了，有时为一点鸡毛鸡毛蒜皮的小事也会干起仗来。

艾大海心里一直在考虑如何发挥宣传文体班的作用，准备利用在学校办校刊的经验办一份海岛报。

"明天星期天休息，肖剑副班长、姚向英、曾爱发、侯金你们到高炮、步一、步二、120加农炮、机炮连去，我到武工队去，找他们的指导员和文书征集稿件，越多越好，主要反映各连学习训练的情况、好人好事典型。我打算办一份海岛报，再组织一个战士业余演出队和一个篮球队。"艾大海在班会上说。

"我们四个呢？"农村兵张朝阳问。

"你们四个愿意去吗？因为是休息天，我不想剥夺你们休息的权力。"艾大海接着又说，"有没有意见？"

"没有。"全班异口同声应道。

星期天，宣传文体班的九个人都下到各连征集稿件去了，有的找各连指导员采访了解情况，有的找文书征求稿件，有的找班、排长交谈，听说要办报纸都极力支持。各连文书都写了一篇稿子，步兵一、二连指导员都亲自撰文写了稿子交肖剑、姚向英带回，大家积极性都很高。

从各连、武工队一共征集了八篇稿子上来，艾大海一见还不够，又安排肖剑、姚向英、侯金、曾爱发、何武根据自己采访的情况，各写一篇稿子，报道各连动态。

"爱发，你负责刻写，先用八开纸拟一个草稿出来，正版留八百字空档摆在首位，请张政委亲自写新年贺词，作为报纸的创刊词。离1963年元旦还有5天，争取在元旦前把第一份《海岛报》印出来。"艾大海拿着挑选出的稿子说。

"没事，我参加过学校办的校刊，铁笔在钢板上刻蜡纸，这事儿我在行，我们拿个草稿清样看看，再刻蜡纸。"曾爱发说。

"报告。"

"请进。"

张文彬政委见宣传文体的班长艾大海和战士曾爱发走进办公室，问："什么事？"

"政委，请您看看。"艾大海递上《海岛报》清样和一份建议书。张文彬政委接过清样一看，顿觉眼前一亮，忙问："哪来的？"

"上星期天，我们下到各连采访，找指导员和文书征集上来八篇稿件，我们班又根据采访的情况写了几篇稿子补充，决定办一份《海岛报》。这是清样草稿，请您审阅，定稿后再刻在蜡纸上印出发下去，每班一份。"艾大海汇报说。

"这前面怎么空着？"张政委问。

"空的地方给您留着，想请您写一篇新年贺词，也作为报纸创刊词。离1963年元旦只有3天了，打算在元旦前发下去，您同意吗？"艾大海期待地问。

"当然同意，太好了，这篇新年贺词我亲自撰写，今天就写好交给你们，不耽误吧？"张政委显得非常兴奋，当即表了态。

"这两天我日夜加班刻写，估计问题不大。"曾爱发说。

"我建议这'海岛报'三个字最好用套红印出来。"张政委说。

"用红色突出'海岛报'三个字不是不可以，但要分两次印刷，我们就一台油印机，如果先用红油墨印'海岛报'三个字后，要洗干净再用兰油墨印，时间来不及呀。"曾爱发回答说。

"我看不必那么麻烦，选一块坚硬的木头刻上'海岛报'三个字，将周围镂空，用盖章的办法盖上去即可。"艾大海出主意说。

"这个办法好，就这么办。"张政委赞同道。

"政委，我写了一份建议书，交营党委。"艾大海递上建议书。

尊敬的营党委：

根据部队当前的思想状况，我建议发挥我们宣传文体班的作用。

一、建议办一份《海岛报》，主要反映部队工作、学习、训练、思想、生活各方面的情况，以表扬先进为主，每周印一份做到每班一张。为此，各单位必须有一名领导挂帅，组织三至五人的通讯报道组，每期为海岛报供稿五份以上。

二、建议尽快建立海岛之声广播站，每天及时播报国内外重大新闻和部队各方面动态。

三、活跃部队文化生活，配备如象棋、军棋、跳棋、扑克等棋牌并不定期组织比赛。春节期间全营组织一次歌咏比赛或文艺会演，各单位必须有两个以上的文艺节目，从中发现文艺骨干，在全营组织一支战士业余文艺演出队，活跃部队业余文化生活。

四、开展体育活动，各单位不定期组织篮球、排球、羽毛球、乒乓球等球类比赛，春节期间全营组织一次大赛，从中选拔出代表全营的篮球、排球队，参加全团的比赛。

建议报纸和广播站由我们宣传文体班负责，文体活动我们班可派人下去辅导，不知可否。

请指示。

宣传文体班班长艾大海

1962年12月28日

张文彬政委看了建议书，感到十分欣慰，他之所以将这五个学生兵留在营直属排，成立一个宣传文体班，目的就是为了发挥他们的作用。前一段时间，由于战备任务紧，几个学生兵刚到部队还未经历磨砺，时机尚未成熟，没想到艾大海早就知道他的良苦用心，抢先提出来了，真是难得呀。

"艾班长，你这份建议书很好，元旦过后，我会召开营党委扩大会议研究，这几天你们抓紧把《海岛报》办起来。"张政委交代说。

夜深了，曾爱发聚精会神地用铁笔在钢板上刻蜡纸，为了不影响其他人休息，他将台灯头压得很低，还用硬纸壳罩着。刻蜡纸急不得，要顺着钢板纹路一笔一划刻，稍有不慎戳破一个洞整张蜡纸就报废了，前功尽弃，他不得不小心翼翼刻，蜡纸上刻的是宋体字，非常隽美。

艾大海在一旁陪着曾爱发，借助台灯的余光在坚硬的木头上镂空张政委书写的"海岛报"三个字。没有专门的雕刻工具，曾爱发只得临时找了一把小刀，刀柄上缠上布镂空，一刀刀刻起来很费力，拿刀柄的手起了血泡，攥木头的手被刀戳破皮，鲜血直流，他简单用纱布包了包，又继续一声不吭地镂空着。

"班长、爱发，来喝杯咖啡提提神。"姚向英很久没喝咖啡了，看到他们这么辛苦，从床上爬起来冲了两杯咖啡给两人。过去他很少关心别人，几个月来，经过脱胎换骨的改造他像换了个人似的，也从中学会关心他人了。

"班长，你的手都流血了，你休息，让我整个毛坯出来，明天你再修饰一下。"副班长肖剑从床上爬起来，抢着要干，这个"九头鸟"自视本事大，对艾大海当班长一事一直耿耿于怀，有些不服气，但相处几个月，他看到艾大海的领导水平和能力，不得不佩服。

"我来弄，我来弄。"侯金也从床上爬起来，抢着要干。

这样争来抢去，把全班都惊醒了，都抢着要来帮忙。

"既然大家都醒了，好，把灯打开，第一张蜡纸爱发已刻好，开印。"艾大海对全班说。

全班都忙起来，叠纸，调油墨，印好一张就把纸揭开，继续印。全班忙了一通宵，第一张蜡纸印完，第二张蜡纸刚刻好又开始印反面了。

早餐轮流吃，手工油印机不停，印上"海岛报"三个醒目大字，12月31日上午9点，300份《海岛报》全部印刷完成。

艾大海拿着《海岛报》送到营首长手里，人手一份，请示张文彬政委如何分配。

"政委，第一份《海岛报》完成了，共印了300份，您看怎么分发？"艾大海问。

营直属排各班两份，武工队、高炮连、观通站各20份，一、二连、机炮连、120加农炮连各25份，排连干部人手一份，给团、师里各50份，中午运输船来了，我要警卫班派人送去。"张文彬拿着海岛报，爱不释手边看边说。

"是。"艾大海转身准备离开。

"艾班长，听说你们班昨晚一宿没睡？"张文彬心痛地问。

"全班劲头都很高，想赶在元旦前印好。"艾大海回答说。

"你们班今天白天好好睡一觉，别的事不用管了。"张文彬爱护地说。

"报纸送到各连后再睡。"艾大海急着安排送报纸去了。

报纸一发下去，各连、各排、各班官兵都抢着争着先睹为快。全营上下反响强烈，平时在岛上很难看到报纸，即使有也只有连部一份，还时有时无，现在有了自己的报纸，说的是战士们身边的事、眼前的事，有一种新鲜感、亲切感，很受官兵们喜爱。

"快看哟，我们班上报了，哈哈哈……"步一连二班的战士跳了起来，全班欢呼着。

"大家快来看呀，我们机炮连的罗德生回家探亲在火车上协助乘警抓小偷，火车站来信表扬上报纸了。"机炮连战士都引以豪，相互传阅着。

"我们步二连开展一帮一的谈心活动上报纸了，真好。"

"我要表现好点，争取在报纸上露露脸，争点光。"

"张政委给我们贺新年，希望每个人成为五好战士啊！"

报纸各连都点到，只是各有侧重，从各方面反映了部队当前的动态，各单位为了争取在报纸上多反映情况，投稿的积极性高涨，有的连找到艾大海希望能多登载他们的稿件。艾大海请示张政委，决定增加版面，由每周一张增加到两张四个版面，但刻蜡纸的曾爱发负担太重，大家为了帮助他，全班人员只要有空都拜曾爱发为师，学着刻蜡纸，为了办好这张报纸，全班都在忙碌着。

螃蟹岛上有史以来第一份报纸诞生后，不仅分发到该团、该师，而且办报纸的消息还传到整个前线部队，影响自然越来越大，印刷量也逐步增加了。

四、海岛之声广播站

元旦过后，张文彬政委主持召开了营党委扩大会议，会议内容主要研究艾大海提出的建议书。

"我反对，我们是来当兵的，搞好军事训练，练好过硬本领才能守住海岛，搞那些花花肠子干啥？它能提高战斗力？"营长刘金德首先发言表示不同意。

"我们办报纸、建广播站，开展文化体育活动就是为了占领官兵的思想文化阵地，在全营上下形成团结氛围。实践证明，我们办的报纸深受官兵的喜爱，反响强烈，士兵们下决心都要在新的一年争当五好战士，激发了战士们投入军事训练的热情，提高了战斗力。"张文彬政委强调说。

"我是一营之长，就得听我的，必须把精力都花在修工事和训练上面，你们爱咋搞我不管，但不得动我的一兵一卒。"刘金德拿出营长的权威压人。

"刘金德同志，请你记住，今天是营党委扩大会议，你这个营长是在党委领导下的首长分工负责制，必须听党的，你这种凌驾在党委之上的行为和观念是错误的。"张文彬政委严厉批评说。

"我是个大老粗、泥腿子出身，讲不过你。我是经历过枪林弹雨从死人堆里爬出来的人，你这个从大军区机关下来的人，只会动嘴皮子、耍笔杆子，有什么了不起，我还怕你不成？"刘金德一拍桌子，拂袖冲出会场。

"刘金德，你站住。"张文彬火了，站起身吼道。

刘金德头也不回地走了。

营党委扩大会议照常进行。

"太不像话。"副营长耿大彪非常气愤。

"好了，对刘金德的问题，营党委将召开专门会议彻底解决，现在回到正题上，大家对开展宣传文娱体育活动发表意见。"营党委书记张文彬按捺住心中的火气说。

"自从紧急战备这根弦解除后，部队的思想出现了许多问题，训练的热情劲头也减了。宣传文体班办了一份报纸，我们连的罗德生上了报纸，他将报纸寄回家，这下可露脸了，战士们都羡慕他，也想上报纸露脸争光，事事都表现好，争当五好战士不甘落伍。想不到一张小小报纸能有如此积极作用。现在部队吃饭、训练、睡觉，每天都这么机械循环生活单调乏味，开展文娱体育活动，丰富部队生活，我举双手赞同。"机炮连指导员由衷地发表意见。

"我们生活在海岛，好像与世隔绝了，国内外一些大事都不能及时了解，建广播站这个主意好，能让我们官兵及时了解国内的最新动态，不仅开阔视野，而且增长见闻。"一连李连长说出了建广播站好处。

最后，营党委会上，大家一致通过了艾大海的建议书，并具体落实建设书的方案。

会议决定，文娱活动由各连副指导员负责，体育活动由各连副连长具体负责，广播站线路规划由电话通信班负责，要做到战时炸不断，台风吹不倒，尽量从坑道走，做到隐蔽安全。线路架设音箱安装由各连自己负责，由各连指导员任组长，成立一个通讯报道组，收集整理稿件。春节时全营组织一次歌咏比赛、文艺会演和各种棋类比赛，一次篮球、排球、羽毛球、乒乓球和拔河比赛。

散会后，张文彬本想找刘金德好好谈谈，刘金德却乘船参加团里的全年军事训练会议去了。

"刘麻子，你小子脸上的麻子多，鬼点子也多，靠着《海岛报》可算露脸了。"刘金德一到团部，一营长调侃说。

"刘营长，你这个《海岛报》办得好哇，官兵们都抢着看哩！"二营长赞许道。

"凭他刘麻子能想出办《海岛报》的主意？打死我也不信，肯定是从军区宣传处来的政委的建议。"三营长摇头说。

"去去去，就一张报纸，有啥好吹的，张文彬政委让几个学生兵弄的。"刘金德瞪了几个营长一眼转身就走了。

"哈哈哈，我说嘛，他刘麻子几斤几两，他有那本事？"三营长在背后嘲笑道。

"这营长没法干了，我和张文彬走不到一起去。"刘金德余气未消，找团长诉苦来了。

"你这头犟牛，又发啥牛脾气了？"柳士义没好气地问。

"他张文彬说我凌驾党委之上，不听党指挥。"刘金德愤愤埋怨道。

"咋回事？这帽子扣的不小，说说看。"

刘金德只是一介莽夫，也不隐瞒，将党委扩大会议的情况说了一番。

"刘金德，你给我站好了听着，张文彬政委批评得好，你是一营之长就要求别人得听你的，还不准动一兵一卒？四营是你个人的？党指挥枪这条基本原则你忘了。"柳士义团长听后十分气愤地斥道。

"他将几个高中生留在营里，成立了一个宣传文体班，我忍了，又批准让几个学生兵办了个《海岛报》也算了，而今又专门开会提出办广播站，开展文体活动，还打算搞什么文艺会演，成立战士业余演出队，组织各种比赛，不抓军训，一门心思精力花在这些方面，我当然反对啦。"刘金德说出理由。

"张文彬政委为啥提出搞这些？"柳团长反问道。

"他说搞这些就是为了占领官兵的业余思想文化阵地，全营上下形成团结紧张的气氛，激发官兵投入军事训练的热情，提高战斗力，这不是扯淡吗？"刘金德说出他反对的理由。

"你呀，不懂他的良苦用心啊！他是在想尽办法支持你的工作。"柳团长又好气又好笑，骂了一句。

"我是个大老粗，不懂那些，只晓得练好本领修好工事，才能守住海岛。"刘金德不服气地回复道。

"解放十多年了，你不学习进步还以大老粗自居，丢不丢人？没有文化的军队是愚蠢的军队，前不久你组织人深入敌岛侦察任务完成得好，夸你组织指挥好，又看见你四营办了《海岛报》，以为你进步了，准备表扬你几句，看来这都不是你的主意。你当个营长还真不够格，带不好兵，领导不了一个营。"柳团长后悔地叹了口气。

"刘营长，《海岛报》怎么办起来的？"坐在一旁的团政委韩道政问。

"是宣传文体班的几个学生兵搞起来的，张文彬在后面支持。"刘金德答道。

"这个宣传文体班的作用如何？"韩政委又问。

"张文彬坚持把几个学生兵留在营里，成立个宣传文体班，就是为了办报纸、建广播站、搞文体活动。"刘金德不满地说。

"这个班的班长艾大海，不是刚批准荣立了三等功吗？"韩政委纳闷地问。

"艾大海入伍前就是党员，而今是保留学籍的大学生，根据他救人的事迹才申报三等功。就是他写了份建议书交营党委，营党委才召开会专门研究的，弄得我和张文彬发生了冲突。"刘金德把冲突的责任怪罪到艾大海头上。

"你觉得这个建议书不好吗？"韩道政问。

"好什么！"刘金德一口否定。

"刘金德呀，刚才团长批评你，一点不为过。建议书提出办报纸、建广播站、开展文体活动是为了部队的发展。这份建议书是根据当前紧急战备状态解除，部队思想出现的一些问题，为占领官兵业余思想文化阵地提出来的。一份《海岛报》，反映的是部队思想动态，讲的是战士身边的事，官兵们看后都说好，师首长特意打电话说你们四营办的《海岛报》好，夸了你们，全师各团各营都想向你们学习取经，都正在积极筹划办他们的报纸。广大指战员都想上报纸露脸，这股争创五好连队、争当五好战士的热潮正在兴起，使大家都自觉地投入军事训练中去，比动员报告都强，这不是提高战斗力吗？海岛交通不便，消息闭塞，建个广播站，让官兵及时了解国内外大事，与全国人民联系到一起。身居海岛放眼世界，不仅心胸变得开阔，而且让官兵感到守卫海疆的责任重大，多好的事啊。海岛生活单调乏味，开展文化娱乐和体育活动，活跃官兵的业余文化生活，组织战士演出队，鼓励战士们积极上进，这个主意有啥不好？组织体育比赛，增强体质又使官兵有集体荣誉感。通过这些活动营造团结氛围是大好事，要实现这个目标，没有宣传文体班发挥作用很难做到。张文彬政委坚持把几个学生兵留在营里，成立宣传文体班可见他高瞻远瞩，深谋远虑，用心良苦。你刘金德反对，只能说明你一点水平也没有，团长说你带不好兵，不配当营长事实果然如此。"

团政委韩政道的一席话说得刘金德哑口无言。

"刘金德，刚才政委讲的你听进去了没有？"柳团长厉声问。

"听进去了。"刘金德惶惶答道。

"你回去后，在营党委会上必须做深刻检讨，转变单纯的军事观念，积极支持营党委的决议，把宣传文体活动开展好，倘若再设阻力，小心处罚你这个营长。"柳团长说。

"收到。"刘金德急忙说。

这天中午，侯金趁午休时，把艾大海、侯金、肖剑、曾爱发、姚向英几个学生兵邀到一起，给他们透露一个不好的消息。

"班长，你这下闯祸了，因为你交了建议书给营党委，营党委开会时，营长和政委吵起来了，营长反对，政委支持，两人闹得可凶了。营长以一营之长压人，要求把主要精力放到训练和修工事上，讲建议书是歪主意，瞎鼓捣，最后营长拍桌子冲出了会场。"

"党委会的事你从哪里听来的？"艾大海问。

"世上没有不透风的墙，我到步一连收稿子时，无意间听指导员和连长议论时知道的。"侯金小声地说。

"结果呢？"艾大海问。

"营长走后，营党委还是形成了决议，制定了具体落实方案，但这事弄的……"侯金不好说下文。

"哎……班长，你这不是自己给自己惹麻烦吗？"肖剑副班长为艾大海担心起来。

"哎呀，这下完了，营长对咱学生兵本来就有偏见，估计这下又添了学生兵爱出风头的不好印象了。"曾爱发叹息说。

"我明确跟你们说，营党委会议的事不准传了，我之所以写这份建议书，不是为了出风头，主要是转入正常工作后，没有战备这根弦绷着，部队文化生活单调，思想问题多，为部队建设着想才这么做的。政委为什么要单独设一个宣传文体班，就是为了发挥学生兵长处，把宣传文体活动开展起来，营党委既然形成了决议，就要看我们班如何发挥作用，落实好营党委的决议了。大家不是感到十二年寒窗苦读在海岛没有用武之地吗？这次就看我们的表现了。曾爱发你负责的《海岛报》一定要办好；侯金你负责广播线路的勘察、音箱的安装，质量一定要检查好；肖副班长你负责的体育活动要开展好，春节期间组织各类体育活动比赛，要逐个落实，通过比赛选拔人才，代表全营的篮球队、排球队参加团、师的比赛；姚向英负责的文娱活动一定要深入连队去指导，从文艺会演中发现人才，组织全营战士业余演出队，大家千万不要辜负了营党委的希望！"艾大海对每个人交代说。

建广播站说起来容易，做起来却难，艾大海这几天为转播中央人民广播电台的新闻犯了难。虽然张文彬政委有一台小收音机，但由于干扰太大，接收的信号不好，试了几次都不行。初定的播音员曾爱发对着稿件念时，有时会出现错误，影响播出质量，这些问题如何解决，他愁得寝食难安。

这一天，艾大海到武工队检查音箱安装情况。

"哎哟，艾排长，什么风把您吹到咱武工队来了？"信号通讯兵李雄热情迎接着，他还是照以往在集训队的称呼叫艾排长，显得格外亲切。

"想你们呗，顺便来检查音箱安装情况，你们旗语灯光在海上运用咋样？"艾大海问。

"别提有多方便了，过去我们船与船之间联络都是用步话机，用的明语不保密，受天气海浪影响干扰又大，现在好了，白天用旗语，晚上用灯光联络，方便又省时，保密又好，不受干扰。"李雄讲得眉飞色舞，甭提多高兴了。

"那就好，那就好。"艾大海连声说好，突然话锋一转问，"你刚才摆弄的是什么玩意儿？"

"这可是个好东西，它叫收录机，收音又可放音，还可录音。"李雄边说边演示给艾大海看。

"哪里来的？"艾大海睁大眼睛好奇地问。

"前天我们出海护渔时，引西岛渔船上的渔民向我们兜售，我们用鱼换来的。"李雄解释说。

真是踏破铁鞋无觅处，得来全不费工夫。他这几天正为广播站还缺个收音机犯愁，想不到竟有功能这么齐全的宝贝玩意，提着收录机再也舍不得松手。

他立马找到武工队涂队长说明建广播用，涂队长说正要交营里，要艾大海拿走便是。

"政委，政委，您看这是啥宝贝？"艾大海兴奋地得意忘形，报告也没喊，也忘了敬礼，直接冲进张文彬的办公室，边喊嘴里还喘着粗气。

"啥玩意呀，把你高兴成这样？"张政委示意叫他坐下来慢慢讲。

艾大海把收录机放在桌上，用中指往按钮上一按，里面唱起歌，唱了两句将按钮一按歌就停了，再将一个旋钮一调，里面传出"中央人民广播电台，现在播送新闻……"听了几句后，他又按了另一个按钮，从上衣口袋里拿出一盒磁带装进去。

"政委，这是一台收录机，它不仅能收音、录音，还可放音，这几天我正愁缺一台收音机，有了它，就解决了广播站的大问题了。"艾大海高兴地说。

"哪来的？"张政委问。

"引西岛渔民卖的，武工队用鱼换来的。"艾大海回答说。

张政委捧起收录机，仔细观察起来。

"嗬，还是日本货呢！"张政委无意间碰到了放音的按钮，刚才和艾大海的对话放了出来，开始还惊得一愣，录音放完才回过神来。

"还真是个好东西，正好在广播站派上用场，不过得加强管理，由专人负责。"张政委交代说。

"政委，我请求腾出一个房间作为广播站和印制报纸专用，由曾爱发专门管理。"

"行，房间我来安排。"

"曾爱发是北京人，讲的普通话还算标准，播音员就由他担任，他还兼报纸编辑，两个任务他都胜任。"

"要得，不过要培养后备人才。"

"广播站取名'海岛之声'，站长请您担任。"艾大海请求说。

"'海岛之声'这个名字我同意，站长请文副教导员担任就行了，有关广播站的事，你去向文副教导员请示。"张文彬政委的话，艾大海一听便明白，便亲自找文春山副教导员请示汇报去了。

文春山愉快地接受担任广播站站长的事。

广播播音时间为早上7点至8点，内容主要转播中央人民广播电台新闻；中午12点至1点，播送本岛新闻；晚上6点至8点，播送综合节目。广播站建立了严格的规章制度，闲人免入，杜绝广播事故发生，文春山副教导员主持制定了有关规定和播出时间。

"广播站过两天就可以播音了，这两天试播一下，看音箱有什么问题，各个音箱效果怎样，检查后没问题就可开播了。开播时请您首先讲一下广播站开播的目的和意义，可以吗？"艾大海请示道。

"行，今天是元月15日，定在元月18日正式开播。我把海岛之声广播站开播的目的和意义写下来，算给广播站开播致词了。"文春山副教导员欣然答应。

元月18日早上7点，曾爱发播了一首解放军进行曲后，对着麦克风讲："海岛之声广播站今天正式开播了，下面请文春山副教导员致词！"

他将放音按钮一按，文春山的讲话录音随着放出，传遍了海岛军营。

五、一切听指挥

刘金德憋了一肚子气冲出营党委扩大会议，离岛去参加团里召开的全年军事工作会议，一开就是半个月，这半个月他如坐针毡。原指望会议的分歧到团里会得到团长柳士义的支持，却事与愿违，遭到了团长的一顿痛骂。对他在营党委会上的言行，团长也责令他必须做出检讨。

一张小小的《海岛报》，得到了守备师的表扬。团政委韩道政在会议上大大夸赞了四营政委张文彬组建宣传文体班，办了《海岛报》，建了广播站，在全营开展文体活动，搞得有声有色。

会议期间，闽州军区闽北前线指挥部组织了新年开年后的首场登陆与反登陆军事演习，由柳士义这个团的一营担任主攻方，乘坐登陆艇向驻守鹰浮岛的三营发动夺岛进攻。一营假定在飞机舰炮的第一波攻击后登上了鹰浮岛，驻守鹰浮岛的三营凭借坑道、明碉暗堡的强大火力予以反击，在制高点展开了殊死搏杀，使进攻的一营受阻。久攻不下，一营调来火焰喷射器，对明碉暗堡展开攻击，终将制高点占领。一营的这一杀手利器，刘金德看在眼里，记在心里，学习结束后，他请求柳士义团长给四营也配备火焰喷射器。

火焰喷射器是配给进攻部队的，守岛部队不配备，况且使用火焰喷射器的人员要有化学知识。刘金德编了各种理由，软磨硬泡最终争取了四支火焰喷射器，他将它配备给宣传文体班，美其名曰加强一线战斗力量。

刘金德一回来就找到艾大海。"艾大海，我好不容易弄来了喷火的家伙，把这个玩意配给你们班。这可是要有文化的人才弄得了的，今后就看你们的能耐了。"刘金德话中既有表功，又有重视学生兵的味道。

"谢谢营长。"艾大海看到四支火焰喷射器，如获珍宝。

"咱们是一线战斗部队，要把更多的心思用在军事本领上。"刘金德叮嘱道。

"请营长放心，我们是贯彻落实营党委决议，干的是有利于部队建设的事。"艾大海感到刘营长的话酸溜溜的，敬礼回道。

"你到部队一年不到就立了功，我看你有能力，算个角儿，提醒你莫被人利用走偏了，嘿嘿。"刘金德笑着扬长而去。

艾大海看着刘金德的背影，愣了一会儿，回味着话中含意，总觉得不对劲儿。

刘金德径直向步兵二连走去，到步兵二连时正赶上吃午饭。

"二柱子，有啥好酒，给我拿来，半个月可把我憋苦了。"刘金德对步兵二连洪二柱连长喊道。

刘金德一日三餐都有喝酒的习惯，人称"刘半斤"，在团里开会半个月，把他的这个习惯破了，只得在军用水壶里装上酒，时不时偷喝一口，被柳团长发现就把水壶给他缴了，不敢再喝，回到岛上再也没有约束，便明目张胆地大声要起酒来。

"老大，您回来了。"洪二柱连长见到营长要酒喝，赶忙把酒拿了出来。

"老大"这个称号是下面连排长们对刘金德的私下称呼，刘金德便欣然接受，感到亲切，一声声"老大"，使他飘飘然自视为海岛最大的头儿。

"给你送个能喷火的东西来了，还不请我喝酒吗？"刘金德得意神秘笑道。

"老大，您葫芦里卖的啥药啊，啥喷的东西？"洪二柱连长丈二和尚摸不着头脑。

于是，刘金德将火焰喷射器的威力和他要把四支火焰喷射器配给宣传文体班，且准备将这个班交给步二连的计划说了一遍。

"有这等好事？"洪二柱心存疑虑地问。

"怎么，你不想要？"刘金德问。

"要、要，喝酒、喝酒！"洪二柱表面虽说要，但心里总觉得把宣传文体班给二连不可能。

"海岛之声广播站现在开始播音了。同志们，中午好，现在是本岛新闻。"曾爱发对着麦克风用标准的普通话开始了一天中第二次广播。

"营党委扩大会议后，各单位都在积极贯彻落实开展文娱活动的决定，步兵二连将原操场改扩成可用出操训练、打篮球，又可作文艺演出的舞台，且该连由连长洪二柱任队长，组织的岛魂篮球队正在抓紧训练；步兵一连卫毅指导员亲自担任指挥，组织了百人合唱团，正抓紧排练解放军进行曲；高炮连制作了乒乓球桌，正在训练乒乓球选手，争取作为乒乓球比赛的东道主迎接全营参赛选手的到来。全营官兵在抓紧军训，坑道作业，筑工事、修公路的工作之余，文体活动形式多样，如火如荼开展起来……"

"我才走几天，这个喇叭怎么变戏法弄出来的？"刘金德端着酒杯问。

"是文副教导员亲自下令，宣传文体班的几个学生兵弄的。这个广播站建得太好了，早上播中央新闻，中午播本岛新闻，晚上播综合节目，国内外发生的大事当天就晓得，再也不会觉得消息闭塞，可真是做了件大好事呀！"洪二柱连长津津乐道。

"吵死人了，喝个酒都喝不尽兴。"刘金德显得不耐烦了。

"每个音箱都有开关，你愿听就听，不听可以随时关。"洪二柱将接线开关一扯，就关了。

"走，到操场看看去。"刘金德和洪连长两人来到操场时，肖剑正在利用午休时间训练岛魂队打篮球。

"老大，你看这个操场改建得多好，一可以用做军事训练；二可以进行体育活动，东面搭了个台子；三可演出用。"洪二柱讲到操场时格外兴奋。

"二柱子，我可要警告你，莫把心思放在修操场上，要花在军事训练上。"刘金德敲打说。

"战士们听说修操场，都利用业余时间主动参加，一分钟军事训练也没耽误。"洪二柱解释道。

"抱个皮球抢来抢去，能起啥作用？"刘金德不懂，疑惑地问。

"老大呀，你可别小看这打球的作用，和正规军训的作用差不多，既锻炼了身体，增强了体质又培养了战士争强好胜的性格和团结协作的精神，使大家都有了集体荣誉感。"

洪二柱讲到打球的好处头头是道。

"你呀。"刘金德听后一肚子不高兴，拂袖而去。

晚饭后，刘金德来到步兵一连。

步兵一连食堂里热闹非凡，这张饭桌上楚河汉界阵势刚摆好，那张桌上扛军旗的大战就打响了。

"不行，不行，你桥都没搭好，怎么跳得过来？"玩跳棋的指出对方违规的把戏。

"师傅。"败下阵来的象棋手向胜者毕恭毕敬鞠躬行礼。

"一、二、三、四……"被扛了军旗的总司令正在做俯卧撑，胜利的总司令正得意地数着数。

操场上，排球比赛正在进行。

会议室里，文艺节目正在排练，四个战士身系围裙，一人拿瓢、一人拿铲、一人拿勺、一人拿盆、一人一句说道："我们炊事班，人人手艺精，烹蒸爆炒炸，样样不在话下！"

"真香。"

"不行，不行，一人一句时每人都要有个造型，后面'真香'要做出鼻子嗅到香气的样子，让人感到香气扑面而来，关键是既要语言幽默，动作又要滑稽，才能博得观众开心一笑。"姚向英边示范边讲解。

"卫指导员，我当弄出了啥新玩儿，不就是让战士寻个乐子吗？"刘金德对陪同他溜了一圈的卫毅指导员说。

"营长呀，你可别小瞧开展文娱活动的作用，过去的生活单调乏味，自营党委决定开展文体活动后，战士们生活变得丰富多彩，思想问题少了，投入军事训练的热情高了，官兵同乐，感情融洽了，这比作报告强多了。这种花钱少、收效大的事，何乐不为？"卫毅发自内心地说。

"军队抓训练才是正道，张文彬支持几个学生办报纸、建广播站、开展文体活动，这叫不务正业。"刘金德不满地说。

"我不同意这种看法，这是营党委的决定，办报纸、建广播站、开展文体活动都是有利于部队建设的大好事，促进了军事训练，提高了部队战斗力，得到广大官兵的积极拥护，是正道。"卫毅指导员强烈反驳说。

刘金德回岛后的第一天，本以为到连队转一转，摸摸情况，没想到支持的人这么多，还让他碰了一鼻子灰。

第二天，吃罢早饭，刘金德便通知艾大海率班到步二连报到。

"艾班长，给你们班配了火焰喷射器，往后就叫喷火班了，放在营直属排不合适，今天你们班就去步二连报到。"刘金德口气很硬地命令道。

"营长，服从命令是军人的天职，坚决执行。"艾大海突然接到要将他们班赶下连的命令心里一愣，但还是表示服从，只是心里想着文体班后续的事怎么办。只是还没等到艾大海去二连报道，这事就传开了。

"谁说要将宣传文体班分下去的？"文春山副教导员感到奇怪，要找刘金德问个明白。

"是我，怎么我连调一个班到下面连队去的权力都没有吗？"刘金德老气横秋反问道。

"成立宣传文体班是经过党委开会决定的，你没有权力否定营党委的决定。"文春山副教导员理直气壮地说。

"笑话，我是一营之长，都得听我的。"刘金德用营长的头衔来压人。

"你这个营长是党委领导下的首长分工负责制，必须接受党的领导和监督。"文春山厉声说道。

"你们动嘴皮子的人就会狡辩，我今天还非调不可！"刘金德火了，变得蛮横不讲理。

"刘金德，我们是军人，一切听指挥。"文春山毫不动摇。

"老刘呀，你今天的话太出格，你是营长固然不错，有权力调一个班，但必须要有利部队建设，宣传文体班要办报纸，负责广播，指导文体活动开展，负担很重了，而今又把火焰喷射器配给这个班，实在是强度太大，如果他们忙着火焰喷射器的事，那报纸、广播谁来接手负责，正在开展的文体活动谁来辅导，这些都是营党委决定有利部队建设的大事。"耿大彪副营长听说后，急忙赶来说道。

刘金德听到这话，一时哑口无言。

张文彬政委感到事出突然，本想来找刘金德问个明白的，听到文春山副教导员与刘金德的争执，耿大彪副营长的一席话，他冷静考虑了一会儿开口道："既然大家都来了，好，趁此机会，现在召开营党委扩大会议，首先讨论这个问题。"

营党委扩大会议，否定了刘金德在没有做好培养后续接手人的情况下，调动宣传文体班下连队的决定，但也针对火焰喷射武器的问题，商讨出了方案。考虑到文化学习能力，决定由艾大海等人先学习，再培训挑选出来使用火焰喷射武器的战士。会后，卫毅指导员开玩笑道："这个班学的东西多，那到底应该叫宣传文体班，信号通讯班，还是火焰喷射班？"

张文彬诙谐地回答说："叫什么班不重要，关键是看它发挥的作用如何。"

后来，张文彬问艾大海："你们班的负担太重了，又配给你们火焰喷射器，能忙得过来吗？"

"请放心，我会合理安排好，多掌握一种军事技能，对打胜仗有好处。"艾大海生怕火焰喷射器被调走。

宣传文体班的战士接到通知后，都高兴极了。虽然会累点，辛苦点，但现在营党委提供了施展才能的平台，他们就有使不完的劲，只是担心时间不够，会无法兼顾。"有压力，才有动力。"艾大海鼓励大家说。

"看我们的行动吧，我们班个个都是能干的人。"肖剑表态。

宣传文体班的战士，经过这次风波感到肩上的担子更重，责任更大，劲头也更高了。

侯金被分派到120加农炮连辅导文体活动的开展，这一天中午吃午饭，便和在集训排混熟了的信号通讯兵丁时正杀了两盘象棋，最后丁时正连输两局，干脆收棋不玩了。

"时间还早，咋不下了？"侯金正在兴头上。

"没劲，我还有一大堆衣服没洗。"丁时正下旗时就心不在焉，连输两局就更没心思接着下了。"我反正没有事，帮你一起去洗。"侯金说。

"那好。"丁时正抱来一大堆衣服。

"你一个人怎么会有这么多衣服没洗？"侯金问。

"别提了，愿赌服输，技不如人，输了罚我帮他们洗衣服，这不，那两个家伙抱出一堆衣服让我来洗。"丁时正无奈地叹气说。

"怎么能这样啊，娱乐活动怎么成体罚了？"侯金感到不解。

"哼，这还是好的呢，有的还兴这个呢。"丁时正用手指示意数钞票的样子。

"有这回事？"侯金惊讶地问。

"不信，你到坑道去瞧瞧。"丁时正朝坑道噜嘴说。

侯金听后丢下衣服朝坑道走去。刚到坑道，坑道口望风的战士便将他拦下来了，但他也能确定，丁时正说的是事实。

回到班里，侯金心中一直忐忑不安，赌博的现象倘若被刘营长发现，后果不堪设想，于是他决定将赌博的事先向班长汇报一下。

"大海，120加农炮连十来个战士躲到坑道里赌博的事，虽然被我发现了，但我思前想后，这不是件偶然的事，这个苗头若不及时制止，不仅影响娱乐活动的健康发展，而且后患无穷呀。"侯金分析说。

"这有什么大惊小怪的，那天我陪刘营长到步二连检查体育活动的开展情况，刘营长看到下军旗的人输了给赢了的一角钱，也睁一只眼闭一只眼，没说什么，还说没点刺激谁愿意玩。"副班长肖剑听后不以为然地说。

"反正赌博不好，一盘棋一角钱钱虽然不多，凡事从小到大，一个战士一月津贴就六块钱，经得起几输？"曾爱发插嘴说。

"啥叫赌博？下象棋的输了掏一支烟给赢方并叫一声师傅，叫不叫赌博？输了的洗衣服这种惩罚算不算赌博？这些都得有个界定，哪些允许、哪些不允许，都要明确规定，才能使文体活动健康发展。"姚向英发表意见说。

"好了，侯金今天反映的情况很及时，曾爱发、姚向英发表的意见都很好，容我仔细斟酌一下再向张政委汇报。你们下连时除了辅导文体活动的开展外，要注意发现活动中的问题并及时汇报。我们宣传文体班一定要当好营党委的助手，发挥我们每个人的作用。"艾大海听后总结说，他心中感到这种不良苗头不及时制止定会阻碍活动的正常开展。

当晚，艾大海将此事向文副教导员汇报，并将肖剑看到刘营长看到赌博不加制止也汇报了。

"你有什么想法？"文春山副教导员听了后问艾大海。

"今天120加农炮连发生的赌博现象给我们敲响了警钟。要使全营的文体活动健康发展，我打算写一篇报道，不点名地指出一些苗头，要使各级领导负责起来，哪里有不好的苗头，未予制止，追究哪一级领导的责任，并以营里的名义广播。"艾大海建议说。

"这篇报道要以正面为主，大力表扬文体活动的单位和个人，不要挫伤士兵们开展文体活动的积极性，对一些不良苗头必须指出来，以示警告，由我来讲追究领导责任较妥。"文春山感到问题严重，不及时制止不行。

六、立功喜报

清早起来，谢大嗓门推开大门，听到门前的大树枝头上，喜鹊叽叽喳喳地叫个不停，她瞄了一眼嘴里嘀咕道："有什么喜事儿，这么叫唤……"

早饭刚过，芷兰市武装部和护城公社武装部的人，敲锣打鼓来到艾家，给艾家送喜报来了。

听到锣鼓声，邻里乡亲都好奇地围了过来，不一会儿艾家门前挤满了看热闹的人。

"乡亲们，大家静一静，我向大家报告一个好消息，今天，我们是代表部队给艾大海家送立功喜报来的。艾大海到部队舍身救人，荣立了三等功。"市武装部政委冯继才站在艾家大门前大声说。

"恭喜呀，艾爸爸。"冯继才政委把喜报双手交到艾大海的父亲手里，恭贺道："你养了个好儿子！"。

"是个人样。"艾闷子的喜悦之情溢于言表。

"谢嫂子，我来道喜了。"公社武装部唐部长拱手说。

"这孩子没事就好。"谢大嗓门一听，孩子没事她就放心了。

人越来越多，把艾家房前屋后挤得水泄不通，听说市武装部的政委亲自给艾家送喜报来了，也想沾沾喜气。

邻里乡亲听说艾家孩儿舍己救人立了功，七嘴八舌议论着。

整整一个上午，艾家挤满了人，走了一批，又来一群，有来道喜的，有看热闹的。艾家大门上，儿子结婚时贴的喜字颜色尚未褪掉，此时又洋溢着满院的喜庆景象，好不热闹。

夏长腿和王三妹夫妻俩听说女婿在部队立了功，喜报送上门来了，异常高兴，急忙赶到艾家帮着端茶递水迎来送往。人们不断地当着面恭喜他们找了个好女婿，夫妻俩笑嘻嘻地道谢。丈母娘王二妹心里那个美滋味儿，仿佛要从心底溢出来，脸上红扑扑的，嘴里乐呵呵的，眉毛好似要飞起来了。

艾爷爷听说孙儿立了功，苦瓜似的脸上皱纹也渐渐舒展开了。

艾闷子觉得儿子争了气，脸上添了光，话也比平时多了许多。

谢大嗓门接到儿子立功喜报，自然高兴，不免心中又增担忧，待客人走后，一个人晚上偷偷地烧香叩头祷告："菩萨保佑……"

艾春草大妹听到哥哥立了功，立马跑到邮局给嫂子夏冬梅发电报去了，她想尽快和嫂子分享这份喜悦。

在上海医科大学读书的夏冬梅接到电报，心中无比激动，这真是应验了《送郎当兵歌》中"盼只盼立功的喜报捎回家"这句歌词了。

艾大海此刻正一心一意忙于办报纸、建广播站和开展文娱体育活动，忙碌得早把这份功绩忘了。

为了激励其他战士，艾大海让曾爱发将他的日记登载在《海岛报》上，没想到却将三个月前出任务的事儿宣扬了出去。

当时刘金德押敌俘房舰长向团里汇报回岛后，只轻描淡写地说了句："团首长对完成这次任务的四营很满意。"

张文彬政委认为几个学生兵这次出色完成任务，立了大功，值得宣扬，便立刻向上级汇报了。一等三个多月过去了，却一点动静也没有，倒也没多想，这事儿也就不了了之了。

"老柳呀，我们犯了个大错误，把四营几个学生兵的功劳误认为是武工队的，你看看这报纸登的才是事实。"团政委韩道政看到海岛报后，大吃一惊，立刻把报纸拿给团长柳士义看。

柳士义团长拿过报纸一看，愣了好一会儿，气愤地指着报纸说："这、这……怎么回事？刘金德和武工队队长涂迪押着俘房来时，我当场夸他们武工队组织指挥得好，他刘金德怎么没有解释呀？"

"这几个学生兵当时入伍才多久？就独立担任这么危险的任务？"韩政委惊叹道。

"生存下来已经很了不起了，还能抓住机会出其不意，这几个学生兵着实难得啊！"柳团长赞扬说道。

"我打算带宣传科彭大志一起到螃蟹岛四营走一趟，搞清事实的真相。"韩道政说。

"好，只好请您跑一趟了。"柳士义团长点头同意。

团政委韩道政和宣传科彭科长一到四营，就把四个营领导召集在一起开会，调查起派人执行侦察任务的情况。

"你们四营三个月前到引西岛附近的小岛执行侦察任务，是派什么人去的？"韩道政开门见山地问。

"当时因为人员紧张，时间紧迫，我们只能抽调五个学生新兵去。"张文彬政委如实答道。

"是谁决定的？"韩道政又问。

"是我们四个营领导集体开会研究决定的。"张文彬政委具体汇报了四个营领导开会的情况。

"刘营长你押着俘虏到团里汇报时，为什么不说是五个学生新兵执行的任务？"韩道政质问道。

"当时柳团长见武工队涂迪队长也在其中，就认为是武工队派人干的，我不说主要怕团长知道派五个刚入伍的新兵独立执行这样危险的任务会觉得我们草率，敷衍上级交代的任务，怕挨骂所以没敢说。"刘金德将责任推给了柳团长，装出一副怕挨骂的样子。

"团里要你写个材料报上来，准备好好表彰立功的士兵，你为什么推掉了？"韩道政追问道。

"我没想到入伍的新兵会弄出这么大的动静来，这次让他们立了大功，今后更不好管理，所以推掉了。"刘金德见领导知道了事实，只得编出理由搪塞说。

"什么？五个学生兵的功劳怎么成武工队的了，这真是天大的笑话，你怕挨骂骗得了谁？这是集体决定的，有责任我们四个营领导都有份，有啥不敢说的？"耿大彪副营长一听顿时火大。

耿大彪是个黑白分明，眼里容不下半点沙子的直肠子，几个学生兵到部队后成长进步的点点滴滴，他都看在眼里。当初学生兵们离岛后他就一直担心着，期盼他们出色地完成任务回来，但因天气原因，学生兵八天后才回来，快把他急疯了。他为他们立了大功而高兴，可他怎么都没想到会是这么个情况，能不生气吗？

张文彬政委是个沉着冷静的人，对刘金德的错误行为虽然内心很气愤，但思量着在上级团政委韩道政面前多说无益，也不利于团结，便委婉规劝道："老刘呀，你这事处理得太不恰当了，是应该自我反省。这五个学生兵的出色表现，是我们全营、全团的光荣，你是他们的营长，应该感到骄傲，按理应该给他们记功，大大表彰一番，号召官兵都向他们学习，你却这样做，委实不该！刘金德在事实面前，在上级同僚面前再也无法抵赖和狡辩，只得承认错误，自我批评。会后，团政委韩道政亲自找艾大海询问。

"艾班长，你们怎么会想到劫持敌人的小艇回来？这是极其冒险和大胆的行为。"韩道政纳闷地问。

"我们在无名小岛的大坑内蹲守了八天，饮水成了无法解决的大问题，再待下去，即使不被敌人发现，也会渴死。通过那几天的观察，发现了后半夜那艘小艇的规律，想着与其坐以待毙，不如破釜沉舟搏一搏。"艾大海说出心里话。

"你们有想到会成功吗？"宣传科彭大志科长问。

"当时没想这么多，只想着拼一把，最后能成功，也算是天时、地利、人和。"艾大海总结道。

"何为天时？"

"天时就是前面那几天有风大浪高，到最后一晚时，前半夜风就小了，后半夜风几乎停了，好时机。"

"地利呢？"

"地利就是那艘巡逻艇，每次停的位置都是我们隐蔽的小岛与引西岛的背面，且距离小岛只有一海里左右，我们泅水到小艇处轻而易举，还不易被发现。"

"人和又怎么讲？"

"我们五个人自入伍后就分到了一个班里，不仅建立了深厚的感情，还建立了默契，相互配合很好。"彭大志和艾大海的一问一答，破解了韩道政心中派学生兵执行任务的疑团，他也认为张文彬、耿大彪让五个学生兵执行任务是对的。

关于无人小岛这段经历，曾爱发后来还利用手中的画笔，创作了图文并茂的连环画册，只是把五个人的名字改了化名。他把画册寄给父亲，写信告知父母这本画册讲述的故事是他的亲身经历。

曾文浩教授收到儿子寄来的画册非常激动，给好友美术学院刘院长观看，刘院长阅后大喜。

"文浩，想不到爱发当兵后，竟能创作出这样好的连环画册呀。"刘院长拿着画册爱不释手，连声夸赞："好，太好了！"

"不是他亲身经历，是创作不出来的。"曾文浩发自肺腑道。

"什么，这些都是爱发亲身经历的。"刘院长指着画册惊奇地问。

"画册描述的是爱发亲身经历的事，这个故事就发生在前不久，不信你看他的来信。"曾文浩充满自豪地掏出信给刘院长看。

同时，《海岛报》的文章也引起了闽州军区党委的高度重视，军区政治部派人进一步核实了情况，隆重召开了表彰大会，号召东南沿海前线部队向艾大海等五人学习，给艾大海荣立二等功，肖剑、侯金、曾爱发、姚向英四人分别荣立三等功。通令嘉奖了张文彬政委、耿大彪副营长、文春山副教导员、团长柳士义、团政委韩道政。

事情最后发展成这样是刘金德万万没有想到的，本来他是可以分享这份光荣的，现在唯独他因故意隐瞒事实而受到处分。

农历大年初一，是中国人辞旧迎新的日子。艾大海家门前大树枝头上喜鹊喳喳地叫得分外欢畅，夏冬梅挺着大肚子出门迎接客人。她是放寒假回家过年和家人团聚的，在丈夫的信中知他又立了二等功，心中十分激动。

艾家最近喜事连连，特别是这次大海在部队立了大功的事，震惊了十里八乡，事情传播得很快，不免有添油加醋的，传得神乎其神，让艾家今年春节是宾客盈门。

七、欢乐春节

农历大年三十，各连都杀了猪，吃了年夜饭，欢欢乐乐地辞旧迎新，全岛无论部队军营还是地方公社所在地大澳镇，各大队村落到处张灯结彩，一派喜气洋洋欢度春节的景象。

大年初一，一大早，步兵一连和二连的舞龙舞狮队就从各自的驻地出发了，一路敲锣打鼓，沿途鞭炮声不断，给营首长拜年来了。两条龙、八只狮组成表演队伍，从龙嘴、狮子口吐出"拜年了""春节快乐"的条幅，博得营首长和直属排官兵的喝彩声。

张文彬政委抱拳答谢："同志们，辛苦了！"

宣传文体班战士，将点燃的鞭炮不断抛向空中，再加上两条翻滚的长龙和八只表演的狮子助兴，拉开了欢度春节的序幕。

龙狮队在营部拜完年，又向各连队驻地和大澳公社各大队村落去拜年，受到官兵和地方的热烈欢迎，都燃放鞭炮以示答谢。

新年的第一天在这样热闹欢快中开局，在这个远离大陆的孤岛上，有史以来第一次，驻岛官兵和地方岛民感到新奇和愉悦，吸引了众多人尾随，增添了过年的气氛。

"李连长，你今天可露脸了，搞了支龙狮队来拜年，真谢谢你们步一连，这个点子好呀！"机炮连黄连长拉住李连长的手说。

"以前过年都死气沉沉，春节又只休息三天，战士除了吃饭睡觉就是想家，一点年味都没有，今年好呀，各项活动的日程都排得满满的，战士们只怕看也看不过来，再也不会感到孤独无聊了。"李连长说。

艾大海将春节放假三天的文体比赛列成表，时间、地点，各个项目的主持人、评委、裁判，都标在表格上，一目了然，印发到各班，战士们根据列表可随意选择自己喜爱的项目观看。

初一下午，比赛打响了。

歌咏比赛在步兵二连操场举行，比赛尚未开始时，各连的拉歌比赛已经先开始了。

机炮连在指导员的指挥下唱了《我是一个兵》，歌声一落，艾大海带头喊道："唱得好不好？"

"好！"

"再来一个要来要？"

"要。"

艾大海示意大家鼓掌欢迎。

连队之间的拉歌比赛热身，为歌咏比赛做了铺垫，观众们热情高涨，这时，团政委韩道政来给驻岛官兵拜年来了，向全营官兵讲了几句祝贺春节的话后，主持人姚向英宣布："歌咏比赛正式开始。"

各个连队依次列队走上步二连操场的舞台，五个连队加雷达观通站共六支队伍以一首歌定胜负。六个队的指导员加上副教导员文春山，共七个评委，每人十分，除参赛队指导员不计本队分外，共六十分。最后，步一连指导员卫毅担任指挥，以一首《解放军进行曲》获得五十八分的高分获得第一名。张文彬政委将歌咏比赛第一名的流动红旗授予步兵一连时，步兵一连的战士们将他们的指导员卫毅抬起抛向空中，欢呼着，跳跃着，开心得像孩子。

歌咏比赛结束，接着进行文艺会演，每个连队选送了两个节目，通过评选打分，最后120加农炮连反映自开展文化体育活动后新变化的表演唱获得优秀节目奖；步兵一连陕西籍战士高梦松唱的《山丹丹开花红艳艳》，雷达观通站战士伍大伟表演口技学鸟叫、狗吠、鸡鸣惟妙惟肖，官兵们都给予了热烈掌声，获个人表演优秀奖。

团政委韩道政将获得优秀节目奖的集体奖状和个人优秀节目奖的纪念品，颁发给获奖的集体和个人时，龙狮队登台表演表示祝贺，此时锣鼓声、鞭炮声不断，把欢度春节的气氛推向高潮。

看了螃蟹岛官兵大年初一的歌咏比赛和文艺会演，团政委韩道政被以这种形式欢度春节的情景所吸引，当晚给柳士义团长拨通电话。

"老柳，您拜完年，快到四营来看看，看了你就晓得他们怎么让官兵过春节的，机不可失呀。"

"四营又弄出了啥新玩儿？"柳士义问。

"来看了就知道，最好把彭大志一同带来看看。"韩政委卖着关子说。

正月初二一大早，柳团长带着宣传科长来了，一上岛，"团结、紧张、严肃、活泼"八个大字映入眼帘。

"团长，今明两天是娱乐方面竞技和体育项目的比赛，时间、地点、项目名称这上面都标明了，你愿意看什么随心所欲，欢迎指导。"张文彬政委将比赛项目的列表分发给团长和宣传科长。

"刘麻子呢？"柳士义没见到刘金德营长好奇地问。

"春节放假休息，昨天他到武工队喝多了酒，没回营里。"张文彬解释说。

"这个刘麻子，就好酒贪杯，不管他，你们忙去，我们随便看就行了，不用陪同。"柳团长说。

体育比赛最热闹的地方在步兵二连的操场，这个操场在山坳里，三面环山，比赛尚未开始，顺着缓坡的三面山上都坐满了人，有官兵，还有不少的岛民顺坡席地而坐，真是个天然的露天好看台。

首先举行的是拔河比赛，机炮连的二十个拔河队员个个都身着火神队的背心短裤，对阵身着岛魂队背心短裤的步二连代表队，肖剑担任裁判。

曾爱发将广播搬到了步兵二连操场的斜坡上，对着麦克风进行现场解说。

"预备、开始！"

随着肖剑裁判举红旗的手向上一挥，比赛正式开始，火神队的二十个大力士同时发力，岛魂队也不示弱，二十个队员将脚用力蹬往，仿佛要将地上蹬出个坑来，双方僵持着，此时各自连队加油呐喊声不断。渐渐地岛魂队感到体力不支，拔河绳上的中心红绸向火神队移动，火神队乘势用力，将岛魂队队员拉过中心线，肖剑裁判哨音一响，红旗一举，火神队胜。曾爱发的现场解说话音一落，机炮连的官兵一拥而上在操场上欢呼起来："我们赢了！"

拔河比赛八支代表队，分甲、乙两组，从中产生四强，四强要按抽签的办法比赛后产生二强，二强争夺冠军，最后火神队夺得冠军，岛魂队获得亚军。耿大彪副营长将拔河比赛第一名的流动红旗、授给了火神队。步兵一连的龙狮队表演祝贺，全场观众掌声雷动，火神队二十个大力士队员个个都兴奋地流下了激动的泪水。

在拔河比赛的同时，篮球比赛、羽毛球单、双打比赛在120加农炮连展开，乒乓球单、双打比赛在高炮连打响，旗类比赛在步兵一连紧张对弈中，三个连的副连长、副指导员各自作为东道主组织通过海选出来的选手参加比赛。

为了春节文体活动的比赛，营里专门成立了大赛组委会，张文彬政委任组长，刘金德营长任副组长，宣传文体班班长艾大海担任执行组长。体育活动的比赛由副营长耿大彪负责，肖剑当助手；文娱活动的比赛由副教导员文春山负责，姚向英当助手。全营的各项比赛、按照大赛组委会执行组长的统一安排，正在有条不紊地进行着。

柳士义团长在各比赛场地走马观花转了转，又看了一场篮球比赛后，便到武工队来了。

"你们刘营长在哪里？"柳团长问武工队四分队队长万刚。

"在船上。"万刚指了指停在港口外的一条武工队的船说。

"你开船，带我去。"柳士义对万刚命令道。

万刚只得遵照团长的命令开船悄悄靠近刘营长的船，刘营长和武工队的涂队长以及两个分队长正在打骨牌，没有注意到柳团长上船来。

"哈哈，我三点和六筒，统杀，手气真好。"刘营长兴奋地把涂队长和两个分队长押的钱用手往身边一拢高兴地叫道，抬头就见柳团长正站在船上，钱也不敢往身上揣了。

"赌呀，继续赌！"柳团长呵斥道。

"放假玩玩。"刘金德满口酒气地站在团长面前，心虚地答道。

"把赌的钱都给我收了。"柳士义团长命令警卫员说。

警卫员把赌博的钱全收了，武工队涂队长和两个分队长也爬出船舱，低着头站着，大气也不敢出等待团长发落。

柳团长头也不回地回到来的船上，带着警卫员气愤地走了。刘金德急忙要涂队长起锚追上去。

大年初三，排球比赛在步兵二连操场打响了，曾爱发仍然进行现场解说，侯金担任裁判。

步兵二连三面环山的山坡上，不仅坐满了官兵，而且吸引了上千岛民前来观战，人山人海，热闹非凡。

刘金德营长自从躲在武工队船上赌博，被柳团长抓了个现行后，一路追赶团长，像个跟屁虫似的，团长走到哪里，他一路跟到哪里，心里虚得发怵。可柳团长看也不看他一眼，根本不搭理他，团长越这样，他越不好受，心里像吊着十五个水桶，七上八下地十分不安。从大年三十起，他一头扎到武工队吃年夜饭，喝得酒醉昏昏有到初一中午才醒，张文彬派人去请他时，他和武工队的涂队长几个人还在比点子玩骨牌，一直到初二被团长抓到为止。涂队长也劝过他到营里去，他也不听，坚持要继续赌下去，这下被抓到了，只好硬着头皮挨批。

随着排球比赛结束，春节三天文体比赛圆满结束，落下了帷幕。

当天晚上，团长柳士义、团政委韩道政主持召开了座谈会，想看看官兵对春节三天四营开展文体活动比赛的反应。

"春节放假三天，营里组织的文体活动比赛太精彩了。我们获得了篮球比赛的冠军，全连官兵敢于拼搏，集体荣誉感被激发出来了。战士们对搞好军事训练，练好过硬本领，共同守卫海岛的决心更坚定了。全连空前团结，憋着一股劲，要创五好连队。"步兵二连连长洪二柱发言说。

"以往的春节，除了会餐就是吃饭、睡觉，死气沉沉的，休息时，想家的情绪多了，容易出现思想问题。今年营里给大家安排了文体活动比赛，体育活动比赛，战士们忙着参加比赛、看比赛，大多数人都投身进去，思想问题自然少了。过去各连队都窝在营房里，相互间交流少，今年各连队通过比赛融合在一起增进了感情，更加团结！"一连指导员卫毅深有体会地说。

"这次象棋比赛，我被授予'棋王'称号，奖给我一副象棋作为纪念，但我不能骄傲，还有不少人对我发出挑战，要把'棋王'这个称号夺了去。我等着呢，我希望把这个活动持久开展下去。"获得"棋王"称号的战士曹文斌说。

"这次乒乓球比赛，我获得单打冠军，有好多人想拜我为师，争取下次比赛也能得到一副乒乓球拍。现在想学打乒乓球的人多了，积极性也高了，不仅能学到技术，而且还能锻炼体质。"乒乓球单打冠军步一连乔富贵得意扬扬地说。

"我们连这次比赛获得了羽毛球单打、双打冠军，这都是肖剑教练的指导，再和平时操炮练臂力结合得好，才有今天的成就。"120加农炮连副连长施德祥发言赞许道。

"我当兵三年，这是第一次过这样有意义的春节，看了这场比赛又想接着看下一场，生怕漏了。"机炮连战士沈小军说。

参加座谈会的十几个人，大家对春节开展的文体活动比赛都表示赞同。

座谈会后，柳团长、韩政委、宣传科长彭大志和四营的营领导交换意见，团领导首先肯定了四营开展文体活动取得的成绩，给予了大力表扬。

"张政委，您能不能考虑，将宣传文体班调我们团宣传科去当干事？"团宣传科彭大志科长要求说。

"彭科长，你别一来就打我们战士的主意。这几个人虽然入伍不到一年，但个个都是宝贝，我们营里办报纸、搞广播站、开展文体活动都是靠他们，一时还不能把他们调走呀。"张文彬政委婉地推托说。

"彭科长，你也是人心不足蛇吞象，要一个就行了，还想把整个文体班都挖过来。"韩道政委打圆场说。

"韩政委，一个也不行呀，另外，艾大海至今还保留着大学学籍，一年后，还要回去读大学的。"张文彬说道。

"这个艾大海倒是个人才，部队很需要他，可以先提个干，把他留住，读完大学了好回部队效力。"柳团长交代说。

"这个办法行得通，我同意。"韩政委表态了。

后来部队把艾大海作为中共党员、大学生、二等功臣的表现材料上报，他被破格提为少尉军官，四营宣传干事。

"刘金德，你身为一营之长，在春节期间，不协助政委搞好文体比赛却带头赌博，你必须接受处分！"柳士义团长声色俱厉地对四营长刘金德说。

"是。"刘金德赌博被团长抓到后，情绪很低落，一直一言不发，听到团长的话后，只好胆怯地回答道。

"你呀，真是一点儿也不上进。"柳士义团长指着刘金德斥责道。

八、向雷锋同志学习

1963年3月5日，伟大领袖毛泽东主席亲笔题词，向全党和全国人民发出了"向雷锋同志学习"的伟大号召。全国上下开展了轰轰烈烈向雷锋同志学习的热潮。

螃蟹岛上，军营内外，渔村港口，到处有人哼唱着《学习雷锋好榜样》的歌曲。

《海岛报》印发了向雷锋同志学习的专辑，介绍雷锋同志的生平事迹。

广播站增加了播出时间，除播报正常内容外，还会加播雷锋同志的先进事迹，全国各地学习雷锋的消息动态，中央军委向全军发出的学习雷锋的部署要求。

近一段时间来，守岛官兵天天读报纸、听广播，整天学习再学习，雷锋同志的先进事迹可以随口说来，雷锋同志的日记有人都会背诵了。

"学什么？怎么学？我想听听你们的想法。"张文彬政委来到宣传文体班问大家，这是他几天来苦苦思索的问题。

"报告，我认为雷锋的一生虽短，没有做出惊天动地的大事来，但他在平凡的岗位上做出了许多不平凡的事。我认为就是要从本职做起，从点滴做起，正如雷锋同志所说的，要做一颗永不生锈的螺丝钉，把有限的生命投入无限的为人民服务中去。雷锋同志虽然牺牲了，但我们通过学习他这种乐于奉献的精神，我们的社会就会形成我为人人、人人为我的新风气、新气象。"艾大海谈了他的学习体会。

"艾大海班长说得好，我非常赞成，这是学雷锋同志的关键核心，我们要号召全营上下每一个官兵做一颗永不生锈的螺丝钉，从本职做起，从点滴做起人人争当活雷锋。本期的报纸要突出报道，广播要配合好，寻找身边的活雷锋。"张政委听了艾大海的发言，深受启发，离开后，立即召开了各连指导员会议并部署了向雷锋同志学习的活动。

铁打的营盘，流水的兵。新兵来了，老兵要走了。

这一天吃罢早饭，艾大海带领宣传文体班的战士赶到西澳码头，他们要集体送别即将离岛退伍的老兵，其中就有新兵集训班时，他们入伍后的第一任班长钟志祥同志。

"钟班长，这个送给您。"在新兵集训期间，曾爱发给班里每个人都照了相，唯独没给砸他画板的钟志祥照，但在钟志祥对着竹筒吸烟时，他却偷偷将其画了下来。当时，曾爱发是带着怨恨画的，可这幅画惟妙惟肖，成了他的得意之作，一直珍藏着，如今钟班长要走了，他只好割爱送给他。

钟志祥接过画，一看是画他吸烟的画，十分形象，说了句："谢谢，我不该砸你的画板，真对不起啊！"砸画后，当时虽道了歉，却是迫于压力，这次可是出于真心。

"钟班长，我今天一是给您送行，二是向您赔不是来了。在尿桶前撒绿豆让您半夜起来摔倒，在水烟筒里放辣椒水让您呛得不行，这些都是我侯金干的缺德事。我错了，今天真心给你道个歉！"说完，侯金向钟志祥深深地鞠了躬。

汽轮开走了，艾大海班全体战士列队向他们的第一任班长挥手惜别。

汽轮带走了退伍老兵，但也带来了夏冬梅的来信。

"哎哟，我当爸爸了！"艾大海举着信跳起来喊道。

"让我看看。"姚向英、曾爱发两人都跑过来，迫不及待地要分享班长的喜悦。

屈指一算，时间过得真快，当兵十个月了。哎，按理说，孩子出生，做父亲的是应该陪伴在旁，可现实情况哪能允许这样呢？艾大海看了信后虽然高兴，但内心又愧疚许多。

姚向英、曾爱发俩看了信后，自然为班长高兴，都争着要当孩子的干爸。

干爸可不是好当的哟，两人一合计，当天就给他们的嫂子夏冬梅寄去了两百元。他们知道艾大海家境不好，现在有了儿子，家里更需要钱，好在他俩家里的条件都不错，帮帮他们可敬的兄长是义不容辞的。

夏冬梅还是医大一年级的学生，她向学校请了产假，生产一个月后她为了不影响学业，决定带着孩子边上学边哺乳。冬梅的母亲王三妹自告奋勇地跟随女儿前往上海照顾他们母子俩。

夏冬梅怀抱一个多月的儿子，王三妹手里提着包，背上背包，刚走出上海火车站，姚向英的父母拿着夏冬梅的照片就迎向夏冬梅。

"您是夏冬梅女士吗？"姚向英的母亲微笑着问，并拿着手中的照片和夏冬梅对比确认。

"请问您是？"夏冬梅好奇地看了一下眼前这位高贵典雅的中年女士，心里正犯嘀咕，她怎么有我和大海的结婚照呢？

"请不要误会，我是音乐学院的老师赵雅芝，你丈夫艾大海是我儿子姚向英在部队的班长，也是我儿子的救命恩人。这是我丈夫姚韵之，我夫妇俩是来接站的。"赵雅芝彬彬有礼地解释说。

姚韵之示意开车的司机将王三妹的包接下，放进车里，再将他们三人扶上了车。

吉普车在医科大学附近的一幢民房停下，赵雅芝将夏冬梅三人领进一个两居室。

"夏女士，这是为你们安排的住处，两居室，厨房、卫生间都有。坐了这么久的火车，你们先休息一下吧。晚餐时，我再来接你们，为你们接风洗尘。"赵雅芝说后，朝他们点了点头，夫妇俩很得体地走了。

自从儿子当兵后，每封给家里的来信都提到一个人，就是他的班长——艾大海，在工作中如何帮助他，生活上如何关心他，投掷手榴弹时舍身忘己救了他。春节时，驻沪部队首长代表部队给姚家送来儿子荣立三等功的立功喜报，姚家又从报纸上看到儿子在班长艾大海的带领下，深入敌岛附近的无名小岛，艰难生存平安归队，全家人心中顿觉无上荣光。十个多月从儿子的每封来信的字里行间发现儿子确实变了，变得上进了，变得关心他人了，这些成绩的取得，是部队这个大学校培养的结果，姚韵之夫妇俩无不感激涕零。儿子这次来信说他兄长的爱人生产后带着儿子到上海医大继续学业，他请父母给予关心和帮助，来信的口吻坚定，表明这个忙非帮不可。接到儿子信后，夫妇俩没有半点不快，立刻去找合适的房子。

他们考虑得很周到，房子要离医大近，方便上学又能及时哺乳，为了这个房子还托了关系才租到，预付了一年的租金，锅盆碗盏添置得一应俱全，床、桌、椅等都不缺。王三妹做梦也没有想到一到上海，在这个人生地不熟的地方，一下车就有车子接，连住的地方都安排好了，家里也什么都不缺，真是遇到贵人了。听说是女婿一个下属写信拜托他父母安排的，难得，真难得哟。

夏冬梅也没想到，生完孩子回到上海，一切都被安排得这么周到，大海怎么也不事先告诉她一声，难道他也蒙在鼓里？不行，得马上写信告诉他。

到吃晚饭的时候，姚韵之夫妇来了，他们开车将一行三人接到上海锦江饭店，为他们接风。

赵雅芝一见面就喜欢上夏冬梅了，见她举止端庄典雅，人长得很秀美，一接触便与她产生了一种亲切感，说话也随和起来。

"我属牛的，今年四十二。"快人快语的王二妹说道。

"我四十八了，看来冬梅真得叫我伯母了。"

"伯母好！"夏冬梅笑意盈盈。

"这位是姚韵之，姚向英的父亲，军区歌舞团的团长。"赵雅芝将丈夫又介绍了一次。

"坐，坐，叫我姚伯伯吧。"姚韵之招手示意说。

"姚伯伯好。"夏冬梅语气温和。

"好，好，坐呀，随便点。"姚韵之接着又说，"你们住的地方不仅离医大近，离我们住的地方也不远。刚才雅芝说了，今天是家庭聚会，自家人不要客气，欢迎你们随时到我们家来，有什么困难跟我们讲，我们一定会尽力帮忙解决。"

"谢谢，实在是太感谢了，二老为我们考虑得太周到了，好像到了家里一样，我们真不知道如何报答才好。"夏冬梅的话发自肺腑。

"来，让我看看，儿子姚向英说他当了这孩子的干爸，那应该叫我奶奶了。"赵雅芝从王三妹手中接过孩子，边逗边说。

"孩子会说话了，第一个叫您奶奶，叫姚团长爷爷。"王三妹顺着话逗二老开心。

彼此间距离一下子拉近了，整个晚宴都充满了欢笑融洽。

艾大海正愁着夏冬梅生完孩子后带孩子，学业会被耽误，妻子的信就来了。夏冬梅告诉他，姚向英父母帮他们在上海找了房子，一切安排得十分周到，让他放心。只是在信中问他俩的结婚照，姚向英父母怎么会有的？艾大海一查，原来是姚向英帮艾大海洗衣服时，将装在衣服里的结婚照请曾爱发偷拍了一张寄给父母，并旁敲侧击打听到夏冬梅到上海的行程，方便父母接站时用，真是用心良苦啊，让他十分感动。

九、唱响青春

"竹板这么一打！"

"听我来说一说！"

"步兵一连军训的热情高。"

"战士王一虎不怕苦和累。"

……

姚向英带着战士业余文艺演出队到步兵一连军训现场鼓劲来了，战士们听了都拍手叫好，不仅激发了战士军训的热情，而且活跃军训场上的气氛。

春节文艺会演后，姚向英从中挑选了十多个具有表演天赋的文艺骨干，组成了战士业余文艺演出队。每周星期六下午和星期天，演出队战士集中到营里排练节目，节目的内容主要反映岛上官兵军事训练、工作学习上的突出事例，生活上的趣闻轶事，节目的形式有快板、相声表演、三句半等，这些节目现编现排现演，语言幽默、内容通俗，深受官兵的喜爱。

春节体育比赛后，肖剑以步兵二连岛魂篮球队为主，组建了全营的篮球队，他兼任队长，利用星期天训练，并与各连的篮球队开展不定期比赛，推动了体育活动的发展。

五四青年节快到了，守备师通知要举行文艺会演和篮球比赛，这是守备师驻前线海疆以来第一次举办活动，韩政委把这个任务交给了四营代表该团来完成。

"老张，你是从军区宣传处下来的，文艺会演和篮球比赛都有经验，你们办的《海岛报》名扬了全师，广播站对全团影响也很大，各营都在组建，春节期间的文体活动比赛搞得热闹非凡，宣传科的彭科长在总结材料中鼓励全团加以推广。这次师里组织的文艺会演和篮球比赛你们都有基础，所以，团党委决定把这个任务交给你们四营，希望你们代表全团参加，需要什么团里想办法解决，只希望不要丢了全团的脸啊。"韩道政团政委殷切地说。

"代表全团参加文艺会演和篮球比赛很光荣，是团党委对四营的信任，我担心难以完成好，丢了全团的脸。"张文彬谦虚地说。

"你就别谦虚了，凭你张文彬的能力，一定会出色地完成任务。你们春节组织那么多赛事，安排得井井有条，花钱又少，真是难得。听说姚向英组织了业余战士演出队，肖剑组织了一个篮球队，完成这个任务肯定没问题。"

"你把咱的底都摸清了，我还有啥好说的。"张文彬一听，韩政委对四营的情况都了解，便不客套了，转换话题问，"刘营长啥时能回来？"

"刘金德当初故意含糊其词，把学生兵的功劳张冠李戴到武工队头上，再加上春节赌博这两件事，柳团长很生气，让他隔离反省，先看他认错的态度再说吧。"团政委韩道政回答说。

"刘金德营长在抓军事训练上是一把好手，只是在处理党指挥枪的问题有所欠缺。我在处理和他的关系上，既斗争又团结，在原则问题上不让步，可没想到他表面上答应，内心里却一直对我不满，我的工作没做好，我也有责任。"张文彬政委自我检讨说。

"你在处理和刘金德的关系上已经做得很好了，原则问题上不让步，个人关系上团结忍让，可他一根筋，犟到底，不知悔改还处处设障碍。特别在春节期间，好酒贪杯赌博，造成的影响极坏，柳团长为此大动肝火，非要把他严肃处理，给他记过处分，看他能否接受教训。他这个人呀，以现在的情况看来，实在不合适做一个海岛的军事长官。"韩政委心中流露出对刘金德的担忧。

"武工队的涂迪和两个分队长，我们营党委也给他们记过和严重警告处分，他们辩解说是刘营长硬逼他们一同赌博的，不好推辞，把责任都推到刘金德身上。这事我们把影响尽量降低，内部处理了事，但愿刘金德能醒悟。"张文彬说。

"刘金德的事暂时不说了，代表全团参加师里比赛的任务，交给你们四营来完成，你们没问题吧？"

"我们一定完成好。"张文彬表态了。

张文彬接受任务后，把任务交给艾大海来完成，艾大海感到既光荣又艰巨。几天来，他吃不香，睡不好，一直在思考如何完成这个任务，按师里的要求，每个团不得少于两个节目，策划两个什么节目呢？

他找姚向英商量。

"向英，业余演出队能拿得出手的参加师里会演节目现在有没有？"艾大海问。

"能参加师里会演的节目，只有一个，就是《学习雷锋好榜样》的群口快板，这个节目既配合了当前形势，又反映了我们营学习雷锋活动涌现出来的先进典型，很受官兵的欢迎。"姚向英底气十足地说。

"这个群口快板我看了，内容还要再充实一些，快板的表演形式显得单调了点。这个节目得再改改，这可是代表全团参加师会演的节目，一定要精益求精，演出队群策群力把它修改好。"艾大海说。

"好。除此之外，高梦松的陕北民歌《山丹丹开花红艳艳》，伍大伟的口技表演也不错。"姚向英推荐说。

"高梦松、伍大伟的这两个节目也要练好，作为备用节目，但我总觉得这些节目显得气氛不够热烈，阵势不够浩大。"艾大海说。

"十多人的战士业余演出队把气氛推向高潮，阵势搞大太难了，我可没这个本事，况且时间太紧，离五四青年节不到一个月时间，也来不及呀。"姚向英为难地说。

"这事容我想想。再有你用女声独唱这个节目也要做好准备。"艾大海又说。

"好的。"姚向英高兴答道，他想借师里的舞台施展他的才能。

艾大海躺在床上，辗转难眠，搞个什么样的节目，气氛又浓，声势又大呢？朦胧中，他脑海里展现出铿锵有力的大合唱的情景，《唱响青春》的歌词内容在脑海闪现。

我们年轻人，

有颗火热的心。

如磅礴欲出的朝阳，

蒸蒸向上勇于攀登。

让青春绽放出五彩斑斓，播下一路豪情。

我们年轻人，

有颗无畏的心。

憧憬未来，展望人生。

似怒吼出山的猛虎，赴汤蹈火，一往无前。

让青春结出累累硕果，奏出人生强音。

我们年轻人，

有颗赤诚的心。

忧国忧民奉献青春，任凭荆棘丛生，

何惧坎坷泥泞。

几经蹉跎，

千锤百炼方成型。

不因碌碌无为而羞愧，

不因虚度年华而悔恨。

征途漫漫唱响青春

一路高歌

前进，前进，前进！

猛然间惊醒，耳边仍回响着歌声，艾大海一骨碌下床，赶忙将词记下。

"向英，我写了首歌词，你来谱曲。"一大早，艾大海把半夜记下的歌词交给姚向英看。

"好词，好词，可惜没有钢琴，谱曲有些难，"姚向英连声称赞。

"你用小提琴先试试，我脑海里总浮现这首歌的交响曲，铿锵有力，气势磅礴，给人一种力量，顺着这个方向谱谱曲。不行的话，你将词曲寄给你父母，请二老校正、润色。"艾大海说。

"这个办法好，先谱好曲，我再将词曲一并寄到上海，我母亲是音乐学院的教授，家里有钢琴，方便帮助修改。"姚向英极力表示赞同。

"文艺会演我想搞个百人大合唱，就唱这首歌，我们没有乐队伴奏，曲子谱好后，请你父亲歌舞团的乐队先演奏曲子，录好音，寄给我们，合唱时一边放录音，一边唱效果会更好。歌的前面要有过门引导，过门一完，指挥才好指挥大家齐声唱。"艾大海边说边打起拍子来，仿佛置身在歌声之中。

"好啊，好啊。"姚向英不得不佩服艾大海多才多艺，连声称赞。

赵雅芝接到儿子的来信后，将艾大海作词、姚向英作曲的《唱响青春》这首歌在钢琴上试弹了一次又一次，对每个音节作了些润色，带着歌曲到丈夫的歌舞团请乐队演奏，听效果。

姚韵之看到《唱响青春》这首歌，心中十分激动，他对妻子说："好歌，真是好歌！气势磅礴，朗朗上口，真是后生可畏，后生可畏呀！"

姚韵之将《唱响青春》这首歌在歌舞团组织合唱效果非常好，反应非常强烈。这首歌给人力量，在年轻人中产生共鸣。他急忙将乐团演奏的曲子和合唱团的录音寄给了儿子，在信中叮嘱在排练时应注意的事项，预祝他们演出成功。

姚向英接到父亲的信和寄来的录音带后，如获至宝，和艾大海一起，把张政委请到广播站将录音放给他听，并把姚韵之的信交给张政委看了。

"我们参加师会演的节目，一个是反映我们营学雷锋的群口快板，现在已排练多遍了，还有一个是百人大合唱《唱响青春》这首歌，这两个节目都是我们自创的，政委您看这个大合唱行不行？"艾大海请示汇报说。

"行，很好！"张文彬听了录音，又看了姚韵之的信，立即同意了，难怪艾大海、姚向英这十多天没什么动静，原来在做准备啊！

"百人合唱团我建议让步一连来担任，他们是歌咏比赛第一名，有基础，组织起来不费力，合唱团指挥还是由他们指导员卫毅担任。"艾大海建议说。

"可以，离会演只有一个星期了，步一连这一个星期抓紧排练就行。"张文彬点头说。

"合唱团，我担任男生领唱，姚向英担任女生领唱，中间穿插二重唱，把合唱搞得别出一格，这样行不？"艾大海看了姚韵之的来信，受到启发说。

"有创意，只是姚向英担任女声领唱行不行？"张文彬怀疑道。

"政委，您小看向英了，他在上海夜总会男扮女装唱女声在圈子里可红了。"艾大海神秘地笑了笑。

"政委，您放心，我男扮女装，还是挺像一回事的，只是请借一套女军衣给我就行了。"姚向英胸有成竹表态说。

"女军衣我给韩政委打电话，请他到团卫生队借一套来。"张政委说。

"合唱团的演出服装请政委定夺。"艾大海请示说。

"服装就穿军装，演出时，把军装洗干净些，熨平整些，显得威武精神就行了。从明天起，我亲自督阵，你俩负责指导排练，曾爱发负责放录音配合。"张文彬安排道。

赴师会演前，张文彬政委对步一连的连长，指导员交代说："李连长，卫指导员，你们连代表全团去参加师的会演，一定要给全师留一个好的印象，明天就要出发了，你们要把这次会演与军事训练相结合，搞一次野营拉练，自带帐篷，炊事班跟进，战士业余演出队和篮球队同去，统一由你们指挥，离岛一登上大陆，用一天急行军赶到师里。"

"野营拉练的任务我负责指挥，保证完成任务。"李明亮连长拍着胸脯说。

"沿途的宣传任务由我负责，保证一个不掉队。"卫毅指导员也保证说。

"你们演出后，要给篮球队当好啦啦队，为篮球队鼓劲助威。"张政委强调说。

"是。"

5月3日，步兵一连和战士业余演出队，岛魂篮球队全副武装，背着背包，乘两条登陆艇离岛。

一登上大陆，就开始急行军进行野营拉练，中途还进行了对抗射击演习，行军途中战士业余演出队进行宣传鼓动，岛魂篮球队扛着帐篷做后勤支援，四十公里野营拉练，直到傍晚才赶回师里安营扎寨，没有给师里添一点麻烦。团宣传科彭大志科长焦急地四处观望，看到帐篷，一颗悬着的心才放下来，其他团的代表队知道后都赞叹战士们的能力。

九十三团代表队把文艺会演当成野营拉练来搞，自带帐篷，自己解决食宿独树一帜，给全师留下了深刻的印象，文艺会演还没开始就受到表扬，叫其他团羡慕不已。

5月4日，全师的文艺会演开始，九十三团代表队作为压轴，最后出场。

六个人表演的群口快板《学习雷锋好榜样》，竹板节奏感极强，变化各种花样，说的是螃蟹岛上军民学雷锋一件件生动感人的故事，获得了台下观众热烈的掌声。

《唱响青春》大合唱表演开始，战士个个显得英姿焕发，斗志昂扬，其气势就让人一种热血在涌动，随着那气吞山河的交响音乐响起，合唱团唱完三段后，由男声领唱第一段，第二段由女声领唱，第三段再合唱。这首歌朗朗上口，还迎合了五四青年节的主题，歌词写得饱满富有激情，每一句都昂扬向上，催人奋进，曲也谱得好，交响音乐，气势磅礴，震撼人心。

台下观众情不自禁跟着节拍挥动双手，台上每唱一句观众就好像在心中碰撞一下，这种碰撞，随着歌声越来越激烈，歌声与观众的心灵交流融合成一体，产生共鸣，仿佛道出了当代年轻人共同的心声，引导他们去奋斗，去拼搏……

《唱响青春》大合唱演唱完了，当指挥卫毅指导员转身向观众谢幕时，台下观众还沉浸在歌声中。听到指挥发出口令"立正，向右转，齐步走"时，场内所有官兵才回过神来，全体起立，爆发出雷鸣般的掌声，经久不息，一浪高过一浪。合唱团又回到台上，由姚向英用女声独唱了电影《上甘岭》的主题曲《可爱的中国》，又唱了一首《我爱你中国》后才谢幕，观众又一次全体起立报以热烈的掌声，将演出推向高潮。

此次九十三团代表队的文艺表演，反响强烈，名声大噪，各团都来向彭大志科长表示祝贺，无不夸赞九十三团代表队演奏水平之高，表演之成功。

岛魂队在肖剑队长的带领下，又有步兵一连和战士业余演出队当啦啦队鼓劲助威，连胜三场，获得冠军。

九十三团代表队获得全师文艺会演团体第一，篮球比赛冠军两个第一，大合唱《唱响青春》和群口快板《学习雷锋好榜样》获得优秀节目奖，出色完成了任务。

步兵一连连长李明亮、指导员卫毅又带着代表队野营返回到九十三团团部向团首长及团部驻地官兵进行了汇报演出。团长柳士义、团政委韩道政看了四营的汇报演出后高兴异常，感谢四营代表全团争了光。

《唱响青春》这首歌很快在全营、全团、全师乃至整个前线部队传唱开来，最早传唱开来的是相邻的军区。当柳士义团长，韩道政政委得知这首歌的词曲作者是艾大海和姚向英时，真不敢相信。当他们了解到这首歌的作曲，得到音乐学院教授的帮助，大军区歌舞团乐队演奏录音，军区合唱团先唱开时，他们才明白，有这么多高人相助，哪有不夺冠之理。

团长柳士义、团政委韩道政亲自接见慰问四营代表队时，问有什么要求，姚向英大着胆子请团里配送些乐器给战士业余演出队，团首长点头表示答应了，战士业余演出队的每一个人都高兴地笑了。

第五章　同心岛

一、军民联防

一颗信号弹"哧"的一声从一连的警戒哨位边腾空而起，哨兵猛然一惊，借着信号弹腾空发出亮光的瞬间，看见一个黑影一窜，大声呵斥道："谁？"

"嗒嗒嗒嗒"哨兵随着喊声，迅速扣动扳机，一排子弹朝黑影方向扫去。

凌晨四点，正是人们睡得最沉的时候，枪声打破了宁静的夜空，打断了酣睡中的美梦。

枪声就是命令！

步一连官兵突然听到枪声，都从床上弹起来，哨声不断，催促着官兵迅速穿好衣裤，真枪实弹地在连排长率领下，开展了地毯式的搜山行动。

夜晚的枪声清脆，传得快传得远，岛上各警戒哨位听到枪声，同时作出反应，对空鸣枪示警，各连都迅速行动起来。步二连加入搜山的行列中，各炮连进入阵地炮弹上膛，警惕地搜索海面和空中动态，全岛处在临战状态，守岛官兵的心顿时绷紧了，空气仿佛都凝固了。

折腾了两个多小时，天已大亮，什么情况也没有，只是发现在一连枪响的哨位不远处，一条狗被打死了，虚惊一场，警报解除。类似的情况倘若只发生一次两次，官兵们只当是半夜紧急集合演习罢了，但是一个多月来接连不断地发生十多起，不知哪一天会来个真格的，闹得官兵们身心疲惫。

四营移防到岛上，前一段忙于打坑道筑工事、修公路、搞军训，部署防守海岛的军事设施无暇顾及军民联防的事，张文彬政委分析信号弹事件后，深切感到建立军民联防的必要性和紧迫性。

"林社长，我和耿副营长今天到公社来，目的就是同地方政府一起来商议如何搞好军民联防的事。要守住海岛单靠驻军不行，还得靠地方政府和全体岛民的积极配合和大力支持，只有军民团结起来，才能守卫好海岛，保卫岛民赖以生存的家园。近一段时间来，岛上多次发生信号弹事件，我们知道是敌特分子混入我岛安放的定时信号弹，这种小把戏虽翻不起什么大浪来，但它会扰乱军心民心，影响极恶劣。"张文彬说明来意。

林社长，名阿水，岛民称他"阿水伯"。他五十来岁，一根根短发竖立在平头上，额头眉宇间三道皱纹挤成一个"川"字，浓黑的眉毛似两条蚕虫爬在上面，一双小眼睛似闭似睁眯成一条线，从缝隙中露出坚毅的目光，高鼻梁下小嘴巴紧闭着，从两鬓延伸到腮下的一串长胡须如同一个美髯公，紫铜色的面庞是长期在海上奔波日晒雨淋的结果，一个典型的海老大形象。曾爱发第一眼看见他时就觉得林阿水的形象很有特色，偷偷给他画了张人物肖像，给画取名《海老大》，成了至今珍藏的得意之作。

"我们的渔船，经常进入敌岛渔港停靠，敌岛的渔船也时常到我岛泊锚，敌特分子伪装成渔民上岛安放信号弹太容易了，确实难防呀！"林阿水把脸从水烟筒上抬起说道。

"有两个办法，一是组建民兵，岛上成立自己的武装，男人平时都出海了，组建民兵不仅可以防海盗，还可以应对破坏渔业生产的小股敌人的骚扰；二是尽快成立公安派出所，挨家挨户对全岛进行一次人口大普查，把每个人的姓名、性别、年龄、职业都登记在册，对全岛所有渔船都在突出位置标识进行编号，非我岛渔船进港一眼便能识别出来，外来船只进港必须到派出所先进行报备，同时把岛上的女青年组织起来成立一个女民兵排专门加强各港口的巡逻。林社长，你看这样做行不行？"耿大彪副营长提出建议征询道。

"组建民兵是好事，多年来，我们渔民靠海生存，出海捕鱼时都是靠亲朋之间协作，靠天吃饭，还时常受海盗威胁、抢劫。而今公社化了，有大队、生产队、集体了，不像过去一样单打独行，倘若能武装起来，出海捕鱼更有保障了，是我们求之不得的大好事。这事没有驻军的支持是不能办成呀？"林阿水表示自己早就有这个想法，苦于没有武器。

"林社长，这个你放心，我们驻军会大力支持，武器由我们配备，民兵组建后，军训在不影响渔业生产的情况下，我们会合理安排组织好训练。"张文彬当即表态说。

"那好哇！"林阿水一听高兴了，两只眼睛笑得眯成一条线。

"军民是一家人，为保障渔民海上捕鱼安全，岛民生活安宁，只有军民联起手来，共同防范才行嘛！"张文彬强调地方武装的重要性。

"渔民们在海上捕鱼成天提心吊胆，怕海盗抢劫，现在安全有了保障就不愁了。"抓渔业生产的副社长陈长根成天在海上，深有感触地说。

"男人出海了，把岛上的姑娘媳妇组织起来，成立一个女子民兵排，在各港口巡逻，防止坏人混上岛来，我赞成。"妇女主任徐梅英一听成立女子民兵排，极力拥护。

"建立公安派出所的事，我向县公安局申请过，没有合适的人员分配下来，也没经费，难呀！"社长林阿水显得很无奈。

"县公安局的事，我去负责疏通。"耿大彪副营长主动承担下来。

这次军民联防会议决定在大澳公社成立一个民兵连，东、西、北澳三个村大队组建一个排，大澳镇上、中、下澳三个大队各组成一个排，全岛成立一个女子民兵排。全连共五个排，民兵连连长由副社长陈长根担任，指导员由社长林阿水担任，下澳大队队长林志雄担任副连长兼一排排长，妇女主任徐梅英担任女民兵排排长。

各排配一支轻机枪，海上各船按人各配一支半自动步枪，女子民兵排共三个班，三十人每人一支半自动步枪，四枚手榴弹。

海上四个排的民兵训练任务由步兵一、二连各负责两个排，根据天气情况，渔船不能出海时，开展训练，海上由武工队负责训练。

由宣传文体班负责女民兵一班的训练，警卫班负责二、三班的训练。

螃蟹岛是个很封闭的岛屿，岛民们过着日升而出、日落而息、自给自足的生活。祖祖辈辈在岛上繁衍生息，男人们出海捕鱼，女人们在家操持家务抚养孩子，照顾老人，修补渔网，种些地瓜、蔬菜，养猪、养鸡鸭。同外面交往都是男人的事，女人从不离岛，每到傍晚总是聚集在海边的崖石上，翘首企盼男人们从海上平安捕鱼归来，久而久之这些陡峭被崖石称为"望夫台"。

公社化后，岛上捕鱼生产由家庭改为以生产小组集体作业，由木帆船逐渐被机帆船代替，捕上来的鱼由过去交鱼改为公社渔行统一收购交易，从个体经济改变为集体经济，力量壮大，经济结构转变，岛民的生活有所改善。

大澳公社的工作人员包括一个社长、一个副社长、一个秘书、一个妇女主任、一个会计和出纳共五个行管人员，尽量做到精简，林阿水社长说："老百姓的血汗钱不能养一个闲人。"

大澳公社的党组织没有公开，只有社长林阿水、副社长陈长根、妇女主任徐梅英三个是中共党员。林阿水是党支书记兼社长，党员的身份，岛民们是不知道的，原因是和敌岛近在咫尺，党员身份不得暴露。

林阿水社长平时说话不多，但他一开口就落地有声，海上的四个民兵排经他一开口很快就成立了，但女子民兵排妇女主任兼排长徐梅英却挨家挨户费了九牛二虎之力，反复动员才说服了三十个姑娘媳妇参加。

妇女主任徐梅英是从县里派来岛上工作的，二十五岁，未婚，中等身材，一头齐耳短发圆脸庞，性格泼辣。她在上岛工作三年，在公社的时间很少，整天走家串户，对岛上的风土民情十分了解，她很想改变岛上的旧风俗，宣传男女平等、恋爱自由，无奈祖祖辈辈留下的旧传统观念根深蒂固，姑娘媳妇参加女民兵排还是在社长林阿水的帮助下才得以完成。

民兵连成立这天，驻岛部队政委张文彬讲了军民联防的重要性，借机对民兵进行了一次国防教育，驻岛部队副营长耿大彪代表驻军赠送武器。

林阿水社长讲话："我们有了自己的武装，岛上保家，海上保捕鱼，人民生活有保障了，感谢驻军送枪、送弹，又负责教会如何使用这些武器……"他的讲话实在朴实。

为了庆祝螃蟹岛有史以来第一支民兵武装的成立，驻军的龙狮队前来祝贺，姚向英带着战士业余演出队表演了赶排的几个节目，既庄重又热烈。

三十个姑娘媳妇聚集在一起，人手一枪，斜挎着手榴弹，腰扎帆布带，威风凛凛列队站在一起。这些整天房前屋后转的姑娘媳妇们一开始有些腼腆胆怯，之后就像关在笼子里的鸟儿被放飞一样焕发出活力，展露出飒爽英姿。

侯金、张朝阳被班里派到由北澳大队组成的女民兵排一班担任该班军训的教练，训练从学走步开始。姑娘媳妇们平常走路好好的，但一到训练班走步时，迈左腿出左手，迈右腿出右手，成了同边腔，闹出了不少笑话，弄得一脸绯红，觉得很不好意思。两人个费了很多功夫才让学员们走步像个样儿，学射击通俗讲打抢三点成一线睁右眼闭左眼，却有人睁左眼闭右眼，趴在地上学卧姿射击，竟有人身子横躺着瞄准射击连目标都找不到。

女民兵林阿珠十六岁通过媒妁之言选定了东澳村姓侯的一家婆家，天黑举着火把到男人家过夜，天不亮又举着火把回娘家，这样的日子已有三年了。按照岛上的风俗，女人没怀上孩子是不能正式嫁到婆家当媳妇的，至今仍待在娘家养着，女人一旦定了亲是不得与任何男人有肢体接触的。

侯金在教林阿珠学射击时，在林阿珠身旁手把手地教，告诉林阿珠如何操枪卧倒。她的手一接触侯金的手立刻就像触电似的缩回来，一脸绯红怪不好意思。

"照我的样子，把枪拿好，卧倒。"侯金一本正经下达命令，麻利地卧倒示范。

"阿珠，大家都在认真训练，大胆按侯老师教的做！"同班的学员开口了。

侯金在教的过程中，没有一点点杂念，林阿珠一生除了定亲的男人，未同任何异性有肢体接触，当侯金拉她的手教她操枪时，她像揣了个兔子似的心里扑通扑通乱跳。

实弹投掷手榴弹时，侯金把手榴弹盖拧开将导火拉环套在林阿珠右小指上，站在她身边保护，发出"投"的命令后，手榴弹投在掩体外沿上冒着烟，林阿珠吓呆了在原地傻站着，侯金一下将她按倒，"轰"的一声，手榴弹炸响了，林阿珠被拉起后，躲在班里女民兵中大声哭起来。

"投手榴弹就把你吓成这个样子？"女民兵们安慰着。

"侯老师压着我了。"林阿珠惊恐地说。

"那是侯老师为了救你，不得已呀！"徐梅英排长笑着说。

这件事，在女民兵中被当作笑谈，说得林阿珠怪不好意思。

林阿珠每当听到女民兵讲那天的事，回味那惊险的一幕，一种莫名的情感在心中油然而生，是害怕，是感激，是喜悦分不清道不明，对侯老师也有了一种说不出的感觉。

部队官兵走出营房，融入岛民中，张文彬政委向官兵反复强调："军民联防主要是联心，要时时处处为岛民着想，解岛民之所急，帮岛民之所需，把当五好战士和向雷锋同志学习结合起来，并重申'三大纪律八项注意'，尊重岛上风俗习惯，严格遵守不准与驻地女青年谈恋爱等规定。"

大澳镇的街头巷尾，一队队青年战士在清除垃圾，打扫卫生，各自然村的卫生改善了；房屋破损有军人会主动帮助修整；山头上战士在帮老乡翻地瓜蔓；岛上烧柴困难，一船船柴火燃煤从大陆运来，堆积在港口码头，按成本价出售给岛民。

战士们牢记"为人民服务"从点滴做起，一股军爱民的风气在驻岛官兵中逐渐形成。

驻岛部队做的一件件利民的好事，岛民们看在眼里，记在心上，他们总想报答驻军。一大早，一担担、一筐筐的鲜鱼摆在各连伙房的门前，送鱼人悄无声息地走了，各连的司务长听哨兵说是公社渔行送来的，纷纷跑到渔行去交钱，渔行经理假装不知道。

"汪经理，我们首长交代不拿群众的一针一线，这是部队的规定，你不收钱，我们只好派人把鱼退回来了。"营部炊事班长瞿志明说。

"汪经理，买卖公平，您派人把鱼送上门我们已经很感谢了，钱一定要收下呀，可不要让我们犯错误呀！"一连司务长邢志学诚恳说。

"这点鱼算什么，是我们渔民从海里捞上来的，部队为岛民做了那么多好事，送点鱼给部队是应该的。"渔行汪经理说出了本意。

一方要交钱，一方不收，双方形成了僵局，渔行汪经理没办法，只得请示阿水伯。"阿水伯，部队硬要给钱，我们要不收就把鱼退回来，您说咋办呀？"汪经理感到为难。

"你怎么不会变通，你可以收一点就行了！"社长林阿水瞪了他一眼。

女民兵排长徐梅英，安排女民兵经常到部队营房偷偷把战士们的衣服袜子被子拿去洗了，叠好再悄悄送回，姑娘媳妇争着帮部队做好事，人人都开心。

林阿水社长嘱咐岛民："人要讲良心，部队敬我一尺，我们要还人家一丈，要知恩图报啊。"

民拥军的氛围在岛上渐渐形成。

二、公安派出所挂牌成立

"易大勇，我来看你了。"耿大彪副营长一脚将门踹开，大声嚷道。

"敢踹我办公室门的也只有你。"易大勇见进来的是耿大彪，便起身相迎，一边倒茶一边说。

"你这个衙门可不好进，经过三道盘问才进得你的门。咋样，你这个公安局局长当得过瘾不？"耿大彪因找不到公安局局长办公室，一路问了三次，便夸大其词说是"三道盘问"。

"别提了，地方可不比部队，这里复杂得多，千头万绪搞得我焦头烂额，我还是想回部队当我的副营长。要不咱俩换换？"

原来，耿大彪和易大勇都是一个营的，易大勇是一连连长，耿大彪是二连连长，易大勇随部队到这个县后就转业到县城当起公安局局长了，老战友相见，当然说起话来随便得很。

"说说，什么风把你吹来了？"

"想你呗。"耿大彪说。

"别，你找我准没好事，我可没有战利品被你打劫。"易大勇旧事重提说。

"你恶人先告状，明明是我派人先看守，你的人把我的人赶走贴上封条，东西就是你的了，你是明抢嘛。"不提打劫的往事还好，一提耿大彪就来气了。

"是我先贴条。"

"是我先派人守着。"

"是我先……"

"是我……"

两人还想争执下去时，有个穿制服的公安人员探头向里面张望了一下，他俩才"扑哧"一声笑出了声。

"说说有啥事？"易大勇止住笑问。

耿大彪也止住笑，把信号弹事件进行了说明，把要在岛上建一个公安派出所的事也说了。

"按理说，这是我公安局分内的事，应该由公安局派人下去组建派出所。可现在的情况，全县二十来个社、镇，只有几个稍大一点的集镇才有派出所，一没有警员，派不出人；二是县财政还不宽裕，没有多余的经费。我也想每个公社集镇都有一个派出所，而今眼下难啊！"易大勇局长两手一摊表示无能为力！

"不管怎样，我今天来了，你得帮我解决，否则，我就住你这儿了。"耿大彪霸蛮起来。

"好了，好了，怕你了，我给你三个人的经费，人员由公社定，之后报上来领制服，派出所的牌子你岛上自个儿挂就行了。"易大勇知道耿大彪是个难缠的主，不答应不行。

回到岛上，耿大彪将县里批准成立派出所的事告诉了林社长。虽然只争取了三个人的经费，林社长已经很知足了，为派出所的事他打过几次报告，到县里开会时，也曾向公安局申请，但都没有答应。耿副营长亲自出马终于给办下来了，真得感谢他。

"派出所三个人，配一个所长，两个公安。公安局局长交代两个公安干警中要有一个女性，因为派出所管的事多，大到社会治安，小到邻里纠纷，夫妻不和等鸡毛蒜皮的事都要管，有个女公安，调解矛盾方便些。"耿大彪副营长说。

在螃蟹岛上只有正副社长两个，秘书和妇女主任两个，一共四个人是吃国家粮的，而今一下增加了三个吃国家粮，穿的衣服还由公安局发，别提多神气，多令人向往了。消息一传出，好似丢了一颗重磅炸弹，在东西北村特别是在大澳镇像炸开了锅似的，个个都在议论这事，在年轻人中，人人都想成为其中一员。

这几天，林阿水社长为派出所的人选伤透了脑筋，他与副社长商量，副社长竟然想辞掉本职工作去当派出所所长。征询秘书和妇女主任的意见时，他俩也有想去当公安的想法。几天来想找他开后门的人络绎不绝，逼得他东躲西藏不得安生，他只得召开大队长会议听取大家的意见。

三大队队长陈维国任派出所所长的呼声最高。他为人正义、有勇有谋有担当，是最佳人选。

"我推荐我们东大队的吴珍珠当女公安人员，去年她老公在暴风中船沉人亡，她一个人承担起家庭的重担，不仅孝敬公婆，抚养三岁的儿子，里里外外都是一把好手，人又能干，待人处事热情又公平，根据她的家庭状况和本人的特点，我认为她当公安合适，我推荐她。"东村大队长说。

接着各大队也相继推荐了各自的人选，被推荐的人选逐一比较后，大家都觉得吴珍珠最合格，女公安就确定下来了。

男公安人选大家一致推荐林社长的儿子林志雄。林志雄团结同胞，为人勇敢，平时也乐于助人，化解矛盾既讲究方法又合情合理，是干公安的合适人选，但遭到了林阿水社长的一票否决，原因很简单，一家不能有两个吃国家粮的。

"我推荐我们大队的郑智勇，这个年轻人有勇有谋，我觉得他干公安这一行最合适。"一大队队长林志雄这一说，大伙都觉得郑智勇这个年轻人平时办事稳重又踏实上进，最后大家一致同意郑智勇当公安。

大澳公社公安派出所，所长陈维国，男公安郑智勇，女公安吴珍珠，名单上报县公安局后很快就被批准了。

大澳公社公安派出所正式挂牌这一天，县公安局易大勇局长被耿大彪邀请来授牌。大澳公社公安派出所成立后，驻军派警卫班协助派出所工作了一个月，挨家挨户完成了全岛岛民的人口大普查，对每个人的姓名、性别、出生年月、职业、住址都登记造册。全岛的人口状况部队和派出所各掌握一本，一目了然，对全岛的船只都登记造册，并在每条船的船首进行标识一眼便能识别出是哪个村、镇的船，外来船只进港时也能及时区别开来，且必须到派出所报到登记备案，自此后，信号弹事件再未发生，而且对进出港船只严格排查，对凡外来登岛人员，滞留时间，所有行踪都能掌握。

三、学校

"耿大彪同志，我要不是下午赶着要到行署开会，我非得在你这里待上几天，吃穷你。"易大勇局长午饭也不吃，就急忙告辞要走，临走对耿大彪开玩笑说。

"只要你敢来住，我陪你喝三天三夜，一醉方休。"耿大彪拉着老战友易大勇的手说。易大勇这次能来岛上，确实是因为耿大彪，午饭都不吃就这样匆忙走了，嘴里虽这样说，心里真有点过意不去，为了不耽误易大勇开会，他安排武工队派一条船专程送他到德宁行署去。

送走易局长后，张政委和耿副营长留下来和公社领导商谈下一步工作。

"女子民兵排军训后，港口的巡逻任务却没有真正落实到位，是什么原因？"张政委问。

"每次集合巡逻时，总是三等两不齐，主要原因是孩子在家没人照看，来不了。"徐梅英说。

"孩子多大了？"张政委又问。

"有大有小。"徐梅英回答。

"女民兵中家里有6岁以上孩子不能参加巡逻的有多少？"张政委进一步说。

"有十来个。"徐梅英屈指算了算后回道。

"占到三分之一，比例蛮大的嘛，全岛6岁以上的儿童现在有多少？"张政委再问。

"大概有三四十个吧。"

"林社长，能不能办个学校，将6岁以上的儿童都送去读书？"张政委试探地问。"我们早就想办个学校，但苦于没有老师，县教育局又调不出老师来，唉，没人愿意到岛上来当老师呀。"林社长叹了口气说。

"教师我来解决，只是没教室和活动场地。"

"我们公社腾出一间大的房子做教室，桌椅、黑板我想办法解决，公社前面的空坪做学校的活动场地。"林社长听张政委有心要解决教师这个大难题，急忙说。

"好，就这么决定，我派老师，学生的课本、作业本、铅笔、书等学习用品我们部队负责解决。"张政委进一步表了态。

"太感谢了，就这么定了，剩下的由公社自己解决。"

林社长简直太高兴了，没想到跑了好多次县教育局没能解决的问题，就这么几句话就定下来了。

民兵连组建，公安派出所挂牌，小学开学，螃蟹岛喜事连连，岛民们无不称赞驻军，有了军民同心之感。

七八九岁的年龄，正是最淘气的时候，一天到晚惹事闯祸，弄得家长们都提心吊胆，生怕孩子出意外。而今听说公社办起了学校，孩子有了能读书的地方，家长们都踊跃来报名，没想从六岁至十二三岁的孩子都来报名了，一下子来了五十多个孩子，按个头高矮十人一竖队，站了五竖队，把空坪的中心位置都站满了。

大澳镇小学开学了。开学的第一天，举行了升旗仪式，公社前面空坪上竖立了一根长长的竹竿做旗杆，曾爱发负责放国歌，艾大海负责升旗仪式，条件虽然简陋但很庄重。学校开学对岛民来说可是件新鲜事，赶来看热闹的不少，把公社前面的空坪围得水泄不通，龙狮队敲锣打鼓前来助兴，开学仪式显得既庄重又热烈。

"孩子们，岛民们，今天是我们螃蟹岛有史以来第一所小学——大澳小学正式开学的日子。这个小学是在驻军帮助下才得以开办的，他们派了曾爱发、侯金、姚向英三位老师来教学，我代表公社向驻军表示感谢。热烈欢迎三位老师的到来，希望孩子们在老师的教育下，好好学习，天天向上。"林社长代表公社讲了话。

张文彬政委代表驻军致了贺词。

徐梅英代表学校讲了话，她又多了一个职务——小学校长。

开学仪式结束后，侯金没有急于把孩子们领进教室，而是领着孩子们做起了老鹰抓小鸡的游戏，操场上充满了一片欢声笑语。接着，姚向英又教孩子们唱了两首儿歌。

按照语文课本，侯金教学生们认了天、地、人、大、小五个汉字，并与拼音一起结合教。侯金讲课形象、生动，学生们听他讲课，个个眼睛瞪得大大的，听得很入神，容易消化也记得牢。

曾爱发担任算术老师，他在授课前精心做了准备，自制了算术的一些道具，使学生听起来不会感到那么枯燥无味，算术把数字变活了，并演化成顺口的口诀，提高了学生们学算术的兴趣。

"请问同学们，两对父子同吃三个包子，不能掰开来，怎么吃？"曾爱发问。

"三个包子，四个人怎么吃呀？"课堂里小学生们掰着手指算来算去总分不过来，叽叽喳喳地问答案。

"动动脑筋，好好想想。"曾老师进一步启发说。

"报告，每人一个。"有个十岁的孩子站起来回答。

"说说理由。"曾老师笑着说。

"我爷爷和我爸爸是父子俩，我爸爸和我也是父子俩，就只有三个人，每人一个不用掰。"

"对，这位同学回答得就是正确答案。"

曾爱发就是用这种启发式的教育，开发学生智力，让学生们对算术课的兴趣越来越浓。

姚向英一周也来上两节音乐课，教学生们唱歌，有时领学生们到室外操场上跳跳舞，活跃学习气氛。

上学后的孩子回到家里和以前相比，变得不一样了，肩上斜挎着由部队发的战士背的挎包，一进门看见长辈都敬礼问好，变得有礼貌，懂得守规矩，再也不是调皮捣蛋的野孩子了。

学校里传出朗朗的读书声，悠扬的歌声，在大澳镇上空回荡，吸引了青年男女。他们透过窗户看学生们的学习情况，有的甚至搬来凳子坐下来听课，老师在教室里讲，他们在教室外跟着学，开始只有几个人，觉得不好意思，只能偷着学，渐渐地人多起来，一种强烈的求知欲望驱使着这些旁听者。

"吴珍珠同志，你想学习？"艾大海走到刚当上公安人员，偷偷来听课的吴珍珠身边问。

"是呀，艾老师，我参加工作了，没有文化可不行呀，可惜我错过了读书的机会，我真想学啊。"吴珍珠真诚地说。

"我向领导反映一下，可以办个夜校，愿意读书的都到夜校来学习。"艾大海善解人意地说。

"那太好了！"吴珍珠高兴地跳了起来。

艾大海将办夜校的想法向张政委汇报，张政委、林社长也都表示会大力支持，大澳小学的教室也成了大澳夜校的教室，充分地发挥教室的作用，大澳夜校的教学由艾大海安排，宣传文体班的学生会轮流任教，其他村的夜校由邻近的连队负责，岛民的第一次扫盲活动，通过办夜校的形式开展起来了。

四、诊所

林阿娇家住螃蟹岛北澳村的山岙里，在20岁就定亲了，到29岁才怀上了孩子，正式结婚嫁到婆家，30岁分娩时难产，九死一生，产下一子，经此劫难后，夫妻俩对这个儿子倍加呵护。爷爷时常趴在地上给孙子当马骑，奶奶一天到晚将孙子搂在怀里舍不得放手，生怕孙子飞了似的。

小孙子刚满两岁这天，突然浑身滚烫，发起烧来，而且咳喘不止，请岛上唯一的大夫看了，开了几服药吃下后，也不见好转。他们又按照当地风俗驱邪，孩子的病不但没有好转，而且还一天天加重，几天后，孩子已奄奄一息。

林阿娇眼看着自己的儿子一天天消瘦，几天前还是那么活泼可爱的儿子，现在却只有一息尚存，心如刀绞，整天以泪洗面，茶不思，饭不想，一天到晚守着儿子，人都变得痴痴呆呆了。

爷爷急得在屋里团团转，无计可施，只有唉声叹气。他时不时地跪在屋前对天大喊："老天爷，您行行好，救救我的孙子吧。"

奶奶成天跪在妈祖娘娘画像前烧香叩头，求妈祖娘赐恩，保佑孙子渡过这一关。

林阿娇的男人，出海捕鱼已有三天，还未归来。

黎明时分，病重的儿子突然抽搐，林阿娇急忙叫来公婆。小孙子安静下来后，爷爷拿起孙子的小手，已摸不到脉跳，用手往小孙子的鼻下探，只有微微一丝气息尚存。

"天亮了，把他送到海里去吧！唉——"爷爷老泪纵横，无可奈何地说了一句，便要走出房门。

奶奶听老头子这么一说，天旋地转，两腿一软朝后倒去，幸亏老头子眼急手快，一手将她接住，扶着老伴一同出了房门。

"不——怎么也要等他爸回来。"林阿娇几乎要疯了，大声嘶喊说。

林阿娇抱着儿子，傻愣愣地坐在床上，想着好不容易得来的孩子，而今竟然要离她而去，叫她怎能甘心？天已大亮，她突感心头一紧，好似有人在背后推了她一把，她抱着儿子发疯似的不顾一切往外跑。

"首长，请您救救我的儿子吧！"林阿娇抱着儿子跑到驻军营队来了，扑通一声，跪在政委张文彬面前哭着说。

她在派出所挂牌和小学开学时见过张政委，听他讲过话，当兵的都叫他首长，她也这么叫着。

"起来，起来，有话慢慢说。"一大清早，张政委被这突如其来的举动搞蒙了，顺手将抱着孩子的女人扶起来。

"我的儿子情况很不好，请您救救他。"林阿娇被扶起后仍哭着说。

"来，跟我来。"张政委看了一下孩子的状况，一边走一边大声喊，"李军医，李军医。"

张政委把林阿娇带到医务室，营医务室只有一个外科医生和一个卫生员，听到张政委的声音，李军医急忙跑到医务室门口。

"快，看看这孩子。"张政委急忙说。

李军医从林阿娇手中接过孩子，放在医疗床上一摸，孩子滚烫，烧得厉害，还时不时有些抽搐，鼻息很弱，病情十分危急，一测体温，烧到41.5度，立即对孩子进行皮试。

"这孩子发高烧几天了？"在等待皮试结果时，李军医问。

"今天是第四天了。"林阿娇回答说。

"怎么今天才送来？"李军医一边拿起听诊器听一边问。

"头两天吃了大夫给的药，不见好转，又驱邪仍不见好，眼看孩子不行了，我才抱孩子求驻军的。"林阿娇把过程说了一番。

"你们送过来的时间太晚了，孩子高烧到40多度，并发成肺炎，现在只有一息尚存，已经十分危险了。"李军医听诊后说。

"还有救吗？"张政委问。

"难说啊。"李军医有些惋惜地说。

"一定要尽全力抢救，不惜任何代价。"张政委命令道。

"我尽力吧。"李军医只能这么回答。

皮试结果出来后，李军医先给孩子打了一针青霉素，接着又给孩子吊瓶打上点滴。

早饭时间，张政委给林阿娇端来稀饭、馒头，林阿娇的心早已提到嗓子眼，根本没有胃口吃饭，只想静静地守在儿子身旁。

李军医和卫生员轮流吃了早饭后，两人又轮流值守，随时注意着孩子病情的变化，更换着吊瓶和用药的剂量。吃晚饭时孩子的体温开始降低。

"林阿娇，你这样不行呀，早饭、中饭都没吃，人会受不了的，为了孩子一定要吃，你可不能倒下，孩子还要你照看。"晚饭后，张政委劝解林阿娇说。

儿子的病情开始好转了，林阿娇那颗悬着的心才开始放下来，在张政委的劝说下，开始进食，她已三天没有进食，端起碗，还真的感觉饿了。

在张政委的安排下，医务室放了一张行军床给林阿娇睡，让她陪伴在儿子身边，好让她放心，并配给她毛巾、牙刷等洗漱用品，尽量给她提供一切方便，让她安心陪伴儿子治病。

第二天早上，孩子的烧退了，眼睛睁开后便说："阿妈，我饿。"

林阿娇正要起身去给儿子弄吃的时，正巧赶上卫生员给林阿娇送饭过来。李军医告诉林阿娇，孩子的病是病来如山倒，病去如抽丝，虽然度过了危险期，但仍很虚弱，还要留下来多观察两天，孩子想吃东西是好事，但开始只能喂点稀粥，不能多，还要慢慢来。

林阿娇的公婆后来发现儿媳妇和孙子都不见了，老两口以为儿媳妇受不了这种打击，抱着孙子跳海了。老两口跑到海边找，不见儿媳妇的踪影，又划起舢板船沿岛的海边四处找，仍然没有找到，自以为顺着洋流飘走了，被鱼吃了。而林阿娇的男人陈阿昌随北村大队捕鱼归来，满怀高兴地进到家里，却一盆冷水泼下来，使他从头凉到脚底。父母见儿子归来，老两口哭得撕心裂肺。

陈阿昌刚踏进家门，父母哭着告诉他自己的儿子病死了，媳妇抱着儿子跳海了。他不敢相信，愣了一下，随后脑子急速转了转。他告诉自己要冷静，他是家里的主心骨，不能给二老再加压力，否则二老再出事，这个家就全完了。于是他将二老扶起先安慰二老，叫二老放宽心，没有半句责备怪罪之意。

陈阿昌的父母，眼见着孙子死了，媳妇抱着孙子跳海了，感到无脸见儿子，老两口原也打算双双跳海随儿媳孙子一同去的，未下决心，就是要等儿子归来，当面告诉儿子后再去。幸亏陈阿昌遇事冷静，才避免了悲剧又一次发生。

陈阿昌稳住老人后，立马找到大队长，大队长听说后拉起陈阿昌到公社去找林社长，一同汇报陈阿昌家发生的事，请求全公社船只出动帮助寻找林阿娇，活要见人死要见尸。

张政委和林社长正在商量办诊所的事。

"林阿娇如果把她儿子再晚一点送到医务室，孩子就没救了，多亏了咱们的军医，才把她儿子从死亡线上救回来，由此看来，岛上没有诊所不行啊！"张文彬对林社长说。

"我们也想办个诊所，治病救人，这是行善积德的好事，但哪有医生呢？"林阿水社长说。

"大澳镇里不是有个本地大夫开的小中药铺吗？请公社出面，要他进一些感冒发烧，治小伤小痛的西药，我派卫生员到他中药铺免费坐诊，药费由他收，开个中西结合的诊所，愿意看中医的找他看，愿意看西医的找部队派的卫生员看，免得误了病情。"张政委很恳切地说。

"这个办法行得通。"林社长感到解放军时时处处都想到群众，很是感激。

"各个村，我们派卫生员去流动巡诊，这样坐诊和流动巡诊相结合，老百姓看病更方便了。"张政委接着说。

"我代表全体岛民先谢谢了。"林社长听张政委想得如此周到，激动地站起来握着张政委的手说。

"你看，你看，一家人又说两家话了，军民一家亲嘛，地方的事也是军队的事。"张政委认真地说。

这时，北澳村大队长带着陈阿昌闯了进来，刚说"林阿娇"三个字，林社长便打断他的话，笑着说："林阿娇怎么了，她在部队医务室陪儿子治病，儿子得救了，马上就可以回家了，这可得感谢解放军。"陈阿昌听说儿子没死，媳妇也没跳海，真是喜从天降，激动地拉着张政委的手连声说："谢谢恩人，太谢谢了。"

"不用谢，不用谢，今天你儿子可以回家了，快去接儿子、媳妇去。"张政委催促道。

"好，好！"陈阿昌扭头就跑。

陈阿昌先跑回家里，一进门，上气不接下气地说："阿爹，阿妈，你孙子没……死，他被救了，阿娇她……她也没跳海，她陪着儿子在部队看病。快，快，我们一起去部队医务室接他们母子回家。"

陈阿昌终于把事情说清楚了，陈阿昌的爹妈听儿子说孙子被部队救活了，媳妇也没跳海，在陪着孙子治病，好像做梦一样，喜极而泣。听儿子催他们去接孙子、儿媳妇，大门也不关，就大步跟着儿子朝部队走去。

林阿娇抱着儿子正要回家，刚走出医务室，小孙子看见爷爷、奶奶、爸爸都来了，从母亲的怀里挣脱下来，嘴里喊着"爷爷"，张开一双小手，向爷爷怀奔去。孩子大病初愈，腿还没劲，没跑几步便一个趔趄快要摔倒在地上。爷爷不顾一切地向前飞身一跃，孙子正好跌在他身上。陈阿昌迅速将父亲、儿子拉起来紧紧抱在一起，抱头痛哭起来，奶奶和媳妇见状也围了过来，一家五口抱成一团，哭成一堆。此情此景，无不催人泪下。

听儿媳妇说是张政委救了他的孙子，爷爷拉着全家齐刷刷地跪在张政委、李军医、卫生员面前，连叩了三个响头，千恩万谢。

陈阿昌全家的这一举动，搞得张政委他们不知所措，三个人同时伸手将全家扶了起来。

临走时，李军医再三叮嘱回家后，孩子还需细心调养，给了三天的药带回去，并交代了一些注意事项。

陈阿昌一家欢天喜地地回到家里，爷爷抱着孙子怎么也舍不得松手，奶奶忙着做饭去了，林阿娇回到房里挨到床边倒头就想睡，自从儿子病后，她没有睡过一次好觉。

"带儿子去部队看病，怎么不跟爹妈说一声？"陈阿昌问。

"当时儿子病得很严重了，阿爹要把儿子丢海里去，我急得实在没法，才抱着儿子瞒着爹妈去找部队的。"林阿娇躺在床上闭着眼说。

"两天了，你怎么不带个信给爹妈？爹妈以为你抱着儿子跳海了，害得他们找得都疯了。"陈阿昌有点责怪媳妇。

"你知道儿子当时的情况多危险吗？万一儿子救不回来，我活着还有什么意思，儿子走了，我也一同走，当时已经准备跳海了。我整个人都是昏的，哪里还记得要捎信，我困得很，等我睡醒了再问好吗？"林阿娇翻了个身沉沉地睡去。

媳妇消瘦了，人也憔悴了许多，望着已经睡着的媳妇，陈阿昌也很心疼，她才是陈家的大功臣。

此后，大澳镇有了西医坐诊的诊所，各村也有挎着十字药箱的巡诊医生了。

五、水

太阳每天从东方升起，从西方落下，周而复始，年复一年，它无私地给人们带来温暖，植物靠它进行光合作用，才得以生长结出累累硕果，万物生长都靠太阳，但是，太阳晒过了头，也给人带来了灾难。

太阳像一个巨大的火球一连60多天烘烤着螃蟹岛，热得人们受不了，只敢在阴凉处，植物无处藏身，慢慢变得干枯而死去。

今年怎么了？人们天天盼下雨，就是滴水不下，望天，万里无云，碧空如洗，一点下雨的征兆都没有。太阳怎么这么毒，这种窒息的闷热叫人喘不过气。

据说，太阳与我们生存的地球相距万里，怎么会有此巨大的威力，它的能量有多大，谁也说不清。

螃蟹岛上，没有河流，没有水库，只有光秃秃的石头和少量树木、植被，人们日常的生活用水是靠两条螃蟹腿之间的山谷中渗透下来的山泉水。可60多天没下雨，没有雨水补充，山泉水早已断流，在人口相对密集的大澳镇，从早到晚都有人提着木桶拿着小瓢排队等候那一滴一滴从岩石缝里滴下来的水，以供人生存之用。

当下，缺水成了螃蟹岛上人们生存的第一大问题。

节约每一滴水，部队向全体官兵提出了号召，并规定岛民到部队驻地取水有优先权，哪怕部队自用成了问题，只要还有一点水，也要让给岛民用。

大澳公社也号召岛民节约用水，同时规定不得到部队驻地取水，军爱民，民也要拥军啊！

为了水，武工队四条船都投入运水行列中来，他们将船开到大陆找水，可是大陆靠海的河也断流没有水，只有求助大陆部队肩挑手提，车运等多种方法将水运到船上，再运回岛上。

为了水，大澳公社的渔船也都出动，没有淡水维持渔民的生活，也出不了海，为了生产和生活，公社只能利用渔船四处找水，有的跑到离海边十几里，甚至几十里的地方，挑回一担水到船上，为了找水大家想尽办法。

为了水花费的人工和运输费用，其成本比油还贵，为了生存，再贵再苦再难也不得已为之。

林社长说他在岛上生活了50年，从来没有遇到像今年这样的干旱天气，小学放学后，侯金看到家住大澳镇稍大一点的学生，匆匆赶回家又提着小桶出来排队等候取水。看着焦急等待取水的人们，他心里感到很不是滋味。

"吴小亮同学，站起来，告诉老师，上课为什么睡觉？"侯金老师问。

"我，我昨晚没睡觉。"吴小亮站起来揉了揉双眼，胆怯地说。

"为什么？"

"排队舀水。"

"你舀了多少？"

"一碗水。"

"你坐下睡吧！"侯金老师不再责问吴小亮了，他的眼泪在眼眶里打转，心痛极了。

晚上，侯金回到班里，躺在床上睡不着觉，脑子里不时浮现大澳镇老老少少通宵达旦排队等候取水的场景，吴小亮为了舀到一碗水而排队熬红的双眼，他想，岛上难道找不出新的水源了吗？

天亮后，侯金请肖剑帮他代课，他想邀放暑假从学校回部队的艾大海一同去找水源。

"要解决大澳的缺水，只能在螃蟹岛的左前两条大腿之间峡谷里去寻找。"艾大海站在螃蟹岛上仔细观察了一下地形说。

"我也这么想，我们今天就从那里开始。"侯金赞同地说。

艾大海和侯金两人头顶烈日，左肩斜背着水壶，右肩背着绳索，好似地质探险队员一样，开始寻找水源，从上至下搜遍了整个山谷，却一无所获。

中午时分，两人顺着左前大腿返回，走到螃蟹壳下面悬空的陡峭山壁下面时，艾大海抬头向上望去，隐约看到岛壳下面有一大块凹陷处，指着凹陷处对侯金说："那儿好像是螃蟹的嘴。"

"走，去看看。"侯金说。

两人来到悬空的峭壁上面，如何能到凹陷进去的崖壁上呢？两人观察了一下地形，决定用绳索。将绳索的一头固定在崖石上后，侯金顺着绳索往下滑，滑到接近凹陷的下崖壁时，虽还相隔两米多远，侯金人矮灵活，他借着绳索荡起秋千来，来回荡了几次，最终成功落在岩壁上了。艾大海也顺着绳索滑下来，有侯金站在崖壁上了，他不需荡秋千，只将绳头抛给侯金，侯金抓住绳头往他身边拉，便可站在崖壁上了。但这样做有一定的危险性，弄不好就会掉下悬崖摔得粉身碎骨。不是为了找水，他俩也不也会冒这个险。

站在岩壁上，上下左右仔细观察，这个凹陷就像微微张开的嘴，他俩就站在下嘴唇上，嘴张开长约10米，宽约5米，这个凹陷竟然形成约50平方的大嘴内坑。由于上面壳背向前覆盖，又有左右嘴角两棵小松树遮蔽着，从外面极难发现。

站在下嘴唇上，侯金捡了一块石头往嘴内坑一丢，便听到石头砸下去激起的水响声。

"有水！"两人不约而同惊奇地说。

艾大海转过身向外一望，下面正是大澳镇，他右手往前一伸，跷起大拇指目测一下，距离约800米，站的位置与大澳镇之间的落差约150米。他又转身用石头试了几次，听水声算时间，然后说："目前初步确定这个坑里有水，水面距我俩站的下嘴唇崖约20米，坑的面积约1000平方米，坑深目前无法知道，所以，计算不出坑里现存有多少水，倘若水面到坑底有10米，那就是10万吨水，解决全岛的用水绰绰有余，关键的问题是如何将水引出来？"

"打炮眼凿洞。"侯金说。

"不行，我看了一下，我们站的这个唇崖，厚度不小于3米，打不穿。"艾大海说。

"那只有爆破了。"侯金又说。

"更不行，用爆破的方法，会将洞壁震裂，水会从裂缝中流走。"艾大海说。

"那怎么办？"侯金感到有些沮丧。

"不急，总会有办法的，让我再仔细想想，给我一点时间。"艾大海说。

"那得尽快想出办法来。"侯金急不可待。

"先回去，向政委汇报了再说，三个臭皮匠，顶一个诸葛亮，大家一起想，共同商量研究，总会想出办法来的。"艾大海胸有成竹地说。

为了水的事，张政委已伤透了脑筋，耿副营长亲自下岛请兄弟部队运水到船上，不知磨了多少嘴皮子，现在听说岛上找到水了，简直不敢相信，他决定亲自去看一下。

下午，艾大海安排何武去代课，把肖剑换回来，并请林社长一同来，肖剑顺便到武工队借了两件救生衣带来，又多带了些绳子、手电筒，陪着政委一起考察水源。

侯金先下到嘴唇崖壁上，肖剑保护林社长，艾大海保护张政委，一个个利用绳索降到嘴唇崖壁上，其他人在上面负责看好绳索勘察完后，将人再拉上去。

此时张政委、林社长、艾大海、肖剑、侯金五个人都站到螃蟹岛背壳下嘴唇的崖壁上，艾大海在侯金穿好救生衣后，又用绳子捆在他腰上，带上手电筒，顺着崖壁，下到水里，用手电筒来回在水面上照射了几遍，张政委、林社长借着亮光看得真真切切，偌大一个坑里全是水。

肖剑抛给侯金一根长竹竿。艾大海和肖剑用手电筒照着侯金，看他用竹竿往下插，侯金从水面传下来话："竹竿探不到底。"

"水好凉、好甜。"这是侯金被拉上后的第一句话，逗得大家都笑了起来。

"目前看来，这个坑的面积大约2000平方米，水深10米以上，储存水量至少20万吨，足够全岛用的。"艾大海指着坑说。

站在坑壁上俯瞰大澳镇，林阿水社长百感交集，万万没想到水就在自己的眼前，还劳师动众四处找水，唉，真是山重水复疑无路，柳暗花明又一村。"你们可真行，这回可立大功了。"张政委极少当面夸人的。

"找水是侯金的主意。"艾大海不敢贪功。

"侯金，真是个猴精，主意出得好，有功。"林社长诙谐地说。

"现在关键问题是如何将水引出来？"艾大海说。

"是呀，这是个问题。"张政委也在琢磨着。

"有水了就好办，即使是一桶桶提，也比驾船四处找水省事多了。"林社长直接讲了这个最原始的办法。

"只有用炸药炸个洞出来。"肖剑插嘴说。

"这个办法我提过，大海说不行，炸会震出很多裂缝，水会顺裂缝流走了。"侯金说。

"那咋办呀？"

"用虹吸原理，把水吸出来岂不省事。"艾大海一拍头跺着脚说。

"这个办法可行，高！"肖剑伸出大拇指说。

"这个办法好，妙！"侯金称赞道。

"这个办法很好。"张政委点头说。

在场的五个人一听用虹吸原理吸水，四个人一听都懂，只有林社长丈二尚摸不着头问："啥原理？"

"虹吸原理，就是用水的落差将它吸出来。我们这个坑高出大澳镇大概有150米，我们用一根长的橡皮管子把里面灌满水，将两头它封好，一头插在坑内的水里，一头放在坑外，然后将两头封口去掉，坑外这头要低于坑内水面，坑外低的一头受水的压力和空气吸力就会往外流，将坑内的水吸出来，这就叫虹吸原理。"艾大海解释说。

"哦，哦，原来如此。"林社长想只要把水能吸出来就行，管它是什么原理。

"水吸出来后，要用大楠竹从中间分流，修一条简易水槽，将水由高至低引流下去。再修个池子，将水储存起来，方便使用。"艾大海进一步说。

"你们只管将水吸出来就行，余下的我和公社林社长商量，军民协同共同办好了，得胜回朝。"张政委高兴得用起戏文里的话来了。

公社运来了四百根大楠竹，并在大澳镇修了个大水池，步兵二连顺着山坡用这些大楠竹修了一条水槽。

一切准备就绪后，艾大海、侯金、肖剑三人用一根直径两厘米的长橡皮管子从坑里将水吸出来，水顺着水槽流向大澳去。

艾大海用手旗说："水吸出，已顺水槽而下。"

"我处已准备就绪，迎接水来。"姚向英用手旗告诉艾大海。

水到了！大澳镇水池边，人头攒动，人们相互奔走相告，欢呼着。太阳再毒也抵挡不住人们对水的渴望，有的拿着缸子，有的拿着碗、盆到水槽口接水往嘴里倒，凉到胃里，甜到心里。

艾大海、肖剑、侯金三个战友抱在一起说："我们成功了！"

张政委、林社长看到此时的场景都会心地笑了，俩人的手紧紧握在一起，相互祝贺。

六、战台风

早间新闻中，中央人民广播电台播报了中央气象台的台风警报，今年第九号台风正以每小时25公里的速度向西偏北方向前进，台风中心最大风力达到17级，预计未来48小时将会在闽北黄岐半岛一带登陆，希望在台风经过的沿途及时做好防台风准备，避免人员和物资损失。

螃蟹岛正处黄岐半岛的前哨，是台风登陆的中心位置。海岛之声广播站对中央气象台发布的这条台风预警引起了高度重视，早、中、晚三次都重播了这条新闻，使全岛军民都及时得知台风预警。

为了抗御台风来袭，黄岐半岛一带的驻军领导对所属部队发出了防台风的指令，地方政府对抗御台风做出部署，一定要避免人员伤亡，把财产损失降到最低。

收听到台风预警的广播后，耿大彪营长便和张文彬政委分工，营长负责部队的抗御台风工作，政委协助公社做好抗台风准备。

"张政委你别担心，我们已经多次经历台风了。"林阿水社长有些不以为然。

"林社长，您可不能掉以轻心啊！预报说，咱螃蟹岛处在台风中心，大意不得呀！"张政委强调说。

"台风中心？哈哈，别听他瞎扯，是中心也没什么可怕的，顶多就是风猛烈些。"林阿水还是没有引起高度重视。

"林社长，您这态度可不行，不怕一万就怕万一呀。"张政委的态度严肃起来，他知道林阿水是在凭经验办事，不得不告诫他。

"好，好，好，你说怎么办就怎么办，听你的。"林社长见向来和和气气的张政委因此事板起面孔，态度严肃又中肯，便缓和口气说。

"我强调两点：一是台风到来之前，也就是今天，最迟不超过明天中午，所有渔船一律回港泊锚。这事由派出所负责落实。二是明天中午之前，所有岛民必须全部就近转移到部队坑道，避免台风袭击造成人员伤亡。这事由女子民兵排负责，就近驻军连队协助落实。"张政委讲了他的安排。

"所有渔船回港泊锚这条我造赞成，人员撤离我看没这个必要吧？我们岛上的房屋就是为了防台风特地用大块的方块石叠砌而成，台风再大，难道会把石头房子掀翻不成？"

"哎呀！人命关天，大意不得呀，一定要挨家挨户动员所有人员转移到坑道里去，确保人员安全。"张政委的态度十分坚决。

"唉！多此一举，难道你就不嫌麻烦？"林社长咕噜着。

"再麻烦也要做，最宝贵的是人的生命，一定要确保所有岛民的生命安全。"

林社长咕噜的声音虽小，张政委还是听到了"麻烦"二字，林社长是担心给部队带来麻烦。

林社长在张政委苦口婆心的劝导下，同意人员转移的意见，驻军时时刻刻都想到老百姓的安危，也确实让他感动，组建民兵、建派出所、办学校、开诊所、解水难，哪一样不是为老百姓着想，不愧为人民的子弟兵。

第二天中午，风大起来了，还是逐渐加大的趋势，按预报测定离台风到来不到3个小时了，这时派出所报告还有一条渔船没有返港，其原因是该渔船主机出了故障，发动不起来，正在抢修中。

"武工队派一条船前去救援。"坐镇在公社的张政委发出命令。

"不行呀，张政委，现在的风太大，派船去救太危险！"林社长看着一步步加大的风势说。

"总不能让它被大海吞没，见死不救吧。"张政委坚决地说。

"只怕派出去的船有去无回，多一条船葬身海底呀！"林社长叹了口气说。

"派船去救或许能救回来，不派船去救，那条船葬身海底必死无疑，有危险也要去救。"张政委果断地下达了命令，一是要赶在台风到来之前将船救回来。

武工队的船出港了，两台主机全部发动起来，升起满帆，迎着狂风巨浪冒着随时被卷翻的危险与风浪搏斗艰难前行，船上每个队员都打起十二分精神，全神贯注，不敢有一丝一毫懈怠。幸喜舵手是有几十年与风浪搏击经验的船员，他驾驶着机帆船时而在浪尖上行走，时而在浪谷中穿行，借着船机的马力与强大的风力，将船驶得飞快。不到一小时便将快被风浪掀翻的渔船找到，用缆绳拴住渔船将其拖回，来回用时不到两小时，硬是抢在台风到来之前将渔船救回来，被救渔民们绝处逢生，千恩万谢驻军的救命之恩。

"这是因为你们林社长派出的船员起了关键作用。"张政委说。

"这是因为张政委的果断决策好。"林社长说。

"军民齐心合力，没有战胜不了的困难。"渔民们都说。

船回港锚定了，人员转到坑道里了，一切工作都抢在台风到来之前准备就绪，军、地两方领导才稍稍松了口气。

台风来势之猛，势不可挡，人在风中站立不稳，卷起的沙石在空中飞舞，打在人脸上让人顿觉痛感。一个立在坑道外装满柴油的油桶被吹倒沿着山坡滚落下去，不少房屋的屋顶被掀开，电话线被刮断，岛内通信中断了。

"阿水伯，东村周常顺的母亲怎么动员她都不肯出来，现一个人在家里，你看这风……"妇女主任徐梅英报告说。

"不听安排，她自找的，别管她。"林阿水社长一听就想发火。

徐梅英听社长这么一说，正要转身离去。

"周常顺呢？"林社长接着问。

"周常顺在引西岛有个渔行，和他阿爹在引西岛都没回来。"徐梅英回答说。

"周常顺的媳妇呢？"林社长又问。

"周常顺的媳妇随娘家人一同转移出来了。"徐梅英答道。

"现在就只剩他阿娘一个人在家？"林社长再问。

"嗯。"徐梅英答。

"唉！这老顽固，这老顽固。"林社长急得跺起脚来。

坐在旁边的张政委听说还有一个老婆婆没有转移出来，顿时站了起来，立即叫来艾干事问他有什么办法。

"从营坑道到东村去路太远，风太大，人现在根本出不去。"艾大海说。

"你有什么好办法？"张政委着急地问。

"步二连坑道挨东村近，只有让二连派人去救。"艾大海说。

"现在电话不通无法通知二连呀。"张政委说。

"这个我有办法，台风来之前我已通知各连信号通讯员随时注意从营里发出的信号，现在外面风太大，又临近傍晚，只有用灯光联络了。"艾大海说。

"那赶快通知呀！"张政委急切地说。

"是！"艾大海转身离去。

自进入坑道后，艾大海就主动和各连信号通讯员保持着联系，为的是怕电话线被台风刮断造成信号中断，没想到还真派上用场了。

艾大海与侯金带上手电筒爬出坑道口，匍匐着爬到一个小山头上用红布包着手电筒给二连发出灯光信号：东村靠海边里有一老婆婆困家中，令你连速派人前去解救。二连回复：收到。艾大海和侯金俩虽穿着雨衣，但狂风暴雨使他们眼睛都睁不开，只有趴在地下任其吹打，焦急地等候二连的回复，两人冻得牙齿嗑嗑，浑身打抖。半个多小时后二连回复：老婆婆已解救到我连坑道。

两人收到回复后，匍匐着爬回坑道向张政委复命。

晚餐，全岛军民吃的都是干粮，各坑道内备足了开水供避难的军民饮用，坑道内铺满了军用帆布，战士们把棉被都让给岛民们盖，个个只穿着棉大衣过夜。军民同在坑道内，虽人多拥挤，但相互谦让体贴亲如一家，平安地度过了一夜。

台风在岛上横扫了一晚上，继续向北前行。第二天早晨，当人们走出坑道时，看见的是满目疮痍，伏地爬的地瓜蔓不见了，峡谷中稍粗一点的几棵桉树被拦腰折断，三分之一的房屋被掀顶，有的甚至被吹倒，一片狼藉，锚定在港内的船有近半数被掀上岸搁浅了。林阿水社长看到眼前的一切，伤心至极。幸亏当时听了张政委的话，人员都安然无恙，否则后果不堪设想。他生活在岛上几十年，没有见过如此强烈的台风，破坏力也如此惊人！

面对灾害，张文彬政委立即召开了营党委会议，要求驻岛官兵尽一切可能，尽最大力量帮助公社尽快恢复生产，重建家园。

公社林阿水社长也及时召开了各大队长会议，坚持立足海岛，不等不靠，开展生产自救，重建家园的工作。

面对灾害，螃蟹岛军民都坚强面对，及时部署，一次军民携手恢复生产，重建家园的行动轰轰烈烈地开展了起来。

艾大海随宣传文体班到东村周常顺家帮忙盖房子，幸喜二连接到营指示，在台风到来之前将周常顺的母亲转移出来，才避免悲剧发生。周常顺家的房子就是在台风来的夜里被吹垮的，现在艾大海帮不肯转移出来的老婆婆修房子来了。

周常顺家的房子就在东澳靠海的地方，屋后种满地瓜，地瓜蔓被台风刮得七零八落。艾大海在搬被吹垮的房屋方块石时，无意中发现屋后原被地瓜蔓覆盖的山坡上露出了一个小山洞来。艾大海好奇地钻进洞里看了看，发现了一块串联着的电池，似曾见过，但又想不起来是干什么的，只好将它放回原处。他观察一下山洞，觉得有人在山洞里待过，心里有些疑惑一闪而过，也没有太在意，便走出洞帮周常顺家盖房子去了。

房子垮了，无法住人，周常顺的妈妈被儿媳妇接她娘家住去了，他家里一个人也没有，周常顺和他阿爹从引西岛赶回家时，侯金带领全班在他家已继续工作了三天，倒塌房屋已修好。周常顺和他阿爹见了十分感激，一再表示要感谢解放军帮助。

七、民俗岛风

大澳镇的厕所，绝大多数都是公厕，所谓公厕就是类似吊脚楼，下面挖了一个长方形的大坑，坑上面三分之二铺满了木板，供人行过道，留出三分之一修一长排一格一格的，每一格左右两边都有木板隔着，前面用一根粗圆木挡着，圆木离过道楼板约五十厘米高，其空间用木板封住，人就坐在圆木上，一边上厕所一边吸着水烟筒，还会和邻近的人闲聊。

公厕没有门，男女不分，有隔板隔着看不见。虽互不影响，但老乡们在公厕聊天，有时一聊就是半个小时，厕所成了人们谈话交流的公共场所。

这样的厕所，外来的人很少见。武工队的驻地在大澳镇内，分到武工队的新兵半夜起来上公厕，因不习惯坐着，便把过道楼板揭开一块蹲着用，走的时候忘了将木板复原。半夜起来上厕所的老乡没注意，一脚踏空摔得不轻，为此告到武工队，武工队只好赔礼道歉，负责医疗费。

曾爱发和姚向英在大澳小学教学的第一天，经过打听才找到公厕。两人第一次见到这吊脚似的厕所，也不习惯坐在圆木上，便将木板揭开蹲着，正在这时，两个妇女嘻嘻哈哈地走了进来，这突如其来的"访客"将二人吓得不知所措，提了裤子便往外跑。二人回到班里向全班讲述在公厕发生的事，引得全班都大笑起来。

"这事怨我，没向你们讲清大澳厕所的特点。"班长肖剑检讨说。

"我真吓着了，竟然会有男女不分的厕所，还好意思笑？"姚向英责怪大家说。

"谁曾想到就上个厕所还能闹出了这样的笑话，真是丢脸。"曾爱发委屈地说。

"我给大家讲清楚，到地方去工作，一定要尊重岛上的风俗习惯，遵守军队的纪律，维护好军民关系。"艾大海虽提了干，仍住在原班里，他提醒大家说。

这一天，艾大海到大澳小学听了曾爱发的语文教学后，又到大澳沙滩看了一下肖剑和侯金训练女民兵排的情况，正准备离开时，突然发现不少人都往望夫崖跑去。女民兵排的姑娘媳妇们见了，知道出了事，都不约而同地赶了过去。

望夫崖在大澳镇东侧陡峭的悬崖上，靠近大海，当艾大海跟着几个女民兵随人群赶到时，已围观了不少人。

一个头发花白的老阿妈坐在悬崖边，手里拿着一双鞋对着大海悲痛地哭诉着："女儿呀，是娘对不起你呀，不该骂你是个不下蛋的母鸡，整天没好言好语待你，逼得你去跳了海了。娘悔断肝肠呀，你咋就想不开，跳海喂鱼了呢？阿妈有吃的就有你一口，我愿养你一辈子呀……"

老阿妈悲痛欲绝，声嘶力竭地哭诉着，使得围观的人们无不潸然泪下，好言相劝，同情中夹带着无奈，悲愤中饱含着怨恨。

"哎，年纪轻轻的跳海死了，可惜呀！"

"没法子呀，多少年来怀不上孩子，成了老姑娘嫁不出去，受不了同辈人的白眼，邻里乡亲的嫌弃，跳海死去的姑娘多了去啊！"

"多少好姑娘冤死呀！"

围观的人议论着，叹息着……

徐梅英排长向艾大海讲述了女人跳海的原因。原来岛上有一个风俗，男婚女嫁，一直遵循着父母之命、媒妁之言。姑娘到了十七八岁，天黑就举着火把到定好的男方家过夜，天不亮又偷偷返回娘家，直到姑娘怀上孩子，才能出嫁到男方家。同床过夜若十年仍怀不上孩子，男方便将女方休了，再另选其他姑娘，而姑娘若十年怀不上孩子就再也没人要了，只能终老在娘家。岛上男女比例失调，男多女少，主要原因是岛民以捕鱼为生，只有男人才能担此重任，姑娘又不准嫁到外岛去，这就逼得姑娘因怀不上孩子不得不跳海寻死。

这次跳海死去的姑娘是北澳村的陈水娟，人长得很漂亮，人已到了28岁仍没怀上孩子，眼看要被男方抛弃，她觉得无脸活在世上，便选择了这一条寻死喂鱼的路。

女民兵林阿珠、郑美娥和陈水娟都是北澳村的，自幼一起长大，两人看到陈水娟跳海死了，都伤心难过极了，也触发了二人对今后命运的伤感。

"阿珠，你到男人家过夜三年了，也还是没怀上吧？"郑美娥问林阿珠。

"还没呢，你也到男人家过夜两年多了，也没怀上？"林阿珠反问道。

"没怀上，要是我俩都没怀上，不会像水娟一样去跳海吧？"郑美娥好像在自言自语，又好像在问林阿珠。

"我才不想去死，我不相信我永远怀不上孩子。"林阿珠坚定地回答说。

"我也是，我绝不走跳海这条路，万一不行，我就偷跑到大陆去，另外找个好男人。"郑美娥表现出了反抗的意志。

"今后只要你敢，我就敢，我不能困死在岛上。"林阿珠也表现出反抗的心理。她自打参加女民兵后，见识多了，对旧的传统风俗持反对的态度。

"徐排长，你是妇女主任，《新婚姻法》是新中国成立后颁布的第一部法律，为什么没有贯彻实行，岛上的这个旧风俗为何至今不破？"艾大海了解情况后，不解地问。

"难呀，这是祖祖辈辈传下来的规矩，岛上的资源缺乏，除了打鱼，又没有其他的生活，经济不发达，岛民的生活贫苦，外岛的姑娘谁愿意嫁到穷岛上来？这就迫使岛上的姑娘不准嫁到外岛去，我宣传男女平等、恋爱自由就遭到老人们的反对。"徐梅英显得一幅很无奈的样子分析说道。

"怀不上孩子不能全怪女人，也可能是男人的问题。"侯金打抱不平地说。

"这个风俗太不公平了，十年期限，女人怀不上孩子，男人把可以把女人休了，十年，女人的青春年华失去了，休了谁还要呀？"肖剑评论说。

"这要冤死多少女人呀！"姚向英也愤愤不平地说。

"简直愚昧无知。"曾爱发感叹道。

"这个旧风俗之所以流传下来，根源还是岛上的资源有限，生产方式单一，经济不发达，都是'穷'造成的。要破除它确实不易，只有把经济搞上去，岛上生活富裕了，外面的姑娘自然愿意嫁到岛上来了。姑娘多了，男人可挑选，女人也可以流动，岛上的姑娘也能嫁到岛外去，才能避免跳海这类悲剧发生。我们现在可以做的就是扫盲，在民兵训练中多宣传婚姻法以及生育方面的知识。"艾大海总结说。

几个妇女把陈水娟的母亲扶回去，围观的群众都散了。

"肖班长，上午的训练没时间进行，我要带女民兵到东澳村去给病死的老人送行。"徐梅英排长说。

"好，我去吊唁一下。"艾大海提议道。

"谢谢。"徐排长点头表示感谢。

"我们也一起去，这一折腾，上午的课也上不成了。"曾爱发请求说。

于是艾大海、肖剑、侯金、曾爱发、姚向英随女民兵排的姑娘媳妇们一起来到东澳村。

死去的老人85岁，因年事已高，病故而亡，也算寿终正寝了，用白布裹身躺在堂屋中央。

艾大海一行人赶到时，大澳公社社长林阿水正领着东澳村的父老乡亲跪地向老人行叩首礼，向遗体告别。女民兵们也都跪下，艾大海几个当兵的脱帽行鞠躬礼，以示向逝者的尊敬。

众人向遗体告别后，由四个年轻的渔民将全身裹满白布的遗体放在一块木板上抬起向海边走去，最后停在海边的一条渔船上，送葬的人们一路尾随至海边，目送着渔船向大海驶去，将老人海葬。

人死了，实行海葬是岛上流传下来的风俗。海葬后，家人只留下牌位，逢忌日在牌位前摆上供品、点心，点上香蜡，烧纸钱以表怀念。

"徐主任，人死了，为什么要实行海葬？"艾大海对海葬这个风俗感到好奇，不懂便问。

"海葬是祖祖辈辈流传下来的，主要原因是受条件所限，岛上石头多土少，也没有多少树木可供打棺材用。还有一个重要原因，岛民绝大部分是渔民，以打渔为生，吃了一辈子的鱼，死了把躯体捐献给大海，也算一种报答吧！"徐梅英解释说。

"我来岛上两年多，难怪看不到坟墓，原来都实行了海葬。"肖剑顿时醒悟。

"海葬这个办法好，又节俭卫生，又不占耕地。"侯金夸赞说。

"清洁，环保。"姚向英补充道。

"今天见到了两个旧风俗，女人怀不上孩子就不能出嫁这个坏风俗，要破除；海葬这个风俗值得提倡。"曾爱发由衷感叹道。

"徐主任，岛上有人去世，是不是林社长都亲自主持？"艾大海又问。

"我们这个岛的人都是从大陆移民来的，面积小能容纳的人有限，不知道从什么时候起，不准外来的人在岛上定居，岛上的年轻人又只准在岛内通婚，久而久之，岛内各家相互间推算起来，都有些盘根错节的亲戚关系。出海打鱼都要互相配合，长期以来形成了一种和睦相处，相互帮助的风气，有点小矛盾相互间都能体谅，牵涉到大的矛盾，岛上几个德高望重的人一出面都能化解。林阿水社长过去成天在海上捕鱼，成了远近闻名的海老大，全岛人都敬重他，称他为'阿水伯'，他在岛上威信很高。"徐梅英说道。

老人的遗体被送上船海葬后，林阿水见到艾干事、肖剑班长、侯金副班长、姚老师、曾老师五个解放军前来给老人送行，十分感激。

"艾干事，你们真是和岛民成了亲人，训练民兵、办学校、解水难、战台风，事事为岛民办好事，连送葬都来了，谢谢啦！"林阿水诚挚地说。

"一家人的心连在一起的，应该的。"艾大海说。

"对，同心。"林阿水跟着说。

"太好了，同心。"徐梅英附和道。

"林社长，海葬这个风俗太好了，环保又卫生。"艾大海称赞道。

"这也是条件有限，土地少，石头多，没木头打棺材，被逼的。"林阿水实打实说。

"这个风俗好，值得提倡保留下去。"肖剑夸道。

"吃了一辈子鱼，该把身子还给海神爷了。"林阿水感恩地说。

"阿水伯，北澳村的陈水娟早上跳海死了，她阿妈哭得死去活来，伤心透了。"徐梅英汇报说。

"林社长，女人十年内怀不上孩子就不能嫁到男方家去，这个风俗要不得，该废了。"艾大海建议说。

"这也是没有办法的事，只怪岛上穷啊。"林阿水叹道。

八、同心岛名的由来

在北澳的沙滩上，林阿娇嘴里哼着小曲，一边补渔网，一边照看着身旁正玩着沙子的儿子。

今天天气格外好，海面上风平浪静，天蓝蓝，海蓝蓝，天空中有几只海鸥在翱翔，不时地发出"噢噢"的叫声。海风习习，太阳晒在身上暖暖的，给人一种十分惬意的舒适感，阳光、沙滩、墨绿的大海，碧蓝碧蓝的天空，几只翱翔的海鸥，补渔网的大嫂，戏耍的儿童，构成了一幅无与伦比的水彩画，十分协调，美不胜收。

"老乡，我俩有急事要去大陆，能雇条船送一下我们吗？"

"你们从哪来的？"林阿娇抬头看了一下面前的两位男子问。

"我从大陆来看望当兵的儿子，这位是他叔叔，陪我一起来的。我们来了几天了，昨天接到电报，儿子的母亲病重，急着赶回去，又没有班船。"年长一点的中年男子说。

"你儿子怎么不来送你？"林阿娇面对两个陌生人仔细打量起来，觉得形迹可疑，立刻提高了警惕。

"他忙，开会没空来送，我们出双倍钱，你行行好送我们一下。"年长的男子支吾着说。

"那好吧，我去安排一下，你俩在这儿等着。"林阿娇听完他的讲话越感生疑，当兵的再忙也不会不亲自送他阿爹的，即使有紧急的事，部队首长也会安排船去送。特别听到愿意出双倍的钱时，她对这两人的行踪更是产生了怀疑，于是她先稳住两人抱起儿子向屋里走去。

"谢谢，谢谢啊，请快点。"年长的中年男子显得十分兴奋催道。

"林阿娇将儿子交给他奶奶后，从后门出去，找到女民兵林阿珠。林阿珠一听说这事，立即拿起枪站在山岗上吹响了海螺，"呜呜"的海螺声在北澳空中回荡，北澳的三个女民兵听到海螺声，立即真枪实弹地奔向海滩，从三个不同方向向沙滩包抄过来。

"不许动，举起手来！"四个女民兵端起枪对正在等候的两个男人大声呵斥说。

两个男子，面对四支对着他们的枪口，只得举起双手，乖乖束手就擒。

"别误会，别误会，我们是军区的记者。"年长的中年男子从兜里掏出一个小红本本连忙说。

"别啰唆，走。"林阿珠大声说。

两个男子举起双手，在四个女民兵押解下来到驻军营部。

侯金上午上完了课，正好赶回营里吃午饭，一见四个女民兵押着两个人到营部来，忙问："阿珠，你们这是……"

"侯老师，我们抓了两个可疑的人，交营部来了。"林阿珠兴奋地说。

"是吗？你们女民兵可真厉害。"侯金伸出拇指夸奖说。

"是你们教得好，我们警惕性才高。"林阿珠见了侯金心里就扑腾扑腾的，被侯金一夸，还脸红了，有些腼腆，不好意思起来。

"警卫班，警卫班，女民兵抓来两个可疑的人，交给你们。"侯金大声喊道。

警卫班将两个可疑人收下，对女民兵再三表示感谢，四个女民兵兴高采烈地回去了。

四个警卫战士将两个可疑人押进会议室，两个男子却异常镇定地坐着等候审讯。

耿营长来时，见两个身着便服的中年男子悠然自得地坐在椅子上，年长的嘴里还叼着烟，心里便来火，狠狠地拍了一下桌子大声呵斥道："报上名来！"

"长官，消消气。"年长的嬉皮笑脸掏出一支烟递上前去接着又说，"解放军可要优待俘虏啊！"

"坐下，严肃点。"耿营长更是来火，指着椅子大声说。

"长官，别这样凶神恶煞的，军民一家嘛，态度好一点。"年长的中年男子，反倒教训起人来。

"把人给我捆了，身上的东西搜出来。"耿营长对警卫战士说。

四个战士听到命令，三下五除二把两个人捆了个结实，把从他们身上搜出来的东西都放在了桌上。

耿营长拿起丢在桌上的红本本瞄了一眼，又丢回桌上说："说，叫什么，从哪里来，干什么的，都从实招来。"

耿大彪瞄红本子时已看到上面有钢戳，写着军区前线报记者，他从开始就觉得这两个人不是什么可疑分子，年长的中年男子是在故意戏弄他，那好吧，我就同你们玩玩假戏真做。

"哎哎，别这样，别这样，长官请你再仔细看看，我们是军区前线报记者。"年长的中年男子眼看事情发展有些不妙，感到不能再继续开玩笑，好汉不吃眼前亏，赶忙表明身份。

"记者，哼，肯定是假冒的，大刑伺候。"耿大彪平时喜欢听广播唱戏，成了戏迷，有时也会把戏文的话用上一两句。

四个警卫战士听营长这么一说，两个挟一个，拖着就往外面去。

"同志，使不得，使不得，不玩了，不玩了。"年长的中年男子哀求说。

警卫战士正要把两个人挟出门时，被正好要进门的张文彬政委拦住。

"张副处长，救我。"年长的中年男子见到张政委，像看到救星似的大声喊道。

"咦，你俩怎么成了可疑分子了？"张文彬政委惊讶地说。

"快帮我松绑，捆得我好痛。"年长的中年男子赶忙说。

张政委立即叫警卫战士给两人松了绑，指示警卫战士都出去后问："你俩来岛上怎么不事先打个招呼？"

"都是你们柳团长干的好事，说你们军民联防搞得好，怕其中有假，叫我们不动声色，先进行暗访，哪知昨天上岛，今天就被当成可疑分子给抓起来了。"

年长一点的中年男子叫郑能燮，人们根据谐音叫他"真能写"。

"你们俩来干什么？"张文斌政委问。

"你们岛军民联防在外面的名声大得很，军区首长叫我们来实地考察一下。"郑能燮如实答道。

"我们的螃蟹岛何德何能，竟然能惊动两位才子前来，不胜远迎，抱歉抱歉。"军区报社和军区宣传处虽平级，但业务上归宣传处管，张文彬与两位记者熟得很。

"还欢迎啥呀，这位首长刚才还说大刑伺候呀！"郑能燮抢白说。

"我第一眼看见你俩就知道你们不是什么可疑分子，但你态度傲慢，我就知道你在故意戏弄我，我只好假戏真做陪你玩玩，吓吓你们。"耿大彪说。

"都是你们柳团长骗我们，说你耿大彪是愣子没有心计，要我们借机教训教训你，没想到偷鸡不成反倒蚀米一把，被你们将计就计来了个下马威，给狠狠地捆了一回，唉……"郑能燮哭笑不得。

一番对话说得四个人都大笑起来。

"姚向英是不是你又把我脏衣服臭袜子给洗了，做好事还不留名，真是活雷锋呀。"侯金放了学回来拿起一叠干净衣服问姚向英。

"没有呀，我吃了早饭就领着演出队排节目去了，哪有时间呀。咦，我的衣服裤子也洗干净了，谁干的？"姚向英看见被子旁也放着叠得整齐的衣服疑惑地问。

"我的也洗了。"张朝阳说。

"我的也洗了。"徐福友跟着说。

宣传文体班的战士都说他们的衣服裤子，连收藏得很隐秘的臭袜子都洗了，对比都感到纳闷。

"准是北澳女民兵林阿珠她们干的，趁我们出去了，溜进宿舍把脏衣服裤子，连臭袜子也拿去洗了，这种情况已发生多次，西澳村女民兵也帮助部队洗衣服。"侯金说。

"步二连也说东澳村女民兵在帮助他们战士洗衣服。"肖剑也跟着说。

"洗衣服的事，我问过女民兵排的排长徐梅英，是不是她安排的，她矢口认，只是很诡秘地笑了笑说都是各班自发的。"

"这事请曾爱发写篇稿子登在海岛报上表扬一下，在广播里也广播一下，既表扬这种做好事不留名的事迹，谢谢这些女民兵，又要通过广播让女民兵不用特殊照顾部队。"肖剑对曾爱发说。

"好嘞！照办。"

"还有，我听炊事班说，大澳渔行对凡是部队人员去买鱼都不收钱，各连炊事班说，不给钱违反纪律，一定要给，但渔行只象征性地收了点钱，还说解放军一心为岛民做了很多好事，慰问解放军是应该的。"侯金又补充说。

"曾爱发把这件事一并写进去，宣传一下三大纪律八项注意，解放军不拿群众一针一线，买卖公平。"肖剑又进一步强调说。

郑能燮记者看到报纸又听到广播，凭着记者嗅觉抓住部队买渔不给钱的事深入调查。

俩记者一同到渔行去查时，渔行的人说："这点鱼算什么，部队来买不用给钱，不来买我们也会送到各食堂去，军民一家，哪有一家人分彼此的。解放军时时处处都为老百姓着想，出钱又出力，这样的军队值得老百姓爱戴。"

俩记者又找到公社社长林阿水，林阿水听说是部队上头派人来调查军民关系，以为是来找碴的，再看到两人军衔，心里又多了几分戒备。

"有什么事说吧，我还有事哩。"林阿水一边抽着水烟筒一边说。

"别误会，我们是来核实一下部队买鱼不给钱的事。"郑能燮记者边说边将红本本递给林社长看。

"没有的事，是谁造谣中伤部队，挑拨军民关系？"林社长愤愤地说。

"您看这《海岛报》都登了，广播也说了，不会有假吧？"郑记者拿出《海岛报》给林社长看。

"哦，报纸我看了，广播也听了，事情是这么回事。我们海岛也没有什么特产，只有鱼，全岛主要以打鱼为生，上百条船一天打的鱼至少几万斤，驻岛部队为岛民做的好事太多了，岛民一致要求凡部队食堂来渔行买鱼坚决不收钱，只当报答部队慰问部队了，但部队的司务长坚持一定要给钱，渔行的人问我怎么办，我就决定收点钱，优惠力度大一点，这不算违纪吧？"林社长将部队买鱼的事讲清了。

"原来是这么回事，请问社长，部队做了哪些好事？"郑记者问。

"做的好事那可多了。"林阿水社长平时少言寡语，但一说起部队做的好事，他的话匣子打开了，从组建民兵、派出所挂牌、办学校、开诊所、解水难、战台风、灾后重建等一件件一桩桩如数家珍似的讲得有声有色。特别是把林阿昌儿子从死亡线上抢救回来和派武工队冒着狂风巨浪救回渔船，这两件事在岛民中引起了巨大反响，大家都非常感谢解放军。

俩记者听林阿水社长的叙述听得入神，难怪外面传说螃蟹岛军民关系鱼水情，但究竟是什么使这个岛的军民达到军爱民、民拥军？郑能燮把一直留在心里的疑问提了出来。

"林社长，您能告诉我，岛上的军民关系为什么这么好的原因吗？"

"原因简单得很，军队和老百姓的心是相通的，他们想的正是我们要的，我们要的正是他们做的，军民同心嘛。"林社长不假思索地说。

"同心"这两个字在两位记者的心中一闪，突然觉得眼前一亮。这次谈话后，两位记者在岛上又住了半个月，在官兵中，在岛民中实地走访考证，回去后写了一篇以"同心岛"为名的长篇通讯，发表在军区前线报上，这就是同心岛的名字由来。

第六章　武三郎结婚

一、入党

艾大海在保留大学学籍的一年中，得益于李平波同学的帮助，在紧张繁忙的军旅生活中，千方百计地挤时间自学大一的课程，通过考试跟上班里的进度，在大二学习一年，放暑假又回岛了。

"政委，我回来了。"艾大海兴奋异常地向张文彬报告说。

"哎呀，我们的大学生，刚出去一年怎么就回来了，被学校……"张文彬盯着艾大海吃惊地问。

"下学期我就读大三了，学校放暑假，我从报纸广播中知道全军还在开展大练兵的消息，就急着赶回部队来参加。"艾大海回答说。

"暑假有两个月的时间，你不借机回家一趟？"张文彬不解地问。

"放寒假时，我就想回来，但寒假时间太短，来回一趟太仓促，回部队待不了几天就要走，就没回来，我就留校在图书馆过了。我是部队的人，暑假两个月，哪能不经批准擅自回家。"艾大海诚实地说。

"好。"张文彬听后觉得艾大海组织纪律观念强，十分欣慰，接着问，"说说看，在大学一年，有什么收获？"

"我最大的收获是感到知识太匮乏，必须珍惜这难得的机会，抓紧每分每秒学习，在学海无涯的知识海洋里，不断充实自己。"艾大海说。

"你在大学学的船舶，谈谈看有何感想？"张文彬关切地问。

"我感到我们的船舶工业太落后了，我们有一万八千里的海岸海线，有黄海、东海、南海广阔的海域，要保卫我们的领海，没有强大的船舶工业支撑，就不可能建设起一支强大的海军，这个梦想在我们这一代一定能实现。"艾大海满怀豪情地说。

"说得好。"张文彬听到艾大海有这样的雄心壮志，感到无比高兴，接着说，"毛主席说，世界是你们青年人的，实现这个梦想，我愿当你们的铺路石。"

艾大海望着这位良师益友、指路人，内心充满感激。

张文彬望着这位年轻人，回想起他当兵一年，如同伯乐发现了千里马，前途无可限量，自告奋勇地当起铺路石。

艾大海回来了，把几个生死与共的好兄弟、好战友乐坏了。

"我做梦都想你呀。"姚向英抱着老班长热泪盈眶。

"老班长，快给我们讲讲，大学是什么样的，让我们尝尝上大学的瘾。"曾爱发急切地询问。

"你这个家伙，一个月才来一封信，接到信大家都争抢着看，大家无时无刻不念着你呢。"侯金埋怨道。

"好，我先向大家汇报我在大学一年里的情况。"艾大海见大家这般热情，也是热泪盈眶，向大家讲述了在大学学习、生活中的收获体会。

"现在该你们说说这一年里的情况了，我也无时无刻不想你们呀。"艾大海关切地问。

"老班长，你可不知道这一年发生最有戏剧性、全营震动最大的事是什么？就是刘金德的事，全营上下谈论最多的就是这件事啊！"曾爱发将刘金德在半年反省结束后返回地方工作的事告诉了艾大海。

"他这是自食其果，咎由自取。这一年，你们用实际行动证明一切都做得很好，以后也千万不要放松，要严格要求自己。"艾大海语重心长地说。

"放心吧，你在上大学，我们也在上大学。两年来，我深切体会到部队就是一所大学，在这所大学里，我们懂得了如何做一名合格的军人。"肖剑代表战友们说。

"都跟我讲讲兄弟几个最大的心愿是什么。"艾大海问。

"你每次来信都讲要我们好好学习，今后都要争取上大学。我想三年服役期满后，争取考上军事工程大学，学习导弹专业，将来当将军指挥火箭军。这是我的梦想，这个梦想一直埋在心里，今天说出来，兄弟们可不要笑话我呀。"肖剑有点不好意思地说。

"不想当将军的士兵不是个好兵，我支持。"艾大海鼓励他说。

"我想报考美术学院，将来当画家、摄影家，这是我的梦想。"曾爱发不忘当兵时的初心。

"你画的《无名小岛》连环画册发表后，反响很大，在军内画报上，最近又登载了你的《同心岛上练兵忙》的几幅摄影作品，我非常赞成你当画家摄影家的梦想，这也是你父母送你来当兵时的初衷。"艾大海竖起大拇指连声叫好。

"我还是有当音乐家的梦想。两年多来深刻体会到，没有生活的积累，创作不出好的作品，我决心通过部队基层的生活体验打好基础，再去报考音乐学院深造，实现父亲对我的期望，也是我梦寐以求的愿望。"姚向英向往地说。

"好哇，向英两年来的变化最大，你带的战士业余演出队活跃在前线沿海部队，你将来一定会成为音乐家。"艾大海充满希望地说。

"我呢，没有几个老弟的远大理想和雄心抱负，我就希望国家早日富起来，人民过上好日子。今后回地方后，我只想从事经济建设使家乡人民富裕起来。"侯金动情地说。

"老兄的这个梦想很伟大，国家富强，人民富裕，也是全国人民的梦想。国家富了，才有雄厚的国力支撑国防强大，你这么聪明，抓经济建设一定是一把好手。国家强盛，我们这些人的梦想才能实现。"艾大海感到侯金虽没有讲当什么家的梦想，但他的这番讲话抓住了根本，连忙拍手叫好。

五个兄弟在一起谈梦想，憧憬未来，个个都豪情满怀。

"大海，你回来正是时候，我有个请求，你愿意当我的入党介绍人吗？"肖剑从怀里掏出一份入党志愿书，接着说，"我已请求耿营长当我的入党介绍人，还差一个，你对我最了解，我想请你当我的入党介绍人可以吗？"

"当然可以啦，我不仅愿意当你的入党介绍人，侯金、向英、爱发我也要当你们三个的入党介绍人。"艾大海听说肖剑要入党了，高兴地说。

"哎哟哟，班长，你太不够意思了，入党这样的大喜事，都不给兄弟们透一点风，你一个人进步，就把兄弟们忘了。"侯金抢白着说。

"你们三个怎么一点也不积极？"肖剑说。

"谁说我不积极，我写了三份入党申请书，交支部书记武排长了。"侯金辩解道。

"我也写了，交给文教导员了。"曾爱发如实说。

"我总觉得不够格儿，离党员的要求还差得远，不敢写，前几天张政委鼓励我才写了申请。"姚向英说。

"看，你们三个都写了申请，都没和我提过此事，冤枉我呀！"肖剑反将一军说。

艾大海作为入党介绍人之一，他带领四个人站在党旗下举起右手庄严宣誓。宣誓后，艾大海一一握住四个人的手表示祝贺，每握住一个人的手时，还深情地唤一声"同志"。

"同志"这个称号是那样亲切，那样深沉，那样神圣。兄弟战友而今又都愿拥护共产党，把五个人凝聚在一起。

"我现在是一名预备党员了，感到肩上的担子更重，责任更大，要求更严，要用党员的标准时刻要求自己。"肖剑首先表态。

"入党了，我决心把一生交给党，无怨无悔。"侯金一改过去的油腔滑调，铿锵有力地说。

"一个共产党员要做到吃苦在前，事事起模范作用。我要用实际行动，出色完成党交给我的任何任务。"曾爱发下决心说。

"党员是个光荣的称号，也是代表先进的标准，一言一行要对得起'党员'这两个字，决不给党丢脸抹黑。"姚向英誓言道。

宣誓后，四个刚入党的党员，以崭新的精神风貌投入大练兵的热潮中。

大练兵中，郭兴福等各种练兵法一个接一个在全军被推广，射击、投弹、刺杀等各种尖子班如雨后春笋般应运而生，铁砂掌、壁虎功、飞檐走壁轻功，各种看似不可能的技能展现使人惊叹。

在练兵热潮推动下，肖剑根据在少林寺待过的经历，让全班两腿各绑上五斤重的沙袋练跑步爬山。这一练兵法被耿大彪营长在全营官兵中推广，经过一段时间的训练，卸下沙袋的官兵一个个身轻如燕，健步如飞，达到了海岛作战运动快捷的要求，同心岛四营官兵人人都会轻功也在部队间传播开来。

艾大海带的射击尖子班，立姿操枪瞄准，刺刀上吊着砖块练臂力，准星罩上放一个乒乓球，枪不晃动，看谁坚持久且球不掉落的练兵法，被洪二柱副营长在全营推广，使射击技术有了很大提高，全营百分之八十的人成了特等射手，四营成了神枪营，威名远扬。

跨障碍、越火墙、滩涂泥沼中爬行，绝壁上攀缘，海中武装泅渡，练一身过硬本领，官兵们人人都成了练兵大潮中的弄潮儿。

肖剑在全军武装泅渡3000米、跑步10公里、射击三项竞技比武中，夺得第一名，被授予"铁人"称号。

艾大海带领的射击尖子班，在军区比武中夺得第一，获得"特等射手班"的美誉。

艾大海完成了把四个好兄弟、好战友，介绍入党的心愿，参加完大练兵后就返回了潇湘大学。

二、慰问信

王晓莲是江西赣江棉纺织厂子弟学校的学生，由于小时候得过一场大病，一副弱不禁风的样子，八岁才开始启蒙读书，1959年读六年级时她已十四岁了，在同班同学中，她是年龄偏大的一个，个头又是班里最矮的一个。她扎着两条小辫，身材单薄、小巧却很玲珑聪慧，是班上学习的佼佼者。别看她长得像个小不点儿，她的心可大着呢，对杨门女将、花木兰、刘胡兰这些女中豪杰十分敬仰，总想成为和她们一样的人。

这个小姑娘外表看起来是个很柔弱的人，班上体育活动一般不让她参加。一次在学校举办的体育运动会上，班上女子四百米赛跑，原定的参赛选手因突然拉肚子不能参加，眼看班上要弃权了，她自愿顶上。在不被看好的情况下，她坚决要求参赛，最后夺得了年级女子四百米赛跑第一名，这下全班同学再也不敢小瞧她，连老师也对她刮目相看了。

放寒假了，王晓莲利用一切空闲时间，日夜不停地赶制着一双鞋垫，她那十指纤纤的小手，一针针、一线线把姑娘对解放军的爱缝进鞋垫里。鞋垫制作得很精美，周围用金丝线纳了边儿，中心用红丝线绣了"保家卫国"四个大字，她要赶在春节前和慰问信一道寄出。今天鞋垫已纳好，她要忙着写信了。

解放军叔叔：

你们好！

春节快到了，每逢佳节倍思亲，在这合家团圆之际，首先让我代表我们班全体同学向你们致以节日的问候，再给你们拜个早年，过年好！

你们为了保卫祖国，远离父母，告别亲人，舍小家为大家，不畏艰辛，战狂风，斗恶浪，时刻警惕地保卫着祖国的万里海疆，使全国人民能安居乐业，尽享幸福生活，谢谢你们的付出和奉献！

解放军叔叔，虽然我今天只是一名小学六年级的学生，但我一定会好好学习，天天向上。春节快到了，我没有什么贵重的礼物送给最可爱的人，日夜赶制了一双鞋垫送给你们，请收下。

此致

敬礼

王晓莲

一九六〇年春节

1960年春节大年初一，驻东南沿海前线九十三团收到了一大包慰问信和慰问品，团政委韩道政安排刚刚担任团警卫排一班长的武三郎把东西分发到各营去。在分发过程中，他发现一个用牛皮纸做的大信封里还装着什么东西，拆开来一看，有一封信和一双鞋垫。

武三郎班长怀揣着牛皮大信封，来到通讯连找到老乡连文书。大年初一，互道着春节愉快后，武班长便从怀里拿出个大信封，请文书老乡帮他念信。他没有读过书，信中有好多字都不认识，只有求文书老乡了。

"能感受到这个小姑娘对咱当兵的感情深,我代表部队收了她的礼物,请你替我写封回信谢谢她。"武三郎班长听完信后对老乡说。

"没问题,我以你的名义给她回信。"文书拿起鞋垫看了看说。

"那谢谢你了!"武三郎班长向老乡敬了个军礼。

"王晓莲,你有一封信在传达室。"同班一个女同学胡蓉告诉她。

"别骗我,哪有人给我写信。"王晓莲说。

"我没有骗你,快去拿。"胡蓉说。

王晓莲走到传达室一看,真有她的一封信,没想到是部队给她的回信。

王晓莲同学:

　　你好!

　　你写的信和寄来的鞋垫都已收到,谢谢你。

　　从你的来信中,可以看出你对解放军的崇敬和热爱是多么的纯真,从你寄来的精美鞋垫中,那一针一线凝结着你对解放军的深厚感情,激励着我们这些海防战士誓死保卫祖国海疆。我们一定不辜负全国人民的希望,守卫好祖国的大门。

　　王晓莲同学,你现在还是学生,希望你珍惜这美好时光努力学习,天天向上,学好知识本领,成为报效祖国的有用之材。我向你保证,一定尽到一个军人的职责,努力完成好党和人民交给我们的每一项任务。让我们在不同的岗位上互勉,努力奋斗吧!

　　此致

敬礼

武三郎
一九六○年二月五日

王晓莲边走边看信,这是她有生以来第一次收到从远方寄来的信,还是她心目中"最可爱的人"的来信,她心中无比激动。

王晓莲这几天吃不好,睡不香,时不时地拿出解放军叔叔的回信看了又看,在小姑娘心里,她做梦也没有想到寄出慰问信后,会有人给她写回信。解放军那么忙,还抽空给她这个小学生写了回信,使她非常感动,接到回信后,她心里十分矛盾,写回信吧,怕影响解放军的工作,不写吧,又觉得太没礼貌,想来想去,她还是决定应该写封回信,回信中说互勉,就当是互相鼓励吧!

武三郎班长收到从江西赣江棉纺织厂子弟学校寄来的信,心里十分纳闷,谁呀,我在那里又没有亲戚朋友,他怀着忐忑不安的心情,带着信又来找文书老乡了。

"哦,这是那个写慰问信送鞋垫的小姑娘寄来的信。"文书老乡,浏览了一下信说。

"说些啥？"武排长听文书这么说，放下心来，想起了他要文书老乡替他回信的事。

"我念给你听。"文书老乡念起信来。

"还是请你给她回个信，以后她来信都请你来给她回信，多多鼓励她好好学习，别分散精力就行。"武班长听完信后说。

"以你的名义，还是以我的名义写？"文书老乡说。

"谁的名义都可以，只是别伤了小姑娘的心，同时要注意维护解放军的形象。"武班长态度十分诚恳地对文书老乡说。

"信，还是以你的名义写，来信直接寄给我，我替你回好了，免得你又跑来跑去麻烦，行不？"文书老乡建议说。

"行，谢谢了。"武班长对这个文书老乡的人品十分放心，爽快地回答道。

至此后，武三郎和王晓莲的通信保持了近两年，平均每月保持一封，到1961年底，文书老乡要离开部队退伍回乡了。

"这是王晓莲同学给你的回信，一共二十多封，今天都交还给你。这两年，我一直替你和她保持联系，我走了以后，希望你们继续保持联系，不要中断了。"文书老乡拿着一摞信交给武三郎班长说。

武三郎接过信，觉得沉甸甸的，他对文书老乡尽职尽责以他的名义和王晓莲同学保持联系十分感激，同时，对王晓莲同学锲而不舍地坚持和他通信，更是感到意外，好奇地说："麻烦你将这些信念给我听听。"

文书老乡将二十多封信，按时间顺序一封一封地念给武三郎听，听着听着，武三郎的泪水在眼眶里直打转，信中流露出对武三郎的关心，使武三郎对王晓莲同学产生了由衷的敬佩和感谢。

"武班长，你交给我的任务完成了，王晓莲现在是十六岁的大姑娘了，初中二年级的学生，是个单纯善良的好姑娘，往后你还是要记得回信呀！"文书老乡念完信说。

"放心吧，我一定会的。"武三郎说。

文书老乡退伍后，武三郎又找到侦察连的文书帮他写回信和王晓莲同学继续保持着联系。紧急战备开始后，武三郎在给王晓莲的回信中告诉她，作为军人要有随时准备牺牲，为国捐躯的精神。此后，两人有半年没有通信联系，一是客观上战备任务紧急，无暇顾及；二是主观上他认为小姑娘渐渐大了，他这样跟别人一直通信不好，趁此机会中断和她的联系，或许是件好事。

王晓莲虽然这半年没跟武三郎通信，但她却时时关心着前线的动态，过去很少听广播，看报纸的她而今却一反常态，听起广播看起报纸来了，因为前线有一个让她时时惦记的人。

战备开始后，武三郎主动要求下连队，跟随四营从沿海转移到螃蟹岛，在营直属排当了排长，直属排增设了一个宣传文体班，艾大海几个学生兵突然来到武三郎身边，使他喜出望外，往后写信不用四处求人了。

武三郎和侯金两个人身材都矮，可能是有共同特点吧，两个人很对脾气，相处甚好。紧急战备解除后，武三郎拿出和王晓莲两年多的回信给侯金看，侯金看后很感动地问："排长，你现在还和她保持联系吗？"

"有几个月没有通信了。"

"为什么？"

"前一段战备紧急，也是因为小姑娘渐渐长大了，我这样跟人家通信，怕对她影响不好。"

"你这是想多了吧，还是可以保持联系嘛。"

"我是个孤儿，从小没读过书，不会写字，过去和王晓莲同学通信都是请连队文书替我写的。"

"你想写信我可以帮你写，再说你不会写信可以学嘛，写信有什么难的。"

"你教我行不？"

"行，只要你努力，我相信你几个月就可以自己写信了。"

侯金当武三郎的老师教他识字写信，武三郎也觉得到部队六年，连个信都不会写真是丢人，这次他下定决心，一定要学会写信，再和王晓莲通信，什么时候学会写信了，就是他和王晓莲恢复通信的时候。

侯金为了帮助武三郎尽快学会写信，将自己的一本新华字典送给了武三郎，从汉字拼音学起，每天写十个汉字，教武三郎用拼音方法去拼，去背。武三郎利用一切业余时间学、背、写，好在老师就在身边，不懂就问。侯金不仅耐心，而且教学还很风趣，加深了武三郎对学字的理解。功夫不负有心人，经过三个月的勤学苦练，武三郎开始学写信了，从此，他和王晓莲的通信都是他自己写，再也不需要请人代劳，两人的通信越来越频繁。

三、日久生情

王晓莲同学：

你好吗？

大半年的时间没有给你写信了，很牵挂你，不是我不想给你写信，前一段时间确实因为战备紧急，二是因为，有故意不给你写信的想法，希望你能原谅和理解。告诉你一个好消息，过去给你写的信，都是请别人替我写的，因为我是个孤儿，从小没有接受教育，不会写信，只好请人帮我写。但我今天给你的信，是我有生以来第一次自己写的。我们排里来了几个文化程度高的人，我拜他们为师，学识字写字，也下决心等自己学会写信了，就给你写信。所以，今天的信，水平有限，字也写得不好，但却是我自己写的，可不要笑话我。

现在，我们现在已转入正常的学习和训练，一切都很好，请勿挂念，再会！

武三郎
1963年2月15日

武三郎已经学习了9个月，急不可待地想给王晓莲写信，信写好后，拿给侯金老师看。

"信的格式对，语句也还通畅，但字写得东倒西歪，一个人的字代表这个人的形象，字写得不好会让人瞧不起的，你再重新抄一遍，写得工整一些再寄出去。"侯金看后说。

"重抄一遍后，信可以寄出去了吗？"武三郎对自己写的信没有把握。

"寄是可以寄了，就是干巴巴的。"侯金说。

"我写的时候好像有一肚子的话要说，可一提起笔就不知道该怎么表达了。"武三郎感到茶壶里装饺子，有口倒不出。

"这有个过程的，信写多了，自然会把想说的话都写在纸上。"侯金解释说。

"看来要多写多练。"武三郎似乎懂得了。

"任何事都是熟能生巧。"

"是的，是的。"武三郎像个小学生似的直点头。

王晓莲初中毕业后，没有继续读书，而是进厂成了纺织女工。上了夜班从车间出来，路过工厂门口时，传达室的老王头叫住她，递给她一封信。接过信一瞧，是前线寄来的，顿时像揣了个兔子似的，心怦怦直跳。这大半年，她一直提心吊胆，天天盼，夜夜想，就盼着来信，能知道一下武三郎情况。就这样煎熬着，盼着，等着……工作后，王晓莲就住厂集体女宿舍，她拿着信坐在宿舍外的凉亭石凳上拆开信一看，心里又喜又气，喜的是他现在自己能写信了，气的是武三郎觉得跟她通信，对她这个小姑娘影响不好，那他就不怕她担心，不怕她伤心了？她把信一揉，搓成一团往亭外一丢，正巧丢在一起长大，一起读书，一同进厂，现在又同住一个宿舍刚下班洗完澡回来的好朋友胡蓉身上。

"哟，谁惹你了，发这么大脾气？"胡蓉放下脸盆捡起纸团一看，"哎呀呀，原来是朝思暮想的信来了。"

"别看，别看，快给我。"王晓莲急了。

"我捡的，不给。"胡蓉故意逗她。

"给我吧！"王晓莲伸手要抢回来。

"不给，就不给，谁叫你丢的？"胡蓉把信举得高高的。

"求求你了！"王晓莲急得要掉眼泪了。

"逗你玩呢，看把你急的。"胡蓉把信交给她说，"快给人家回信吧。"

两人说笑着回宿舍，上了一个夜班，宿舍里的女工都睡着了，王晓莲一点睡意也没有。她又拿起信，反复看了几遍，心想，人家是一番好意，自己不仅不体谅，还生气，又觉得自个儿的举动好笑，于是，她拿出纸笔急忙写回信。

这次王晓莲的回信将称谓改了，由"武三郎解放军叔叔"改称"武三郎同志"。武三郎收到回信后得知王晓莲已经是一名纺织女工，武三郎回信的称呼也由"王晓莲同学"改为"王晓莲同志"了。

一年后，武三郎和王晓莲两人的通信称呼又进了一步，由武三郎同志改为三郎同志，王晓莲同志为晓莲同志。

女大十八变，写慰问信时的"皮包骨儿""小不点儿"，现在已经长成亭亭玉立、焕发活力的青春少女了，乌黑的头发披散在肩上，瓜子脸柳叶样的细眉，含情脉脉的双眼，樱桃小口，看上去柔情似水，整个人似水做的。

掐指算来，王晓莲和武三郎两人通信已保持五个年头了。五年来，昔日写慰问信的小学生，已成为一名纺织女工，其间，两人的书信往来已有二百多封；五年来，昔日扎着两条小辫儿的小姑娘已出脱成一个十九岁的大姑娘，其间，两人的称呼随着情感的加深不断变化；五年来，昔日称作"最可爱的人"的解放军叔叔，在王晓莲心里，那个给她写回信的解放军叔叔已成为她心中"最可爱的人"；五年来，她给三郎织了三件毛线衣，三郎每年都托艾大海的妻子夏冬梅寄给晓莲两套流行服装。

"侯老师，请你帮我看看这封信，内容怎么怪怪的，我看不懂，我啥时候拿丘比特的箭射她了？"武三郎拿着王晓莲给他的信说。

"恭喜呀，排长，这是她向你表白呀，丘比特表示爱情，就是说你用爱这支箭射中了她，使她感动。"侯金恭喜他说。

"那信中说什么比翼鸟、连理枝是啥意思？"武三郎又问。

"比翼鸟是指成双成对一起飞，连理枝是向你表白愿和你结为夫妻。"侯金解释说。

"中国的文字太深奥了。"武三郎深感自己学识浅薄。

"所以你要不断地加强学习。"侯金说。

"得学到什么时候啊！"武三郎有些畏惧了。

"学海无涯，学无止境，活到老学到老。"侯金鼓励武排长说。

接到王晓莲的信后，武三郎既高兴又害怕，高兴是他有女人爱了，害怕的是他知道自己长得又矮又丑，年龄比她大十岁，配不上她。武三郎决定得写信给她如实讲清楚，别耽误了她。

武三郎给王晓莲的回信中，如实地讲了他配不上她的理由。一是他今年二十九岁，她才十九岁，他比她大十岁，年龄相差太大，过去一直把她当妹妹一样看待，没有非分之想；二是他的身高只有一米五六，人长得又矮又丑配不上她；三是他没有读过书，虽然如今能写信了，但文化程度还是很低，两人也不般配，所以，他在信中委婉地谢绝了王晓莲要与他结为连理的想法。他在信中还说今后他一定当好大哥，像哥哥一样保护妹妹王晓莲。过去，武三郎只给王晓莲寄了一张他戴着大盖帽，佩戴着少尉军衔肩章的一寸半身照。王晓莲将它扩大成四寸，放在玻璃镜框里，摆在桌上。看到这张照片的人都羡慕王晓莲，找了个威武的解放军军官。从这张照片上看不出武三郎的真实身高，这次他同样头戴大盖帽，肩佩少尉军衔请曾爱发给他照了一张全身像，寄给王晓莲，以此说明他没有骗她。

五年，在历史的长河中，只有一瞬间，但对短暂的人生来说，这近两千个日夜却是漫长的，尤其对王晓莲来说，这颗在纯真的情感里播下的种子，又在一点一滴的雨露滋润下生根发芽，渐渐长大。两百多封书信往来建立的感情，说断就断是万万做不到的，它已根深蒂固，挖不动、抹不去。武三郎已成了她一生中认定的唯一男人，不管他多丑多老，她也要和他在一起。

王晓莲接到武三郎的来信后，将她与武三郎的事告诉了父母，求得父母的同意。

"我们家就你这个女儿，你找对象我不反对，但必须招进来，做上门女婿。"王晓莲的父亲说。

"你也到了该嫁人的时候，人比你大点不要紧，最重要的是人好，对你好就行，你可要看透他的心啊！"母亲提醒女儿说。

"放心吧，这五年我试探过他多次，他忠厚、诚实、心眼好，是个值得托付的人，他是个孤儿，愿不愿意做上门女婿，我写信问他以后再说。"王晓莲回答父母说。

得到父母的同意后，王晓莲立即给武三郎回信去了。

四、结婚轶事

王晓莲给武三郎回信了，信中说不管他多大多丑，用"千里共婵娟"五个字表明了誓与他结为夫妻的决心，只有一点，她是家里的独生女，父亲要招他做上门女婿，是否可以请他考虑。

武三郎接到王晓莲的信后，万分高兴，从上次寄信给王晓莲把自己一是年龄比她大10岁，二是又矮又丑，三是文化程度低，这三点如实相告，并寄出全身照片后，就一直提心吊胆，怕王晓莲收到信知道他的真实情况，两人从此就再也不联系了，为此，他也后悔过不该把自己配不上她的三个缺陷如实相告，等到牛米煮成熟饭后岂奈他何？但那样做，他武三郎岂不是成了情场上的骗子，用五年的时间采取步步深入的方法博得姑娘的芳心，使她一步步地落入他精心布置的陷阱。他不能这样做，他是在部队这个大学校里培养出来的一名解放军军官，决不能这样做。对于信中要他做上门女婿的要求，倒是不成问题，他正愁没有一个现成的家。做上门女婿，这是老人传宗接代的思想作怪，姓氏只不过是一个人的符号，将来子女姓王姓武又有什么关系，姓王难道就不是他的孩子了吗？他对这点看得很淡。

武三郎给王晓莲的回信中确定了两人的关系，并告诉她，他已将两人的关系汇报给了组织，部队干部处将会派人到她的工作单位调查，获得组织批准后方能结婚。

部队干部处很快派人到王晓莲所在工作单位江西赣江棉纺织厂政工科调查来了，主要调查王晓莲本人政治上是否可靠，家庭及社会关系等有没有对国家及对部队造成危害，军属必须政治可靠、历史清白。

赣江棉纺织厂是赣江地区一个比较大的纺织企业，员工有八千多人，加上家属共有两万多人，坐落在赣江市近郊的龙山工业区，厂区面积1.5平方千米。离厂大门150米处有一条省道公路穿过，厂家属区在公路另一边与工厂隔路相望，沿公路两侧有各单位建的二至三层楼房，有银行分理处、税务所、邮政所、公安派出所、旅馆、招待所和各种类型的商店，也有私人建的住房，形成了上千米的公路街道，白天这条千米公路街道也还热闹，晚上则显得比较冷清，只有少量的汽车呼啸而过。

王晓莲的家就在公路街道旁，是自建的一个土坯结构的三间平瓦房，靠左侧的一间向前凸出了的地方是厨房、柴房和厕所，右侧是两间卧室，中间是堂屋，屋前有一个用竹片围起来的长12米、宽4米的小院子，这个房屋与街对面的棉纺织厂招待所正对着，隔街相望。

她的父亲是木匠出身，凭着一手木匠手艺成了棉纺织厂屈指可数的木匠工人。女儿结婚的日期定在农历八月初八，要收招女婿了，他日夜不停地正赶制家具。当下时兴的茉莉花床刚完成，还有一张虎脚五屉柜、一个带镜的高柜、一个梳妆台，都尚未完工，完工后还要油漆，时间只有一个月了，他不得不抓紧。

她的母亲是棉纺织厂织布车间的一名女工，唯一的掌上明珠要结婚了，做母亲的更是要倾其所有，尽其所能，况且女儿不是远嫁，仍留在身边，更应做得周全一些。她忙着给女儿准备八铺八盖，好让她一辈子用不完；又给女儿按春夏秋冬每季做了衣服，好让她一辈子穿不完，给女婿准备些什么呢？这倒难为她了，问女儿，女儿说他什么也不缺，部队都有发的。女婿上门来，总得表示表示吧。做衣服？身材不知。做鞋？脚多大不知。没有办法，只有等人来了再说。

八月初八结婚，一想到这个日子，武三郎的心里就像十五个吊桶打水七上八下，慌得很，他做梦也没有想到他这辈子竟遇到了这样痴情的女子愿意和他结为夫妻，只想着结婚后，一定要好好对待她，用自己毕生的精力，哪怕是生命，也要呵护她，对她的父母也要尽孝，好好报答他们，想到这些，初次登门应该给他们家带些什么呢，除了海产品，还应该准备什么？

"肖班长，你们班大多数都是有文化的人，给我出出主意，我初次上门应该给晓莲带什么？给她父母带什么？"武三郎自己拿不定主意，实在没辙，只好上宣传文体班找学生兵给他出主意来了。

"恭喜，排长要结婚了。给嫂子的礼物，结婚戒指是必须的。"侯金副班长肯定地说。

"哈哈，这回排长可要出血了。"曾爱发调侃着。

"所以要找你们讨教，我哪懂这些，钱这些年我存了一点，结婚是人生第一件大事，平时我不乱花钱，为的是这一次，该花的得花。"节俭出名的武三郎这次意外地显得大方起来。

武三郎把经组织批准结婚的证明早已寄给了王晓莲，要她把结婚证办好。农历八月初五他向张文彬政委请了结婚假，并请政委同意侯金陪他一同前往，待他结婚后，侯金再返回。他对这桩婚事底气不足，心里对自己三个缺陷有自知之明，不敢相信有女人会喜欢他。王晓莲寄给他的照片，他一天拿出来要看好几遍。从照片上看，王晓莲长得貌似天仙，他俩的悬殊太大了，她真的喜欢他吗？想到这些，他时常从梦中惊醒。

武三郎怀着忐忑不安的心情，在侯金的陪同下出发了。刚好艾大海要开学了，与他们一同启程，路上陪伴了一段，三人在江西樟树分了手。武三郎与侯金于八月初六住进了赣江棉纺织厂招待所。按照武三郎本人的意思，先侦察一下，了解情况后再去王晓莲家，为了不引人注意，两人都换了便装。

武三郎和侯金住的房间在棉纺织厂招待所的二楼，站在房间里，推开窗户能把王晓莲家看得一清二楚。王晓莲家现已是张灯结彩，一派喜气洋洋的景象，大门上贴着"千里姻缘一线牵，永结同心共婵娟"的对联，横批"百年好合"，窗户上贴满了大红喜字，院子上空拉着十多条彩带，增添了许多喜庆气氛。

八月初七，武三郎和侯金早早起床，看到王家喜庆氛围后，感到一切准备就绪，就等新女婿进门，明天举行婚礼了。

"排长，你看，嫂子从屋里出来了。"侯金在窗前用手指着喊道。

"是她，真的是她。"武三郎手里拿着照片对比着说。

"好漂亮的姑娘呀！"侯金惊呼道。

"比照片上还好看。"武三郎和王晓莲通了五年的信，这是第一次看到她本人，虽然隔了一条街，可一见真人，心就怦怦地跳。他揉了揉眼睛，再仔细看了又看，他真不敢相信，这个仙女般的姑娘就是王晓莲，同手里的照片一比就是她呀，不过比照片更好看。

"排长，排长……"侯金大声喊了几声。

武三郎听到喊声，才回过神来。"我到邮电所去打电话，请招待所的人让王晓莲接电话，你到电话边看着，看接电话的人是哪个。我要证实一下，接电话的王晓莲是不是刚才看见的这个人。"武三郎交代侯金说。

"你傻呀，照片上的人就是刚才看见的人。"侯金肯定地说。

"我要证实一下。"武三郎语气十分坚定。

"你去，你去，唉——"侯金摇了摇头，心想，今儿排长是不是中了邪，于是叹了一口气。

武三郎急忙跑到邮电所打电话去了，只一会儿工夫，招待所的人跑到对面让王晓莲接电话。

"你怎么还没到呀？"王晓莲拿起电话着急地说。

"我今天晚上，最迟明天早晨到。"武三郎在电话里回应道。

"明天上午十点举行婚礼，千万别误了时辰啊！"王晓莲叮嘱道。

"放心，误不了。"武三郎对着电话说。

"万事俱备，就等你新郎官到了。"王晓莲娇滴滴的声音传到武三郎的耳朵里。

"我会准时到的，再见！"武三郎放下听筒。

"再见。"躲在电话机旁的侯金听得真真切切，人也看得清清楚楚，武三郎回到招待所房间后，侯金将王晓莲的回话重复了一遍，证实了接电话的王晓莲就是刚两人站在房间里从窗外看到的王晓莲。

"多此一举！"侯金将证实的情况说完后，嘟噜了一句。

"嘿嘿，对不起！添麻烦了。"武三郎这才如梦初醒般。

傍晚，天渐渐黑了下来，经过一天的侦察，确定"敌情"无任何变化后，武三郎开始打扮起来。笔挺的军装，皮鞋擦得锃亮，特意在前后掌加高了两厘米，打扮得威武，手里提着一个包，侯金左右手各提着一个大帆布袋跟在后面，踏进了王家大门。

武三郎本来计划在婚礼举行的前一刻出现，来个突然袭击，让大家措手不及，想改变也不可能了，见到王晓莲后他改变了计划，这么好的姑娘，不能搞突然袭击，要让她提前见到他，如果想反悔也来得及，于是横下一条心——丑女婿迟早要见"公婆"的，壮着胆儿踏进了王家。

武三郎改变计划，还有另一个想法，他给王晓莲买的金戒指和给老人准备的礼物都要在婚礼前送去，以博得大家的好感支持。俗话说，吃人家嘴软，拿人家的手软，他也玩起送礼的套路。

王晓莲见两个军人进了家门，马上迎上去，可能是从照片上看多了，第一眼便认出武三郎："郎哥，你终于到了。"

天天盼夜夜想的人终于来了，她的一颗心放下来了，忙喊道："妈，爸，三郎到了。"

听到女儿的喊声，王晓莲的父母忙从厨房走到堂屋。

"这是我爸。"王晓莲介绍说。

"爸爸好！"武三郎双腿站直，敬了个军礼。

"叔叔好！"侯金跟着敬了军礼说。

"这是我妈。"王晓莲接着介绍说。

"妈妈好！"武三郎立正敬礼。

"阿姨好！"侯金也跟着敬了礼，又转向王晓莲敬礼说，"大嫂好！他是我们排长武三郎，我是他手下的兵，叫侯金。"

"莲妹，请伸出你的右手。"武三郎单腿跪在地上，拿出了一枚金灿灿的戒指，为这一跪，侯金要武三郎演练了多次，然后起身要给王晓莲戴上时，王晓莲一手抢过，羞答答地跑进房去。

"坐，坐呀，还没吃饭吧，老头子，赶快弄饭去。"王母使了眼色说。

"不用麻烦，我们吃过了。"武三郎谢过。

"喝茶，喝茶，一路辛苦了。"丈母娘看女婿，再丑也喜欢。

"叔叔，这是我们排长特意带来的海产品，干墨鱼、带鱼、虾皮等请您收下。"侯金把一个大帆布袋交给了王父说。

说话间，王家的亲戚闻讯新女婿到了，陆陆续续都赶来看上门女婿。

"这是大伯、三叔、小姑妈、大姨……"王母指着进到堂屋的长辈逐一做了介绍。

王母每介绍一个，武三郎就敬一个军礼，并从帆布袋里拿出喜糖和喜烟敬上。

大家寒暄了一阵后，武三郎便和侯金从王家回到招待所，一进房间门，武三郎急忙摘下帽子，解开衣服说："好热啊！"

"你是太紧张了。"侯金说。

"总算过了见面这一关。"武三郎伸了个懒腰，长长叹了口气说。

"你快去洗个澡，明天结婚呢，别一身臭气。"侯金催促道。

武三郎洗澡去了，一边走一边想，但愿明天一切顺利，他祈祷着。

王家的亲戚们待武三郎和侯金走后，议论开来。

"看样子人还老实忠厚。"大伯开腔了。

"就是人太矮了点，长得丑了点。"大姨说。

"和莲妹子太不般配了，是老夫少妻嘛！"三婶娘直率地说。

"人家愿意倒插门也很不错，别挑肥拣瘦了。"大舅觉得一个解放军军官能屈身到王家就了不起。

"你们都是吃干鱼讲咸（闲）话，人是莲妹自个挑的，明天就要结婚了，现在说什么都太晚了，但愿他对咱莲妹子一片真心，对莲妹子好就行。"三叔制止大家说。

"只要人好，别的都不重要。"王母说。这句话终止了大家的谈论，各自散去。

农历八月初八，按照约定，早晨八点武三郎、王晓莲两人赶到民政所领了结婚证。之前，王晓莲拿着证明来领过，民政所要两人都在才行，所以没办成，之后两人又到照相馆照了结婚照，十点之前，匆匆赶回了王家。

新娘子王晓莲今天打扮得楚楚动人，手上戒指在阳光的折射下发出耀眼的光芒，红润的瓜子脸显现出一丝文静、羞涩。

十点整，婚礼在王家院子里举行，主持婚礼的是王晓莲工作所在班的任大姐，她首先宣读结婚证书，以此告示众人他俩已经批准结为夫妻，接着两位新人拜天地，拜父母，并献上改口茶，表示武三郎已成为王家的上门女婿，夫妻对拜后，王晓莲所在细纱车间主任代表组织讲话，送来祝福，三叔作为亲属代表欢迎武三郎成为王家的一员，好友代表胡蓉祝他们夫妻美满幸福。

侯金的任务完成后，就告别王家，返回部队了，而武三郎继续享受他的婚假。

这几天，武三郎在王家也没闲着，早晨把牙膏挤好，洗脸水打好，让莲妹起床后洗漱；早饭他上厨房弄好，摆在堂屋里等全家人一起吃；莲妹和母亲上街买东西，他站在一旁等买好后急忙上前付款，将买好的东西提回家；更是上屋检查瓦片，到屋后菜园翻地锄草，把王家里里外外拾掇得干干净净。王母心痛女婿，劝他歇会儿，他总是傻笑着说："不累。"

其实，王晓莲在见到武三郎的第一眼时，她犹豫了一下，但结婚后，他对她既敬重又体贴，令她十分感动，他忠厚、坦诚，没有半点虚情假意，对她的感情是真挚的，是可以放心托付一生的人，他就算有再多的不足，今后他也是她的天，她也要和他白头偕老。

现在，两人百般体贴，相互关怀，无微不至，感情达到如漆似胶的状态，出门牵着手，走路挽着手臂，对旁人的称赞一笑了之，对路人议论泰然处之。武三郎特别开心，心想：即使我再矮、再黑、再丑，我也有人爱，说什么鲜花插在牛粪上，我喜欢我愿意，一切闲言碎语由他说去，我们过得快乐幸福，比什么都好。

每天晚上睡觉前，郎哥总是把被子铺好，侍候莲妹洗脸洗脚，将莲妹抱上床后，自己再洗漱，莲妹喜欢郎哥搂着她，躺在他怀里入睡。这天晚上睡到后半夜，莲妹起夜时，郎哥惊醒正要开灯，突然看到窗外一个人影闪过，郎哥猛吃一惊，情急之下一手推开正好坐在他大腿的莲妹，翻身下床后，冲向房门要去抓贼，背后却传来莲妹"哎哟"的痛苦叫声，他只好转身去看她，不停地说："对不起，对不起，伤到哪里没有？"

幸好人没伤到，只是惊吓得不轻，她心里还在怦怦地跳，只是看着他焦急的样子，嗔怪道："你老婆重要还是抓贼重要？""对不起，我一时急糊涂了，当然老婆要紧！"郎哥开始的本能反应是要去抓贼，才下意识推了她一下，听到"哎哟"的喊声急转身抱老婆，看来还是老婆重要。

"这还差不多！"莲妹用指头点了点郎哥的额头说。

几天后，小偷被抓到，公安人员到王家调查时，王家的人才知道，小偷早就在结婚那天就看到了王晓莲戴的金戒指，猜测王家富有了，这几晚一直在等机会行动。

五、保卫军婚

一天下午，王晓莲工作班的几个姐妹女工相邀到王家看望新婚的伙伴，王晓莲结婚那天，这几个姐妹原本也要闹洞房的，由于当天是晚班，没闹成，今儿要到她家热闹一下。王晓莲自然以主人的身份摆上一些糖果、花生、瓜子、糕点、水果等热情接待，几个女人在一起说说笑笑，好不热闹。

"莲妹子，你的金戒指是你家那位送的吧，你们看，这戒指一看就足量，对你好着呢。"

"这得多少钱呀？"

"那你也找个，让他给你买？"

"是呀，莲妹妹，听说部队里好多人还都是光棍，咱厂子里这么多单身女性，你给牵牵线呀！"

"对了，莲妹妹，外面传疯了，说你半夜起来时发现有小偷，你家那位推开你就去抓小偷了，你没问是老婆重要还是抓小偷重要？"

"是呀，你老实交代，你当时怎么想的，问了没有？"

"我问了，三郎说当然是老婆重要，只是当时看有小偷才急着去抓小偷的，听到我哎哟一喊，他又急忙回过身将我抱起。"王晓莲被众姐妹说得满脸绯红，羞答答地说。

"我说嘛，来的时候，他们还同我争，表示那种情况之下抓小偷重要，我说老婆重要！"

众姐妹为武三郎该不该推开媳妇去抓小偷争论起来，争来论去没有个结果。

"好了，别争了，这件事说明小俩口感情深。"一个结婚的老大姐总结说。

七嘴八舌，叽叽喳喳，闹腾了一下午，糖果、糕点一扫而光，花生、瓜子壳撒了一地，喝了一肚子水，王家留这些姐妹吃了晚饭再走，可大家哪还吃得下。

武三郎在这些姐妹面前，插不上嘴，只有添茶倒水站在一旁傻笑。

姐妹们嘻嘻哈哈地离开王家，武三郎和王晓莲两口子出于礼貌，送她们出门。

第二天上午，前线报记者郑能燮和侯金就住进了赣江棉纺织厂招待所，还把武三郎叫了过来。

原来侯金回部队后，将武三郎千里姻缘一线牵的喜事说给众人听，正好被来岛上办事的郑记者听到了，对此事很感兴趣，对于武三郎而言是幸运，但王晓莲能够做出这样的选择，众人更是对她充满称赞，于是向张文彬政委汇报后，申请过来采访，由侯金陪同。

听了侯金的话，武三郎心领神会，也很高兴，便邀请两人到王家吃晚饭，他要盛情招待一番。王家刚举办过婚礼，还有股喜庆氛围。晚饭准备得十分丰盛，都是本地风味，女主人王晓莲美丽大方，热情招待，而一瞧男主人，又矮又黑，不由得想起"鲜花插在牛粪上"的话来。

晚餐宾主尽欢，饭后，王晓莲又重新给大家泡了茶，正要离开时，郑能燮记者不忘自己记者的本能，拿出本本，叫住她问道："王晓莲同志，你能先说说你和武三郎的恋爱史吗？"

"我和三郎相识是由一封慰问信开始的，那时我还是个读小学六年级的小姑娘，出于对解放军的崇敬，我把一封慰问信和自己绣的鞋垫一同寄给前线部队。这封信和鞋垫正好被武三郎收到了，他给我回了信，就这样我们建立了联系。开始三郎还不会写信，请别人代写的，后来他们排里来了几个学生兵，他就拜他们为师，下决心识字、写字，后来学会了就亲手给我写信。五年来，我们书信不断，相互通了两百多封信，相互鼓励、帮助，渐渐产生了感情，两个人心灵相通撞击出了爱情的火花。"王晓莲回忆起通信的过程，心里甜甜的。

"你们结婚前见过面吗？"郑记者问。

"没有。"王晓莲如实回答。

"你知道他有多大、多高吗？"郑记者又问。

"结婚前，他都有如实告诉我，一说他长得又矮又丑，二说他比我大10岁，三说他文化程度低，与我相比差距太大，不般配。"王晓莲回答说。

"你怎么回答？"郑记者再问。

"我给他回信中说，我的标准只有一个，人好就行。我从五年的通信中了解到三郎他忠厚、坦诚，而且从来信中感觉到他心地善良，他非常爱我，但又怕配不上我，只把我当妹妹一样呵护。"王晓莲回答说。

"你们见面前，相互都有对方的照片吗？"郑记者进一步问。

"有，他有我的半身照，我开始只有他的半身照，后来他为了证实他矮，又给我寄来了全身照，证明他没有骗我。"王晓莲说。

"你们见面后，你怎么想的？"郑记者有点打破砂锅问到底。

"见面后，我看到他又矮又黑，心里也有犹豫，特别是结婚后，私下听到有人议论，说他不好，配不上我时，要说心里一点不在意，也是不可能的，但我们五年来建立的感情想忘也忘不了，想抹也抹不去。我是怀着对解放军的崇敬与他相识，是建立在对解放军爱的基础上的，他把部队当作他的家、他的依靠、他的生命。他说，他之所以把他的三个缺陷告诉我，除了证明他没有欺骗我之外，更主要的是不能因为他的不诚实而破坏解放军在我心目中的美好形象，除了第一次见面和结婚仪式上他穿了军装，平时他都穿便服，他说不能因为他的形象影响解放军在老百姓心中的好形象。他时时处处都在维护解放军的形象，他从没有欺骗我，用一颗闪亮的心对我，他光明磊落，这样的人我信得过，正如我崇敬的解放军一样，他年龄再大、人再丑我也爱。结婚后，他不仅爱我，呵护我，从不做我不愿意的事，每时每刻替我着想，更是对我爸妈如亲生爸妈般好。从他的一言一行中我看到他为人忠厚、坦诚，是值得托付一生的人。所以，我不再彷徨、不再犹豫，下决心一辈子跟着他，对他好。"王晓莲讲述得真情动人。

"嫂子，谢谢您，您对武三郎的爱诠释了对解放军的那份真挚的爱，您是一位平凡而又伟大的军嫂。"侯金站起身立正，向王晓莲敬了个军礼。

众人听后无不感动，不约而同地鼓起掌来。

武三郎在厨房，没有听到这番对话，刚把切好的一大盘西瓜端上桌，正要问问发生了什么事，郑记者却先开了口。

"武三郎同志，听说你是自愿倒插门当上门女婿的，是吗？"郑记者问。

"报告，是的。"武三郎立正答道。

"今天在你家里，你是主人，不必拘束，说说你是怎么想的？"郑记者问。

"报告，我是个孤儿，部队就是我的家，我做上门女婿，又有了一个新的小家。姓氏只是个符号，我没有传宗接代的老思想，将来孩子姓王，他也是我的孩子，有啥好计较的？"武三郎答得很干脆。

"王晓莲同志说你把你三个配不上她的弱点如实写信告诉了她，难道你就不怕从此两个人就断了？"郑记者又问。

"不能因为怕就欺骗她，破坏解放军在她心目中的形象，她知道我三个配不上她的缺陷后，就和我断了，证明她不再爱我，我也不能强求。"武三郎回答说。

"你农历八月初八结婚，八月初七，住在招待所侦察了一天，晚上才到王家和晓莲同志见面，为什么？"郑记者从侯金口中得到这一消息提问道。

"说老实话，我是怀着忐忑不安的心情来赴约结婚的，我这副模样实在不敢相信有姑娘会看上我。我底气不足，不敢贸然上门，从招待所窗户朝外看到爱我的王晓莲竟是个天仙般美女，我心里更加惶恐，一直挨到晚上想着丑女婿迟早要见公婆，在侯金的陪伴下，鼓足勇气、硬着头皮、壮着胆才踏进王家门的。倘若见到我后王家反悔，第二天取消婚礼还来得及，我也做了绝不勉强的思想准备，做不成夫妻仍然可以做朋友，我还会把王晓莲当妹妹看待。不怕大家笑话，我是对自己没有信心才那样做的。"武三郎慢吞吞地讲出了他的矛盾心理。

"难得，一个男人能做到这样了不起，你是从内心爱她，我很佩服你。"郑记者由衷地赞叹道。

在场所有的人听后，无不感到武三郎对王晓莲的爱是那样的纯洁、高尚，都鼓起掌来。

"我也不知道啥叫爱，没见到莲妹前，我一天到晚牵肠挂肚想着她，有时像丢了魂似的，她一个仙女样的姑娘肯嫁给我，让我非常感动，我决心一辈子对她好，决不让她有半点委屈和勉强。"武三郎掏心说。

郑能燮记者从军婚的角度，将武三郎千里得良缘的事件写了篇通讯报道，发表在江西日报和福建日报上，在社会上引起了巨大反响，让当时的很多未婚姑娘都想找解放军谈恋爱。那会儿当解放军的堂客光荣，做军人的妻子安全，非解放军不嫁成了一种风尚，而棉纺厂的女工托武三郎夫妇帮她们在部队找对象的人一个接一个，使得夫妻俩不知咋办才好。解放军在人们心目中的形象进一步高大起来，军人成了女性择偶的第一选择。

武三郎的婚假眼看要到期回部队了，两口子新婚宴尔，显出一幅难舍难分的样子，王家父母看到很是心痛，王父为了尽快抱上孙子，便要女儿请了探亲假陪同女婿一道回部队去。

武三郎在娇妻陪同下，来到团部所在地间峡，打算从这里坐船回同心岛去，但因天气原因，船不能启航，只能滞留在团招待所等待通航。

"报告，我回来了。"武三郎夫妇在招待所刚住下，意外地见到来团里开会的政委张文彬，武三郎跑上前报告说。

"武三郎，恭喜你双喜临门，新婚大喜刚过，又被提升为步兵二连的中尉副连长了。"张文彬握着武三郎的手道喜道。

武三郎闻言，很是高兴，又招呼妻子上前，做了介绍。

"张政委，您好！"王晓莲也上前行礼道。

"王晓莲同志，欢迎你来部队。"张文彬见到王晓莲颇感意外，笑盈盈地说。

"我早就想来部队看看，听三郎说他生活的海岛和敌岛面对面，只一水之隔，我想体验一下，身处前线的紧张感，也想看看大海是什么样子。"王晓莲有些激动。

"你这个想法很好，作为军人的妻子能亲自体验一下军人的生活，对理解军人是有好处的。"张文彬看了一下手表接着说，"对不起，我要开会去了。"

武三郎陪同妻子来到海边，站在一个陡峭的山崖上瞭望大海。

这是王晓莲第一次见到大海，看到一望无际的大海，有一种豁然开朗的感觉，汹涌澎湃和永不停息的波涛召唤着勇敢者去搏击，给人以力量，催人奋进，带有海腥味的海风，把她披在身后的长发吹起，仿佛要掠海飞去。

武三郎为了让妻子开心，跑到下面沙滩去捡五颜六色的贝壳去了。

王晓莲伫立在山崖上，被大海的磅礴气势震撼了，久久不肯离去。

张文彬政委见到王晓莲后，又想起郑记者的那篇文章，心里突然冒出一个想法，何不趁王晓莲来部队的这个机会，请她讲讲和武三郎的恋爱史，让广大官兵更加安心在部队工作，通过现身说法，比开会务虚更有效果。他将这一想法向团政委韩道政请示，得到支持，并征得了王晓莲的同意。在一次团会议后，特邀王晓莲讲述了她和武三郎的恋爱史，对安抚士兵情绪起到了意想不到的效果。

六、双簧武三郎结婚

"文彬，你下基层任职有两年多了吧？"政治部主任罗大成少将问。

"三年多了。"张文彬回答说。

"好快呀，这三年多你搞得不错，把一个营的军政搞得有声有色。军民联防也搞得很好，军区领导对你的表现都很满意，决定调你回来，担任宣传处处长。"罗大成主任对张文彬的工作给予了肯定，并将把他提升为政治部宣传处上校处长的决定通知了他。

"在同心岛三年多，与官兵和地方建立了深厚感情，要我离开，还真舍不得走！总得让我把工作安排好了再走吧。"张文彬喜忧参半地说。

"给你四个月的时间，把工作交接好，最迟明年春节后报到。"罗主任说。

"我服从组织安排。"张文彬觉得四个月的时间够宽裕了，便回答说。

张文彬得知自己要回宣传处了，心里盘算着总得给岛上官兵和岛民留下点什么，想来想去，只有搞一台春节文艺晚会，让全岛军民过一个愉快的春节，于是他把这个任务交给了艾大海。

"大海，明年过完春节，我就要离开同心岛到军区宣传处报到了，我想办台晚会，让岛上军民过个欢快的春节，这个任务交给你，你与姚向英商量一下怎么把这台晚会办好。"张文彬说。

"往年的文体比赛呢？"艾大海问。

"照常进行，只加一台由战士业余文艺演出队单独演出的文艺晚会。"张文彬讲明了他的想法。

"战士业余文艺演出队就现有的节目而言，要准备一台晚会很难，我回学校考虑清楚了，写信告诉姚向英和他研究一下，离春节还有四个多月，从现在开始筹备，我想问题不会太大。"艾大海说。

"对你的学习不会有影响吧？"张文彬关切地问。

"我会克服的。"艾大海说。

艾大海回到学校已是大三的学生了，第一年保留学籍在部队自学，这两年在校学习他都非常刻苦，成绩也是名列前茅。两年中，每逢暑假他都回到部队履行一个宣传干事的职责，协助宣传文体班，把报纸广播办好，把全营的文体活动开展好。

国庆节放假休息，李平波推开男寝室的门责怪道："艾大海，你一个人在寝室里干什么？这么用功？"

　　"我们政委交给我一个任务，要战士演出队演一台晚会，我正忙着写一个剧本呢。"

　　"走，学校剧团排练了好些节目，今天演出去看看，兴许对你有启发，劳逸结合嘛。"李平波硬拽着艾大海陪她一起去看。

　　"别拉别拉，我陪你去就是，孤男寡女在寝室拉拉扯扯像什么样子。"艾大海推开李平波说。

　　"怕什么，你一个有妇之夫还怕我这个黄花大闺女勾引你不成，我和夏冬梅有君子协定，决不会抢她的男人。"李平波坦荡地说。

　　"我一直把你当妹妹一样看待，但这样对你影响不好吧。"艾大海说。

　　"心里无私天地宽，我们从高中到大学是六年的同班同学，我承认我以前喜欢过你，但那也只是以前。"李平波直言不讳道。

　　"好同学，好妹妹，我谢谢你。好了，我答应陪你去看演出行了吧。"艾大海见李平波态度认真严肃，立即缓和口气说。

　　两人相伴来到学校剧场，看完演出，人们都离场散去，艾大海还沉浸在演出节目之中。

　　"走啦，你还发什么呆？"李平波催促道。

　　"啊，散场了，不急，你陪我去找剧社的社长行不？"艾大海猛然醒来似的说。

　　"干啥？"

　　"去了就知道了。"

　　艾大海急忙走到剧场后台找到剧社社长，说："李社长，恭喜你们演出成功。"

　　"请多提意见。"剧社李社长见艾大海来了，客气地说。

　　"李社长，我请求你个事，《春来茶馆》的剧本有多的吗？"艾大海期盼地问。

　　"你想干啥？"

　　"我想将这个剧本寄到海岛去，让我们部队战士业余演出队进行演出。"艾大海坦白地说。

　　"你这个想法好，我支持。"李社长是大四的学生，听说后高兴地将《春来茶馆》的剧本交给艾大海说，"送给你。"

　　"谢谢。"艾大海翻了翻剧本问，"曲子呢？"

　　"曲子是京剧唱腔改编而成的，我去给你拿来。"李社长急忙拿来曲子交给艾大海说，"这个剧本加谱曲我们也是从别的剧团抄来重印的，还有布景和剧照，这些都送给你，祝你们演出成功！"

"谢谢，太谢谢了。"艾大海向李社长鞠躬，握着李社长的手说。

"怎么样，邀你来看演出，我说兴许对你有启发，没白来吧？"离开剧社后回来的路上，李平波邀功说。

"妹妹，谢谢你，春节文艺晚会的节目又多了一个，看了他们的话剧，对我有启发，我准备写一个话剧，表现学生兵在部队成长的过程，这样一台文艺晚会的节目就不愁了，张政委交代的任务可以完成了。"艾大海高兴地说。

"需要我帮忙吗？"李平波问。

"我已写了双簧《武三郎结婚》的剧本，你先拿去看看，帮我修改一下，话剧剧本写好后，你也帮我提提意见，先谢了。"艾大海说。

"那我可是你大作的第一个读者哟，不胜荣幸。"李平波兴奋地回答。

李平波看了双簧《武三郎结婚》剧本后，感动得热泪盈眶，几天后《唱响青春》四幕话剧也脱稿了，李平波再次先睹为快。

"大海，你的两个大作我都看了，双簧《武三郎结婚》这个剧本很好，我被武三郎和王晓莲两人的纯贞爱情所感动，这个剧本教育了我，要有大爱无私的奉献精神。以前在处理我和你的关系上我是小爱，所以多少带了些私心杂念，现在我明白了，我要做一个纯洁、崇高的人，放心吧，往后我一定把你当成我崇敬的大哥，用大爱和你相处。"李平波掏心窝地说。

"妹妹，你这样想我就放心了，谢谢你。"艾大海接着说，"谈谈你对话剧的看法。"

"唱响青春四幕话剧，第一幕磨砺，很好；第二幕价值，我觉得口号式大道理过多，但我也想不出改进的办法；第三幕闪光，你根据学生兵的特长办报纸、建广播站、办学校、开展文体活动剧的内容很充实，我提不出啥意见；第四幕唱响青春，你把以雷锋为榜样立足本职，从点滴做起，把有限的生命投入无限地为人民服务之中去，做个永不生锈的螺丝钉。建议最后用《唱响青春》这首歌结束前后烘托，表达主题会更好。"李平波谈了她的看法。

"你提的建议很好，尤其第二幕避免口号式的大道理，我也想了很久，如何体现我们守卫海岛的人生价值观，为此我冥思苦想，总找不出好办法。"艾大海苦恼地说。

"这一幕，如果能用实事说话，证明守卫祖国大门的重要性，体现守卫海疆的价值会更好一点。"李平波说。

"这个主意好。"艾大海一拍脑壳，高兴地跳了起来，接着又说，"第四幕抗台风直接派人去救更显场面的惊险。好，我们有现成的《唱响青春》这首歌，用它来结尾能前后呼应表达主题。"当晚，艾大海修改完话剧，就给姚向英写信了。

向英：

　　张政委交代，由战士业余文艺演出队单独搞一台春节文艺晚会。我考虑了一下，演出队就现有的节目群口快板、表演唱、三句半、相声等这些小而精的节目，虽受官兵们喜闻乐见，但分量不够，且撑不了一台晚会。现寄来我刚创作的双簧《武三郎结婚》和话剧《唱响青春》这两个剧本，供演出队排练。另寄上京剧《春来茶馆》的剧本，这个剧本我们学校剧社刚演出时，我看过，很适合我们演出队。这个戏的剧照我一并寄来，请爱发画一幅具有江南水乡的"春来茶馆"布景。有了双簧《武三郎结婚》、京剧《春来茶馆》、话剧《唱响青春》这三个主要节目，一台晚会自然不愁了。离春节还有四个月，从现在抓紧筹备和排练，我想应该不成问题，一放寒假我会赶回来看你们的彩排。

　　姚向英接到艾大海的来信后，将信和三个剧本一同转给营直属排排长肖剑、宣传文体班班长侯金和副班长曾爱发都看了。艾大海创作的双簧《武三郎结婚》和四幕话剧《唱响青春》都很好，寄来的京剧《春来茶馆》也很适合演出队演出。几个人经过商量，一致认为艾大海的建议可行。姚向英又召集演出队队员征求意见，队员们听说要排练话剧都非常赞同，积极性高涨，个个都自告奋勇要在剧中担任角色，女民兵排听说演出队要在她们中挑选演员，个个都踊跃报名想成为剧组演员。

　　姚向英组织战士业余演出队利用星期六、星期天排练话剧《唱响青春》，每天晚上他和侯金排练双簧《武三郎结婚》又和曾爱发排练京剧《春来茶馆》，众人都十分认真地对待排练。

　　曾爱发利用一切空余时间忙着画茫茫孤岛的布景供话剧演出时用，又对照剧照画了湖乡特色的春来茶馆的布景供京剧《春来茶馆》演出用，也是废寝忘食。

　　一晃三个多月过去了。艾大海一放寒假就赶回了同心岛，听张政委介绍王晓莲到部队作报告的情况后，又把一这段补充到双簧《武三郎结婚》剧本中去了。看了话剧《唱响青春》的排练，艾大海觉得剧本在有些地方还不够完美，在排练过程中又做了些修改使其效果更佳。

　　春节到了，同心岛上的官兵仍像往年一样，举办了歌咏大赛、文体活动比赛，搞得热闹非凡。

大年初一，军区歌舞团到海岛慰问演出来到了同心岛。

"刘团长，你们一路辛苦了，今晚歌舞团休息一下，先看看我们营的战士业余文艺演出队的演出，提提意见，帮助我们辅导提高。"张文彬政委建议说。

"张处长，来到贵岛肯定听您的，我还盼您赶快到军区上任哩！今后得多关照呀。"刘团长调侃道。

"彼此，彼此，咱俩还客套啥！"张文彬说道。

"盼着你上任，听你张处长领导呀！"刘团长谦虚地说。

晚上，同心岛战士业余文艺演出队在步兵二连搭建的舞台正式演出了。

步兵二连操场上，篮球架移到边上了，前面摆了三排小马扎椅供军区歌舞团人员和大澳公社各级领导坐，后面坐满了自带小马扎椅的各连官兵，三面缓坡的山上坐满了岛民。

演出开始前，按惯例便是拉歌，气氛顿时热闹起来。

"同心岛战士业余文艺演出队向全体官兵汇报和慰问全体岛民文艺晚会现在开始。第一个节目，双簧《武三郎结婚》。"主持人艾大海拿着麦克风大声宣布。

在主持人的示意下，侯金和姚向英两人上台向大家敬了礼，艾大海顺手将麦克风给姚向英，姚向英便蹲在侯金的椅子背后，侯金坐下后，把军帽往口袋里一揣，拿出一个冲天炮似的假发往光头上迅速戴好，又从椅子边一盒痱子粉里用圆扁球往眉心一按，当场化妆成丑角样，向观众眨了眨眼，嘿嘿两声，做着手势张口道："我叫武三郎，大伙别笑，我就是矮点、黑点，没法子，爹妈给的，生就这副模样，长得丑。"

侯金只张口做手势，躲在背后的姚向英讲话，这种表演形式要求前后两人配合默契，恰到好处，观众感到新奇，加之侯金的表演滑稽幽默，一开就把观众吸引住了。

"诸位，我可不是《水浒传》中卖烧饼的武大郎，我只是身材长得结实，矮墩墩的、黑不溜秋的，有点像武大郎而已，是不是他的后代那我就不晓得了，我的堂客叫王晓莲，对我忠贞不贰，不信？那你听我慢慢道来。"

"我和王晓莲相识缘起于一封慰问信……"

双簧表演了一段，观众爆发出热烈掌声，侯金站起来弯腰行礼，欲离后又坐下来。

"什么，要我老婆王晓莲也讲一下，莲妹大家都要求你讲，你看咋办？嘿嘿，你看大家的掌声这么热烈，盛情难却，你就讲几句吧！"

台下观众掌声不断，有人大声喊："军嫂、军嫂。"

姚向英这时用女人的声音讲起来："我叫王晓莲，是武三郎的堂客！"

表演的仍是侯金，但传出来的话却是女人的声音，台下观众顿感好奇，爆发出雷鸣般的掌声，侯金故意傻笑一会儿，待全场安静下来，才说道："大家看我的模样长得好看不？"

台下应道："好看。"

"三郎说我长得像天仙一样好看。我和三郎结婚不少人说一朵鲜花插在牛屎上，我不这么认为。他就像我们家的祖传青花瓷花瓶，纯真、朴实，美丽是个无价之宝，我这朵鲜花插在青花瓷瓶里二者十分般配。我成为一名军嫂，我感到十分荣幸和自豪，这次到海岛来探亲，看到解放军官兵为了祖国的安宁日夜守卫海疆，不辞辛劳，不畏牺牲。我代表后方的人民在这里说一声，你们辛苦了，谢谢，是你们的这种奉献精神，才使我们安居乐业，永享太平。同时也感到了作为军人的妻子，一定要忠于丈夫，恪守妇道，借此机会，我郑重承诺：一定要做一个合格的军人妻子，永远忠于丈夫，教育好子女，孝敬父母，努力工作，让丈夫安心保卫祖国。谢谢！"

双簧《武三郎结婚》，侯金滑稽幽默的表演获得了观众一次又一次掌声，而姚向英用女声讲话时，台下观众无不惊叹，报以热烈掌声。

"张处长这个节目哪来的？它不仅有很强的艺术性和娱乐性，而且还有深刻的教育意义。"前坐在张文彬左边身旁的前线歌舞团上校刘团长待双簧《武三郎结婚》演出结束后问。

"这个节目是反映我们步兵二连副连长武三郎结婚的真人真事，由我们营的宣传干事艾大海创作的。"张文彬回答说。

"第二个节目，京剧《春来茶馆》。"主持人艾大海上台报幕说。

"刘团长，就是他写的。"张文彬指着艾大海介绍说。

台上出现了具有湖乡特色的布景，布景画面十分逼真，有山有水，有芦苇荡，右边立个门框，挂着春来茶馆的牌子。

姚向英饰演的阿庆嫂落落大方，沉着机智，女声唱腔时而婉转，时而铿锵有力，表演惟妙惟肖。曾爱发扮演的刁德一阴险狡诈，侯金饰演胡传魁把草包莽夫都充分地演了出来，音乐伴奏仅一把京胡。

"这个剧本哪来的？"刘团长好奇地问张文彬。

"这是正在上大学的艾大海从他们学校剧社要了剧本寄来的。"张文彬说。

"他还在读书？"刘团长纳闷地问。

"他当年是应届高考毕业生，因为紧急战备放弃了考大学才当兵的，学校保送他上大学，到部队接到了大学录取通知书，当时形势紧，又不能到大学报到，只好保留学籍一年，第二年才跟班上大二，现是大三的学生。不过，每年的暑假他都回到部队履行一个宣传干事的职责。"张文彬介绍说。

"刘团长，你们专业剧团演出就不一样，这个京剧演得真好。"坐在张文彬右边的大澳公社社长林阿水夸道。

"林社长，这不是我们演的，是岛上战士业余文艺演出队演的。"刘团长解释说。

"那个阿庆嫂是你们的人吧？"林阿水社长还是不相信地问。

"阿水社长，演阿庆嫂的人化了妆你就不认得了，他是经常去大澳小学上课的姚向英老师呀，刁德一是曾爱发扮的，胡传魁是侯金演的。"张文彬笑着说。

"是他们三个呀，姚老师演的阿庆嫂唱得好，演得也好。曾爱发和侯金两人也演得好、唱得好。"林阿水社长赞不绝口，他简直不敢相信。

第三个节目，话剧《唱响青春》。

台上出现了茫茫大海孤岛的布景，布景上惊涛骇浪，一座孤岛被茫茫大海包围，若隐若现的大陆，依稀可见的敌岛。整个布景气势恢宏，给人仿佛置身前线的感觉。

话剧第一幕：磨砺。以五个学生兵刚入伍扛水泥、大米……历经磨难为场景。

话剧第二幕：价值。以新兵企图逃跑开小差为背景，演绎守岛人的不易……一场人生价值的大讨论。

话剧第三幕：闪光。以新兵在部队成长并体现出每个人都起到自己的作用……说明是金子总会发光的。

话剧第四幕：青春。以雷锋为榜样，立足本职，从点滴做起，把有限的生命投入无限地为人民服务中去，做一颗永不生锈的螺丝钉……

演出最后用《唱响青春》这首歌结束时，台上合唱，台下四营官兵都起身一起唱，热情空前高涨。谢幕时，台下观众群情激昂，使演出获得极大成功，赞扬声不断。看了整台晚会的演出，军区前线歌舞团的刘团长激动不已，带着歌舞团全体演员走上台，向战士业余演出队一一握手，表示热烈的祝贺。

"你们的演出太好了，获得圆满成功，祝贺你们。"

"一个战士业余演出队能演这么好的一台晚会，不简单呀！"

……

歌舞团的演员们深受震撼，一个个都赞不绝口。

"我们是下部队慰问演出的，今天看了你们的演出，我们明天都不敢演出了。"刘团长谦虚地说。

"还请你们多提意见呀。"张文彬虚心地说。

"你这儿真是卧虎藏龙，人才济济。阿庆嫂的扮演者姚向英，画布景的曾爱发两个人我是要定了，你可不能卡着不放人啰。编剧艾大海在读书，我要不了，太遗憾了。"刘团长说。

"你一来就挖墙脚，这事等我同现任营长耿大彪、教导员文春山商量一下，至少等我到军区宣传处报到后再说。"张文彬为难地说。

"这个战士文艺业余演出队，我带出去到沿海巡回演出一个月，这个要求不过分吧？"刘团长说。

"支持，不过你得送些乐器给演出队，并辅导提高他们。"张文彬借此也提出条件。

"要乐器可以，辅导我们有责任，成交。"刘团长爽快地答应了。

刘团长和张文彬谈话后，又专门找艾大海聊他的作品。

"艾干事，你创作的双簧《武三郎结婚》和四幕话剧《唱响青春》可以让我们歌舞团也排练吗？"刘团长征询问。

"可以！"艾大海立刻答应。

"你怎么创作出来这么好的作品的？"刘团长又问。

"都是以我们身边的故事为原型，反映的是在部队这个大熔炉成长的过程，扎根于部队基层的沃土中，有丰富的生活素材，写起来自然得心应手。"艾大海发自肺腑说。

第七章　勿忘初心

一、人才

春节刚过，张文彬政委到军区政治部宣传处担任处长的调令就到了，临走前，耿大彪营长、文春山教导员特意找张文彬征询营直属排排长人选的意见。

"老政委，肖剑排长到炮校学习后，营直属排长位置一直空着，您看由谁来接替合适？"耿大彪征询说。

"老政委，您走前把所有工作都安排好了，特别对排以上干部的人事调整，我和耿营长都非常满意。营直属排排长人选，本来不应该再麻烦您的，我们想从直属排几个班长中提一下，但我和营长的意见不统一，想听您的意见。"文春山教导员说。

"营直属排排长的人选，据我观察，侯金在几个班长中比较突出，你们认为呢？"张文彬说。

"侯金论能力和水平没得讲的，就是有点油腔滑调，常常没正形。"耿大彪担心地说。

"提侯金当营直属排长我同意，别看他油腔滑调的，但交代他任务他都不会含糊，想办法也要完成，很是精明能干。表面看他没正形，实际上原则性极强，人缘关系好，我相信他领导一个排完全能胜任。"文春山附和张政委的提议。

"现在艾大海上大学了，肖剑又去炮校学习了，若侯金当了排长，三任班长都离开宣传文体班了。春节时前线歌舞团来岛慰问演出，看了战士业余演出队演出后，刘团长点名要姚向英、曾爱发调到歌舞团去，这样宣传文体班原来五个学生兵都走了。这几年从新兵中补充了几个文化程度较高的人到宣传文体班来，把报纸、广播站都接上手了。宣传文体班还有没有必要存在？战士业余演出队怎么办呀？"张文彬忧心忡忡地说。

"宣传文体班是我们营的一个亮点，办报纸、建广播站、办学校、下连开展辅导文体活动，发挥了政治工作不可替代的作用，不仅要存在，而且要加强。"文春山教导员强调说。

"我们四营这几年声名在外，一张报纸、一个战士业余演出队、一个篮球队成了营对外宣传的一张张名片，特别是战士业余演出队在前线沿海被称为'前线文艺轻骑兵'，把姚向英、曾爱发两人挖走，这不是拆台吗？不给，顶住。"耿大彪气恼地脱口而出。

"你这个下级服从上级，历来组织观念极强的人也说出这样的话来，怎么回事？"张文彬政委反问道。

"唉——那咋办呀？"耿大彪抓耳挠腮说。

"铁打的营盘流水的兵，曾爱发、姚向英两人走了，宣传文体班由何武当班长，李雄当副班长。侯金在营直属排当排长，自然会把这个班领导好。战士演出队队长姚向英走了，副队长顶上，再选一个副队长难不倒我们，只是水平难以一下达到原来那样。"文春山说。

"文教导员说得在理，刘团长找我要人时，我提了两个条件，一是要送些乐器给演出队，二是要把演出队带出去巡回演出，这一个月要负责辅导提高演出队的水平，我相信演出队回来时，水平会大有提高，你们放心好了。"张文彬把该办的事都办了，可以放心离开了。

"宣传文体班一个人要当几个人用，负担太重了，我建议成立一个信号通讯火焰班，把信号通讯和火焰喷射从这个班分离出来，让这个班专心致志把报纸、广播站办好，将文体活动和大澳小学的教学搞好。"文春山教导员提出建议。

"我赞成，信号通讯火焰班仍留在营直属排领导。"耿大彪营长说。

"将信号通讯和火焰喷射单独成立一个班也好。"张文彬认为文春山的建议很好。

同心岛战士业余文艺演出队跟随军区前线歌舞团到海防前线巡回慰问演出，每到一地都受到热烈欢迎。他们的节目教育意义深刻，人物形象塑造逼真，观众都不敢相信这是一个战士业余演出队能达到的水准，吸引了各地的战士业余演出队前来取经学习，使演出队名声大振。演出队的队员们都抓住这难得的机会，虚心向专业剧团的演员们学习，专业剧团的演员们也手把手教，使演出队战士人人都受益匪浅，演出水平得到提高。

姚向英的表演更是受到了热捧，歌舞团的演员们越发喜爱这位演出队的队长，都建议将他调到歌舞团来，这更加让刘团长坚信自己没有看错人，非要调他到歌舞团来的决心。

"姚向英队长，听你说话是上海人？"刘团长问。

"是，我是上海人。"姚向英回答道。

"哪一年入伍的？"刘团长问。

"我在1962年紧急战备时入伍，高中毕业，本来要考音乐学院的，是我父亲替我报了名，硬逼着我来当兵的。"

"哦，老兵了，你父亲为啥硬逼你当兵？"刘团长疑惑地问。

"我在家排行老二，上有哥下有妹，父亲在战友歌舞团当团长，成天忙得不着家，母亲在音乐学院当教授，我自小娇生惯养，读书时就一心想当歌唱家，还经常男扮女装到夜总会串角儿唱歌。父亲看我这个样，不放心，就非要我到部队来锻炼。"姚向英介绍说。

"你父亲是姚韵之？"刘团长听说他父亲是战友歌舞团团长，诧异地问。

"是。"

"你会谱曲？"

"《唱响青春》那首歌就是老班长艾大海作词，我谱的曲，不过谱曲的过程受海岛条件限制，不得已向母亲父亲寻求了帮助。"姚向英不敢贪他人之功，据实汇报说。

刘团长听后明白了，姚向英这个战士之所以歌唱得好，表演好，也会谱曲，原来自小受家庭的熏陶，经过基层几年锻炼迅速成长了起来，他更喜爱这个人了，于是接着问："你愿意到军区歌舞团来吗？"

"当然愿意。不过，我的理想是当一名歌唱家、作曲家，我想着有机会一定要去音乐学院深造。"姚向英如实回答说。

"你先到军区歌舞团来，有机会我一定帮你实现自己的理想。"刘团长觉得人才难得，自告奋勇地当起伯乐来。

"谢谢你。"姚向英高兴地笑了。

军区前线歌舞团上校刘团长是个求才若渴的人，这次他亲自带团下部队慰问巡回演出，一是遵照军区首长指示，下基层慰问部队；二是帮助各部队战士业余演出队提高演出水平，从中发现人才。到同心岛看了战士业余演出队的演出后，刘团长眼前一亮，姚向英在双簧中与侯金两人配合默契，扮演阿庆嫂的曾爱发从唱腔到表演也很到位，与专业演员不差上下。刘团长当即就决定向张文彬政委点名要姚向英、曾爱发两人，为了证实他没有看走眼，便决定先同姚向英聊聊。

曾爱发跟随慰问团到各地巡回演出期间，除了晚上的演出任务外，白天就拿着相机拍摄，夹着画板写生。将拍摄的胶卷拿到照相馆冲洗后，他挑选了认为较好的照片寄到军内某画报社，其中歌舞团下基层慰问演出和歌舞团辅导战士业余演出队的两张照片被采用登载出来，为歌舞团扬了名。

这一天，曾爱发在守备师驻地海边的礁石上正聚精会神地写生，刘团长悄悄地走到他身后，看他作画了很久，忍不住开口了。

"曾爱发同志，在画画呀。"

"哎呀，刘团长您来了。"曾爱发扭头一看，惊讶地说。

"来坐会儿，找你聊聊。"

两人面对大海，在礁石上坐了下来。

"爱发同志入伍几年了？"

"我是1962年紧急战备时参军的。"

"听说你是北京人，怎么没有考大学，而来当兵了？"

"我是北京人，父母都是中央美院的教授，父亲是教西方油画的，母亲是教摄影的。当年母亲因怀我放弃了投奔延安的机会，留下了终生遗憾，父亲希望我能通过当兵磨炼后，再考大学，美院的院长也鼓励我当了兵再考美院。"

"你喜欢画画和摄影？"

"可能受父母遗传的影响，从小我就立志要当个画家和摄影家，当兵三年多了，服役期已满，打算退伍后就去考大学深造。"

"你愿意到军区歌舞团来吗？"

"我到军区歌舞团能干什么？"

"搞布景、当画师呀。"

"不，我还是等退伍后去考美院吧。"

"这个不矛盾呀，你到军区歌舞团后照样可以报考军队的美术学院，不会影响你的。"

"刘团长，谢谢您的好意，容我考虑一下好吗？"曾爱发犹豫地说。

歌舞团下基层慰问演出的两张照片被军内画报社登载后，引起了军区政治部的重视，查询是不是前线报记者拍摄的，一问不是，是个署名爱画的人拍摄的，为了找到这个人，报社指派郑能燮记者前去寻找。

郑能燮根据照片，找到下基层慰问的歌舞团，一查是同心岛战士业余演出队的曾爱发拍摄的。他立即电话汇报给社长，社长指示将这个战士调到报社来当摄影记者。郑能燮当即找曾爱发谈了话，得知歌舞团刘团长找了他，要调他到歌舞团当画师，但曾爱发还在犹豫。郑记者便带曾爱发偷偷进行了体检，让曾爱发填了提干表，经报社批准抢先下了调令让曾爱发到军区报社报到。

守备师看了同心岛战士业余演出队的演出后，在宣传科的动员下决定以演出队为基础，成立一个剧团打报告到闽北指挥部和军区。这下可热闹了，报社、歌舞团、守备师为了姚向英、曾爱发这两人展开了人才争夺战。守备师成立剧团的报告，因前线部队应尽量减少非战斗人员未得批准，就剩下报社与歌舞团。

军区宣传处、报社、歌舞团虽是平级单位，但报社、歌舞团均受宣传处领导，这下只有请宣传处来安排人才去向。

"张处长，曾爱发我们已将他提干，下了调令，歌舞团凭什么跟我们抢人？"郑能燮理直气壮地说。

"姚向英、曾爱发这两人春节在同心岛演出时，我就找张处长点名要了。张处长当时还是四营的政委，亲自答应他到宣传处上任后安排，总不能不算吧？"刘团长也不服气，人是他先看中的。

"谁叫你不先下调令，不先提干的。"郑能燮嘲笑说，显出一副得意扬扬的胜利模样。

"我历来做事光明磊落，正大光明，不像你。"刘团长越讲越气。

"好了好了，别打嘴巴仗了，你们爱才的心情我理解，都是为了培养人才，我看这样吧，曾爱发人已到报社报到了，算报社的人，不过他可以兼职歌舞团的画师，歌舞团需要画布景时，曾爱发就去画，报社不得借故卡人不放。"张文彬提出了一个折中的方案。

"可以，可以。"郑能燮一听，人算报社的，歌舞团需要人画布景时，要人协助理应支持，于是妥协说。

"我可答应了曾爱发、姚向英两人，想考大学时一定提供方便，你们报社到时候可别耽误了这两个人学习深造的机会呀。"刘团长认为承诺的事情应做到。

"培养人才是好事，我会向社长汇报，我相信社长也会支持的。"郑能燮代表社长表态了。

刘团长虽感到遗憾，也只好这样。

郑能燮一幅得意的样子，朝张文彬挤了挤眼。

"你别朝我挤眉弄眼的，我可警告你，曾爱发是我一手带出来的兵，现在到了报社，你可要当好师傅，带好这个徒弟。"张文彬提醒他说。

"好！"

"你呀，为了完成社长的任务，搞了个先下手为强，这一手够精明的。半年前练兵那会儿，曾爱发就在画报上登载了同心岛上练兵的照片，你们干啥去了，怎么才发现这个人才？"张文彬埋怨地说。

"照片上署名爱画，我们以为是军报摄影记者，哪知道是同心岛战士的作品，要早发现就是你手下的兵，何至于拖到现在。"

"这回你嗅觉灵，动手快，高兴啦！"

"高兴，哈哈哈……"

二、祸起萧墙

"报告！"

"请进！"

肖剑推开营长办公室的房门，走进去立正，敬了个军礼，说："营长，我回来了。"

耿大彪抬头一看，站起身直迎上前握着肖剑的手说："咦，你怎么这么快就回来了？来坐下说说。"

"炮校最近休假举办活动，我没参加，也没有其他要紧的事就回来了。"肖剑说。

"你到炮校去学习有一年半了吧？"

"是，我本来派去学习两年，后面半年靠自己学习研究，现在时间还剩半年，我待在学校也没啥事干，就只好回部队了。"

"回来了也好，我请示一下团里，现高炮连正缺一个连长，考虑派谁去，正好你回来了，顶这个缺。"耿大彪说。

肖剑从营长办公室一出来，侯金从背后跳起一下骑到肖剑背上，双手蒙住他的双眼。

"侯金，我就晓得是你。"肖剑背着他转了一圈笑着说。

"你还没把我给忘了。"侯金从肖剑身上溜下来，当胸就给肖剑轻轻的一拳说。

"哪能呢，想死我了。"

两人紧紧抱在一起，十分激动。

"走，一起去看看老班长。"肖剑拉着侯金就走。

"大海，你看谁来了？"侯金一踏进武工队的大门，就大声嚷道。

"老班长。"肖剑一眼看见渔民模样的艾大海，马上立正敬了个军礼。

"肖剑，是你呀！"艾大海一见肖剑，热情地将他抱住。

"大海，我想死你了。"

两个老战友紧紧抱在一起，都热泪盈眶，久久说不出话来。

"到屋里说。"艾大海拉着肖剑的手边往里走边喊道，"熊班长，中午多加几个菜，今儿我要和两个战友一醉方休。"

三个老战友刚坐下，通信员看见艾队长好久没这么高兴和激动，砌好茶端了上来。

"你学习期满结业了？"艾大海问。

"差半年就毕业了，现在是消化课程的自学研究阶段，我就回来了。"肖剑接着急忙问："怎么没见到张文彬政委？姚向英、曾爱发两人怎么也不在呢？"

"你去学习后，不久张政委被调回军区宣传处当处长了，姚向英、曾爱发被军区点名调走了，姚向英进了军区前线歌舞团，曾爱发当了军区前线报社摄影记者，还兼任歌舞团的画师，你看，侯金现在是营直属排排长了，宣传文体班何武当了班长。"

"唉，我才走一年半，岛上的人事变动真大呀！"肖剑由衷感叹。

"你回来怎么安排的？"艾大海问。

"我刚和耿营长见了面，听他的意思好像要我到高炮连当连长。"肖剑说。

"好哇，我们五个老战友两个到军区去了，剩下的三个还在岛上相互间经常能见面，也好有个照应。"侯金高兴地说。

"老班长，你怎么到武工队来当队长了？"按照肖剑的想法，一个宣传干事是搞文的，怎么会到武工队来当队长，免不了纳闷。

"我大学毕业后，回部队来，正好发生了武工队队长涂迪驾船投敌的事件，缺队长，柳士义团长点名要我来武工队当队长了。"艾大海说。

"涂迪投敌事件影响可坏了，我估计团长考虑武工队在海上独立的特殊性，要派一个政治上十分可靠的人担任新的队长，老班长自然是最佳人选了。"侯金补充说。

"现在的情况非常复杂，我们作为军人处在敌我斗争的最前线，一定要警惕敌人乘机破坏捣乱，守卫好祖国的海疆，不管形势如何变化，一定要忠于党、忠于祖国、忠于人民。"艾大海言语中告诫两位战友后，接着问，"你在炮校速成班学习了一年多，有什么收获体会吗？"

"哎，不学不知道，一学吓一跳，我们现在的国防实力还有太大的提升空间，有机会我一定要争取到军事院校去学习导弹专业，把我们的导弹搞上去，走在世界的前列，不再落后挨打。"肖剑激动地回答说。

"是呀，我们不能因身处海岛就成了井底之蛙，要放眼世界和未来，我虽大学毕业了，但我在自修研究生，我学的船舶专业，因此对世界海军舰艇的发展尤为关注！"艾大海说。

三个老战友重逢在一起，有一肚子的话说不完，从当前谈到未来，从立足海岛谈到放眼世界，从如何守卫海疆谈到未来祖国发展……

肖剑走马上任，担任高炮连连长。

"同志们，我们高炮连的特点就是要突出一个'快'字，快就是要抢时间。我们的时间是以零点几秒来计算的，因为我们对空射击的目标是天上每小时飞行几百里的飞机，能打下敌机的概率只有千分之一，乃至万分之一，我们就是要抓住这稍纵即逝、微乎其微的概率将敌机打下来，要做到这点只有在'快'字上下功夫，才能达到最佳效果。"肖剑在指挥练兵操炮时，念念不忘就是一个"快"字。嘘，肖剑连长吹响哨音，左手捏着秒表盯着表盘。

随着哨音响起，一炮战士们上到炮位，各就各位，装填炮弹，转动炮向，炮长举起右手作了个"OK"手势，以示报告一切准备完成，用时二点五秒。

肖剑连长右手拿着红旗向东南上空一挥，高射炮立即转动方向，将炮口对准东南上空，仅用时一秒。

一炮完成射击准备共用时三点五秒，整个操炮过程都用手语表达，气氛紧张却无声无息，这是肖剑连长为了节省时间自创的一种操炮练兵法。

紧接着二、三、四炮按照同样的方法进行操炮练兵，比拼看看谁的时间最短，操作最规范。单炮练后，四炮又同时合练，要求四门炮的操作整齐划一如同一门炮一样，炮手射击、风速对弹飞行轨迹的影响，飞行物的速度、音速等多种综合因素如何计算，击毁飞行物的提前量等知识方面很专业，用图示意，使战士们不仅能知其然，而且能知其所以然，不仅使高炮战士的射击知识得到提高，而且通过操炮练兵，练了作风，培养了团结协作精神。他的这种练兵法从不空谈理论，而是将专业知识与实际操作相结合，高炮连在肖连长的带领下，不仅军事素质得到了提升，而且作风硬，团结一致，战斗力得到提高。战士们对肖连长的评价是业务水平高，实干精神强，他们都很尊敬和佩服这位新连长。

每天的训练科目就是操炮，天天练，反复练，熟能生巧。战士们蒙着眼睛也能迅速找到各自炮位，操炮用时一点点缩短，减到零点零零五秒。

一大早，侯金起床后，急忙到食堂吃早饭，一餐早饭，吃得他满头大汗，边吃边埋怨说："这鬼天气，今天怎么这么热呀！"

侯金走出食堂对天一望，天蓝蓝的一丝云彩也没有，朝太阳一瞧，眼睛被刺得生疼，急忙避开，走在路上热烘烘，像进了蒸笼般，闷热得使人喘不过气来，强烈的紫外线阳光如同一根根银针扎在皮肤上刺痛。

今天是民兵半月一次训练的日子，侯金赶到北澳时，却不见一个人的踪影，往常北澳女子民兵班早已在此等候侯金排长了，人到哪里去了，侯金正在纳闷。

"侯排长，今天的训练改明天了，我是特意留下来告诉你的。"女民兵林阿珠走了过来说。

"为什么？"侯金问。

"灯塔那边发海了，成片的墨鱼浮了上来，她们都赶去捞墨鱼了。"林阿珠回答说。

"什么是发海？"侯金不懂便问。

"发海你都不懂？亏你在岛上生活了这些年。今天一大早就闷热得很，一点风都没有，又赶上平潮海水不流动，水下的氧气稀少，海水被晒热，鱼燥热得受不了，都浮到海面上一大片一大片的死去，这叫发海。发海时，海边的渔民都会抓紧时间去捞鱼，平潮一过，有的顺着海水漂走了，有的沉到海底，一年之中，难得有这样的机会。大家听到哪片海域发海了，都会抓紧时间赶去打捞。"林阿珠解释说。

"哦，我明白了，发海要使气候、潮汐、洋流几方面的条件都符合才行，这样的机会确实难得，我真想见识一下，体验捞鱼滋味，那一定很过瘾。"侯金真想过把瘾去捞鱼。

"你想去呀？"林阿珠试探地问他。

"当然想。"侯金不假思索地回答。

"我带你去就是，我估计她们都快满载而归了，现在去迟了点，要不是等你，我早和她们一起去了。"林阿珠说。

"去看看热闹就行，能不能捞到无所谓。"侯金说。

"好，那就快走。"林阿珠说。

两人合力把一条船推离沙滩，林阿珠熟练地摇着橹向灯塔方向驶去。半道上，遇见返回的一条女民兵舢板，向侯金打招呼喊。

"侯金排长，你这个时候是去喝汤呀？"

"侯排长，快去，兴许喝点汤也过瘾。"

"哈哈……"

听到女民兵的嘲笑，侯金更急了，忙起身帮着林阿珠摇起橹来。

赶到发海的海域，海水已开始流动退潮了，只有零星墨鱼浮在海面上。二人来得匆忙，又忘了带舀兜，林阿珠摇橹，侯金只能趴在舢板上一条一条地捞，舢板跟着海流赶。不知捞了多久，天空突然黑了下来，刮风了，侯金翻身朝天一看，一场暴风雨即将来临。

"不好，阿珠，赶快回去，暴风雨就要来了。"侯金大声说。

侯金起身帮着林阿珠摇着橹，天越来越黑，只能隐隐约约地看到灯塔，他们便奋力向灯塔方向摇去。离灯塔不远时，暴风雨伴着闪电和雷鸣声倾盆似的下了起来，到达灯塔时，两人已淋得像落汤鸡了。

侯金跳下舢板，将舢板拴牢，扶住林阿珠躲进灯塔避雨。

这个圆形的灯塔是二战时期修建的，现已废弃，共两层，一层空荡荡的，什么也没有，二层只有一张铁架子床，锈迹斑斑，床上有一条破烂不堪的军用毛毯落满了灰尘，孤零零的一座灯塔，耸立在茫茫大海上，显得有些孤单、可怕，一个人是不敢来这鸟不生蛋的地方。

两人一直坐着，直到听见外面的雨声渐渐小了。

"回去吧，天不早了。"侯金看看天说。

俩人走出灯塔时，雨已停，太阳也已西沉，他们整整在灯塔里待了一下午。

侯金急忙解开舢板缆绳，两人上了舢板，侯金让林阿珠坐着，他主动去摇橹回岛去了。

天有不测风云，人有旦夕祸福。

三个月后，秋季刚过，西伯利亚的寒流就提早登陆同心岛，为了抵御寒潮，同心岛官兵都穿上了绒衣绒裤，有的甚至提早穿上了过冬时才穿的冬装。

这一天，天气格外寒冷，冷风嗖嗖，天上下着毛毛细雨，侯金披了件雨衣，裤兜里揣着一包黑色炸药，他刚从采石场工地回来，取了黑色炸药，又返回工地去了。

最近一段时间，营里为了扩建宿舍，安排营直属排去采集方块石，岛上的石头多的是，并且都是质地坚硬的花岗岩，是建造宿舍铺基脚砌墙的极好材料。他们经过实地勘察，选择了西澳一大片缓坡地势的花岗岩作为采石场。采石必须先打好炮眼，装上黑色炸药，通过黑色炸药巨大的威力炸开岩石顺着裂缝用钢钎扎上楔子，将大块的岩石撬开，然后又将大块岩石改成下基脚的条石或砌墙用的方块石。

临近中午，几个炮眼打好了，装填炸药到最后一个炮眼时，还差大约半斤黑色炸药，为了赶在中午收工前起爆，侯金急忙跑回营部取炸药。

电话通讯班战士赵刚看见侯排长取炸药回来了，急忙装填最后炮眼，最后一个炮眼是打在侧面的平行炮眼，炸药倒进炮眼后，要用木质圆棒往里送，可他找遍了周围也没看见那根木质圆棒，便违反操作规定，顺手用钢钎往里推炸药。钢钎碰到坚硬的花岗岩便产生火星子，黑色炸药的成分绝大部分是易燃的磷，火星子碰到磷，嗖的一下就燃烧起来，火焰从炮眼口射出，一团火球将赵刚包围，赵刚全身着火，像个火人似的蹦跳起来。

正在这时，侯金赶到，他迅速解开雨衣将赵刚按倒，用雨衣盖住赵刚，侯金急于救人，情急之下却忘了裤兜里的黑色炸药。扑灭赵刚身上的火时，火焰引燃了侯金裤兜里的半斤黑色炸药，侯金裤裆顿时燃起了熊熊烈焰，将侯金穿的绒裤短裤从里到外瞬间全部烧焦，痛得侯金在地上直打滚。

工地上的战士们一见，都赶了过来，迅速将侯金下身的火扑灭，但是再快的速度也无济于事，侯金被烧得漆黑，昏了过去。

赵刚并已大碍，只是头发被烧得卷曲，脸被烧得像个非洲黑人，傻呆呆地站在一旁。

战士们急忙把侯金抬起往营部送。

李军医解开侯金的裤带，用剪刀剪掉裤子一看，侯金的右大腿上面深度烧伤，裤裆周围已烧起一大串燎泡，立即用烧伤药膏涂敷做好紧急处理后，对营长耿大彪说："赶快送医院。"

"眼下没有船，通知船来回最快也要四个小时。"营长耿大彪急得搓着手说。

"耽误不得呀。"李军医着急地说。

"快送武工队，要武工队送下岛。"耿大彪果断命令道。

战士们一听，马上将侯金放到担架上，抬着就往大澳赶去。

艾大海刚好出海回来，接到营长耿大彪的电话，放下正在吃午饭的碗筷和肖剑几乎同时跑到大澳码头，等侯金到来。

担架上船了，艾大海、肖剑一见侯金的模样，心痛极了，大声附在侯金的耳边喊："侯金，侯金……"

侯金微微睁了一下眼，只哼了一声"冷"，又昏了过去。

肖剑立即拿来两床被子给侯金盖上。

"营长，请您给观通站打电话，要他们通知都三基地准备好救护车，船一到就直接送一五二军医院，这样只用半小时。"

艾大海说完，又对背着药箱的李军医说："请您也随我们的船一起护送。"

正在这时，林阿水社长闻讯赶来了，他自当了公社社长后，很久没上船，听说侯金被烧伤后，一想到侯金为找水源冒着生命危险像猴子荡秋千似的上到螃蟹嘴崖的峭壁上，下到螃蟹嘴里的深潭里探水的情景，无不感动，又想到侯金在大澳小学任教、训练民兵的场景，他坐不住了，匆忙上到船上，并破天荒自告奋勇地说："我来掌舵。"

听到公社社长林阿水主动要求掌舵，艾大海喜出望外地说："太好了。"

"谢谢。"耿大彪营长握着林社长的手说。

"启航，双机启动。"艾大海命令道。

武工队的船都是伪装船，平时为了不暴露目标，只开单机，不是情况紧急，艾大海是不会下达双机启动的。

船刚驶出港口，艾大海又下达了命令："拉满帆！"

遵照命令，船上的战士将主桅的风帆升起，又将前桅副帆同时升起，船像箭一般飞速向都三军港驶去。

船在经历几十年与风浪搏击有丰富经验的海老大林阿水社长掌舵下，乘风破浪飞速前进。

艾大海、肖剑一直守护在侯金身边，不断地呼唤着侯金的名字，生怕他睡死过去。

侯金在两个战友不停地呼唤之中，终于苏醒过来。

"大海、肖剑，我不行了，我死后，将我的遗体抛向大海，好让我与海为伴。"侯金断断续续地对两位战友有气无力地说。

"胡说，你一定能挺过去，坚强些。"艾大海鼓励说。

"侯金，你一定要坚强，要挺住。"肖剑也在一旁鼓励他。

"大海，对不起，不是我激你，你也不会来当兵，我害了你。"侯金一直念念不忘报名参军时刺激艾大海的那句话。

"我得谢谢你，选择当兵这条路，我们走对了。"艾大海安慰他说。

侯金用尽力气说完话又昏了过去。

"李军医，侯金又昏过去了，快来看看。"艾大海急忙喊道。

李军医一瞧，伤口周围已红肿发炎了。

从同心岛到都三军港平常要两个小时，这次船抵达都三军港只用了一个多小时，救护车早已等候在码头，侯金被送上车，艾大海要肖剑和李军医随车送医院，并要肖剑留在医院照顾侯金。

一切安排妥当后，救护车呼啸着奔走了，艾大海的船才返航。在船上，平常不轻易落泪的硬汉艾大海泪水似雨点般地淌下来。

三、诠释誓言

侯金被紧急送到解放军一五二医院，经医生们会诊后，确定为局部深度烧伤，幸喜烧伤后所采取的措施得当，送医及时，给抢救赢得了时间，为医院抢救侯金的生命制定抢救治疗方案创造了有利条件，可是侯金还处在昏迷期，仍未度过危险期。

主治军医告诉陪护肖剑，危险期有7天左右，能不能闯过危险期，一要靠患者的体质和意志，二是抢救方案要得当，三要陪护人员的精心护理，在危险期内一定要注意防感染带来其他并发症。

肖剑强烈要求陪在侯金身边，经医生允许，他穿上消毒服进入隔离病室，日夜守护在侯金身边寸步不离，密切注意侯金的病情，不敢有丝毫的懈怠。

在七天危险期的日日夜夜，肖剑的双眼熬红了，布满了血丝，人也消瘦了。七天他没上床睡过，只搬了把椅子靠在侯金的病床边守护着，为了防止侯金因长期卧床不动生褥疮，他帮侯金翻身按摩，用热水擦身，照料得无微不至。

侯金在肖剑的精心护理下，第四天终于醒来了。

"我在哪？"侯金睁开眼醒来的第一句话就这样问。

"在医院。"肖剑笑着答。

"睡了多久？"侯金声音虚弱地问。

"不长，只有四天四夜。"肖剑见侯金醒来，非常兴奋地告诉他。

"嘿嘿！"侯金微微一笑。

"好了，不多说了，你与死神搏斗胜利了，但身体还很弱，先好好休息。"肖剑恭喜地说，结果侯金又睡了过去。

七天过去，侯金度过危险期后，从隔离室转普通病房了。

普通病房中住着八位病友，都是骨折、烧伤的军人患者，只有侯金一人有肖剑陪护。

肖剑每天24小时陪护着侯金，伺候吃喝，洗漱擦身，翻身按摩，照顾得无微不至，他见其他病号无专人护理，便主动担负起责任，病房内的清洁卫生、茶水供应、一日三餐的打饭菜他都承担起，很快便和患者熟悉起来，患者们有了肖剑，便倍感温暖和亲切。

"侯金是你什么人？"一个骨折的患者问。

"他是我大哥。"肖剑不加思索地答道。

"他姓侯、你姓肖？"另一个烧伤患者好奇地问。

"哦，我们是同母异父。"肖剑搪塞地答道。

"难怪你照顾侯金那么体贴入微的，原来你们是同母异父的兄弟。"烧伤患者释疑道。

"他是怎么烧伤的？"骨折患者问。

"侯金为了救战士才烧伤的。"肖剑简单介绍了侯金救战士的过程。

病房里的所有患者听了肖剑的介绍，侯金为救战士自己却烧成残疾，深受感动，无不对侯金肃然起敬。

团长柳士义、营长耿大彪一同到医院来看望侯金，柳士义团长代表师里宣布给舍己救人的侯金荣立三等功。

"这都是我应该做的，给首长添麻烦了，感谢首长们的关心。"侯金坐在病床上哭着说。

"你的英雄行为是我们全团的骄傲，侯金同志你安心养病，一定要保重身体。"柳士义团长宣布立功命令后握着侯金的手说。

"侯金排长，你当前的任务就是养好伤，保重啊！"耿大彪营长拉着侯金的手，挥泪话别，临走又叮咛肖剑好好照顾侯金。

大澳公社社长林阿水和妇女主任徐梅英两人代表公社到医院专程看望侯金，令他非常感动。

　　"请你们代我向全岛人民致谢，向全体女民兵问好，告诉大澳小学的孩子们，一定好好学习，天天向上。"侯金仍念念不忘他的学生，对二人说。

　　"放心吧，我们一定会转达你的问候和希望。"徐梅英主任说。

　　武三郎连长写信告诉了王晓莲关于侯金的情况，两人约好他从同心岛出发，王晓莲带着儿子王武从江西赶来，在医院汇合，来看望侯金。

　　"快喊侯叔叔。"王晓莲拉着儿子的手，牵到侯金病床前说。

　　"嫂子，怎么把您也惊动了，从江西跑来看我，太谢谢了，哟，孩子都会喊人了，时间过得真快呀。"侯金急忙从病床下来，抱着王武激动地说。

　　"别下床，你的……"武三郎连长急忙说。

　　"不碍事，我身体恢复得很快，能下地了。"侯金推开武三郎说。

　　从他们攀谈中，病房的病友们知道了他俩就是因结婚上了报纸的武三郎和王晓莲，对他们又仔细地打量起来。王晓莲生了孩子，身体有些微微发胖，但显得更美了，又瞧瞧武三郎又黑又矮。

　　侯金受伤的消息，艾大海写信告诉了姚向英和曾爱发，三人约定了时间，在医院汇合，一起去看望侯金。

　　五个学生兵在部队这个大熔炉里结成了生死与共的患难兄弟，情深似海的战友情谊，志同道合的同志又聚在医院这个特殊的环境里。

　　"你为抢救战士残废了，这么大的牺牲……"艾大海含着泪对侯金说，本来还想多安慰他几句，说了半截，被侯金打断。

　　"没有事，老天爷已经够开恩了，我无怨无悔，没什么可遗憾的，和尚一辈子没结婚，不也过得好好的吗！"侯金豁达的心情，令大家敬佩。

　　"没有女人和孩子相伴，你会感到孤独的。"姚向英说着，忍不住也流下泪来。

　　"有你们这几个兄弟、战友，我还会孤独？向英，你以后要多生一个孩子陪我啊。"侯金笑着说。

　　"我今后有孩子，都是你的孩子，一定让他把你这个伯父当成亲爹一样看待，孝敬你。"曾爱发发誓说。

　　"你们看我今后有多少孩子，老了到这个孩子家走走，那个孩子家看看，忙都忙不过来，多爽心，多快活，多幸福啊！"侯金开怀笑着说。

　　侯金的乐观主义精神，五个兄弟、战友亲密无间的情感，莫不令在场的每个人羡慕感动，个个都鼓起掌来。

　　艾大海、姚向英、曾爱发原本准备了一肚子话，想好好地开导开导侯金的，没想到侯金是那样豁达、开朗，大无畏的乐观主义精神深深地感化了他们。

"你们都有自己的工作，肖剑在这里陪我已经拖累他这么多天了，现在我的情况已经好转了，你们都一起回去吧！"侯金道。

"答应回去可以，不过肖剑还是得留下照顾你，直到你康复出院。"艾大海坚持说。

侯金犟不过四个兄弟，只得答应肖剑留下来继续陪伴他，让三个兄弟先走了。

在医院里待了一个月，侯金感到身体恢复得差不多了，成天吵着要出院，这一天闽北指挥部干部处唐处长来了。

"侯金同志，我今天来一是代表闽北指挥部首长来看望你，二是来征求你的意见，鉴于你的情况，已经不适合留在部队，你可以到荣誉军人管理学校去，或者转业到地方去，享受国家21级干部待遇，想听听你个人的意见。"唐处长征询道。

"铁打的营盘流水的兵，绝大多数军人都不可能在部队待一辈子，我既然不适合在部队了，就转业到湖南芷兰老家去，我的身体其他的并无大碍，也还年轻，不希望国家把我养起来，我还能工作，能为国家做贡献呀，请组织与地方联系安排好我的工作。"侯金恳求说。

"你这种为国家分忧的精神，难能可贵，我们尊重你个人意见，转业到地方去一定妥善安排好你的工作。"唐处长称赞说。

一个星期后，唐处长和肖剑一起陪护侯金到了湖南芷兰市。

接待他们的是芷兰市武装部政委兼革命委员会筹备领导小组组长冯继才同志。"你们军区发来的公函我收到了，关于侯金同志的待遇和工作问题，我和你们派来的干部交换过意见，我们研究的意见是，侯金同志享受国家21级干部工资待遇，二等甲级残废军人待遇，由民政局每年年终一次性发给，工作问题安排到市粮食局任副局长是否恰当，看侯金同志个人的意见。"冯继才政委很和气地说。

"关于待遇问题组织已经考虑得很周到了，我非常感谢，工作问题，因我对业务不熟，接手粮食局副局长恐难胜任，我想从基层做起，熟悉掌握粮食系统的业务会有好处。"侯金请求说。

"你想得很周到，那就先到粮食局下属粮油供应站任站长吧。"冯继才政委点头说。

"谢谢组织的照顾和安排。"侯金站起身，向冯政委鞠躬。

"你们先到市民政局挂个号，把二等甲级残废军人待遇的手续办了，侯金同志先休息半个月，安家后到粮食局报到。"冯政委站起身又说，"唐处长，很对不起，那边在等着我开会。"

"谢谢。"唐处长握住冯政委的手说。

市民政局的手续办得非常顺利。

"侯金同志，这是组织上根据你的身体和三等功臣的荣誉，发给你的两千元安家费，我的任务完成了，告辞。"唐处长要走了。

"我真舍不得部队啊！"侯金握着唐处长的手，含着泪激动地说。

"欢迎你常回部队看看！"唐处长挥挥手，便走了。

肖剑、侯金两人到艾大海家来了，看望艾大海的家人。刚迈进艾大海的家门，就看到艾大海全家老少都围在一个生命垂危的老人床边哭泣。

"爷爷，您醒醒，大海的战友来看您了。"夏冬梅是认得侯金的，他俩是校友，见到侯金后大声喊道。

在朦胧中，爷爷仿佛看到大海回来了，突然出现了回光返照的现象，睁开眼说："忠孝不能两全，告诉你们不要他回来，怎么回来了？"

"爷爷，哥没回来，是他的战友来看您来了。"艾春草在爷爷的耳边说。

爷爷好像明白了，点了点头，又猛然抬起右手喊："夏、夏海。"

"爷爷，您的重孙儿在您身边，夏海快拉着太爷爷的手。"谢大嗓门把孙儿推到老人床前，将孙儿的手交到他手中说。

"老太，我在哩。"小夏海拉着太爷爷手说。

老人露出了笑容，断断续续说出了"四世同堂"四个字后，头一歪，与世长辞了，终年88岁，享受四世同堂的天伦之乐，带着微笑，毫无遗憾地离开了。

顿时，全家老少跪下向老人叩头，哭成一片，肖剑、侯金也同时跪下叩头，跟着流出泪来。

夏长腿夫妇闻讯赶来，送老人驾鹤西去。

所有的亲朋好友都披麻戴孝，守灵三天两夜。

白天，前来悼念的人群一拨又一拨向老人敬香叩头，艾闷子带着孙儿跪地答谢，忙个不停，肖剑、侯金帮着招呼，也忙前忙后。

艾大海爷爷的丧事办完了，侯金留下五百元钱给夏冬梅作为丧事的补贴，代表五个兄弟尽孙儿的一片孝心。

肖剑在艾家虽只待了三天，却与艾春草一见如故，碰出了爱情的火花。

回到武工队后，侯金将艾爷爷去世的消息告诉了艾大海。

艾大海听到爷爷去世的消息，痛哭了一场，特意买了香烛、纸钱，独自一人跪上同心岛螃蟹背壳上，怀着忠孝不能两全的心情，遥望西方祭拜，大声疾呼："爷爷，您一路走好。"

四、神秘的鱼贩子

"陈所长，我向您打听打听周常顺这个人。"艾大海走进大澳出所，对所长陈维国说。

"周常顺呀，我们岛上同名的周常顺有三个，不知你问是哪个周常顺？"派出所长陈维国感到奇怪，武工队的艾队长怎么突然问起周常顺这个人。

"就是家住东澳，在引西岛有个渔行的周常顺，年龄大概三十多岁的。"艾大海大概讲了一下情况。

"哦哦，他呀，你问的应该是鱼贩子周常顺呀，他在引西岛开了间鱼行，雇了两个伙计，由他阿爹负责照管，他主要将购的鱼销往大陆贩运，也时常夹带一些手表、收音机、日用百货进来，我们沿海的渔民稍带点走私货是普遍现象，防不胜防，很难禁止。"陈所长面带难色地说。

"他是在岛上土生土长的吗？"艾大海又问。

"是的，不过在1956年时，听说他去当兵了，但具体有没有，那就不知道了，直到1960年才回来，在引西岛开了渔行，搞起了长途贩运的鱼贩子生意。"陈所长说。

"他贩的鱼是干鱼还是鲜鱼？"艾大海问。

"当然是干鱼了。"陈所长答道。

"销往大陆哪些地方？"艾大海问。

"听说闽州火车站附近有个渔行，多半销到那里。"陈所长说答。

"浦霞、德宁没有渔行？"艾大海问。

"有。"陈所长答。

"怎么舍近求远？"艾大海问。

"听他说闽州的价高些。"陈所长答。

"您到引西岛看过他开的渔行吗？"艾大海问。

"引西岛是敌岛，我捕鱼时上去过两次，到他的渔行看过，只看见他阿爹和伙计，没见到周常顺，他阿爹说去卖鱼了。"陈所长答。

"周常顺在1960年回岛前，到底有没有当兵，在哪里当兵，这件事请您想办法查一下，好不好？"艾大海说。

"这很难，我尽量试试吧。"陈所长面带难色地说。

"请您私下调查，不要惊动他。"艾大海交代说。

"这我懂。"陈所长点头说。

过了两天，艾大海又把派出所的女公安民警约到武工队驻地询问情况。

"珍珠同志，我找你来是想问一下住在东澳的周常顺家的情况。"艾大海客气地给吴珍珠倒了杯水说。

"周常顺家有阿爹、阿妈、媳妇、八岁的小女儿共五口人，阿爹在引西岛管鱼行很少回家，小女儿在大澳小学念二年级，周常顺做鱼贩子生意，来往引西岛和闽州之间，岛上的家是他中途的落脚地，隔三岔五地回来一趟，不过有时也在岛上待一阵子又回到引西岛，他的行踪总是漂浮不定的，平时经常在家的只有他阿妈、媳妇和女儿。"吴珍珠喝了口茶又接着说："看他媳妇挺着肚子，好像又怀孕了。"

"他家生活水平咋样？"艾大海问。

"他家的生活比岛上渔民的生活都要好些，婆媳俩在家主要是操持些家务，稍微种点菜和地瓜，生活来源主要靠渔行和周常顺贩鱼赚的钱，小女儿在大澳小学上学时，兜里经常揣些糖果巧克力，还说她每天都喝牛奶，别的孩子都羡慕得不得了，从这些现象来看，他们家一定赚了不少钱，生活过得很富裕。"吴珍珠说。

"他们家怎么单独住在海边，不和村里的人住在山岙里？"

"是呀，村里人都劝过，周常顺说住惯了不肯搬，结果那次台风登陆岛上，他们家的房子全被风吹倒，损失最大。"吴珍珠也不理解为何周常顺一家执意住在海边。

"台风登陆岛上那次不肯转移到部队坑道的老婆婆是不是周常顺的妈妈？"艾大海听吴珍珠讲起那次台风突然想起问。

"不是她是谁，当时劝过好多次，她都不肯转移，她说屋后有个山洞，她一个人猫在山洞里，不怕的。"吴珍珠说。

说起山洞，艾大海警觉起来，他突然想起台风过后，帮周常顺重修房子时，他进了山洞察看，山洞虽隐蔽，但台风将覆盖山洞的地瓜蔓吹得七零八落，山洞露出来，他好奇地爬进去看了一下，从山洞的另一头看见大海，台风前被人用石头堵住，但台风掀起的大浪将几块石头推倒，海水灌进了山洞，从山洞可以走到海边，在山洞里他曾捡到一块串联的电池块，这块电池肯定不是被大浪卷进山洞，显然是被人遗留下来的，电池的形状与武工队船上的报话机里所用的电池类似，脑海的念头闪了一下，顿时对周常顺这个人产生了怀疑。

"谢谢你，珍珠同志。"艾大海觉得仅仅是怀疑，没有证据便没有多说。

"艾队长，您问这些干吗？"吴珍珠疑惑地问。

"没什么，主要是了解一下岛民的情况，随便问问。"艾大海搪塞说。

"岛民的情况我大致都了解，有什么不明白的尽管问我。"吴珍珠很热情。

"好，我一定请教，谢谢。"送走吴珍珠后，艾大海一直心神不安，来回在武工队踱着脚步想，他有个习惯，越是怀疑的事，越要弄明白，便鬼使神差地来到大澳小学。

"何武，你帮我问问周小丫同学她阿爹周常顺回家后都忙些什么？要不动声色地套话，知道吗？"艾大海对正在大澳小学任教的何武说。

"老班长，干什么用？"何武好奇地问。

"你问这么多干啥，反正交给你的任务能完成不？"艾大海对自己原来班的战士一直这样教导，历来是要你知道的自然全讲清楚，不能问的别问。

"保证完成任务。"何武伸了伸舌头，向老班长立正敬礼说。

"注意方法。"艾大海严肃地说。

"是。"

放晚学的时候，何武把周小丫留了下来。

"周小丫同学，你把老师今天教的诗背诵给老师听听。"何武说。

"鹅，鹅，鹅，曲项向天歌，白毛浮绿水，红掌拨清波。"周小丫熟练背诵着。

"很好，背得很流利，你明白这首诗写的什么意思吗？"何武又问。

"作者很形象地描述了鹅在水中仰头对天鸣叫，浮在水面用双脚划动水的情景！"周小丫答道。

"你理解得很正确，你最近的家庭作业做得不是很好，什么原因？是上课没听懂吗？"何武又问。

"最近我阿爹没回家，没人辅导我。"周小丫说。

"你阿妈不能辅导你吗？"何武再问。

"我阿妈没文化，奶奶更不行，家里只有阿爹一个人有文化，能辅导我。"周小丫埋怨说。

"你阿爹常回家吗？"何武问。

"会经常回家，只是有时候住一晚就走了，有的时候住十天半月才走。"周小丫说。

"你阿爹回家都干些什么？"何武问。

"阿爹在家经常听收音机里报鱼价，还拿纸记上哩，他会画画，岛上的码头、山洞都画得清清楚楚。"周小丫答。

"在你心中，你阿爹是个什么样的人？"何武打探道。

"阿爹高大、威猛，好像什么都懂，很有本事的，有一次看他在屋里偷偷穿件外衣，叫什么来着，好像西装一类的，胸前还有一个带子，好看极了。"周小丫得意地说。

"好了，天不早了，老师送你回家。"何武说。

"我中午来上学的时候，阿爹回来了，现在兴许还没走，你可以看见阿爹了。"周小丫高兴地说。

何武牵着周小丫的手，把她送回家。

"阿爹！"一进门，周小丫松开何武的手便扑向周常顺怀里，足见父女俩感情很好。

"解放军老师来了，请坐。"周常顺急忙关掉收音机起身相迎。

"听收音机哩。"何武说。

"我发现周小丫的家庭作业最近完成得不是很好，放学后留她下来问了问情况，耽误了一会，不放心把她送回来了，你这是听什么呢？"何武颇有兴趣地问。

听天气预报，看明天能不能回引西岛。"周常顺遮掩地说。

何武进门时，明明听见周常顺在听报渔价，他却说听天气预报，桌上还摆着纸笔记录，分明是在说谎嘛。"老师还要我背了诗哩，鹅、鹅、鹅，曲项向天歌，白毛浮绿水，红掌拨清波。"周小丫便将诗背给阿爹听。

"去，看你阿妈把饭弄好没有，老师难得到家一次，留老师在家吃饭。"周常顺把女儿支开说。

"不了，我和你说几句就走，部队给我留了饭哩，听小丫说平时都是你辅导她的学习。"何武说。

"我一个渔民哪有那本事，只是督促她努力学习。"周常顺尽量把自己贬低。

"周小丫很聪明，理解能力很强，小学是打基础阶段，不要给她太大压力，也不能放松，希望家长尽自己能力，多辅导她一些，尽量提高她学习的自觉性。"何武边说边观察周常顺这个人。

"那是，那是，谢谢老师的关心。"周常顺附和说。

"听说你在引西岛开了间鱼行，你负责到大陆贩运，生意还好吧？"何武岔开话问。

"混日子，勉强过得去。"周常顺不想在这方面多说。

"那好，不打扰了，告辞。"何武动身要走。

"丫丫，老师要走了。"周常顺急忙对里喊道。

"吃了饭再走嘛。"周常顺媳妇从厨房挺着肚子出来说。

"哟，恭喜啦，嫂子有喜了。"何武停住脚步说。

"小丫八岁了，这么多年没怀上，没想到今年怀上了，她爷爷奶奶总盼能有个孙子，给小丫做个伴，还不知道是男是女。渔民嘛，总想有个男丁，传宗接

CHANG XIANG QING CHUN

代，老思想。"周常顺解释说。

"可以理解，不过这确实也是一件喜事。"何武伸出手和周常顺握了一下就走了。

何武没回营房，直接到武工队向老班长艾大海汇报来了。

"老班长，肚子抗议了，先弄点饭菜顺便来点酒喝。"何武故意这么说。

"想得美，饭菜可以管够，又不是过年过节，喝什么酒。"艾大海瞪了他一眼。

何武吃罢饭，又要艾大海泡了杯茶，坐着慢吞吞地品起茶来，他是故意在吊老班长的胃口。

"快说，任务完成得咋样？"艾大海在一旁迫不及待地问道。

"急啥。"何武又喝了一口茶，才不紧不慢地将周小丫和周常顺的谈话叙说了一番。

"你和周小丫、周常顺谈话后有什么感觉？"艾大海问。

"我和周小丫谈话中感觉周常顺这个人是个很有能力的人，他不仅能辅导女儿的学习，而且能绘图，将我们岛的地形地貌绘制得清清楚楚，而且还曾身着西装打着领带，不像一般的鱼饭子。周常顺这个人身材高大魁梧，平头方脸，两只眼睛炯炯有神，人很精明，明明进门时我听他在听收音机里报鱼价，桌上摆着纸和笔在记录，他却说听天气预报，企图掩饰什么，周小丫说他阿爹什么都懂，我问他辅导女儿学习一事时，他却说一个渔民哪有那能耐，故意在贬低自己，我和他握手道别时，感到他的手虽有力，但很柔和，不像渔民的手粗糙，总之，周常顺这个人是个捉摸不透，很神秘的人。"何武谈了他的感受。

"你没有暴露你的意图吧？"艾大海担忧地问。

"哪能呢，我跟你这么多年，也学会了一些技巧，就只是两次普通的谈话。"何武谦虚地说。

"那就好，任务完成得不错，下回过节时来我这里，奖励你二两酒喝。"艾大海夸赞说。

"老班长，你小气了，才二两呀？"

何武的话逗得两人哈哈大笑起来。

五、猜不透的鱼价

"周常顺这个人是个捉摸不透的人。"何武的这句话一直在艾大海的耳边回响着，使他想起了半个月前他们武工队的船护航"安"字号船过了祖马海峡后的情景。

半个月前，艾大海接到命令，护送从上海到广州的"安"字号十艘商船，通过祖马海峡后，在返航途中，明明看见周常顺的船正驶往闽州方向，他便上前想打个招呼，但当武工队的船想靠近他的船时，他便改变向南的航线，来了个左满舵朝东向外海驶去，故意躲开武工队的船。周常顺的船突然变航这一举动，当时他就感到纳闷：他为什么不让我的船靠近，是怕我检查他夹带走私商品还是别的什么原因？倘若带了走私货，只是劝导一下，毕竟这也不是武工队的职责范围。那他怕什么呢？从此，艾大海对周常顺这个人便产生了警觉，非要弄清周常顺是个什么样的人。

一个鱼贩子，会绘制地图，把同心岛的地形地貌画得一清二楚，穿西装打领带，什么都懂，又装着不懂，种种迹象表明这个人非等闲人，但仅仅是猜测、推理，没有真凭实据。

周常顺经常听收音机里报鱼价，还拿纸笔作记录，难道真的是为了掌握行情吗？如果真是这样，对一个鱼贩子来说，那倒不足为怪了，但收音机里报的鱼价对周常顺有什么益处？真的只是贩鱼这么简单吗？收音机里报的鱼价引起了艾大海的兴趣，报鱼价的时候，便拿起收音机来听，同样拿出纸和笔作起记录。

某广播电台报的鱼价，一天反复不断地重复报多次，早、中、晚、深夜，这四个时间基本是固定的，一天之内报的鱼价基本没有变化，只是重复不断地报。

一连半个月，艾大海听着收音机里报的鱼价，不断地记录着：黄花鱼9.83元、带鱼10.24元、鲳鱼15.4元、墨鱼11.53元、鳗鱼17.19元、海参20.78元、虾皮5.43元、鱼翅87.55元……

艾大海将收听到的鱼价、品名、价格、单位（公斤）、日期列成表格，每天逐一填写，记了满满一大张纸，从中发现日期虽不同，但价格波动并不太大，他望着记满一大张纸的价目表直发呆，怎么也理不出个头绪来，但他还是锲而不舍地听着、记着。

艾大海看着价目表冥思苦想，也想不出其中的奥妙来，躺在床上辗转反复，怎么也睡不着，猛然间他从床上跃起，把一天报的鱼价写成四位数，只有三位的报价前面加同样数字或后面加零，一律写成四位数，组成一组密码，早晨起床后带着这组密码跑到营部，请营部的译电官帮他译出是什么意思。

"译电本呢？"译电官看了艾大海带来的电码问。

"什么译电本？"艾大海被问糊涂了，睁大眼睛问。

"你到邮局发电报，邮局根据你写的汉字，对照译电本，翻译成对应的四位数；发报员根据四位数，按每位数的长短，就好比信号通讯员发灯光信号一样，对方收到长短电键信号，对照译电本才能译出来。没有译电本怎能译出字来，这是普通常识呀，邮局用的是通用译电本，军队用的是保密译电本，叫密码本，一旦失密，就要及时更换。"译电官解释说。

"懂啦，谢谢您。"

听了译电官的解释，艾大海一脸通红，觉得无地自容，抓起自编的那组四位数的纸扭头就走。他觉得自己像三岁的小孩，太幼稚了，竟闹出这样的笑话，太丢人了，连这样普通的常识都忘了，真是想破鱼价的奥秘想昏头了。

艾大海知道周常顺那么热衷收听鱼价肯定有他的目的，假定收听到鱼价，是报给他的电码，他一定有译电本，有译电本就有电台，将收集的情况通过电台发出去，但电台在哪里呢，搞秘密工作的人都是单线联系，虽然他在敌我之间来往很方便，但决不会将情报轻易交给敌岛军方发出去，电台在我岛上和引西岛鱼行或许都有，在引西岛的电台他不担心暴露，在我岛上的电台呢？从遗弃在山洞的电池块分析，多半藏在山洞里，但自被海浪冲击后似乎再没利用过，电台在我岛上，他会藏到哪里呢？还有情报来源，周常顺以鱼贩子作掩护，一些闽州火车站附近的鱼行很可能是情报收集点，我方通过调查可以掌握得一清二楚。要调查周常顺这个人，鱼价、电台、火车站附近鱼行，这些问题一直困扰着艾大海，假设、分析，但这些都是推理，没有真凭实据，仅靠他个人的凭空想象，是查不出个水落石出的，但他又是个十分执着的人。

这一天，艾大海趁护航的机会，到了闽州找到已经是军区政治部副主任的张文彬，将对周常顺的种种怀疑汇报给了张副主任听，张文彬立即拨通电话，叫来了敌工处魏处长，要艾大海当面向魏处长汇报。

"艾大海同志，你个人有什么想法？"魏处长认真听了汇报，反问道。

"我认为，首先查清周常顺这个人，他自1956年离开海岛，直到1960年回岛，这四年他到底在哪里？做了什么？这其中发生的事情要搞清楚。其次是周常顺贩鱼舍近求远，只去闽州火车站附近的鱼行，对这个渔行的背景要查清楚。最后是周常顺那么热衷记某广播电台的鱼价，记录鱼价的真实企图是什么？不知我的看法是否妥当，请魏处长指示。"艾大海将困扰在心中的主要问题说了出来。

"艾大海同志，你汇报的情况很重要，你的建议也很好，我们会慎重研究。你的警惕性很高，值得表扬。今天你讲的这一切，请不要再告诉任何人了，也不需要你再去找任何人调查此事，这是纪律。需要你的时候，我们会去找你，明白了吗？"魏处长非常严肃地说。

"是，一定按处长的指示办，保证严守秘密。"艾大海说。

艾大海如释重负地返回了武工队，他也没有趁这机会去看望姚向英、曾爱发两位战友，省得问起他到军区是来干什么的。

三个多月过去了。

艾大海再也没有因鱼价的事折腾苦恼，他已经把对周常顺的怀疑向上级主管部门汇报了，也就再没有把此事挂在心上，一心一意地把精力放到武工队的本职工作上。有一天，大澳派出所所长陈维国却找上门来。

"艾队长，你要我调查周常顺的情况，我向你汇报一下。"陈所长警惕性很高，向周围望望，见没有人，便小声说。

"你不提我还把这事给忘了呢？有什么情况？"艾大海客气地给陈所长倒了杯水，装作漫不经心的样子。

"周常顺是1950年在海上捕鱼时，才20岁，1956年据说是去当兵了，可事实上去了哪里，我们都不知道。但是有一年，我们岛渔船因躲避台风停靠在引西岛时，有个渔民在街上碰巧遇上了他，只见他穿着军装，还打着领带，混得还不错呢。渔民上前打招呼，他说不认识这个渔民，讲话也不是当地的方言，所以，那个渔民也就当自己认错人了。1960年回岛，据他阿爹说，他在引西岛开了间鱼行，就是那个时候把他阿爹接到引西岛替他掌管渔行的生意，他自己做起了鱼贩子的生意来。前不久，我们岛有条渔船在闽江口外碰到周常顺贩鱼的船，想匀点走私货让他帮忙卖，周常顺脖子上挂副耳机从船篷里探头出来一口回绝了，便避开我们的渔船，硬是没让人上他的船就把船开走了，情况就这些。"陈所长说。

"陈所长，谢谢您，我就随便问问，让您费心了。"艾大海记住魏处长交代的话，便不再问，把陈所长打发走了。

没过几天曾爱发又来了。

"嫁出去的女泼出的水，你咋有空回娘家呀？"艾大海见曾爱发突然到来，故意调侃道。

"怎么，不欢迎呀，那我走。"曾爱发故作要走的样子。

"你这家伙，大海还经常念叨你，今天可算是把你盼来了。"肖剑友好地给曾爱发当胸一拳。

曾爱发自离开后，三年没回岛，当张文彬副主任给他交任务后，就有种归心似箭的感觉，一踏上同心岛，战友们都热情地和他打招呼，感到分外的亲切，有回到家的温暖，见到大海、肖剑这两个兄弟，那高兴劲真是无法形容。

"你申请调到武工队，有快半年了吧，咋样，有没有不习惯的地方？"曾爱发关切地问肖剑。

"哪能呢，我给大哥当助手，兄弟齐心干大事，心情舒畅得很，哪还有不习惯的地方。"肖剑愉快地说。

"说说来干什么的？"艾大海询问道。

"我不是摄影记者吗，下部队来收集素材了。"曾爱发拿出长焦相机，亮了亮说。

"听说曾大画家记者来了。"大澳小学挨武工队住地近，下了课，何武就一头闯进来，人没到，话却先到，一进门，看见曾爱发就将他抱起来开心得不得了。

"放下，没大没小的，进了门，大哥都不知道喊，当了班长还愣头愣脑的，还是个愣头青。"艾大海提醒他说。

"当班长啦，恭喜呀！"曾爱发拍着何武的肩说。

"他是宣传文体班的老班长了，比我们那时候搞得还出色哩。"肖剑说。

"青出于蓝而胜于蓝，好哟！"曾爱发赞扬道。

"曾大哥，我不是奉承你这个大画家，我寄了好多照片回家，唯独你给我画的那张肖像画，我妈镶在镜框里挂在房里，天天看不够，说自然、有气魄。"何武夸赞说。

"好了，今天爱发回'娘家'，晚饭为他洗尘，你放学后一起参加，一个班的老战友聚一聚，赶上星期天，明儿休息再一起喝酒，兑现我的承诺。"艾大海对何武说。

四个老战友在一起，开怀畅饮，有说不完的话，道不尽的情，何武更是不醉不归。

第二天起床后，曾爱发把艾大海拉到一边悄悄对他说："我这次来，是张文彬副主任交的任务，要我不动声色地偷拍几张周常顺的照片，他说找你就知道了。"

"老政委还说了什么？"艾大海试探问曾爱发知道多少。

"别的都没说，干什么用也不准我问，也不准我向你打听。"曾爱发如实答道。

"我知道了。"艾大海点了点头。

"张副主任交代，任务完成后，要你同我一起回闽州，他有事找你。"曾爱发接着说。

"好，你听我的安排。"艾大海神情严肃地说。

"是。"曾爱发小声答道。

一连几天，周常顺都没有回岛，乐得曾爱发背着相机以摄影记者的身份作掩护，在岛上转了转，不仅拍摄了岛上官兵训练学习的场景，女民兵训练巡逻照片，还把周常顺家、山洞、东澳海边的状况都记录在镜头里，还顺道拜访了耿大彪等营首长、武三郎连长等老领导。

到了第四天，艾大海从何武那里了解到周常顺回岛了，立即通知曾爱发隐蔽在周常顺家附近，顺利偷拍了周常顺的半身和全身的几张照片，神不知鬼不觉地完成了任务。

艾大海把工作交代给肖剑，向耿大彪请了假，随同曾爱发回军区了，一到军区魏处长便把艾大海叫了过去。

"艾大海同志，我们根据你提供的线索，通过两个多月的工作，一是查清了周常顺的身份，他是潜伏在我同心岛的敌军特务；二是破译了电台播报的鱼价，是发给潜伏特务的密电码，鱼价是专发给周常顺的，菜价等其他价目是发给潜伏在大陆的其他特务的；三是通过监视火车站附近的鱼行，我们发现了该鱼行是收集我方军事动向的一个情报站，我方凡通过火车调动军力，该情报站便可洞察到，并将收集的情报交周常顺，由周常顺发出，有鱼行掩护又不直接发报，不会被监测，既隐蔽又不至于暴露，可谓机关算尽啊。"魏处长介绍说。

"揭穿了周常顺的庐山真面目，收网抓他们倒是容易，但没抓到他作案的现场，没有真凭实据叫他认罪伏法却很难呀。"艾大海听后说。

"是呀，你对岛上熟悉，找你来就是听听你的想法。"魏处长说明找艾大海来的原因。

"现在抓周常顺的现行很难，以前他的电台可能在山洞里，自台风掀起浪将山洞冲毁后，该山洞好像已经废弃了，转移到贩鱼的船上了，派出所的陈所长说有渔民看见他在船上，脖颈戴着耳机。"艾大海便将陈维国所长向他说的情况汇报给魏处长听。

"这样看来，抓周常顺的现行就更难了。"魏处长陷入沉思。

"我还有个想法，只抓周常顺一个人，既不惊动火车站的鱼行，又不让贩运渔船上的伙计知道，营造一个环境逼周常顺把电台转移到岛上，趁他发报抓获，掌握他犯罪的证据，让他无可抵赖，又便于我们策反。"艾大海大胆地说。

"你这个想法很好，但不是那么容易，要从长计议。"魏处长听后眼前一亮。

"关键是营造一个环境逼他就范。"艾大海进一步强调。

"你的意见，我们会研究的，往后你的任务就是不动声色地监视周常顺。"魏处长交代说。

"是。"

六、探亲

夏冬梅在为爷爷守灵的两个晚上，听了肖剑和侯金讲述艾大海他们在部队的一些事情后，一直按捺不住对丈夫的思念，过去几次想到部队去探亲，爷爷总是拦着说"不要影响大海的前途"，不让去，她也强忍着，故而一直没去。

夏冬梅已在医大附一医院妇产科实习一年了，暑假回到家，儿子夏海天天吵着要去看爸爸，心想何不带着儿子到部队去探亲，一来了却儿子的心愿，二来免去了她的念夫之苦，她征得老人们的同意后，下定决心到部队去探亲，看望丈夫艾大海。

艾春草听说嫂子要去部队探亲，吵着要陪嫂子到部队去看大哥，编出理由说，嫂子一个人带着侄子去那么远的地方，她不放心，她要陪嫂子去，路上好有个照应，实际上她是想去部队看望肖剑。

夏冬梅、艾春草、夏海三人上同心岛来了。

上岛那天，夏冬梅、艾春草两人都精心打扮了一番，很快要见到自己心爱的人了，心情都无比激动，正好赶上去同心岛的船，上船后看见浩瀚无比的大海，心里都有种怡然自得的感觉，小夏海更是跳呀蹦呀别提多高兴啦。但海上无风三尺浪，船在大海中航行，左摇右摆颠簸十分厉害，三人很快就晕船了，艾春草直接晕躺着，脸色苍白，小夏海也不跳不蹦了，依偎在妈妈怀里睡觉，夏冬梅呕吐后搂着儿子有气无力地靠在排椅上，心想，大海太有力量了，丈夫整天生活在海上，多辛苦呀，他是怎么熬过来的啊！

船靠在同心岛西澳码头，艾大海上船一手抱着儿子，一手搀扶着妻子上了岸，肖剑看见艾春草的狼狈模样，将她背上岸的。

上岛后，回武工队的路上，小夏海醒了，看见这个陌生又眼熟的男人抱着他，有点怯生，挣扎着要下来。

"海崽，他是爸爸呀，你天天吵着要见爸爸，快喊爸爸。"夏冬梅对儿子说。

"爸爸。"小夏海细细看了看抱他的男人，小声叫了声。

"哎，好儿子。"儿子已经6岁了，艾大海是既高兴又愧疚，高兴的是血浓于水的父子骨肉之情无以言表，愧疚他不是个好父亲，没有尽到一个父亲的责任，他不停地亲着儿子，从不轻易落泪的他，泪水滴到了儿子的脸上。

"爸爸，你怎么哭了？"小夏海伸出小手帮爸爸擦着泪水。

"爸爸没哭，爸爸是高兴。"艾大海哽咽地遮掩道。

"爸爸，我要骑马马！"小夏海说。

"好，骑马马。"艾大海将儿子举过头顶骑到自己脖子上，两只手握着儿子两只小手，跑了起来，边跑边喊，"夏海骑马马啰。"

"驾、驾、驾，哈哈哈……"小夏海的两只小腿在父亲胸前踢着，喊道。

眨眼工夫，父子俩关系如此融洽，夏冬梅触景生情感叹道："真是人亲骨肉香啊。"

这种天伦之乐，让她也激动得流出泪来，赶紧上前喊道："夏海，大孩子了还撒娇，羞不羞，下来，自个儿走。"

小夏海听到妈妈责怪，赶紧从爸爸身上溜下来。

艾大海夫妇各牵着儿子的一只手，向武工队住地走去。

"艾队长，家属来了，欢迎、欢迎！"一路上，凡碰见他们的官兵、老百姓都热情地打招呼。

夏冬梅、艾春草一踏上同心岛，都感到亲切感扑面而来。

到了武工队住地，夏冬梅、艾春草又忙着重新洗漱、梳妆打扮一番，刚收拾完毕，三碗热气腾腾、上面还盖着两个油煎蛋的面条已端了上来。

"早上吃的全吐了吧？赶紧趁热吃，吃了下午休息一下，好好睡一觉就恢复了。"艾大海关切地对妻子和妹妹说，说完又端起少的一碗面条喂儿子吃。

"今天爸爸可以喂你吃，以后都要自己吃，懂吗？"夏冬梅对儿子从小就要求严格，让他自己的事情自己做，很注意培养儿子的独立生活能力，从不娇生惯养儿子。

"我知道。"小夏海很听话，答道。

艾大海伸出大拇指朝妻子笑了一下，很满意妻子的教育方法。

休息了一下午，到了吃晚饭的时候。

"梅，快起来，吃晚饭啦。"艾大海朝妻子额头上亲了一下说。

"真舒服。"夏冬梅伸了个懒腰，从床上起来说。

"夏海，来，爸爸帮你穿。"艾大海把儿子从床上抱起说。

"自己穿。"夏冬梅朝儿子看了一眼说。

小夏海很听话，麻利地自己穿好衣服，从床上蹦下来。

晚饭很丰盛，有红烧肉、清炖黄花鱼、煎带鱼、一盘牛肉罐头，几样小菜，开始夏冬梅以为是欢迎他们特意添加的，朝其他桌上一瞧，都一个样，饭后还有香蕉吃。

"你们的生活不错呀，好丰盛的。"夏冬梅对丈夫说。

"我们武工队吃的是海灶，比陆地官兵生活标准要高。"

"什么是海灶呀？"

"就是和海军生活一样。你们今天运气好，坐船上风平浪静，我们武工队整天在海上生活，大风大浪早已司空见惯，武工队的船都是伪装的渔船，人在船上就像荡秋千一样，时而在浪尖上，时而跌进深谷，大多数人都会晕船呕吐，吐完食物吐水，严重的甚至黄疸水、血都吐出来，长期如此，人受不了，所以生活就开得好一些，只要能吃，尽量吃，不想吃也要吃，只有这样人才能坚持下去，即使这样，常年生活在海上的人没有人会发胖。不过经过一段时间的适应，晕船呕吐的现象会少一些，我现在就适应了。"

"应该，再好的生活也应该。"夏冬梅从她今天的亲身体验中感到，海上风平浪静她都呕吐了，风浪再大点岂不要命呀，便发自肺腑地说。

"夏海，看，叔叔给你带了一个礼物。"肖剑从背后拿出一个大海螺壳，放在嘴上吹响"呜……"

"给我，给我。"夏海蹦得老高想抢。

"快谢谢姑父。"夏冬梅说。

夏冬梅的话说得肖剑、艾春草一脸绯红，弄得他俩很不好意思。

"谢谢姑父！"夏海伸出手说。

"来，叔叔教你吹。"肖剑说。

小夏海拿着海螺号，怎么也吹不响，但又爱不释手。

"看，叔叔这里是什么？"肖剑从口袋里拿出一大把五颜六色的贝壳放到桌子上说。

"这些贝壳真好看。"夏冬梅拿起一个贝壳说。

"嫂子喜欢，我多捡些好看的，给你，再找些好看的红珊瑚给你们带回去。"肖剑献殷勤说。

逗完孩子，肖剑带艾春草到海边散步去了。天黑后，两人肩并肩地坐在海边礁石上，有说不完的悄悄话。

久别胜新婚，艾大海陪儿子睡觉后，小心翼翼地钻进了爱妻的被窝里。

"海崽睡觉了。"夏冬梅小声问。

"睡觉了。"艾大海小声答道，一把将妻子搂进怀里。

"别急嘛，我还有好多话要问你哩。"夏冬梅睡了一下午，很有精神。

"问吧，能回答的我一定奉告。"艾大海用一只胳膊让妻子的头枕上，侧身在妻子身边说。

"春草和肖剑在谈恋爱，你知道吗？"妻子问。

"我又不傻，看得出。"

"你不会反对吧，春草说，哥不同意她就和他断了，她听你的。"

"肖剑人不错，但姻缘这事要讲缘分，有人一见钟情白头偕老，有人海誓山盟，到头来还是分道扬镳。"

"这么说，你同意。"

"顺其自然吧！"

小姑子委托的事，夏冬梅牢记着，她办完就放心了。

"咚咚……"房门外传来敲门声。"大海，我到船上查岗去了。"肖剑敲了两声门就走了，告诉艾大海今晚他不用起来，安心地睡，一切有他哩。

艾大海放心地睡下了。

第二天，艾大海起床后，肖剑已带着武工队的船出海执行任务了，他们吃过早饭，艾大海便带着妻子、儿子、妹妹上到同心岛螃蟹背壳上，给他们介绍岛上的情况，由于天气不太好，又带他们到观察所通过长焦距望远镜观察情况，夏海通过望远镜瞭望，兴奋地叫了起来。

"我看到了，好大一条军舰哩。"

艾大海抱着夏海走出观察室，边走边问儿子："海崽，你长大了想干什么？"

"当海军！"

"有坏蛋跑到你家门口欺负你，你咋办？"

"打跑他。"

"好儿子，有志气，"艾大海抱着儿子夸赞道。

艾大海又领妻子、儿子、妹妹参观了高炮阵地，告诉他们肖剑之前就是在这里训练炮连。到了中午，艾大海带着妻子、儿子、妹妹拜访了耿大彪营长，并留他们在营里吃了午饭。

可能是职业的原因，夏冬梅特意到营部医务室看了医务室的设备，又和李军医攀谈了好久。

夏冬梅在武工队住了三天，这三天她和艾春草都没有闲着，将武工队所有人的衣服、被子都洗得干干净净，缝的缝、补的补、晒的晒，把武工队收拾得干干净净，使武工队的全体人员都感到家里有个女人真好。这三天看望他们的人很多，从到访人的言谈举止中，夏冬梅感到艾大海和他们的关系都很融洽，既敬重又让她觉得很亲切，从对他们母子和妹妹的态度中，她能觉察到丈夫在他们心中的威信都很高，使她感到无比的骄傲和自豪。

这一天，周小丫哭着来上学。

"怎么哭了。"何武老师问周小丫。

"我阿妈快死了。"周小丫哭着说。

"小丫同学，告诉老师怎么回事？"何武问。

"我阿妈生孩子，生不下来，流了好多血。"周小丫还是哭着说。

"你阿爸回来了吗？"何武继续问。

"阿爸和爷爷早两天都回来了，他们在家都急得不行，都没有办法救阿妈。"周小丫止不住地哭。

何武听后，立即向妇女主任徐梅英报告此事，徐梅英听后赶快跑到东澳周常顺家，了解情况后又跑回公社向林阿水社长汇报。

　　原来，昨晚半夜，周常顺媳妇发作要生产了，请了接生婆还是生不下来，又请了土医生仍不起作用，周常顺的阿妈只有烧香叩头求妈祖娘娘保佑，周常顺的爹听说媳妇快生了，盼孙子心切提前两天便同儿子一起回来了，等着孙子出世。可是媳妇难产，孩子怎么也生不下来，一家人急得不得了。

　　"没法子，只有认命了。"遇到眼下这种天气，岛上船不能出海时，只有认命。

　　"快找武工队的艾大海队长，他家属是医生，兴许有办法。"站在一旁的何武说。

　　林阿水、徐梅英、何武三人立即起身赶到武工队，将情况讲了给艾大海夫妇听后，艾大海夫妇立即起身和林阿水社长一起赶往周常顺家。

　　夏冬梅到了周常顺家立刻进到产妇房间，看了产妇的情况后，马上出来对大家说："产妇难产，大出血，生命十分危险，必须马上手术，剖宫产兴许能保母子平安，只是危险性大，但不剖宫产，母子就没救了。手术必须家属签字同意，不知家属的意见如何？"

　　听说要开肚子拿出孩子，周常顺的阿妈死活不同意。

　　"我同意，我签字。"周常顺毕竟是见多识广的，这种情况他也顾不了许多，毅然表态。

　　"赶快把产妇抬到营医务室，何武你快去医务室，告诉李军医作好消毒和手术器材准备，大海你召集一些人到营部去先验血，或者知道有谁是O型血的也可以直接献血，产妇流血太多，需要输血，快分头去办。"夏冬梅像在急救室抢救病人一样，果断地吩咐道。

　　艾大海跑到临近的步兵二连，找到武三郎连长安排担架去抬产妇。由于同心岛身处前线，凡在岛上服役的官兵都验过血型，将血型记在帽子里面，以防战时输血急用，艾大海带着O型血的人赶往营医务室。

　　肖剑、艾春草听说后，带着侄儿夏海也赶到营医务室。

　　产妇抬进了医务室，放到了手术台上，夏冬梅请医务室卫生员给产妇先输液，补充能量，请李军医采集O型血，她不放心又将产妇的血与O型血作了交叉实验，防止输血时产生排他性，又给产妇作了止血消毒处理和局部麻醉，才给产妇输上血。

　　手术前的准备就绪后，夏冬梅请李军医当她的助手，李军医为难了，按当地的风俗，男人是不能进产房的，否则会引起岛民的不满。

　　"春草，你来当我的助手。"夏冬梅不得不尊重当地风俗，只好这么办了。

　　"我行吗？"艾春草胆怯地说。

　　"没事，你听我的，要你干什么就干什么，有我在，不怕。"夏冬梅鼓励她说。

艾春草只得听嫂子的，赶鸭子上架了。

夏冬梅、艾春草两人走进手术室，穿好手术服，双手直到胳膊全部用肥皂洗净戴上口罩，消毒橡手套，开始手术了。

消息传得很快，岛民们听说剖开肚子把孩子拿出来，都不敢相信，他们可从来没听说过，都不约而同地赶到营部看热闹，营部周围都挤满了人，耿大彪营长不得不派出警卫班，维持秩序，特别把人群与手术室隔得远远的。

"春草，你站在门口问问李军医一共采集了多少血，注意你的手不要碰到门，防止污染。"夏冬梅嘱咐说。

"李军医，夏医生问采集了多少血？"艾春草站在门口问。

"1000毫升。"李军医答。

"不够，还要再采集1000毫升。"艾春草传话说。

艾大海从步兵二连带了5个O型血的人，每人献血200毫升。他知道血不够后，马上向耿大彪营长汇报，耿大彪立即通过广播站要步兵一连迅速派5个O型血的人来营里献血。这一广播让所有O型的官兵们都知道要献血救产妇，一下子来了50个官兵都争相献血，其场景使岛民们无不为之感动。

手术进行了两个小时，孩子取出来"哇哇哇"地哭出了第一声，孩子体型偏大，一个大胖小子。

艾春草抱着孩子走出手术室，将孩子交给周常顺说："恭喜你，生了个男孩，母子平安。"

手术室外的人爆发了雷鸣般的掌声和一片欢呼声。

夏冬梅缝合好产妇的伤口，处理好后才走出手术室，周常顺的阿妈扑通一声跪在夏冬梅面前，连连叩头叫道："谢谢呀，是你救了她们母子呀……。"

"应该的，快起来。"夏冬梅扶起老婆婆，接着对大家说，"孩子太大，脐带缠住孩子的脖子，母亲又胖，导致难产孩子生不出来，凡怀孕的妇女都要多活动，生孩子时才会顺利些。"

"听说，她是上海大医院来的，难怪有本事敢剖开肚子把孩子拿出来。"

"听说她在肚子里拿了好多个孩子了。"

"她本事大着哩。"

夏冬梅对李军医交代了一些注意事项，让产妇留在医务室继续观察，便和丈夫儿子一起回武工队了。产妇在医务室几天里，她仍然每天都到医务室来看产妇的恢复状况，防止产后出现并发症。

这两天，武工队住地热闹起来，岛上不少妇女都跑来请夏医生看病，艾大海一看，干脆将妻子安排到大澳诊所，穿起白大褂，拿起听诊器免费坐诊起来，等候看诊的妇女排起队来，夏冬梅忙得不亦乐乎。

林阿珠挺着大肚子，在婆婆的陪伴下，找夏冬梅来看看情况。夏冬梅问了情况，听了胎音，告诉林阿珠就这几天要生产了，林阿珠请求夏医生帮她接生，夏医生愉快地答应了。

夏冬梅在岛上住了一个月，要准备回去了，凡找夏医生瞧过病的妇女都送来不少海产品，艾大海都一一退还，实在送不了的就交到公社。林阿水社长、徐梅英主任经过商量，决定以公社的名义从鱼行挑了几十斤名贵的海产品，装了两大袋交到营部，请耿大彪营长转交夏冬梅，代表岛民们一番心意，以示感谢。

七、劝服周常顺

同心岛突然热闹起来，到处都是紧张繁忙的气氛，几十条登陆艇将一个团的军力从西澳、北澳、大澳三个码头运上小岛，原守岛驻军都进驻了坑道，让出所有营房给登岛的野战部队用都不够，所有坑道都住满了人仍不够，还搭建了不少帐篷。空中，一架架战斗机、轰炸机呼啸飞过。

海上，鱼雷艇、炮艇、大军舰在巡视。

岛上，原营部成了演习指挥部，驻岛营部搬到了大澳公社，学校停课了，所有机动渔船被禁航，为海上演习扫清障碍。

周常顺在火车站附近的鱼行取得情报后，便穿越祖海峡沿德宁大陆沿海巡察了一番，发现新增了不少军力，急忙返回引西岛，返回途中便在船上发出了一份加急电报，电报发完不久，便迎头碰上了武工队的船。

"周大哥，是你的船呀，这一带海域已禁航了，请赶快离开。"艾大海打招呼说。

"为啥呀？"周常顺故意这么问。

"军区要在我们这边搞海上演习，为解放引西岛作准备，你不知道？"

"我只贩鱼，那知道部队上的事。"周常顺惊讶地说。

"你回岛一看就明白了，我们岛上来了一个团的先锋部队，阵仗大得很。"艾大海告诉他说。

"好啊，引西岛解放了，我做生意更方便了。"周常顺掩饰着内心的慌张说。

"你在引西岛的鱼行要及早作好准备，免得到时真打起仗来，遭误伤了。"艾大海关心地说。

"谢谢艾队长的关心。"周常顺说。

"你赶快走，先回同心岛，还是引西岛。"艾大海催促说。

"现在孩子还没有满月，先回同心岛一趟，安排一下就回引西岛，把鱼行安顿好。"周常顺说。

"那你要抓紧啰，今天是禁航的第一天。"艾大海显得十分关心的样子。

"谢谢您，艾队长，解放军就是关心老百姓。"周常顺说着就驾船走了。

周常顺挨到天黑，才将船驶进东澳，带着电台溜回自己的家，要伙计将船连夜返回引西岛。

回到家，周常顺匆匆吃了晚饭更溜出家门，把电台隐藏在屋后山洞里，随后出来在岛上一看，大澳、北澳、西澳码头上停了大小几十艘登陆艇，岛上到处都是当兵的，营房、坑道里都住满了人，还搭了上百顶帐蓬，灯火通明，岛壳背上又增了三个高炮阵地，一派紧张繁忙的景象。当兵的都是些陌生的面孔，操着南腔北调各种口音，显然是野战部队。

周常顺转了一圈回到家，躺在床上翻来覆去睡不着，心想根据停在三个港口登陆艇的数量计算，上岛的至少有三千人，一个加强团的兵力，从装备来看，似乎是准备演习，转而又想，觉得不像是演习，莫不是真的要攻打引西岛？先稳住，别把情况搞错了，上头怪罪下来可承担不起责任，但继而又想先告知，及早准备未尝不可，于是爬起来溜进屋后山洞发出第二封电报。电报刚发完，等候指令时，山洞里突然冲进几个拿手枪的解放军将他按倒在地。

抓住周常顺后，迅速将他从东澳海边上押上早已等候在此的快艇，送走了，这一切行动之迅速，动作之敏捷，不过短短几分钟。

快艇驶进都三海军基地，艾大海和负责抓捕周常顺的行动队长将周常顺押进一间密室，解开蒙着周常顺双眼的布条，早已等候在密室里的军区敌工处魏处长端坐在一张桌子前，左右两边各坐着一个书记员和一个敌工处的侦察科长。

审讯开始了。

"姓名？"侦察科长问。

"周常顺。"周常顺向密室打量了一下，见面前坐着三个审讯他的人，隔了好一会，才慢吞吞地回答。

"年龄？"侦察科长问。

"三十八岁。"周常顺定了定神说。

"职业？"

"贩鱼的。"

"家庭住址。"

"螃蟹岛，不，同心岛东澳村。"

"你在引西岛开了间鱼行，是吧？"

"是，鱼行是我阿爹负责，我只负责从引西岛贩鱼到大陆。"

"知道为什么抓你吗？"

"不知道。"

"不知道？真不知道还是假不知道？"

"真不知道，解放军同志您可不能冤枉好人啊！"

"这是什么？你还想狡辩？"侦察科长把刚从山洞缴获的电台摆到桌上大声说。

"我一个贩鱼的哪知道它是什么。"周常顺故意装糊涂说。

"事实面前你还敢抵赖？真是顽固不化。"侦察科长按捺不住心底怒火斥责道。

"我真不知道，长官。"周常顺叫苦说。

"你知道政策吗？坦白从宽、抗拒从严，只有老实交代，才有出路，拒不交代只有死路一条。"侦察科长压着心中怒火，耐着性子说。

"我知道政策好，可我没干坏事，要我交代什么？"周常顺还想抵赖蒙混过关。

"看来你是不见棺材不落泪，你认识这个人吗？"侦察科长拿出一张周常顺穿着敌军中校军装的照片给他看。

"这个人怎么长得和我一模一样呀，我不认识。"周常顺看到自己的照片，心中陡然一惊，不知他们从哪里弄到的照片，可还想抵赖。

"这个人你总该认识吧。"侦察科长又拿出曾爱发偷拍的周常顺在自己家门口照片问他。

"是我，这又证明什么呢？"周常顺看到自己在家门口的照片不得不承认，心想我早已被监视了，可仍然狡辩说。

"两张照片你仔细对比一下，是不是同一个人？"侦察科长说。

"哦，想起来了，穿军装的是我，但我早已脱离军界，只做生意呀。"周常顺心想，我承认，仅凭两张照片又能把我怎样。

魏处长一直在观察周常顺的表演，感到这个经过严格训练的特工，不跟他摊牌不行，于是缓缓说道："别演戏了，你这套把戏我们见多了……就连闽州火车附近的鱼行，都是你获取情报的一个联络点，我说得没错吧？"

周常顺听后开始有些坐不住了，额头上冒出了汗珠，仍然不作声。

"周常顺先生，你认为不承认，就没事儿了？你真是愚蠢之极，对你和你船上的伙计以及火车站的鱼行联络站，我们早就要一锅端了的，之所以不惊动他们，采取秘密抓捕，就是为了保护你，让你站到人民这边来，给你悔过立功的机会。"魏处长语重心长地说。

"是呀，周大哥，你如果死了，值得吗？你两个孩子、老婆、父母依靠谁呀，你舍得丢下他们不管吗？"一直站门外的艾大海进到审讯室劝解道。

"我对国家有罪呀，能饶过我吗？"周常顺自感罪孽深重，看到艾队长进来惊恐地说。

"党的政策历来是坦白从宽，只要你悔过自新，站到人民这边来，有立功表现，一定会得到宽大处理的。"艾大海说道。

"我交代，我一定配合政府，争取戴罪立功。"周常顺终于觉醒了，开始交代起来。

魏处长听完周常顺的交代后，把警卫战士和书记员支开，只留下侦察科长和艾大海。

"你愿意为我们做事吗？"魏处长询问道。

"我愿意，一切听从政府的安排，一定为政府效劳。"周常顺答道。

"欢迎你，周常顺先生。"魏处长要侦察科长解开周常顺的手铐说。

"我的妻儿、父母都在你们的保护之下，我决不会反悔的，一定争取立功，争取宽大处理，站到人民这边来。"周常顺起誓道。

"你还是继续做情报员，必要时我们还会给你提供一些方便，但同时也是我们的谍报人员，提供敌军方面的情报给我们，作为双面特工，这叫身在曹营心在汉，实际是为我们工作，你是否同意？"魏处长试探说。

"一切听从长官的安排。"周常顺表态说。

"在岛上，你只和艾队长一个人单线联系，在闽州我们会安排一个接头地点，你只和马科长联系。"魏处长指了指身边的侦察科长说。

"好，一定听您的安排。"周常顺服从地点头说。

策反成功后，魏处长、马科长、艾大海、周常顺又一起研究了一些具体细节。

八、突然来信

周常顺虽然接受了策反，但他仍抱着脚踩两只船的侥幸心理，双面特工的身份，反而让自己有了双保险，岂不乐，但也深知这如同走钢丝，极其危险，稍有不慎会人头搬家。这些天来，他一直在反省自己，在被抓获前，他自认隐藏得够深，情报工作也做得天衣无缝，但还是暴露了，到底是哪个环节出了问题，他百思不得其解，这种纠结的心理时时困扰着他，总想弄个明白。

"艾队长，我这次被抓，你们是怎么发现我的？"周常顺装闲聊的样子问。

"你记得那年台风吗，台风来时，你老婆带着女儿回娘家和娘家人一起都转移到了坑道里，唯有你阿妈死活不肯转移，说你家屋后有个山洞可以躲避台风，幸亏我们知道后，冒着台风的危险仍是强行将你阿妈转移，否则台风掀起的海浪要将你阿妈淹死在山洞里。当时我就觉得蹊跷，你阿妈不转移一定有什么不可告人的秘密，台风过后我帮你家重建被毁的房屋时，发现了那个山洞，进去看了一下，捡到一块串联的电池块，似乎曾在什么地方见过，那时我没在意，仍留在原处，我到武工队后，看到报话机用的电池和你屋后山洞电池一模一样，才知道是电台用的，这时才引起我的警觉……"艾大海缓缓说。

周常顺听后，感到全身冷飕飕的，原来几年前就引起了他们的怀疑，尽管小心谨慎，但还是防不胜防，真是要想人不知，除非己莫为。

"既然这样，为什么不早抓我？"周常顺纳闷地问。

"不抓到你的现行，不掌握你的真凭实据，是难叫你认罪伏法的。"艾大海说。

"所以，你们就来了一个假戏真做的大演习，诱我上当。"周常顺恍然大悟。

"是的，我们江西一个团的野战部队正好进行军演，特意安排乘火车下又乘汽车到上一站上，经这么几次上下火车站，让你误认为有一个军的兵力，沿海一带的兵力增多，本来是要迟些日子换防的，提前换了防原驻守部队和换防部挤在一起，陡然增加了一倍的兵力，你误以为一个军的兵力除上岛的这个团外都部署在沿海一带作为解放引西岛的后续部队了，空中的战斗机、轰炸机和海上舰艇是例行训练，只是时间、地点作了调整，营造气氛而已。这样做就是逼你将电台转移到岛上，抓你的现行，掌握到你发报的真凭实据。"艾大海笑着说。

"你们真是煞费苦心啊，这一手真够狠的。"周常顺叹了口气说。

"这样做了目的，都是为了让你回到人民这边来，一锅端掉你们简单得很，该判刑的判刑，枪毙的枪毙。"艾大海推心置腹地说。

"谢谢，真的太感谢了。"周常顺感动了，发自肺腑说，继而又问，"你们早就知道我的情况，为何还救我的妻儿？"

"因为我们都是中国人！连你我们都不愿意放弃，何况是一个难产的孕妇？自应尽全力。"艾大海说。

九、年夜饭

三个军人走进芷兰粮油中心供应站，看见买米购油的人排了两条长长的队伍。侯金身穿一件蓝布长衫工作服，显得人更矮了，他正低头专注地接过已填写好购油量的供应本，操作半自动的供油器，对照粮油本上数量一个接一个地量，一斤、半斤的油量打好后再给排队购油的人群，三个军人站在营业厅里不便打扰，只好耐心地等待着。

侯金好不容易忙完了，直腰来抬头一看，三个军人正冲着他直笑，猛然一怔，吃惊地大声说："大海，是你们呀！"

"看看，就只记得老班长，把我们都给忘了。"姚向英吃醋地开玩笑说。

"哪能呀，想死你们了，快到办公室去坐。"侯金向营业员交代了一下，便领着三个人上了二楼，打开站长办公室房门说，"请进。"

走进办公室，艾大海连忙问："身体还好吧？"

"好着哩，没什么大毛病。"侯金拍了拍胸笑着说。

"我想死你了。"曾爱发伸出拳头和侯金拳头碰了一下说。

"我也想你们啊！"侯金激动得泪水在眼眶里直打转。

"真的好想你呀，我昨天中午才到，今天就赶来看你了。"姚向英握着侯金的手说。

"坐下说，先喝口茶。"侯金边倒茶边问，"你们三个怎么会一起来的？"

"我请探亲假，他们俩也请了探亲假，要过春节了，相邀到我家过个团圆年。"艾大海说。

"你六年没回家，应该回来一趟了。"侯金说。

"我父亲就这一两天也会到了。"姚向英说。

"我母亲也会来。"曾爱发接着说。

"芷兰都成你俩的家了，太好了。肖剑怎么没有来呀？"侯金问。

"我回来了，武工队只有交给他，来不了。"艾大海说。

"太遗憾了，要不然我们五兄弟又聚齐了。"侯金感到缺了肖剑一个，实在有点遗憾。

"好了，说说你的工作情况吧。"艾大海说。

"我的工作还算得心应手，领导对我信任，同职工的关系也很融洽。"侯金说。

"看来你这个粮油管理站站长当得还滋润噢。"艾大海半开玩笑说。

"马马虎虎吧！"侯金回答说。

到了中午吃午饭时，侯金邀请三位战友到饭馆里吃一顿好的，遭到了艾大海反对。

"我知道你现在是一个人吃饱全家不饿，但能省则省，到你站的食堂吃，岂不是更好。"

四个战友便在职工食堂吃了午饭，为了不影响侯金工作，艾大海邀请侯金在他家过年，侯金立刻就答应了，三个人便告辞了。

艾大海家的经济状况较过去相比，改善了不少，艾大海在部队也十分节俭，每月的薪金除供妻子读书外，都寄给了家里，如今艾春草又参加了工作，她每月的工资都交给了父母，家庭负担少了，收入增多了，弟妹都长大了，都能帮家里分担，生活自然一天天好起来。过年时，艾大海家把亲家二老都接到了家里，烧了一大锅红烧肉，还有大海带回的海产品和一些新鲜的小菜，十分丰盛，很有过年的味道。

艾家在堂屋里摆了两大桌，男人们一桌，女人们一桌，一年四季忙到头，中国人盼的就是这一顿团年饭，合家欢聚，其乐融融。

艾闷子、夏长腿、谢大嗓门、王三妹觉得跟大知识分子们吃饭喝酒，有些受宠若惊，手足无措，怕闹了笑话。

"今儿过年，大家高兴，都是一家人，话说多了就见外了，一家人大团圆，热闹啊，吃好喝好，都高兴就好。"王三妹是个直情子爽快人，举起酒杯说。

"吃、喝！"艾闷子好一会，才吐出两个字。

"来，两张桌子合在一起，省得走来转去，今天过年大团圆，难得这么高兴，大家尽管开怀畅饮，可不要醉了，晚上还要守岁呢！"艾大海举起酒杯说。

团年饭从下午4点半吃到晚上7点，所有人脸上都红光满面，神采奕奕，好不欢快。

小夏海可高兴了，曾爷爷、赵奶奶、谢奶奶、王奶奶、李奶奶、侯金伯伯都给了压岁钱。

谢大嗓门忙了一天，越忙越起劲。六年了，儿子才回家一次，打儿子进门的第一天，她那高兴的劲儿从心里一直往外冒。过年家里来了这么多贵客，给艾家长脸了，吃罢团年饭，她把花生、葵花子都拿出来让大家随便吃。

王三妹对女婿比自己亲闺女都疼爱，打女婿一回来，就把自个家的事都撂下了，她和长腿最满意女婿了，生的第一个儿子随夏家姓了，亲家一家都通情达理，一个字都没计较，两家的关系更融洽了。这次过年，艾家热闹非凡，她这个丈母娘也跟着沾光，好些年都没像今年这么热闹过了，吃罢团年饭，她忙着给大家沏了一壶茶，生怕怠慢了客人。

新年的钟声响了，打开大门，外面已是白茫茫的一片，瑞雪兆丰年，各家各户都放起了鞭炮。

"新年好！"大家相互祝贺道。

十、好姻缘

除夕之夜，农村都有守岁的习惯。

侯金惦记着值班的职工，赶回粮油中心供应站去替换值夜班的职工，先走了。

去年风调雨顺，农村的年成不错，基本上算个丰收年，家里好些年都没有做年粑粑了，今年还特意做了年粑粑。艾闷子从泡着年粑粑的水缸里捞出十多个粑粑，放在火炉边烤着。

"快看看啰，粑粑鼓起来了。"曾静、姚娜不约而同地叫喊道。

"掺了糯米，火一烤，粑粑软了就鼓起来，说明它烤熟了，可以吃了，不过翻个边再烤一会儿，两面都烤得金黄才更好吃呢。"艾大海介绍说。

"我从没见过这样烤着吃的，你知道吗？"姚娜问曾静。

"我家乡没有这种食物呀。"曾静说。

"好了，尝尝。"艾大海从火炉边拿起一个粑粑，拍了拍上面的灰尘递给姚娜说。

"还有丝呢。"姚娜接过撕成两半，一半往自己嘴里送，另一半递给曾静说，"好香，好吃。"

"你们上海人喜爱糖食，里面放点糖更好吃了。"

"有糖。"夏冬梅跑进房里拿出一小瓶糖，又拿起一个烤好的粑粑用筷子将粑粑从边沿上戳了一个小洞把糖放进去，递给赵雅芝，说："慢点咬，小心烫嘴。"

围坐火炉旁守岁的人都品尝着烤粑粑。

"两位小妹，到农村来生活了几天，有什么体会？"艾大海问。

"她到农村来，出了不少的洋相，大婶要去割韭菜，她跟着去，却拔了旁边地里的麦苗，还说那个长得好。"曾静指着姚娜取笑说。

"你还不跟我一样，拔了些青草回来，说是小葱。"姚娜反击道。

"锄禾日当午，汗滴禾下土。谁知盘中餐，粒粒皆辛苦。我现在才真正体会到粮食来之不易，在家吃馒头时，我把皮剥下不吃，但是我以后，不会再浪费一粒米了。"曾静深有体会地说。

"这样才好。"艾大海说。

守岁到下半夜，姚娜、曾静实在熬不住了，姚向英、曾爱发两人送两个妹妹回冬梅娘家睡觉去了。

"你二老看出来没有，向英对你家丫头有意思了。"赵雅芝对陈娟说。

"你家丫头对咱儿子也有意思了。"陈娟说。

"年轻人的事，让他们自己作主好了。"姚韵之开明地说。

"倘若你我两家能结成亲家，就再好不过了。"曾文浩说。

"你二老不反对？"赵雅芝试探说，她很喜欢曾静，希望这孩子能做她的儿媳妇。

"自由恋爱有什么可反对的。"陈娟答应了。

"那就当面这么定了。"赵雅芝高兴地说。

"看，你还是父母之命这个老思想。"姚韵之说。

"老姚说得对，年轻人的事由他们自己作主，双方父母不反对就行，看发展吧。"曾文浩说。

"好，我们回去睡会儿。"姚韵之提议道。

雪，从除夕晚上一直下，初一早上起来，外面已是白茫茫的一片，成了银色的世界。

艾大海一大早起来，披了件大衣，拿着扫帚、铁锹，将屋前院子里的积雪扫净，用铁锹堆在一起，拿着铁锹极目远眺这银色世界，即兴朗诵起毛主席诗词《沁园春·雪》：北国风光，千里冰封，万里雪飘、望长城内外，惟余莽莽；大河上下，顿失滔滔。山舞银蛇，原驰蜡象，欲与天公试比高。须晴日，看红装素裹，分外妖娆。江山如此多娇，引无数英雄竞折腰。惜秦皇汉武、略输文采，唐宗宋祖，稍逊风骚。一代天骄成吉思汗，只识弯弓射大雕。俱往矣，数风流人物，还看今朝。

"快进屋，听说北方早晨吃饺子，我们这里只有粑粑吃，白菜叶儿煮粑粑，先吃点垫垫底，中午再吃饭。"谢大嗓门站在门口，向着刚起床的姚韵之和曾文浩夫妇招呼说。

"给您拜年了，恭喜发财。"赵雅芝代表大家说。

"借您吉言，希望您事事顺心。"谢大嗓门笑呵呵回道。

众人一进屋，一股热浪扑面而来，艾闷子已将地炉的火烧得旺旺的，一碗热腾腾地白菜叶儿煮粑粑就递给每个人手中了。

李梦君母女昨晚也住在夏家，高丽娜一到艾家就带着夏海堆雪人去了。

到了午后，姚向英、曾爱发好不容易催两个妹妹起床，姚向英和曾静一对，曾爱发和姚娜一对，一路走，一路打雪仗，路上充满了欢声笑语。

侯金本想陪陪老战友，但他身不由己，只好将值班的两个职工安排回去休息，他一个人顶了两个职工的班，等值晚班的职工替换他后，才赶到艾家。艾大海让所有人都先把晚饭吃了，晚饭他和姚向英、曾爱发专等侯金来，四个战友在一起才吃。

吃饭的时候，艾大海对侯金耳语几句。

"好哇，你俩个家伙这么快就看上对方的妹妹了，这不亲上加亲，恭喜呀，快请大哥喝杯酒。"侯金沉不住气大声嚷道。

"大哥，请喝酒。"姚向英笑脸绯红举起酒杯说。

"大哥，我给你敬酒了。"曾爱发也满面通红地说。

"今天是大年初一，不难为你俩，结婚时，我可要一醉方休啊。"侯金高兴地说。

侯金这一嚷，屋里的人都听到了，艾闷子夫妇、谢长腿夫妇，李梦君老师、夏冬梅都向姚韵之夫妇、曾文浩夫妇道喜，姚娜、曾静羞红了脸，两人紧紧抱在一起，不敢看人。

这一消息更增添了过年热闹的喜悦。

堂屋里，地炉的火烧得旺旺的，人们围坐在地炉旁，热得都脱去了外套，夏冬梅脱去外面的棉衣，走进厨房要帮婆婆洗碗，母亲王三妹在一旁赶忙制止说："你大着肚子，赶紧休息。"

"哎哟，就是呀，哪里还用得着你呢！"婆婆谢大嗓门也在一旁说，她很高兴，都这么多年了，一直盼着，幸好上次儿媳妇探亲时怀上了。

"之前，棉衣裹着没看出来，现在看这肚子尖得很，怕是个儿子哦。"谢大嗓门说着，把儿媳妇推出厨房门，兴奋地对大伙说："我又要添孙子了。"

听了这话，大家都看着夏冬梅的肚子，讨论肚子是尖是圆，会是儿子还是女儿。"你们都别争了，不管是儿子还是女儿，名字我早想好了，叫艾夏。"王二妹从厨房跑出来说。

"这名字好，比我们这些有点知识的人起的名字都好听，就叫艾夏。"艾大海说。

大家一致称赞好。

"好！"爷爷艾闷子也点头说了一个好字。

大年初三，吃了晚饭，李梦君母女要回去了，谢大嗓门硬把一包自家做的小吃塞到高丽娜手上，要她们带回去吃，大海夫妇送老师出门。

一个月的探亲假很快就过去了，艾大海回到了武工队。

第八章 海上武工队

一、护渔

同心岛海上武工队，成立于1962年紧急战备时，人员不超过50人，船只仅4条。武工队的船与海上捕鱼的渔船一模一样，有主桅帆、前副桅帆和渔网，只是船上有一挺30毫米机关炮，炮座固定在舱内，炮身可升降转向，备有充足弹药。平时用舱板盖着不易被发现，船上人员都配有轻武器隐藏在船内。船舱内安装了两台75匹马力的柴油发动机，比渔民的机帆渔船多一台发动机，一般情况下靠风帆作动力，启动发动机视情况而定。

每条船为一个分队，人员10人左右。队员们对船上的风帆，轮机，机关炮，撒网捕鱼都能熟练操作，做到相互配合，哪里有需要都能找人顶得上。

武工队队员常年生活在海上，风里来浪里去，头顶烈日，脚踏大海，几年下来一个个皮肤被晒得黑里发亮成了紫铜色，衣服在海水的浸蚀下，褪成棕紫色，大多是平头，有的头发长了没条件理，披到肩上，有的胡子拉碴不修边幅，年轻的队员看起来仿佛比实际年龄大了许多，成了地道的渔民模样。

鉴于武工队的特殊性，必须派一个政治上非常可靠的人担任武工队长，所以，艾大海大学毕业回部队后，团党委决定任命他担任同心岛海上武工队队长。

一年之计在于春，农历正月十五刚过，大澳公社林阿水社长就召开了渔业生产会议，邀请了驻军耿大彪营长和武工队艾大海、肖剑两名队长参加。

"同志们，今天这个会议，主要是请大家一起来商讨如何提高捕鱼的产量问题，根据近三年的捕鱼产量统计，一年比一年少，呈逐年下降的趋势，如何扭转这个被动局面，请大家一起来商量，出谋献策。"林阿水社长讲了召开这个会议的主要目的。

谈到捕鱼产量问题，大家都心知肚明，很头痛，但又没有什么好办法，你看着我，我看着你，一个个都不作声，沉默了好一会。

"我来说说，这几年，我们捕鱼都在近海，远不过50海里的范围之内，不单我们岛，其他岛和沿海渔船也都在同一片海域作业，况且这几年渔船不断改进，不少都安装上机器变成了机帆渔船，捕鱼的网加长加宽，捕鱼的能力大大提高，一网下去少则几百斤，多则上千斤，鱼都快被捕绝了，而今呢，一网下去，最多百来斤，你说捕鱼的产量怎么能上得去，僧多粥少呀！"上澳大队长说。

"我们传统作业的渔场，凭什么其他岛也来争食，为今之计只有不准我们岛以外的渔船在我们作业的渔场捕鱼。"北澳大队长提了个霸蛮办法。

"你说是你的渔场，他说是他的渔场，这样就会为争渔场发生争执，就好比兄弟间为了争夺家庭财产闹矛盾，伤了亲情，坏了友好关系，使不得。"西澳大队长反对说。

"要我说只有到咱祖祖辈辈捕鱼的传统渔场那片海域去捕鱼才行，那片海域大，鱼又多，产量自然就上来了。"曾经跟着父亲到远海捕过鱼的林阿水社长的儿子，大澳大队长林志雄说。

"去不得，去不得，那片海域，离敌人太近，那年我们去了，他们抓了我们的人，扣了我们的船，交了罚款才算了事，一年辛苦全白搭了。"林志雄记忆犹新，反对说。

"那个地方大，鱼多，鱼质又好，确实是捕鱼的好场所，但离我们这儿有三百多海里，远了些，途中还有海盗，太难了。"大澳二大队长深有体会地说。

大家你一言，我一语，议来议去，想不出更好的办法，讨论又陷于僵局之中，会场内一片烟雾缭绕，一个个又叹气抽起水烟来。

武工队艾大海队长听了大家的发言，和副队长肖剑商讨了一会，忍不住站起来，打破了沉静的局面。

"我来讲几句，在座的都是常年在海上捕鱼的行家里手，我在这里讲捕鱼的事，确实有点班门弄斧了，我提几条不成熟的建议，供大家参考。"艾大海清了清嗓子，接着说，"我讲的第一条建议是鱼休养生息的问题，多年来，大家都在同一个海域捕鱼，海里的鱼都有适合在某一固定海域生存的习惯，我们要捕鱼的海里就那么多鱼，成年累月大伙都在那里捕，鱼得不到繁衍生息的机会，鱼自然就越捕越少，我建议公社向县里汇报，在我们传统捕鱼作业的海域，制定限时禁止捕鱼的法令，让鱼得到休养生息的机会，否则，不仅是现在捕鱼少了的问题，只怕捕绝了，子孙后代无鱼可捕了。第二条建议是捕和养相结合，捕就是开辟新的渔场，我们现在不少渔船是木帆船，不能去远海作业，但在100海里内去捕鱼，来回两三天完全没问题。养就是将捕上来的鱼挑出又大又好的鱼作种鱼，搞人工养殖，这种做法许多地方正在兴起。不仅是鱼，像海带、紫菜等，也可以研究看看能不能种植。第三个建议是到我们传统的渔场海域去捕鱼，咱岛上现有大概50余艘机帆船，可以组成船队，民兵建立自己的武装保护，又有我们武工队护渔，就不怕渔船被抓了。"

艾大海的话，如一石激起千层浪，参加会议的公社、大队的领导们，热烈地讨论起来，经过讨论形成如下决议：1. 在50海里范围内实行休渔，由林阿水社长代表全岛向全县提出倡议。2. 以木帆船为主，开辟一百海里范围内新渔场。请艾大海写信联系潇湘大学水产研究所，派人学习水产养和海产种植。3. 由公社副社长兼民兵连连长陈长根带领机帆船队赴远海海域捕鱼。三项决议形成后，同心岛的休渔倡议，得到了沿海大陆，海岛的响应，由县颁布了休渔令。开辟一百海里的新渔场由林阿水社长坐镇指挥。人工养殖，海产种植是个新鲜事，林阿水社长对此也不太了解，派了5个人去学习经验了。

二、守岛人

天刚蒙蒙亮，海上武工队队长艾大海和机帆船队民兵连长陈长根把各自的工作安排后，两人便乘坐武工队四分队的伪装渔船前往离同心岛约一百海里那个能隐约看见的岛上实地勘察来了。

四分队队长万刚驾着伪装渔船以每小时25节的航速一路披波斩浪，经过3个半小时的航行，抵达了小岛。

"张朝阳副队长留在船上，负责警戒，万刚队长带3个战士上岛搜索全岛，如有情况，船上岛上相互配合，随机应变。"艾大海命令道。

布置完毕，万刚队长带着小分队先上了岛，随后艾大海、陈长根便下船登岛，顺着山梁走到海岛的最高处，环顾海岛向下俯瞰。

"陈连长，你看这座岛呈'U'字形，好像一个踏浪而去从马蹄上掉下来的马掌呀，我们就叫它马掌岛吧。"艾大海给小岛命名说。

"咦——你不说还不觉得，一说还真像呢，以后就叫它马掌岛好了。"陈连长附和道。

"这个岛南北长约1000米，东西宽约500米，总面积0.5平方公里，海拔高约80米，东面是陡峭的山崖，西面是沙滩，'U'字形山脊从东向西延伸到海边形成了岛内保护性屏障，艾大海目测着叙说马掌岛的概貌。

"这座岛离我们岛100海里，又偏离主航道，我在海上捕鱼十多年从来没上来过，这样的岛大海里多的是，不过像这样大的岛却少见呀，走，到下面去看看，看能不能作为制作干鱼的晾晒场地。"陈长根看了岛的概貌，兴奋起来，急忙催道。

船从东而来，靠东岸停下，上岛时由于山梁阻挡，无法看见西面，艾大海、陈长根从山梁而下又回到海边，向西一瞧，偌大一个沙滩展现眼前，长约800米，宽约50米，面积达4000平方米。

"哎呀呀，这一大片沙滩足可以作为晾晒干鱼的晒场，太好了。"陈长根像孩子似在沙滩上跳起来说。

"到里面去瞧瞧。"艾大海也高兴起来。

走过沙滩，就是被海水冲刷得干干净净的一大片岩石，坡度逐渐增大，走过五十步光秃秃的岩石时，上面有许多大小不等的坑坑洼洼的岩石坑，坑内还有一层粉末状结晶。

"这是巨浪掀起的海水被太阳一晒，水蒸发后结下的盐。"艾大海说。

"这些坑坑洼洼作为腌鱼的池子再好不过了，腌鱼、晒鱼都不愁了，是海神爷为我们特意准备的，哈哈哈……"陈长根大笑说。

"再往里看看。"艾大海连连点头，也兴奋不已。

走进山岙，是一片平地，众人顿觉一股凉气，地上长满了野草，一丛丛灌木盘根错节，一丝丝清水从草丛中滴下，汇入山脚一个清澈见底的深水潭里。

"这一潭水，足可以满足我们的淡水供应了。"艾大海说。

"好甜呢。"陈长根双手捧了一捧水喝道。

"这个马掌岛可以作为我们到钓鱼岛海域机帆船队休憩的基地了，以这个基地为中心，向四周扩展有捕不完的鱼啊。"艾大海喜滋滋地说。

"我们的船就抛锚在沙滩边，吃了早饭去捕鱼。傍晚回来卸鱼吃晚饭，在岛上过夜，中午带些干粮吃，比在家里捕鱼还方便呀。"陈长根也高兴地说。

"从大陆运些楠竹来，搭一些竹栅供住宿和储存干鱼用。"艾大海谋划说。

"派回去运鱼的船要他们把楠竹，工具都带来，省得放空回来。"陈长根附和说。

"这次运鱼回去，多派两条船顺便把女民兵排带来，做饭剖鱼、腌鱼晾晒的任务都交给她们，船队只管捕捞，今年一定会是意想不到的特大丰收年份。"艾大海雄心勃勃地说。

"这个主意好，回船队就立刻去安排。"陈长根来劲了，做出一副摩拳擦掌准备大干一场的样儿。

"队长，队长！"分队长万刚驾着橡皮艇从岛的北面驶来，在艇上大声喊道，后面还拖着三条艇。

万刚跳下艇，乐呵呵地对队长说："队长，意想不到的大收获啊。"

"这是从哪里弄来的橡皮筏呀？"陈长根好奇地问。

"你们猜猜看。"万刚故弄玄虚地说。

"快讲、快讲，哪来的？"艾大海也颇为吃惊地问。

"我带他们三个搜遍了全岛，搜到北面时，发现一个大山洞，海水灌到里面发出'嗡嗡'的轰鸣声，我想进去探个究竟，便回船上拿了手电筒，我们四个人泅水进到洞里，泅了百多米远就到了洞头，洞头有处平台大约50多平方米，我们几个上到平台往里走了10米，发现还有一个洞，洞里堆放着几条橡皮艇，居然还有这玩意儿，你说怪不怪？"万刚不解地说。

"这肯定是有人藏在这里的，没啥奇才怪的，有其他发现吗？"艾大海问。

"没有。"万刚答道。

说话间，张朝阳驾船来了。

"把橡皮艇放到我们船上去，留一条，我们一起再到那个山洞里去看看。"艾大海说。

万刚驾艇载着艾队长、陈连长又到山洞察看了一番，才回到四分队的船上。

"这些东西肯定是海盗藏在山洞里的，我们在马掌岛建晒场可要加强警戒呀。"艾大海对陈长根说。

"几个海盗不足为患，我们女民兵对付得了。"陈长根不屑地说。

"可不能轻敌啊，据我了解，东南亚有一伙专门在海上打劫的船队。"艾大海想了想，又继续道，"我准备把炊事班调来，同时从各分队抽调两名战士组成一个班，在岛上担任保卫。""要得，要得。"陈长根说。

"陈连长，我建议你回同心岛一趟，把在马掌岛建晒场，调女民兵排的事，向阿水社长汇报一下，我准备让肖剑带一分队护送回去，将这里的情况向耿营长汇报一下，要取得大本营的支持啊！"艾大海说。

"一切听你的安排。"陈长根是主管渔业生产的副社长，又兼任海上民兵连连长，绝大多数时间都待在海上，与武工队的艾大海队长打交道几年，相互间建立了较深的友情，他虽比艾大海年长十来岁，他感觉到艾队长这个人办事果断，处事周密，待人和气，对他也很尊敬。

"你回去最多来回四五天，把一切准备好了再回来，行不行？"艾大海征询道。

"好，就这么定。"陈长根同意说。

林阿水社长听了陈长根的汇报后，十分高兴，他做梦也没想到，远海海域的鱼产量本就高，如果能晒成鱼干带回，鱼的销量也会更好，建基地调女民兵排到马掌岛的想法，林阿水社长表示极力赞成。耿大彪营长听了肖剑的汇报后，极为赞赏。耿大彪营长和林阿水社长两人听了汇报后，都按捺不住激动的心情，经过三天的准备后，两人都登上去马掌岛的船，带着女民兵排上了马掌岛。马掌岛突然热闹起来，女民兵排的媳妇姑娘们乐呵呵的，一天到晚笑声不断，歌声不停，有十户家里没有负担的大婶大娘听说要到百海里远的小岛加工干鱼，争着吵着要跟女民兵一起来，说是要帮成天在海上捕鱼的男人们洗衣弄口热饭吃，为捕鱼出点力。

仅一天的工夫，武工队一分队和炊事班的战士们在女民兵的协助下，靠山呑的水潭旁搭起了十排竹棚，垒起了灶台，案板，连男女厕所都建好了，算是有了供食宿的新家了。

阳春三月，万象更新，马掌岛的山呑里各种野花竞相绽放，呈现出一派生机盎然的景象。女民兵们忙完剖鱼，腌鱼，又把男人们的衣服洗净，铺晒在光秃秃的岩石上，这些事半天的工夫就忙完了。吃过午饭，女民兵们都到竹棚睡午觉去了。

女民兵郑美娥今年28岁了，人虽长得标致，但因未怀孕至今仍在娘家待着，人称大姑。今儿午睡她怎么也睡不着，便对两个没睡的女民兵说："走，反正睡不着，到沙滩翻鱼去。"

三个女民兵来到沙滩将晾晒在沙滩上的鱼逐个翻了个身，翻了个把钟头便觉累了。

"大姑，歇会儿吧，我好困啊！"一个女民兵对大姑说。

"我也累了，走，到下面沙滩上歇会儿。"大姑捶了捶后腰说。

三个人走到离海边不远的沙滩，便躺在沙滩上了。

风和日丽，沙滩经过半天的太阳晒，沙粒微微有些发烫了，海浪有节奏地拍打着沙滩，在温暖阳光的照射下，三个人都进入了梦乡。

"救命呀！"从海边上来两个人架起大姑就往海里走。

大声的救命喊声把正酣睡的两个女民兵惊醒，坐起来一看，大姑已被架到海边，两个女民兵急忙站起往回跑，报信去了。

"砰！"警卫哨听见开枪警示。

"有情况，快！"保卫班长万刚大声命令道，带领全班急忙赶到了沙滩边，当他们赶到时，大姑已被拉到小艇上了。

徐梅英排长带着女民兵们也赶来了。

"退回到岩石上卧倒。"万刚对女民兵排战士说。

徐梅英带着女民兵排退回到岩石上卧倒，个个都将枪对着海上瞄准。

万刚朝海上一看，除了这条小艇外，海上还停了一艘大船。

"去，赶快向队长求救援。"万刚对副班长说。

"喂，你们想干什么？"万刚对小艇上的人喊道。

"我们没有别的目的，只要你们把藏在山洞里的东西还给我们。"小艇上的人答道。

"什么东西呀？"

"别装糊涂，你们那个橡皮艇就是我们的。"

"我们只是借用一下，不知道是你们的。"

"还有其他的橡皮艇呢？"

"其他的，都放在渔船上了，等渔船回来了，再还给你们好了。"

"不行！"

"别伤了和气，大家在海上都是为了求财，这样好了，你先把人放了，我来当你们的人质。"

"你别要花样，赶快把东西交还给我们，否则，我们将她一刀捅了，丢到海里喂鱼去。"

"东西是我拿的，好汉做事好汉当，拿不相干的人出气算啥本事？"

"你们的人都退回去，你一个人到海边待着，不准带武器。"

"好，有事好商量嘛。"

"一小组悄悄潜入水中，慢慢接近小艇，二三小组退回到女民兵旁，注意情况，见机行事。"万刚对全班战士悄悄命令道。

"你们看，现在就我一个人了。"万刚对小艇上的人说。

"游过来。"

"你们开过来把人放了，我站在水里等。"

小艇没开过来，反而载着大姑向大船开去。

万刚一看，便退回到岩石上，通过报话机报信后，对赶回的副班长说："这里由你指挥，注意要女民兵们隐蔽好，大船离这里太远，不在有效射程内，我想法把他们吸引过来。"

然后，万刚一个人站在岩石上，焦急地观察海上的变化，过了约一个小时，大船和小艇开了过来，在离沙滩二百米时，大船不走了，小艇载着大姑开了过来，小艇靠上沙滩，将大姑放了，对万刚说："你过来，和她交换。"

万刚向靠近沙滩的小艇走去，走到沙滩中途小声对大姑说："快跑。"

上了小艇后，万刚往回看，大姑已经跑回岩石后被副班长按倒安全脱险了，小艇载着万刚调头正要向大船驶出，从水中突然冒出三个人，万刚纵身一跃，跳入水中，三支手枪在他跳入水中的一刻"呼、呼"同时枪响，小艇上的三人猝不及防，全部倒下去了。

副班长看到小艇发生的一切，指挥保卫班战士和女民兵们大声命令道

"打"，海匪大船上的机枪几乎同时都响了，双方交起火来，万刚和三个人都潜入水中不见了踪影。

岛上有1挺机枪、3支冲锋枪，武工队炊事班和女民兵排共有37支半自动步枪，向大船一齐开火，海盗大船上一艇水冷机枪、十多支手枪，也向岛上疯狂射去，顿时，枪声大作，战斗十分激烈。

武工队艾大海队长，从报话机里听到马掌岛的求援后，立即命令四个分队双机启动，挂满帆全速赶往马掌岛，刚到马掌岛附近，便听到了剧烈的枪声。

"准备战斗。"艾大海队长发出命令。

四艇机关炮升起，各船战士严阵以待。

岛上，海上的枪声还在回响着。

"打。"艾大海命令道。

四艇机关炮，对准朝马掌岛开火的海盗船一顿猛攻，仅一分钟，海盗船上就没有了声音，当武工队四条船靠近时，只见海盗船上横七竖八躺着尸体。

肖剑副队长带着一分队战士跳上海盗船，搜遍了船的每个角落，从机舱内抓出了两个，从驾驶室抓出了两个，共俘虏了四个人。

"你们是什么人？"肖剑将四个人集中在一起审问。

"我们是从东南亚来的。"一个在驾驶室被抓到会说中国话的人战战兢兢地说。

"跑到这里干什么？"肖剑大声吼道。

"抢劫商船。"

肖剑说："把武器收了，绑起来。"

女民兵们看到大姑被抓到小艇上，一个个心急如焚，看到万刚与海盗周旋，一个人站在水里又都为他捏了一把汗，在与海盗对峙的两个多小时里，趴在岩石上感到时间是那么漫长，加之紧张恐惧的心情，使她们后背都浸满了汗水，当保卫班副班长下令喊打，向大船开枪射击时，随着第一发子弹射出，紧张的心情才被彻底释放出来，这是她们平生第一次真枪实弹进行战斗，只有这时，才感到无所畏惧了。

女民兵们看到武工队战士从船上跳下来，走上沙滩，这时才欢呼着，高兴地奔向沙滩。

台风季节到了，马掌岛的守岛人也要返回大本营同心岛了。

三、海豚特战队

"报告师长，今天首长们都来了，正好趁这个机会，我把和肖剑副队长商量的事汇报一下。我们海上武工队现新增了六条渔船，船增多了，活动海域扩大了，也就意味着我们武工队的责任更大了。我是这样考虑的，原有的四条机帆船，就留守同心岛担任近海的护渔护航任务，六条新渔船组成海上特战队。这样安排我们武工队就面临领导力量需加强，人员需要补充的困难，四条机帆船我打算交给公社，提拔四个分队的副分队担任队长，副分队长请公社派出具有海上经验的民兵担任，既可捕鱼又可护渔，还可以把护航任务担负起来。四条机帆船的队长，我建议由机炮连的唐亮连长担任，袁大力和民兵连一排排长林志雄任付队长，我和肖剑就可以一心一意抓特战队了。这样安排是否妥当，请首长和公社领导定夺。"艾大海把他早已筹划好的想法说了出来。

"机帆船海上武工队既受部队领导又受地方领导，军民融合一体了，都是为渔民海上捕鱼安全着想，我完全赞成。艾队长点名林志雄担任副队长我支持，副分队长和人员我一定选派最合适的人员。"陈长根连长当即表态。

"组建海上特战队这个想法好，我同意。要搞就要搞成一流的，领导力量，人员配备、武器装配，设备完善尽可能达到最高水平。艾大海你先把这个计划报上来，做好充分准备后再定。"师长柳士义说。

海上特战队的组建计划报给了师党委，海军杨崇武司令员看后十分喜悦，拍板同意。艾大海提前结束了全队的休整，率领海上特战队六条渔船赴马掌岛组织海上特战队组建后的训练。从此，距马掌岛还有几海里，在"U"形的山脊上，便可瞧见五星红旗和"中国"两个大字。

特战队最初选定的50名队员，都是在海上跟随艾大海队长风里来、浪里去5年以上的老兵。但训练开始后，强度之大，要求之苛刻，仍有三分之一的队员达不到要求遭淘汰，送往机帆船队护渔护航去了，剩下的队员成了精英中的精英。

一天高强度的训练结束了，收回撒下的渔网时，捕获了两只发出嘎嘎的叫声的海豚。

海豚指挥船上的队员看到两只海豚怪可怜的，分别给它们喂食些小鱼便将其放生了，但这两只海豚一直跟随海豚船不肯离去，时而将头伸到船舷上，等到海豚船队员喂了鱼，才跃回海中。

回到马掌岛，艾大海便在马掌岛北面的山洞外用渔网将其圈养起来，并指定

"浪里行"和"水上漂"这两个队员负责对其驯化。

机帆船武工队付队长林志雄驾船到马掌岛来了。他来的主要任务是送姚向英、曾爱发到马掌岛，他俩下部队收集创作素材、体验生活，自然首选老部队，特别要求到老班长艾大海的武工队来。两人到同心岛听说艾大海带领特战队到马掌岛进行夏训，更是急不可待，宣传文体班的九个战友，除侯金外，齐聚马掌岛，甭提多高兴了。特别听到何武，张朝阳、孙家文、徐福友都是正连级的特战队分队长，姚向英、曾爱发更是喜出望外。曾爱发随船深入到特战队的训练中，扛着摄影队，几幅特写照片发表在军内画报上，这些资料成了他多年后举办摄影展的极其珍贵的图片。姚向英对驯化海豚产生了极大的兴趣，成天泡在驯化场，日夜观察海豚的习性，将海豚的叫声录在录音机里，凭他对音乐的天赋，对海豚的每一声叫声都仔细地研究，将音频绘成线谱，发现每一声呼唤，叙说着不同的语言，每一个动作，表达着不同的情感，反复尝试着学海豚叫，用肢体表情和海豚交流，逐渐弄懂了海豚的语言能与之交流了，便给两只雌海豚取了名，一只叫"白玫瑰"，一只叫"黑牡丹"。

这几天白玫瑰和黑牡丹显得烦躁不安，并不断发出怒吼声，姚向英一看，驯化网外有两只雄海豚正撞击围网，企图跃过网与网中的雌海豚会合。姚向英明白了，网内的两只雌海豚发情了，它俩是想与网外的公海豚交配，便大胆地做出决定，撤去围网，让它们自由幽会去了。

围网撤除，四只海豚便双双向网外欢快离去，还不时发出叫声，以示谢谢。

"姚老师，你怎么把网撤了，我们驯化了一个多月的功夫白搭了。"驯化员埋怨道。

"放心吧，它们交配后会回来的。"姚向英笑着说。

"这茫茫大海里，只怕一去不回了。"驯化员沮丧地说。

"你们还不懂它们的语言，我教你们学会了海豚语言后，过些日子召唤它们回来。"姚向英胸有成竹地说。

"不可能啊。"两个驯化员的头摇得像拨浪鼓，压根儿不相信。

天刚刚呈鱼肚色，艾大海率领海字号6条特战船向距马掌岛60海里的演习海域进发了。

艾大海、肖剑、曾爱发、姚向英四个老战友站在海豚船上，凝视着东方，大海异常平静，海风习习，人人都神清气爽，有一种心旷神怡的感觉。两只海燕围着船头转了几圈后便向东冲向海天一线，几只信天翁盘旋在海豚船上空，不停地发出叫声，几只海豚像蛙泳健儿在船的两侧伴航。顷刻间，朝霞满天，将大海染成红色，一轮红日从海天一线喷薄而出，发出万道金光，粼粼波涛在朝阳折射下似金浪般闪烁，如诗如画，令人陶醉，令人遐想，令人向往。

"太美啦！"曾爱发拿着相机抓紧捕捉一幅幅特写还不禁发出赞叹。

"看，海市蜃楼。"姚向英指出海天一线出现的一座城市发出惊叫。

在海上生活多年的特战队队员，也曾见过海市蜃楼的画面，但如此壮观还是第一次看到，各船的队员们都站在船上欢呼起来。

"这真是一个千载难逢的机会呀。"曾爱发按下一个又一个快门，记录下这壮观的一幕。

海市蜃楼持续了十分钟便消失了，紧接着几头虎头鲨喷射出一道道高大的水柱，映出五彩斑斓的彩虹蔚为壮观，莫不令人兴叹。

艾大海触景生情，激发灵感，即兴赋出《大海至上》：

驾着船儿

航行海上海燕为我导航

信天翁为我歌唱

迎着朝霞

一路迎风踏浪

驾着船儿

航行海上

海豚为我伴航

虎头鲨为我弹唱

所向披靡

"啧啧，好词，我有歌词谱曲了。"姚向英边听边记，拍手称赞说。

"大海，我真没想到你不仅有这般豁达的胸怀，还有柔情似水的一面。"肖剑调侃说。

"你难道只有舞枪弄棒刚毅的一面。"艾大海趁机将了肖剑一军。

"他两个月没收到春草的信了，我一来就打听姚娜的情况，想从中打听春草的消息，你心急着呢。"姚向英取笑道。

"你小子想找打了是不？"肖剑被说得一脸通红，当着艾大海这个大舅哥揭穿他，弄得他怪不好意思。

几个战友都哈哈大笑起来。

一阵调侃后，姚向英在海豚船上将录音机开到最大音量，呼唤着"白玫瑰""黑牡丹"归来。

突然两只海豚跃上海豚船船面，姚向英一见就知道是它们回来了。

姚向英立即给它们喂了鱼，亲热一番后，"白玫瑰"和"黑牡丹"跃进海里，紧接着又有两只海豚跃上甲板，姚向英与它们交流后，方知是它们的伴侣，随它们的海豚媳妇一道来了。

"欢迎，欢迎。"姚向英和它们又亲热了一番，喂食后两只回到海中，四只海豚围着海豚船不肯离去，不时地昂头趴在船舷边讨吃的。

两个驯化队员见到两个"老朋友"回来了，还带了两个伴侣一同回来，一时高兴得不得了，欢喜得也跟着一头扎入海里，骑在两只新海豚背上，围着海豚指挥船转起圈来，但仅转了一个圈，两只海豚便一个翻身将两个驯化员掀了下去，害得他俩连呛了几口海水。

"白玫瑰"和"黑牡丹"见到此景，立即从水中将它们的主人救起，驮到背上。

姚向英在海豚指挥船上看到这一幕，对队长艾大海说："队长，你看海豚多有灵性，好通人性呀，它们是一夫一妻制，相伴终生，一旦认定对方后，夫妻俩如影随形，从不分离，倘若一方先死，另一方便自行了断陪其而去，绝不苟活，足见它们的感情之深啊。"

"向英，幸亏你懂，'白玫瑰'和'黑牡丹'将它们的伴侣都带来加入特战队，我们特战队又多了四名海豚特战队员，从今往后我们就更名海豚特战队吧。"

"要得，要得，我们特战队今后就叫海豚特战队。"海豚船上的队员们听到队长这么一说都表示赞成，拍手叫好。"队长，新增的两名海豚特战队队员请你给取个名吧。"

"白玫瑰的伴侣就叫'情圣'，黑牡丹的就叫'忠诚'吧。"艾大海听到姚向英讲海豚坚贞不渝的爱情故事受到启发，脱口而出说。

海上武工队特战队，增加了"情圣""白玫瑰""忠诚"和"黑牡丹"四名海豚队员，从此正式更名为海豚特战队了。

四、抓"蛇"行动

"耿服从，这些年你进步不小呀，现在都成为团长了。"易大勇一脚踹开团长办公室房门，大声嚷道。

"哎哟哟，我以为是谁呢，原来是易滑头，你怎么会到我们这个小地方来了？"耿大彪回敬道。

"你小子当团长了，还不请我喝两盅？"易大勇试探地说。

"我18岁就入伍当通信员，今年都39了，也算到顶了，有啥好庆贺的。"耿大彪说。

"你已经很不错了，你看我从县公安局副局长到局长，仅这一步就用了十几年，现在你已经刚提拔到地区当个副局长，地位比我还高半级，人比人气死个人哟。"易大勇对比说。

"我是恨自个儿不努力，一辈子只认服从这个理，到军校学习后，才知道个人的水平能力欠缺。"耿大彪遗憾地说。

"你在四营干得不错呀，我都佩服你。"易大勇恭维说。

"那些年多亏了老政委张文彬打下的基础，我才有今天的一切。"耿大彪感叹说。

"你刚上任当团长，我给你送礼来了，这可是你表现的好机会啊。"易大勇故弄玄虚地说。

"你个滑头，肯定有事要求我。"易大勇猜测说。

"我邀你去抓'蛇'！"易大勇神秘地说。

"别呀，一提那东西我心里就发怵。"耿大彪连忙推托道。

"你这个从死人堆里爬出来的人，还怕那玩意？"易大勇笑着说。

"说，到底啥事求我，我可没闲心同你瞎掰。"耿大彪站起身欲下逐客令。

"别急呀，听我给你讲嘛。"易大勇喝了口茶，突然严肃地说，"最近一段时间，在沿海一带闯南洋偷渡出境的情况很严重。其主要原因是从南洋来了两个华侨，打着招募工人的幌子，谎称一年能挣好几万，过不了几年便可发大财，果真这样当然是好事，但实际不是去当什么工人，而是被拐骗去做苦力，上级指示，必须制止这种偷渡现象。"

"这还不简单，将两个南洋人抓起来就了事了。"耿大彪不以为意地说。

"你说得轻巧，这两个人都持有合法入境签证的外国护照，躲在幕后操纵，买通了几个代理人，通过"亲串亲""友联友"单线秘密联络的办法，先给偷渡青年一点安家费，准备用渔船将偷渡青年运送到公海上交给接送的大船上，按人头一手交人一手交钱从中获取巨大利益。只有等到二人在公海上交易，被抓到现行的指证，有了真凭实据才能将二人伏法，杜绝偷渡现象发生。我们把两个南洋人称为"大蛇头"，把这次行动叫作抓'蛇'行动。"易大勇解释说。

"你们公安的事找我干啥？"耿大彪不解地问。

"据查，这次偷渡的人员牵涉到三个县达百人之多，沿海近百公里，什么时间从哪个海边出海都不清楚，况且还有船在公海上接应，你手下不是有一支伪装渔船的海上武工队吗，执行抓'蛇'行动非你的武工队莫属，我只好求你来了，这不是给你耿大团长送礼，让你表现的好机会？"易大勇激将说。

"你怎么知道武工队能胜任？"耿大彪故意问。

"别谦虚了，谁都知道你的这支海上武工队这些年护航护渔，名气大得很，要不要我拿师里的命令给你看。"易大勇说。

"当年在同心岛建派出所时你帮了忙，欠你的情，你刚上任就遇到困难我怎么也要帮这个忙，为了制止偷渡，解救被拐骗的青年我们义不容辞。"耿大彪爽快答应下来。

耿大彪一行人上马掌岛来了。

"老耿，你的实力范围不小哇，百海里外的小岛你都派人驻守了，比一个地区还大呀。"易大勇登上马掌岛惊叹道。

"何止这马掌岛，离这里往东五十海里的岛也是我们的，比一个省还大呢！"耿大彪自豪地说。

"了不得，了不得！"易大勇夸道。

耿大彪得意地笑了笑。

艾大海是第一次见到地区公安局副局长。

"我这次上岛来，一是看望特战队全体官兵，二是给特战队下达一个新任务，叫抓'蛇'行动，具体情况请地区公安局副局长易大勇给大家讲。"耿大彪说。

"我先给大家讲一下什么是抓'蛇'行动。"易大勇介绍说。

"艾队长，这次抓'蛇'任务交给武工队完成，有什么不明白的吗？"耿大彪问。

"请问易副局长，南洋来的两个'蛇头'住在什么地方，入境签证在我国能停留的时间是多久？"艾大海提问道。

"这两个南洋人是以看望他们的姑母之名获得签证入境的，住在马尾华侨村姑妈家，在我国滞留的时间是两个月，签证还有十天就到期了。"易大勇回答说。

"报告团长，我没有问题了，保证完成任务。"艾大海平静地说。

"艾队长，在公海有接应偷渡人员的大船，可能是带武装的船，切不可大意啊。"易大勇提醒道。

艾大海、肖剑两个正副队长听后，只是相视一笑。

"老易，你放心好了，他们曾多次同武装船交过手！"耿大彪自信说道。

第二天上午，耿大彪、易大勇乘坐海豚号在马掌岛海域检查特战队的训练情况。

六条海字号特战船各自拖拽着标靶展开了一对一击毁对方标靶的对抗赛，只见机关炮一响，标靶即毁。易大勇副局长见后拍手称好，紧接着进行了海上抓"舌头"（"舌头"是指对方船头船标）的对抗赛，两条橡皮艇如同海上蛟龙掀起一条条白浪，飞速向前，乘坐艇上的人翻身入海，消失得无影无踪，橡皮艇因而失去动力，在海上漂浮，紧接着被一只无形的手拖回母船。

"咦，这橡皮艇咋会自己跑回来了？"易大勇觉得奇怪便问艾大海，艾大海神秘地笑了没有回答。

"急啥，继续看嘛！"耿大彪倒是沉着。

不一会儿，海豚船的两个人夹着一个"舌头"从水里冒了出来，将"舌头"扔在海豚船上，海豚"情圣"双鳍搭压海豚船舷上，昂头叫唤了两声，这一举动将易大勇副局长吓了一大跳。海豚船上的驯化员给它喂了两条鲜鱼后，它又跃入水中。

"橡皮艇就是海豚从水下拖回来的。"艾大海这时才将秘密揭开。

"海豚也听你们指挥？"易大勇更惊奇地问。

"是我们驯养的，它们也成了我们特战队的成员了。"艾大海说。

"吹牛吧。"易大勇摇头不信。

"向英将其他的海豚都叫来表演给首长们看看。"艾大海对姚向英说。

"嘎吱嘎吱。"姚向英呼唤几声。

不一会儿，四只海豚齐聚在海豚船边，跃上海豚船等候命令。

易大勇看到这四只海豚如此听指挥，兴奋不已，伸手摸了一下并给它们喂了鱼。

马尾港是沿海地区久负盛名的最大渔港，其所以闻名不仅因为此处是得天独厚的天然避风港湾，每天有上千条渔船商船在港内停泊进出，还有历代下南洋的成功人士光宗耀祖后回来盖起的一幢幢小洋房，回馈故土的宗氏祠堂，同乡会所，伴随而生的交易渔行，各类商店，旅馆酒楼，由政府管理的邮政、税务、公安派出所，形成了商贾云集独具特色的华侨镇，呈现出一派热闹、繁忙的景象。

"两个从南洋来的人，一个名叫陈天顺，40岁，其父陈忠和是1931年从马尾下南洋的人之一。他这次回来是探望姑母的，而陪同他来的人名叫苏加诺，30岁，南洋人。"

"陈天顺一身白色的西装，头带盔式礼帽，眼戴墨镜，脚穿白色皮鞋，一副华侨绅士派头。苏加诺中等个儿又黑又瘦，穿着一般，很精明干练。二人看起来像主仆关系，但奇怪的是招募工人的事都是苏加诺在负责，陈天顺却漠不关心。陈天顺本是来探亲的，却不住在姑母家，而是很不情愿地和苏加诺住在酒楼里，且成天在酒楼里喝闷酒。苏加诺却和买通的几个人频繁接触，躲在房间里密谈。"

"艾队长，我了解的情况就这些，海上抓'蛇'的任务全靠你们了。"镇派出所吴所长说。

"我们共同努力吧，这两个南洋人的行踪请你们密切关注，有什么变化请及时通知我们。"艾大海说。

艾大海等人乔装后和陈天顺、苏加诺住进了同一家酒楼。

"您是陈老板吧，听说您招工人，我们有人也想当工人，行不？"艾大海一手举杯，一手提着瓶酒凑过来问。

"你找苏先生问，我不管这事。"陈天顺喝着闷酒，瞟了一眼渔民打扮的艾大海漫不经心地说。

"苏先生在吗？"艾大海问。

"他今天去哪个渔村我不清楚，明天再来问吧。"陈天顺随口说。

"你是招工的老板还做不了主？"艾大海问。

"我说了，我不管招工的事。"陈天顺不耐烦地说。

"我今天找定你了，你借回乡探亲之名，打着招募工人的幌子拐骗我国青年。"艾大海严肃地说。

"你们是……"陈天顺一听，吓破了胆。

"我们是公安局的。"陈维国亮明身份说。

"老实点，跟我们走。"艾大海命令道。

陈天顺服服帖帖被带到林志雄驾的机帆船上。

"长官，我是被逼回国探视的，他们将我全家作为人质，派了个苏加诺一起来，逼迫我回乡以探视姑母之名，用招募工人当幌子拐骗青年人到南洋发财，利用在酒楼里方便买通了交鱼的老板，准备组织一百多人集体偷渡出海，我为了保全家人的安全没有参与，但也不好制止呀。"陈天顺哭丧着说。

"这些你姑母知道吗？"艾大海问。

"我怕姑母担心，哪敢跟她说。"陈天顺回答。

"你们买通了几个人，什么时间从哪些地方组织偷渡出海？"艾大海问。

"这些我都不清楚。"陈天顺答。

"在海上接送偷渡的大船有没有武装，多少人？"艾大海又问。

"武装肯定有，大概不少于10人。"陈天顺答。

"我们把10人交给南洋政府，交换你全家人安全回国，但你得配合，行吗？"艾大海问。

"如果能这样，太好了，感谢祖国关心海外华人。"陈天顺无比激动地说。

"今天的事，关乎你家人的安全，你千万不要让任何人知道。"艾大海交代说。

"一定，保密。"陈天顺答道。

"向英，看你的了。"艾大海示意说。

陈天顺遵照姚向英的指示，喂了鱼，抱着"情圣"的头亲了又亲，他却不知道这是为什么。陈天顺被放回后，林志雄驾船便离开了。

"易局，两个南洋人乘闽州开往广州的货车走了。"跟踪的公安便衣向易大勇报告说。

"你们亲眼看到的？"易大勇疑惑地问。

"是，我们亲眼看到的。"便衣说。

"他们的签证到期了吗？"

"我们查了，还有5天。"

"偷渡人员的安家费发了吗？"

"发了，每人100元。"

"钱都发了，难道他们放弃了偷渡？"

"谁也不知道。"

"不可能，这是玩的障眼法，虚晃一枪，中途下车又返回，快去继续追查。"易大勇急了，马上命令四个便衣快去查探情况。

"易局，这两个家伙太狡猾，只坐了一站货车便下车，但不知去向了。"便衣在电话中报告。

"是不是又潜回了住处？"易大勇追问道。

"不知道。"

"快回来，赶快去追查。"易大勇在电话中命令道。

便衣报告说，没查到两个南洋人的行踪。

易大勇这时真的急了，两个南洋人如同人间蒸发一般不见踪影，于是急忙拨通沿海各县公安局电话，严令注视沿海渔船动向，他预感偷渡行动就在这两天将发生。他急忙赶往九十三团找耿大彪，恳请务必将被拐骗的青年解救回来，否则他上任后的第一个任务没完成就太丢人了。

"章鱼，四礁岛十二点方向公海，发现一大型邮轮游弋。"艾大海回到同心岛时，接道肖剑副队长的电报。

"虎头鲨，命你带队监视，切勿打草惊蛇。"艾大海回电后，命令唐亮率武工队四条机帆船赶往四礁岛以东严密监视驶往公海的船只动向，他又请大澳公安派出所所长陈维国，带了公安四个人，上了海豚船赶往邮轮游弋的公海。

"章鱼，又一条机帆渔船载了二十多个人上了邮轮。"虎头鲨通过报话机报告。

"海狮、海蛇切断邮轮以南海域，海鲨、海龟切断邮轮以东海域，海豹与我切断邮轮以北海域，佯装捕鱼观察。"章鱼队长在报话机中命令道。

"章鱼，四条渔船共八十人上了邮轮，是否可以开始行动？"虎头鲨请示报告。

"再等等。"章鱼回复说，但同时下达命令，"唐亮、林志雄，你们将返回的四条渔船截住，可以开始抓获那些被买通的小'蛇'了。"

突然，海豚"情圣"兴奋起来，姚向英在海豚指挥船上对艾大海说。

"开始行动。"艾大海对两个驯养员命令道。

两个驯养员穿好装备服翻身入海，两只海豚便驮着两人去执行用渔网缠住邮轮螺旋桨的任务。

一条渔船载着二十个偷渡青年上了邮轮。

"'抓蛇'行动开始。"艾大海命令道。

六条橡皮艇各载着三名特战队员似离弦的弓箭，飞速向邮轮驶去，六条海字号特战船从东南北三个方向缩小对邮轮的包围圈，靠近邮轮。

邮轮上的人一见此景，顿时慌了，急忙发出通知，启动邮轮，可螺旋桨怎么也转动不起来，急忙派人下海排除，可下去的人立刻就被擒获，邮轮顶上机枪急忙对艇扫射，枪一响却被包围的海狮机关炮一个点射打成了哑巴。

十八名特战队员登上邮轮，对邮轮上的武装人员大声命令："不许动，举起手来。"

邮轮被特战队占领，游轮上的武装人员只得缴械投降，抓"蛇头"行动短短几分钟就以胜利告终。

"铐起来。"艾大海发出命令。

五个公安人员将俘虏的十二个人全部用手铐铐起来。

"我是有合法签证的外国公民，这是在公海，你们无权抓我。"苏加诺反抗说。

"你是苏加诺吧，你假扮华侨陈天顺的随从混入我国，打着招募工人的幌子，拐骗我国青年，已触犯了我国法律，无论到哪儿，我们都有权抓捕你。"艾大海义正词严地说。

"不关我的事，这都是陈天顺干的。"苏加诺狡辩推脱。

"是不是你干的，我们对证就清楚了。"艾大海威严地说。

苏加诺一听，无话可说，只得乖乖束手就擒。

"'蛇'已抓获，人员已解救，请在耿团长处接收人员。"艾大海给易大勇发出电报。

"艾队长，你怎么知道南洋蛇头会在邮船上出现？"易大勇疑惑地问。

"南洋'蛇头'花了金钱，费了那么大的精力，不可能轻易放弃，组织上百人偷渡唯一的路只有从海上走，'小蛇头'又不认识邮轮上的人，苏加诺必随第一条渔船出海上大船以便同'小蛇头'一手交人，一手交钱结算，还必得安排陈天顺到最后一条渔船上押后，才能使偷渡圆满完成。只要陈天顺一到公海，挨近我们，我们驯养的海豚便会闻到他的气味，也预示抓'蛇'行动时机成熟了。"艾大海释疑说。

"南洋人失去踪迹后，我花了好大精力，动员了很多人员查找都不见踪影，对抓'蛇'不抱希望了，只求将被拐骗的青年解救回来就万事大吉，想不到你早有准备，一直盯着在公海上接送的大船，这一招，我实在佩服啊。"易大勇不得不服气地说。

"我只希望将偷渡的事实真相揭露出来，不再发生偷渡事件了。我请您用抓获的十二个人交换陈天顺一家人脱离危险，使海外华人的安全得到保障。"艾大海惦记着对陈天顺的承诺。

"放心吧，待案情查实后，我会尽力去做的。"易大勇应允道。

五、梦圆海军

不管是护航、护渔，还是防御敌人入侵、保卫我国领海主权、维护海洋权益，海上武工队都是捷报频传。团长耿大彪，政委文春山带领作训科和宣传科的全部人员深入到海上武工队同心岛驻地来了，总结战斗经验，要论功行赏。这些天来，武工队沉浸在一片喜悦之中，好不热闹。闽州军区政治部主任张文彬遵照军区党委的决定，正在有条不紊地向上申报授予海上武工队荣誉集体的报告材料，待批准后，他将亲自率队去授予这份荣誉。师长柳士义、师政委韩道政、团长耿大彪、团政委文春山都在焦急等待着，海上武工队指战员都在热切地期盼着，可一等三个月过去了，却不见批复命令下达。

师政委韩道政实在坐不住了，便驱车赶往闽州军区政治部问张文彬主任："张主任呀，我们正想借庆功表彰大会的东风把士气鼓舞上去，怎么就不见动静呢？"

"嗨，别提了，筹备了好几个月，正盼着，昨天韩师政委告诉我荣誉集体表彰取消了。"张文彬无奈地叹气说。

"为啥呀？"韩道政一听，愣了愣问。

"这我也不知道呀。"张文彬虽然惋惜，但不得不服从。

"我还想着借此宣传，鼓励其他将士呢，太可惜了。"韩道政心有不甘，接着说："不管怎么说，庆功大会总得开个吧。"

"会是要开的，由军区开庆功表彰大会，虽然规格降低了，但做得好就该夸。"张文彬代表军区表态说。

"同心岛的武工特战队，每个队员不仅意志顽强，而且都有全能的过硬技能，有了这样的队伍战无不胜，攻无不克，是值得表彰的。"一次军区会议后，三都海军基地杨崇武司令员深有感触说。

"看了资料，现在又听你这么说，我倒是觉得这个特战队队长当得不错，你了解吗？"华清司令员问。

"他叫艾大海，是同心岛海上武工队的队长，今年28岁，听说还是个学船舶专业的大学毕业生。"杨崇武简要介绍了他所知道的艾大海的情况。

"他是学船舶专业的人呀，那待在陆军太可惜了，想办法调到海军来。"华清司令员指示说。

"我早就想将他挖到海军来，不知道他本人的意见如何。"杨崇武听到华清司令员指示后十分高兴地说。

"任务交给你。"华清司令员说。

杨崇武接到调艾大海到海军的任务后，立即赶往同心岛找到艾大海问："艾大海，把你调到海军来，你愿意吗？"

"我当兵不久，在无人小岛第一次见到敌军那么多军舰联合演习，就想着要是我们也有大军舰该多好，当武工队队长后，整天和海打交道，我就爱上了大海。我是学船舶的，也想为我们海军制造舰艇出点力，到海军去，是我梦寐以求的愿望，只可惜是可遇不可求的事。"艾大海叹气说。

"只要你愿意，时机到了，就把你调到海军来。"杨崇武表态说。

"那当然好啦，只怕是个梦，难以实现呀。"艾大海摇头说。

"我帮你梦想成真。"杨崇武坚定地说。

"谢谢，若能真到海军去，最好让我先去学习学习，为建造我国的军舰多出力。"艾大海说出了心里话。

杨崇武和艾大海谈话后，又动身到闽州军区找到张文彬，将艾大海调到海军的事同他协商。

"什么？艾大海可是我们军区的人才，想挖走是不可能的。"张文彬听后一口回绝。

"张主任，调艾大海到海军来，可是海军总部华清司令员交给我的任务，是为了发挥艾大海所学之长，为海军建设发挥更大作用，我们有辽阔海域，没有一支现代化的强大海军可不行呀。"杨崇武费了许多口舌说服张文彬。

"艾大海不见得想离开待了十年的老部队呀。"张文彬推托说。

"我找艾大海谈了，到海军去是他梦想，只是他想再学习深造。"杨崇武将艾大海意愿告诉了张文彬。

"艾大海我了解，他看得远，想得深，一心为国，他本人同意了就如他所愿吧，不过军区这一关难过呀。"张文彬面带难色地说。

"这事还得请张主任从中多费心帮忙成全，你我为了培养人才，都甘当铺路石吧。"杨崇武发自肺腑道。

"这样吧，我把艾大海的履历整理一份给你，交给海军党组织审查后，看是不是决心要他了。"张文彬出主意说。

"好，这事我来办。"杨崇武说。

"这个年轻人是个难得的人才呀。"海军华清司令员看了履历后夸道。

"自古英雄出少年嘛。"杨崇武附和道。

"调，一定把他调到海军来。"华清司令员也是个十分爱人才的人。

"闽州军区提了个前提条件，人，他们可以放，但必须得保证艾大海能继续学习深造。"杨崇武说。

"想去学习，这是好事呀，如他所愿。"华清司令员赞成说。

闽州军区韩司令员对艾大海率领的这支海上武工队大加赞赏，决心在沿海部队多建设一些海上武工队，这一任务自然交给了艾大海，由他任海上武工队的总队长，均按照海豚特战队的模式培养队员，以后海上武工队就在东南沿海执勤，肩负对敌斗争，维护渔民生产，维护海上安全。

在听到艾大海要调到海军去的消息后，韩司令员开始是不答应的，但在张文彬、杨崇武的极力劝说下，为了顾全大局，不得不忍痛点头。对艾大海这名战将他是很不舍的，但一想到艾大海到海军去是为了造大军舰，他也希望我们的海军能尽快强大起来，鉴于此，只得同意了。

艾大海接到调海军的调令后，既高兴又不舍，他在同心岛生活、战斗了十年，他不舍得离开生死与共的战友。

艾大海离开同心岛这天，把同心岛的黄土捧了一把装进袋子里，庄重对着同心岛敬了一个军礼，挥泪告别。

登上何武驾的海豚船绕同心岛一周后离开。事先，艾大海已向武工队队长唐亮、政委卫毅、林志雄等人交代了不准欢送，所以，武工队的海字号特战船，四条机帆船和大澳公社百多条渔船只得停在西澳海上，看着艾大海在肖剑陪同下乘海豚船离后，开拉响汽笛，吹响海螺欢送，武工队队员，民兵们心中有太多的不舍。

驻岛官兵列队在螃蟹壳上，挥手目送他们的战友，祝福他一路顺风，广播里播放着《唱响青春》歌曲，旋律久久回荡在海空中，仿佛诉说着那不负韶华的十年成长之路，诠释着青春无悔……